湖北经济学院校级青年基金科研项目"20世纪中美小说战争书写之文化心理比较研究"（编号：XJYB202312）

九州文库

赫尔曼·梅尔维尔小说中的身体书写研究

王雅静 著

九州出版社
JIUZHOUPRESS

图书在版编目（CIP）数据

赫尔曼·梅尔维尔小说中的身体书写研究／王雅静
著 . -- 北京：九州出版社，2025.7. -- ISBN 978-7
-5225-3811-2

Ⅰ . I712.064

中国国家版本馆 CIP 数据核字第 2025GN9497 号

赫尔曼·梅尔维尔小说中的身体书写研究

作　者　王雅静　著
责任编辑　李　荣
出版发行　九州出版社
地　　址　北京市西城区阜外大街甲 35 号（100037）
发行电话　（010）68992190/3/5/6
网　　址　www.jiuzhoupress.com
印　　刷　三河市华东印刷有限公司
开　　本　710 毫米×1000 毫米　16 开
印　　张　16.5
字　　数　235 千字
版　　次　2025 年 7 月第 1 版
印　　次　2025 年 7 月第 1 次印刷
书　　号　ISBN 978-7-5225-3811-2
定　　价　95.00 元

目 录
CONTENTS

绪　论

对经典作家的重读与再研究是必然且必要的。赫尔曼·梅尔维尔（Herman Melville，1819-1891）是美国 19 世纪经典作家，在美国文学史上，是与拉尔夫·沃尔多·爱默生（Ralph Waldo Emerson，1803-1882）、亨利·大卫·梭罗（Henry David Thoreau，1817-1862）、沃尔特·惠特曼（Walt Whitman，1819-1892）和纳撒尼尔·霍桑（Nathaniel Hawthorne，1804-1864）等作家比肩的文学巨擘。梅尔维尔的一生跨越 19 世纪近四分之三的时间，共创作 10 部中、长篇小说①，两部小说集②和 4 部诗歌集③。

在过去的 100 多年间，国内外学界对梅尔维尔展开的研究丰富而多元。美国著名文学评论家布鲁姆（Harold Bloom，1930-2019）曾高度评价梅尔维尔，认为他和霍桑、詹姆斯、福克纳等作家"可以与他们的西方同行比

---

① 包括：《泰比》（Typee，1846）、《奥穆》（Omoo，1847）、《玛迪》（Mardi，1849）、《雷德伯恩》（Redburn，1849）、《白夹克》（White-Jacket，1850）、《白鲸》（Moby-Dick，1851）、《皮埃尔》（Pierre，1852）、《伊斯雷尔·波特》（Israel Potter，1855）、《骗子》（The Confidence-Man，1857）和《水手比利·巴德：一个内在叙事》（Billy Budd，Sailor：An Inside Narrative，1924）。

② 包括：《广场故事集》（Piazza Tales，1856）和《苹果木桌子及其他简记》（The Apple-Tree Table and Other Sketches，1922）。

③ 包括：《战争诗集》（Battle Pieces：Civil War Poems，1866）、《克拉瑞尔》（Clarel，1876）、《约翰·玛尔和其他水手》（John Marr and Other Sailors，1888）和《提莫里昂》（Timoleon，1891）。

肩"①。美国现代学者冈恩（Giles B. Gunn，1938-）认为，即便站在 21 世纪，"在美国作家中，赫尔曼·梅尔维尔仍是一个巨人；没有别的词可以形容他了。"② 经久的研究与高度的赞誉说明了梅尔维尔的作品具有恒久价值。笔者通过对相关文献的梳理（参见绪论第一节）发现，虽然过往学者对梅尔维尔作品的主题、语言、体裁、技巧有过反复研究，讨论的话题涉及宗教、神话、伦理、种族、生态、性别、海洋、帝国、战争、暴力、民主、自由、阶级等诸多方面，使用了当下几乎所有文学理论工具，但由于大多研究都集中关注单个或个别方面，因此研究往往限于梅尔维尔小说的某个主题，同一主题中的观点往往还存在冲突③，无法形成对梅尔维尔小说的系统认识。笔者认为，问题之关键在于梅尔维尔对世界关注的广泛性，造成其作品主题的丰富性。19 世纪美国经典作家中与梅尔维尔处于同一创作时期的霍桑和埃德加·爱伦·坡（Edgar Allan Poe，1809-1849）等更擅长在小说中通过象征手法探索并挖掘人物的内在心灵，而梅尔维尔则更注重对不同地域、不同文化背景、不同族裔、不同阶级的人物展开描写。

梅尔维尔对人物的塑造体现出他丰富的人生经历、广阔的创作视野和深刻的创作目的，反映了他对美国 19 世纪社会热点议题如种族、殖民、性别、阶级等的广泛关注和深刻认识，体现了梅尔维尔高度的社会意识与人文关怀。正如学者杰森·弗兰克（Jason Frank）所言："尽管梅尔维尔从来不是政治活动家，也没有公开参与他那个时代的重大政治斗争如奴隶制和白人至上、工业化和阶级冲突、西方殖民和土著迁移、国家统一和地区不和、自治

---

① BLOOM H. The Western Canon：The Books and School of the Ages[M]. New York：Harcourt Brace & Company, 1994：264.

② GUNN G. A Historical Guide to Herman Melville [M]. Oxford：Oxford University Press, 2005：3.

③ 以梅尔维尔的种族观为例，有学者认为梅尔维尔是种族主义者（如约瑟夫·M. 阿芒戈尔），有学者认为梅尔维尔是废奴主义者（如卡罗琳·L. 卡彻），有学者认为梅尔维尔是奴隶制的辩护者（如约翰·斯托弗）。

和帝国扩张，但他的小说中大量涉及对这些主题的思考。"① 因此，难有一种单一的理论工具能贯穿对梅尔维尔小说的研究，对于其小说中的不同关切势必需要运用不同的理论工具进行阐释。但我们是否能至少找寻某个切入点，抓住他长于人物形象刻画的特征，对梅尔维尔进行一次新的阐释呢？

法国 20 世纪著名哲学家莫里斯·梅洛-庞蒂（Maurice Merleau-Ponty，1908-1961）曾对西方哲学长久以来重精神、轻肉体的传统提出质疑，他主张人的身体也是感知和认识真实世界的一个重要途径。"身体"概念先后被哲学、社会学、文化研究、文学等人文社会科学吸收，具体到文学批评实践中，具象化的身体逐渐抽象化，身体的外延越来越广泛，通常与身份问题紧密结合，被广泛运用于如女性作家、少数族裔作家、美国南方作家②等这类明显带有特殊身份标签③的作家作品研究之中。笔者通过对"身体"概念的源流及其在文学分析中的实际运用进行梳理（参见绪论第二节），指出本书语境下的"身体"指的是文学作品中的人物身体，它兼具现实身体和虚构身体的双重性，既反映了政治文化事实，具有物质性和社会性，也反映了作家描写这些身体时所采用的策略和技巧。根据这一定义，笔者将"身体书写"界定为作家围绕身体展开的相关描写。

笔者将身体书写这一切入点用于梅尔维尔这样一位主流白人男性作家的小说研究，是因其小说中人物形象多样、关系复杂，涉及到的政治和社会问题广泛，通过身体视角，能挖掘梅尔维尔的创作意图。根据梅尔维尔小说中的四个重要主题，本书将梅尔维尔小说中的人物身体分别置于种族、殖民、

---

① FRANK J.Pathologies of Freedom in Melville's America[M]//COLES R,REINHERDT M,SHULMAN G.Radical Future Pasts:Untimely Political Theory.Lexington:University Press of Kentucky,2014:435.

② 需要指出的是，上述小说家的分类有重合，如少数族裔作家中包含女性作家，美国南方作家中也包含少数族裔作家和女性作家，但由于这一分类并非本书论述的范畴，故而不在此赘述。

③ 笔者在此处提到的"身份标签"并非包含任何将黑人、女性和亚裔作家视为政治和文化意义上的"他者"之观点，而仅仅是将这类作家和以梅尔维尔为代表的主流白人男性作家从身份上进行区分。

性别和阶级四个视域（参见绪论第三节），综合运用后殖民主义、文化研究和新历史主义的部分观点，对梅尔维尔小说中的身体书写展开研究。通过研究，本书指出，对于在19世纪美国备受争议的种族、殖民、性别和阶级问题，尽管梅尔维尔表现出对传统意义上"他者"的同情和对强权者的批判，但这种同情和批判并非以彻底的否定和颠覆为目的，相反，梅尔维尔尝试缓和19世纪美国社会中存在的各类矛盾与冲突，希冀维持美国社会的稳定与发展，呈现出一种保守主义倾向。通过梅尔维尔小说中的身体书写，能够认识梅尔维尔对待国内外不同社会问题时贯穿始终的态度，从而加深对其作品的理解。

第一节　梅尔维尔小说研究概况

　　梅尔维尔的小说创作期自19世纪40年代起至19世纪末止，横跨半个多世纪，由于梅尔维尔经典作家的身份，无论在国内还是国外，对其小说展开的研究都存在时间长、历史久、体量大、内容多等特点；此外，近十年来学界对梅尔维尔小说展开的许多研究与之前的研究在主题方面多有重合。基于上述情况，在本节中，笔者将首先对梅尔维尔小说的国内外研究进行综述，接着根据本书的研究对象和研究侧重点，以梅尔维尔小说研究中的主题划分为依据，集中梳理近十年来梅尔维尔小说的国内外研究现状，并分别指出国内外相关研究中存在的不足之处。

一、梅尔维尔小说的国外研究概况
　　国外对梅尔维尔小说展开的研究大致可划分为4个阶段：忽视阶段（20世纪以前）、重新发现阶段（20世纪一二十年代）、复兴阶段（20世纪20-40年代）、蓬勃发展阶段（20世纪40年代以后）。

（一）忽视阶段（20 世纪以前）

在 20 世纪之前，除了《泰比》和《奥穆》外，梅尔维尔的其余小说都未受到大量关注。其第一部小说《泰比》一经出版，便受到广泛关注，好评如潮。① 第二部小说《奥穆》继续满足了读者的期待。② 但是，第三部小说《玛迪》则在赞美声之余还遭到了攻击和质疑，读者对其评价可谓毁誉参半。③ 接下来出版的小说《白鲸》尽管在现在毫无疑问地被视为梅尔维尔的最佳小说和代表作，并被列入世界经典小说范围，被认为是"一本罕见的、有着无限抱负的书，达到了作者目标的巅峰"④，但它在出版时受到的负面评价却是铺天盖地。比如，1853 年的一期《纽约每日报》（*New York Day Book*）就曾以"赫尔曼·梅尔维尔疯了"为题，刊登了一篇专门抨击梅尔维尔的文章。该文章称，梅尔维尔的《白鲸》是"一个由疯子的胡言乱语和幻想组成的"小说，梅尔维尔也因此被认为是"精神错乱的"⑤。这些负面评价使得《白鲸》在当时的销量比梅尔维尔创作的前几部小说要少得多。梅尔维尔在《白鲸》之后创作的小说《皮埃尔》《广场故事集》《伊斯雷尔·波特》《骗

---

① "《泰比》不仅使梅尔维尔作为一个生活在食人族中的作家而声名狼藉，还使他继承了丹尼尔·笛福和托比亚斯·斯摩莱特的冒险故事作家的传统。"（See Parini，2004：74）

② "《布莱克伍德杂志》（Blackwood's magazine）很欣赏这部小说，并怀疑如此悦耳的作者姓名一定是一个笔名：'赫尔曼·梅尔维尔在我们听来非常像一个虚构的浪漫英雄的名字，也像一个精心挑选的令人感到和谐的名字。'"。沃尔特·惠特曼（Walter Witman，1819-1892）在评论《奥穆》的美国版（the American edition）时，再次对这本书充满热情，并称其为"彻底的娱乐——既没有容易到让人因为轻率而弃之不顾，也没有深刻到让人感到厌烦。"（See Parini，2004：75）

③ 如梅尔维尔的朋友埃夫特·杜伊金科（Evert Duychinck）在《文学世界》（The Literary World）中预测，"公众将会发现，他（梅尔维尔）至少是一位出色的散文家，也是一位迷人的小说家和海洋生活画家"。而《波士顿邮报》（Boston Post）称，这部小说让人想起"拉伯雷的对话，去掉了所有的粗俗，或许还可以加上一点，去掉了所有的机智和幽默"。《波士顿时代周刊》（Boston Weekly Chronotype）甚至认为这部小说"让梅尔维尔的老崇拜者们大为失望"。（See Parini，2004：76）

④ PARINI J.The Oxford Encyclopedia of American Literature（Volume 3）[M].Oxford：Oxford University Press,2004：77.

⑤ Ibid，p. 78.

子》以及系列短篇小说更是被视为其文学创作衰落的标志。① 《纽约时报》（*New York Times*）曾以"已故的海勒姆·梅尔维尔"② 为题，称他为"一个完全被遗忘的人"（an absolutely forgotten man）。然而，这一现象在梅尔维尔去世后的第二年（即 1892 年）得到转变。1892 年，《泰比》《奥穆》《白外套》和《白鲸》的斯特德曼（Arthur Stedman）版本相继问世，一年后，《泰比》和《奥穆》又被英国出版商约翰·默里（John Murray）再版。1899 年，人们对美国的海洋作家兴趣渐增，默里版的《泰比》和《奥穆》因此再度畅销。在 1892 年斯特德曼版本出版后的 10 年里，《泰比》再版 6 次，《奥穆》再版 4 次，《白鲸》再版 2 次。整体而言，在 20 世纪以前，梅尔维尔的小说受众主要为大众读者，其接受过程充满波折。

---

① 《皮埃尔》是一部描述了一个母亲和其儿子之间充满情欲关系的小说，小说中还涉及一个年轻人和一个可能是他同父异母的妹妹之间的复杂关系。这种乱伦主题的小说对当时的读者来说恐难接受，因此，《皮埃尔》遭到了评论家和大众的攻击。(See Parini, 2004：78)《骗子》反映了梅尔维尔在取得巨大成就的同时遭遇的痛苦生活，因此，这部小说被认为是"梅尔维尔最具破坏性的黑暗作品之一，书中充斥着不断的欺骗"。(Parini, 2004：80)《纽约日报》（New York Journal）上刊登的一篇评论严厉地批评梅尔维尔，说他"用最古怪、最难以理解的方式，把每一个已知的主题'武断化''理论化''哲学化''放大化'，堆积到四至五个章节中"。甚至有评论家认为，《泰比》是梅尔维尔最好的作品，而《骗子》则是他最差的作品。(See Parini, 2004：80) 在梅尔维尔中后期创作的小说中，只有《抄写员巴特尔比》受到的正面评价多于负面评价。《抄写员巴特尔比》取自于《广场故事集》（The Piazza Tales），是被公认为梅尔维尔最令人惊叹的作品之一。该小说讲述了一个发生在纽约曼哈顿市中心办公大楼中的故事，故事的主人公巴特尔比是一个只会不断重复同一句话的人，最终被他的老板辞退，死在狱中。这部小说被视为从弗朗茨·卡夫卡（Franz Kafka）到塞缪尔·贝克特（Samuel Beckett）等现代作家作品的先驱，小说"融合了阴郁的喜剧和彻底的绝望"。(Parini, 2004：79) 令梅尔维尔感到欣慰的是，这部小说所获得的评价还不错。《波士顿晚间旅行者日报》（Boston Daily Evening Traveler）中的评论家称《抄写员巴特尔比》的故事"创意新颖，幽默怪诞……无论是素描的特点还是风格的独特性，都与狄更斯的作品非常相似"。(Parini, 2004：79)

② 《纽约时报》将梅尔维尔的名字赫尔曼直接改为海拉姆，这或许不是由于不细心，毕竟梅尔维尔在出版了"波利尼亚三部曲"后曾风靡一时。对其名字的肆意修改一方面体现出当时大众对梅尔维尔的关注度已经减弱，另一方面也体现出作为作家的梅尔维尔在过世前都未受到应有的尊重。

（二）重新发现阶段（20 世纪-20 世纪 20 年代）

自 20 世纪初起，随着美国文学在美国的专业化进程，梅尔维尔小说的评价者主要为专业的文学研究者。首先，借由美西战争①和第一次世界大战所带来的高涨的爱国精神，一些重要学者如巴雷特·温德尔（Barrett Wendell，1885-1921）、弗雷德·刘易斯·帕蒂（Fred Lewis Pattee，1863-1950）和威廉·皮特菲尔德·特伦特（William Peterfield Trent，1862-1939）等人开始致力于建立美国文学的合法性，将美国文学作为一门学科看待。到一战结束时，已有越来越多的知名大学教授开始讲授和研究美国文学，撰写有关美国文学的文章，在这一阶段，关于美国文学的博士学位论文也开始增多。其次，越来越多的年轻的知识分子和艺术家们开始主张建立一种新的美国身份，如范·怀克·布鲁克斯（Van Wyck Brooks，1886-1963）提出用一种新的、活跃的民族文化来取代抽象的、学术性的文化。许多年轻的知识分子，如伦道夫·伯恩（Randolph Bourne，1886-1918）、沃尔多·弗兰克（Waldo Frank，1889-1967）和刘易斯·芒福德（Lewis Mumford，1895-1990）等人响应了布鲁克斯的号召，并在接下来的 20 年里一起致力于发现美国文学新经典，其中就包括梅尔维尔。卡尔·范·多伦（Carl Van Doren，1885-1950）在《剑桥美国文学史》（*Cambridge History of American Literature*，1917）中将梅尔维尔纳入其中，这既反映了人们对梅尔维尔日益增长的兴趣，也预示了两年后（1919 年）梅尔维尔百年纪念的热潮。

（三）复兴阶段（20 世纪 20 年代-40 年代）

1921 年，现代语言协会美国文学分会（the American Literature Section of the Modern Language Association）成立，1929 年，《美国文学》（*American Literature*）杂志成立。美国文学作为独立学科的大背景为梅尔维尔在美国文学经典中的地位得以提升创造了契机，为梅尔维尔研究的发展提供了依托。

---

① 美西战争（Spanish-American War）指 1898 年美国为了夺取西班牙在美洲和亚洲的殖民地古巴、波多黎各和菲律宾而发动的战争，是列强重新瓜分殖民地的第一次帝国主义战争。

1941 年，弗朗西斯·奥托·马修森（Francis Otto Matthiessen，1902-1950）在
《美国文艺复兴：爱默生和惠特曼时代的艺术与表现》（*American Renaissance*：
Art and Expression in the Age of Emerson and Whitman）一书中将梅尔维尔与美
国文艺复兴时期的代表人物并置，并对其展开详尽介绍。此后，梅尔维尔成
为与拉尔夫·沃尔多·爱默生（Ralph Waldo Emerson，1803-1882）、亨
利·大卫·梭罗（Henry David Thoreau，1817-1862）、沃尔特·惠特曼（Walt
Whitman，1819-1892）和霍桑等作家比肩的文学巨擘。

（四）蓬勃发展阶段（20 世纪 40 年代以后）

自 20 世纪 40 年代起，梅尔维尔研究在国外渐成体系，伴随着 20 世纪西
方文学理论的兴起与发展，对梅尔维尔展开的研究也更加丰富多元。具体来
看，研究队伍壮大、研究视角多样、研究方法新颖，研究整体呈现多元化态
势。作品的主题、语言、体裁、技巧等都被反复探究，哲学、宗教、神话、
伦理、种族、生态、性别、海洋、帝国、战争、暴力、民主、自由、阶级等
话题成为当下梅尔维尔研究的热点。从理论视角来看，形式主义、精神分
析、叙事学、新历史主义、女性主义、生态主义、后殖民主义、文化理论、
性别理论等被不断使用。迄今为止，国外的梅尔维尔研究成果已不胜枚举。
据笔者不完全统计，国外已出版梅尔维尔研究专著百余部、博士学位论文千
余部（见表 1），发表各类期刊论文近 3 千篇（见表 2）。

表 1　国外研究梅尔维尔的学位论文整体数据　　（单位：篇）①

学位论文	总体	近 10 年	近 5 年
博士学位学位论文	1158	274	105
硕士学位论文	225	116	51
总计	1383	390	156

---

① 博士论文以 ProQuest 数据库为参照，搜索关键词为 "Herman Melville"，搜索时间截
至 2024 年 4 月。

表 2　国外研究梅尔维尔小说的期刊论文整体数据　　（单位：篇）①

篇名/关键词	总体	近 10 年	近 5 年
Herman Melville	2889	298	156
Moby Dick	366	36	9
Typee	46	3	1
Omoo	16	1	0
Mardi	44	2	2
White Jacket	21	0	0
Benito Cereno	77	6	3
Redburn	25	1	1
Billy Budd	163	6	3

无论在深度还是广度上，国外学界对梅尔维尔小说的研究都处于一个较高水平。近十年的梅尔维尔小说研究方法基本传承了之前的研究，研究主要聚焦小说中的政治、宗教、性别、种族等主题。

1. 政治主题方面：刘利亚（Liu Liya）在其博士学位论文《赫尔曼·梅尔维尔的〈白鲸〉、〈贝尼托·切里诺〉和〈抄写员巴特尔比〉的比较研究——对主要人物身体的考察》（*Comparative Study of Herman Melville's "Moby-Dick," "Benito Cereno" and "Bartleby, the Scrivener" ——Examining the Main Characters' Bodies*, 2015）中发现在梅尔维尔的多部小说中，都存在具有共性的身体特征，如在《白鲸》《贝尼托·切里诺》和《抄写员巴特尔比》这三部小说中，三个主人公在身体层面都具有与物互动的特点，如《白鲸》中的亚哈把船员和船只"裴阔德"号视为自己身体的补充，《贝尼托·切里诺》中的巴波用其他动物做他的胳膊和腿来指挥奴隶起义，《抄写员巴特尔比》中的律师则把巴特尔比视为其身体的延伸。据此，刘利亚将这三部小说进行

---

① 期刊论文以 JSTOR 数据库为参照，搜索关键词为"Herman Melville"，搜索时间截至 2024 年 4 月。

比较研究，指出尽管这三部小说涉及不同的政治隐喻，但它们"都集中在对资本主义的共同批判上，即资本主义对人类思想和人际关系的腐化影响"①。尼古拉·尼克松（Nicola Nixon）的《人与衣；或梅尔维尔〈贝尼托·切里诺〉中花花公子的身体政治》（"Men and Coats；Or, The Politics of the Dandiacal Body in Melville's 'Benito Cereno'", 1999）一文则以《贝尼托·切里诺》中对切里诺花花公子般的服装描写为切入点，关注梅尔维尔对社会形式的崇拜现象和对北方政治问题的阐释。② 帕特里克·麦克唐纳（Patrick McDonald）在其博士学位学位论文《贵族资本：民主意识形态与资本主义实践——从查尔斯·布罗克登·布朗到赫尔曼·梅尔维尔》（*Aristocratic Capital：Democratic Ideology and Capitalist Practice from Charles Brockden Brown to Herman Melville*, 2018）中指出，梅尔维尔的小说并没有把自由的市场资本主义和工业化世界描绘成一种新奇的经历，而是把它看作旧世界和革命前政治经济实践的延续。这些小说对美国乃至大西洋世界资本主义的描述，比同时代人专门针对政治经济学的著作更为复杂，这促使人们重新思考向资本主义的过渡。罗南·卢多特·弗拉萨克（Ronan Ludot Vlasak）在《痛苦中的身体：赫尔曼·梅尔维尔作品中的古典雕塑与暴力》（"Bodies in Agony：Classical Sculpture and Violence in Herman Melville's Works", 2017）一文中将身体作为对古典雕塑进行阐释的工具，并指出："梅尔维尔的作品中对希腊罗马雕塑的暗示与暴力的破坏性形式交织在一起，而不是指向一个和谐的理想和延续的传统。"③ 玛丽·伊丽莎白·卡夫（Mary Elizabeth Cuff）在其博士学位论文《美国的以撒和以实玛利：赫尔曼·梅尔维尔、罗伯特·佩恩·沃

---

① LIU L Y. Comparative Study of Herman Melville's "Moby‑Dick" "Benito Cereno" and "Bartleby, the Scrivener"——Examining the Main Characters' Bodies [D]. Hanover：Dartmouth College,2015.

② NICOLA N.Men and Coats；Or, The Politics of the Dandiacal Body in Melville's "Benito Cereno"[J].PMLA,1999,114(3)：359-372.

③ LUDOTVALASAK R. Bodies in Agony：Classical Sculpture and Violence in Herman Melville's Works[J].Sillages Critiques, 2017,22：102.

伦和拉尔夫·埃里森的文学关系》（*American Isaac and Ishmael：The Literary Relationship of Herman Melville，Robert Penn Warren，and Ralph Ellison*，2018）中梳理了沃伦和埃里森对梅尔维尔的再阐释，并通过研究两位作者对梅尔维尔的解读，指出这有助于在沃伦和埃里森关于美国身份、历史和民主的概念之间建立深刻的相似之处。卡夫还指出，研究沃伦和埃里森对梅尔维尔的解读有助于在沃伦和埃里森关于美国身份、历史和民主的概念之间建立深刻的相似之处。

2. 宗教主题方面：爱德华·马尔斯翁（Édouard Marsoin）的《腹部哲学：梅尔维尔、尼采和禁欲主义者的理想》（"The Belly Philosophical：Melville，Nietzsche，and the Ascetic Ideal"，2019）一文主要考察饮食和节食现象，并以尼采在《道德谱系》（1887）中阐述、德勒兹在《尼采与哲学》（1962）中评论的尼采的"禁欲理想"① 为主线，探讨了梅尔维尔小说的哲学性质。马尔斯翁在阅读尼采和德勒兹的作品后，揭示了在梅尔维尔的小说和尼采的作品中，思维方式是如何与节食方式联系在一起的，并指出，梅尔维尔笔下的三个伟大人物，以实玛利、亚哈和皮埃尔，都以戏剧化的方式将饮食选择与认识论和哲学立场交织在一起。苏珊·裘德·霍廷格·卡什（Susan Jude Hottinger Cash）在其博士学位论文《在宇宙海洋中漂流：赫尔曼·梅尔维尔作品中的奥古斯丁式躁动》（*Wrestling to Find Rest；or，Adrift in the Universal Sea：Augustinian Restlessness in the Writings of Herman Melville*，2018）中分析了梅尔维尔一直以来备受争议的精神和哲学倾向，并指出，梅尔维尔对上帝的失望和质疑、渴望和探索的过程可以通过奥古斯丁的视角来理解，可以用奥古斯丁式的不安来描述。约书亚·梅比（Joshua Mabie）在其博士学位论文《现代美国朝圣者：赫尔曼·梅尔维尔和T·S·艾略特生平和作品中的居住及宗教旅行》（*Modern American Pilgrims：Dwelling and Religious Travel in the Lives and Works of Herman Melville and T. S. Eliot*，2012）中指出，与许多同时

---

① MARSOINÉ.The Belly Philosophical：Melville，Nietzsche，and the Ascetic Ideal［J］.Textual Practice，2019，33（10）：1705-1721.

代人以及他们的前辈不同，这两位美国清教徒并没有寻求可以创造新东西的开阔空间，他们寻求的是修复那些既能磨蚀又能改变他们的旧东西。斯蒂芬·班尼特（Stephen J. Bennett）在《"一种悲哀的智慧"：〈白鲸〉中传道书的典故》（"'A Wisdom That Is Woe'：Allusions to Ecclesiastes in 'Moby-Dick'"，2013）一文中指出，《白鲸》除了大量引用《圣经》典故，还受《传道书》的影响，并进一步将《传道书》的引语和典故进行分类整理，指出梅尔维尔对《传道书》的怀疑态度影响了他在小说中对《圣经》的使用。

3. 性别主题方面：这类研究主要聚焦于梅尔维尔小说中的女性、性和同性恋问题。如伦纳德·波普斯（Leonard Pops）把《玛迪》中天真的少女伊拉视为性受害者，并在小说中区分了三种女性群体：被动的受害者（passive victims）、好母亲（good mothers）和模仿继母（good mothers）①。威尔玛·加西亚（Wilma Garcia）的《母亲与他者：梅尔维尔、吐温和海明威作品中的女性神话》（*Mothers and Others：Myths of the Female in the Works of Melville*，*Twain*，*and Hemingway*，1984）则提供了一种新的、不同的见解。加西亚认为，一方面，梅尔维尔被视为一个男性作家，在男权神话传统中进行文学创作，从而将女性角色降低到性别和母亲身份；另一方面，加西亚把梅尔维尔笔下大多数英雄的失败与他们无法从母亲手中得以解放联系起来。而玛利亚·费丽萨·洛佩兹·利克特（María Felisa López Liquete）虽承认梅尔维尔小说中的女性是在场的，却认为"对女性的研究使我们对男性角色有了新的理解和诠释"②，从而将梅尔维尔小说中的女性作为阐释小说中男性成长的重要素材。尼尔·L. 托尔钦（Neal L. Tolchin）则认为，梅尔维尔作品中出现的女性角色以及他对性的排斥，不仅反映了作家与其母亲之间的关系，也反映了他所处时代的社会偏见。此外，托尔钦还指出，在杰克逊时期的美国

① POPS M.The Melville Archetype[M].State of Ohio：Kent State University Press，1970：234.
② LIQUETE M，FELISA L.The Presence-Absence of Women in the Work of Herman Melville[J].Atlantis，1995，17(1)：117.

（Jackson's America）①，"母亲既是一种必要的道德力量，也是一种蔑视的来源".② 上述研究主要将梅尔维尔小说中的女性作为研究对象，探讨女性类型、女性与男性的互动关系，以及梅尔维尔在小说中描写女性的用意。

此外，还有学者探讨了梅尔维尔小说中的同性恋问题。如史蒂文·埃尔曼（Steven B. Herrmann）的论文《梅尔维尔在〈白鲸〉中对同性婚姻的描绘》（"Melville's Portrait of Same-Sex Marriage in Moby-Dick"，2010）将梅尔维尔的经典小说《白鲸》中以实玛利和魁魁格的"婚姻"关系看作是美国文学中第一个对同性婚姻的描写，埃尔曼从社会、政治、宗教和人权的角度出发，探索了梅尔维尔与同性恋之间的相关性。还有学者探索了梅尔维尔小说中的性、性别和身体机能之间的关系，如杰米·沃特森（Jamie Watson）在其博士学位论文《赫尔曼·梅尔维尔的〈我和我的烟囱〉和〈一个脱离肉体的听众〉中人为的更年期和建筑体现：霍桑在〈七个尖角阁的房子〉中的催眠叙述》（*Man-Made Menopause and Architectural Embodiment in Herman Melville's "I and My Chimney" and "A Disembodied Listener"：Hawthorne's Mesmeric Narrator in The House of the Seven Gables*，2017）中通过互文方法展示了梅尔维尔短篇小说之间的相似之处，并鼓励读者对梅尔维尔的故事进行新解读，同时呈现出梅尔维尔对性别、性和衰老的理解深度。综上所述，国外学界对于梅尔维尔小说中性别主题的研究或是围绕同性恋问题，对男性人物之间的情感展开探讨；或是围绕性问题，对女性角色展开剖析；或是将性别和性放在更宏大的视域下探索梅尔维尔小说的内涵，研究得出的结论也存在较大差异。

---

① 美国第 11、12 任美国总统安德鲁·杰克逊（Andrew Jackson，1767-1845）的任职时期是 1829-1837 年，但目前美国史学界对"杰克逊时期"的具体时间段仍缺乏统一界定。美国历史学家、社会批评家及公共知识分子小阿瑟·M. 施莱辛格（Arthur M. Schlesinger，Jr.，1917-2007）在其普利策历史奖获奖作品《杰克逊时代》（The Age of Jackson，1945）一书中将"杰克逊时期"限定在 1815-1846 年。

② TOLCHIN N L.Mourning, Gender, and Creativity in the Art of Herman Melville[M].New Haven：Yale University Press,1988：177.

4. 种族主题方面：对梅尔维尔小说中种族问题的探讨在学界受到广泛关注，研究成果十分丰富，主要围绕梅尔维尔对黑白二元对立、奴隶制，以及废奴问题的态度展开。这些研究的结论存在较大差异，有学者认为梅尔维尔同情黑人，反映了梅尔维尔对奴隶制的批判态度；有学者却认为梅尔维尔是个潜在的种族主义者，默认黑人与白人之间是不平等的；另有学者对梅尔维尔的种族观持中立态度，并未关注梅尔维尔的种族立场，而是着重分析梅尔维尔对由奴隶制问题衍生的善恶问题的态度。

对于梅尔维尔对黑人持同情态度这一点，卡罗琳·L. 卡彻和西德尼·卡普兰的研究具有代表性。卡罗琳·L. 卡彻（Carolyn L. Karcher）在其博士学位论文《应许之地的阴影：梅尔维尔式美国的奴隶制、种族和暴力》（*Shadow over the Promised Land*: *Slavery*, *Race*, *And Violence in Melville's America*, 1980）中考察了梅尔维尔在《泰比》《白鲸》《贝尼托·切里诺》《比利·巴德》等小说，以及后期创作的诗歌中对奴隶制、种族和暴力问题的处理。卡彻认为，梅尔维尔在其作品中通过许多巧妙的技巧来颠覆读者的种族偏见，诱使他们认同受压迫的受害者，而不考虑种族，尤其在小说《贝尼托·切里诺》中，梅尔维尔将读者局限于种族主义者。卡彻的分析对象几乎涵盖了梅尔维尔的小说和诗歌在内的所有作品，但他对梅尔维尔种族观研究的主要出发点是作品中反映出的奴隶制和暴力问题。西德尼·卡普兰（Sidney Kaplan）的《赫尔曼·梅尔维尔与美国的国罪：〈贝尼托·切里诺〉的意义》"Herman Melville and the American National Sin：The Meaning of *Benito Cereno*"，1956）通过对《贝尼托·切里诺》展开分析，认为梅尔维尔塑造了一位"聪明、勇敢的奴隶同胞领袖"[1] 巴波，而许多评论家眼中的"巴波之所以邪恶，是因为这个邪恶的世界"[2]。约翰·斯托弗（John Stauffer）在《梅尔维尔、奴隶制与美国困境》（"Slavery and the American Dilemma"，

---

[1] KAPLAN S.Herman Melville and the American National Sin：The Meaning of Benito Cereno [J].The Journal of Negro History,1956,41(4)：311.

[2] Ibid,p. 312.

2017）一文中深入剖析了《泰比》《白鲸》《失败的快乐》和《贝尼托·切里诺》四部小说，指出"梅尔维尔在其创作生涯中力图冲破文化信仰的束缚，打破黑人和白人的二分法"①，同时批评了那些重新定义种族界限、实现种族完美主义或乌托邦愿景以及废除罪恶的努力。

有学者认为梅尔维尔是个潜在的种族主义者，如约瑟夫·M.阿芒戈尔（Josep M. Armengol）在《黑人与白人的种族关系：拉尔夫·埃里森〈看不见的人〉和赫尔曼·梅尔维尔〈贝尼托·切里诺〉中的种族化和性别化隐喻》（"Race Relations in Black and White：Visual Impairment as a Racialized and Gendered Metaphor in Ralph Ellison's "Invisible Man" and Herman Melville's "Benito Cereno"，2017）一文中通过重新分析埃里森对梅尔维尔的小说《贝尼托·切里诺》的贡献，借用了关于白人作为种族统治的最新研究成果，重新审视了《贝尼托·切里诺》。阿芒戈尔承认了学界对艾里森与梅尔维尔之间继承与被继承的关系，并讨论了二者共同的文学焦点，即作为一个种族和性别视觉隐喻的"视觉障碍"。文章深入剖析了《贝尼托·切里诺》中德拉诺船长被白人身份遮蔽了的"视觉障碍"，即看不见可能出现的黑人暴动，用以指出这种"视觉障碍"本身就是一种种族歧视。文章还指出，"种族主义对主人和奴隶产生了扭曲作用，通过重新审视德拉诺和看不见的人这两个愚昧的角色，证明他们都是自己种族错觉（视觉障碍）的受害者。"②

另有学者对梅尔维尔的种族观持中立态度，如劳里·珍·洛伦特（Laurie Jean Lorant）在其博士学位论文《赫尔曼·梅尔维尔与种族：主题与意象》（*Herman Melville and Race：Themes and Imagery*，1972）中对梅尔维尔的种族观进行了较为全面的梳理，将梅尔维尔的所有作品按照时间顺序划分为六个部分，并依次对梅尔维尔作品中的种族观进行剖析。埃莉诺·E.辛普

---

① STAUFFER J. Slavery and the American Dilemma [J]. English and American Literary Studies,2017(2):84.

② ARMENGOL J M.Race Relations in Black and White：Visual Impairment as a Racialized and Gendered Metaphor in Ralph Ellison's Invisible Man and Herman Melville's "Benito Cereno"[J].Atlantis,2017,39(2):29-46.

森（Eleanor E. Simpson）在《梅尔维尔和黑人：从〈泰比〉到〈贝尼托·切里诺〉》（"Melville and the Negro：From *Typee* to 'Benito Cereno'"，1969）一文中梳理了梅尔维尔在《泰比》《奥穆》《玛迪》《白外套》《皮埃尔》《骗子》《白鲸》和《贝尼托·切里诺》等小说中对黑人的描述。辛普森认为，从《泰比》开始，直到《贝尼托·切里诺》结束，梅尔维尔对黑人和奴隶制的认识从当时盛行的刻板印象（如温顺、谦逊、自然）逐渐转向至复杂性（即并非纯粹的善或恶）。琳达·布劳内（Linda Braune）在其博士学位论文《赫尔曼·梅尔维尔和理查德·赖特：友情与反抗》（*Herman Melville and Richard Wright：Camaraderie and Revolt*，2014）中将黑人左翼作家赖特及其经典著作看作是美国黑人经典人物杜波依斯和白人经典作家梅尔维尔的双重意识产物，布劳内指出，赖特的作品不仅呼应了梅尔维尔19世纪50年代的海洋小说，也预示了赖特对梅尔维尔和对新兴黑人作家的兴趣。此外还有十余篇博士学位论文也阐述了梅尔维尔的种族观，但都只是选取梅尔维尔的某几部小说进行分析，或是将其作为分析其他作家作品的参照。

从近十年来梅尔维尔小说的国外研究现状可以看出，国外学界对梅尔维尔小说的关注仍然持续，研究数量庞大、内容详实、视角多样，主要有以下几个特点：一、研究主题十分丰富，涵盖政治、宗教、性别、种族等方面；二、研究对象不再局限于《白鲸》，而是包含梅尔维尔的大部分小说；三、针对不同主题的探讨与其他主题之间的关联性不强，针对同一主题所得出的结论差异性也较大。总体而言，尽管国外对梅尔维尔小说展开的研究已比较成熟，主题也十分多样，但研究侧重点相对零散，各类研究主题之间关联性不强，如研究小说中的性别问题得出的结论与研究种族问题得出的结论之间没有共通性，无法体现梅尔维尔小说创作中的连贯性，尚未有研究关注到小说不同主题中隐含的作家贯穿始终的态度。

二、梅尔维尔小说的国内研究概况

与国外研究相比，国内对梅尔维尔展开的研究起步晚，对梅尔维尔作品

的研究起源于对其作品的译介，而对其作品的译介最早可追溯到 20 世纪 80
年代。第一部梅尔维尔作品的中译本是曹庸于 1982 年在上海译文出版社出版
的《白鲸》①。第一篇介绍梅尔维尔及其作品的文章是周珏良于 1979 年在
《读书》上发表的《谈〈美国文学史〉》，该文介绍了由我国的研究工作者
自己写出的第一本美国文学史书籍，但只在其中简要提及了梅尔维尔。随后，
王佐良在其《中国第一本美国文学史——评〈美国文学简史〉（上册）》
（1979）一书中将梅尔维尔置于美国短短二百年的历史之中，首次探索梅尔
维尔的艺术创新。周珏良于发表的《河、海、园——〈红楼梦〉、〈莫比·迪
克〉、〈哈克贝里·芬〉的比较研究》（1983）和甘美华发表的《一位曾被埋
没的作家梅尔维尔》（1984）这两篇文章共同开启了梅尔维尔国内学术研究
的先河。甘美华在文中指出："梅尔维尔讲述的那些激动人心的故事几乎已
被人忘却，直到最近，人们才再次阅读和赞赏他的这些作品。"② 此后，国内
对梅尔维尔的研究逐渐升温，尤其进入 21 世纪后，研究成果蔚为壮观，若在
CNKI 上将"梅尔维尔"或"麦尔维尔"作为篇名或关键词，可搜索到学术
论文 1600 余篇（见表 3）、博士学位论文 1 篇、硕士学位论文 127 篇（见表
4）。不难看出，尽管国内研究起步较晚，但研究势头强劲，且近年来的研究
数量有逐渐超过国外的趋势。

---

① 据笔者不完全统计，截至目前，《白鲸》的译本共有曹庸版（1982、1990、1999、
2008、2011）、杨敬仁版（1993）、罗山川版（1996）、杨善录版（1997）、吕晓滨版
（2009）、刘宇红和万茂林版（2010）、成时版（2010、2011）、王志娇版（2014）、
纪飞版（2017）、伊丽版（2017）、杨天庆版（2019）、段建军和杨丽版（2019）以
及若干编译版和改写版。国内对梅尔维尔其他作品展开的译介则明显较少，如《泰
比》的中译本只有马惠琴和舒程版（2006、2011），《奥穆》的中译本只有艾黎版
（2006、2011），《玛迪》的中译本只有于建华版（2006、2011），《水手比利·巴
德》的中译本只有许志强（2010）和陈晓霜版（2015），《苹果木桌子及其他简
记》和《广场故事集》的中译本分别只有一版（陆源 2019、张明林版 2019）。梅尔
维尔的其他小说（《雷德伯恩》《白夹克》《皮埃尔》《伊斯雷尔·波特》和《骗
子》）与诗歌集（《战争诗集》《克拉瑞尔》《约翰·玛尔及其他水手》和《梯摩里
昂》）都暂无中译本。
② 甘美华. 一位曾被埋没的作家梅尔维尔 [J]. 文化译丛，1984（3）：12-13.

表3　国内研究梅尔维尔小说的期刊论文整体数据　　（单位：篇）①

篇名/关键词	总体	近10年	近5年
梅尔维尔/麦尔维尔	1691	531	229
《白鲸》	482	222	89
《泰比》	10	7	1
《奥穆》	3	0	1
《玛迪》	4	0	0
《白夹克》	1	0	0
《雷德伯恩》	1	0	0
《贝尼托·切里诺》	12	3	2
《比利·巴德》	27	17	9

表4　国内研究梅尔维尔的学位论文整体数据　　（单位：篇）②

学位论文	总体	近10年	近5年
博士学位学位论文	4	4	3
硕士学位论文	132	66	23
总计	136	70	26

　　这些研究的内容分别涉及梅尔维尔研究综述及梅尔维尔具体文学作品中的象征意义、生态意义、宗教意义、圣经原型、伦理思想、帝国意识、种族意识等。根据研究的不同侧重点，笔者将梅尔维尔小说的国内研究大致分为生态、宗教、殖民、种族等五大主题。

　　1. 生态主题方面：这类研究通常以《白鲸》作为主要分析对象，将小说置于生态批评语境下，重点探讨小说折射的生态意识。这类研究中最具代表

---

① 期刊论文以 CNKI 数据库为参照，搜索时间截至 2024 年 4 月。
② 学位论文以 CNKI 数据库为参照，搜索时间截至 2024 年 4 月。

性的为胡铁生和常虹撰写的《对抗与和谐：生态意义上的矛盾与统一——论麦尔维尔〈白鲸〉中人与自然的关系》（2008）、吴迪撰写的《生态批评视角中的〈白鲸〉》（2008）、徐明和李欣撰写的《论〈白鲸〉的生态意识》（2006）、周海燕和杨正和撰写的《解读〈白鲸〉的生态伦理困惑》（2006）、邹渝刚撰写的《〈白鲸〉的生态解读》（2006），以及黄厚文撰写的《略论麦尔维尔的生态意识——以〈白鲸〉为例》（2014）等文章。上述文章均对《白鲸》中的生态主题展开论述，揭示小说中人与自然之间的非对抗性关系，指出梅尔维尔具有前瞻性的生态危机意识和对人类走出生态困境的深入思考。这类研究所得结论通常为增强生态意识、保持生态平衡、与大自然保持和谐相处等。

2. 宗教主题方面：刘永清是国内分析梅尔维尔宗教思想相对全面的学者，其《行走在沼泽地上的麦尔维尔——透析〈白鲸〉中的宗教困惑》（2012）、《〈白鲸〉的嬗变》（2012）、《〈白鲸〉的"白鲸"宗教思考——基于麦尔维尔生活经历、社会与宗教历史和圣经故事的分析》（2012）、《论〈白鲸〉与〈白鹿原〉中神的神性特征》（2014）等若干篇论文中都详细阐释了梅尔维尔的加尔文宗教观念及其对基督教的质疑。郝运慧和郭棣庆的论文《麦尔维尔的宗教求索之路：兼论麦尔维尔与尼采的宗教亲缘性》（2015）探究了梅尔维尔从颠覆到幻灭的宗教求索之路，继而论证梅尔维尔的"上帝的沉默"与尼采的"上帝之死"之间超越性的亲缘关系，揭示在上帝的失声与不在场的世界里梅尔维尔与尼采二人对存在主义生命价值观的肯定。

3. 种族主题方面：这类研究主要聚焦梅尔维尔小说中的种族意识和梅尔维尔的种族观。杨金才是国内最早对梅尔维尔小说中的种族意识展开分析的学者，他在《〈奥穆〉的文化属性与种族意识》（2007）一文中以小说的导读性《前言》为切入点，结合具体的文本分析，着重考察了小说的文化内涵，审视叙述者的动态性文化身份建构和种族意识，并指出梅尔维尔"建构了一种反映19世纪40年代南太平洋流浪水手们独有生活情趣和精神世界的动态身份的叙事。"① 胡鑫和周启强在论文《〈白鲸〉中的种族平等意识探析》（2014）中分析了梅尔维尔在《白鲸》中对白色意义的探讨、对土著人形象的刻画以及对土著文化的包容态度，揭示梅尔维尔提倡平等对待"有色人种"及其文化的包容态度，"体现了平等的种族意识"②。杨丽在《再读梅尔维尔的〈白鲸〉——魁魁格人物形象解析》（2011）一文中指出，《白鲸》中"对魁魁格人性的描写指引人们向当时美国社会的种族和宗教不平等社会政治生态发出了强烈的挑战"③。

此外，还有一些学者将梅尔维尔唯一一部以黑人为主要人物的小说《贝尼托·切里诺》置于考察范围内，探讨小说所折射的作家种族观念。如韩敏中在《黑奴暴动和"黑修士"——在后殖民语境中读麦尔维尔的〈贝尼托·塞莱诺〉》中，将小说《贝尼托·切里诺》和它的真实"原型"及另一个对小说创作产生很大影响的"底本"进行细致比对，并在此基础之上提出"小说中的黑人既是起义者也是白人阴谋家"④ 的看法。林元富在《德拉诺船长和"他者"评麦尔维尔的中篇小说〈贝尼托·切雷诺〉》中，通过剖析小说主人公德拉诺船长这一人物形象以及小说独特的文本结构与叙事方式，解读小说的主题，指出该小说的"现代性不在于它对蓄奴制敲响了警钟，而在于它以微妙的方式批判和讽刺了蓄奴制背后的主导意识形态，尤其是被殖民者的身份问题"⑤。彭建辉和王璞在《〈贝尼托·切雷诺〉中的"黑与白"》一文中，通过对小说文本的分析，揭示作家隐匿在情节背后的深刻用意，即"回避奴隶主和奴隶之间的严重对立只会使冲突变得更具破坏性"，

---

① 杨金才.《奥穆》的文化属性与种族意识 [J]. 外国文学评论，2007（3）：109.
② 胡鑫，周启强.《白鲸》中的种族平等意识探析 [J]. 长春理工大学学报（社会科学版），2014（9）：148.
③ 杨丽. 再读梅尔维尔的《白鲸》：魁魁格人物形象解析 [J]. 名作欣赏，2011（9）：77-78.
④ 韩敏中. 黑奴暴动和"黑修士"：在后殖民语境中读麦尔维尔的《贝尼托·塞莱诺》[J]. 外国文学评论，2005（4）：83.
⑤ 林元富. 德拉诺船长和"他者"：评麦尔维尔的中篇小说《贝尼托·切雷诺》[J]. 外国文学，2004（2）：80.

进而指出，梅尔维尔意在"提醒人们注意奴隶制所带来的血腥和暴力"①。其余对梅尔维尔小说种族观的见解散见于多篇文章，如金兰芬的《论梅尔维尔笔下的他者形象》（2015）、田珊珊的《试论〈白鲸〉中的种族主义倾向》（2018）、汪东枚的《从〈白鲸〉中的白色探讨美国的种族歧视问题》（2011）等。不难看出，上述对梅尔维尔小说种族主题展开的研究主要围绕《白鲸》和《贝尼托·切里诺》这两部小说，且均得出"梅尔维尔批判奴隶制，呼吁种族平等"这类观点，既存在研究对象狭窄的问题，也存在研究结果重复的问题。

　　4. 殖民主题方面：这类研究是国内梅尔维尔小说研究中的一个热点，通常将《白鲸》作为文本对象，阐释小说中的殖民内涵及梅尔维尔对殖民议题的态度。杨金才、曾莉、毛凌滢、段波和朱喜奎等学者的研究具有代表性。杨金才在《异域想象与帝国主义——论赫尔曼·麦尔维尔的"波里尼西亚三部曲"》一文中指出：梅尔维尔对 19 世纪中期美国的殖民意识形态进行了批判，但"他并没有完全站在殖民主义的对立面并与之决裂，而是保留了一种暧昧关系从而建构了南海殖民时期那特有的历史现实"②。曾莉在《美国文学中的舟与帝国意识》（2012）一文中通过对《白鲸》《老人与海》《海上扁舟》和《哈克贝利费恩历险记》等小说中的舟意识展开分析，阐释了美国舟船文化的渊源、美国文学中的舟及其与帝国意识之间的关联，并指出，梅尔维尔笔下的"裴阔德"号体现的是带有帝国意识的强权政治。毛凌滢在论文《论〈白鲸〉的民族形象与帝国意识形态的同构》（2017）中立足 19 世纪小说产生的历史和文化语境，分析了梅尔维尔在貌似传奇与宗教寓言的海洋叙事中对新兴的美国民族形象和民族性格的刻画，同时揭示了隐匿在民族形象书写背后的帝国意识形态及其与美国民族性格的同构。段波在《〈白鲸〉

---

①　彭建辉，王璞.《贝尼托·切雷诺》中的"黑与白"［J］. 外国文学研究，2008（4）：107-111.

②　杨金才. 异域想象与帝国主义：论赫尔曼·麦尔维尔的"波里尼西亚三部曲"［J］. 国外文学，2000（3）：68.

与麦尔维尔的"太平洋帝国"想象》（2020）一文中对《白鲸》中的政治关系和权力斗争展开研究，并指出该小说是"审视美国争夺太平洋地缘政治版图的经典文本"，"梅尔维尔通过19世纪美国辉煌的捕鲸叙事来描绘美国'太平洋商业帝国'开掘的历史路径，并借助南太平洋'空白'的地图空间表征来绘制美国在太平洋地区的地缘政治版图与权力图景。"①

　　除上述学者的研究外，还有一些学者并未选择将《白鲸》作为分析对象，而是将目光放在梅尔维尔的其他小说，尤其是"波利尼西亚三部曲"上。如朱喜奎在《〈泰比〉中的殖民主义文化意识》（2016）一文中指出，《泰比》看似梅尔维尔在批判以法国为首的西方帝国主义国家在土著岛国实施的侵略行径和霸权行为，批判西方帝国主义的扩张，实则"反映出了梅尔维尔本人内心中的殖民主义文化意识，其主要表现在白人种族的主体意识，低劣的土著文化和白人殖民主义心理"。② 整体而言，对梅尔维尔作品中的帝国意识和殖民主义的分析主要围绕《泰比》和《白鲸》展开，这类研究通常认为梅尔维尔在小说中批判美国殖民行径的同时，展现了其潜在的殖民主义或帝国主义文化意识，具有较大的重复性。

　　通过对梅尔维尔小说的国内研究主题进行梳理，可以看出，这些研究主要有以下特点：一、从选取的小说文本上看，研究仍主要围绕梅尔维尔的代表作《白鲸》展开，少量涉及其他小说，同时缺乏对梅尔维尔的多部小说展开关联互文研究；二、从理论工具上看，多重复性使用"生态批评""后殖民主义"等理论；三、从研究主题上看，国内对梅尔维尔小说中的殖民主题和种族主题展开的讨论占主流，对美国作家作品中的殖民与种族问题的关注充分凸显了中国学者的政治意识与批判态度，但与国外研究相比，国内学界忽视了对梅尔维尔小说中性别问题的探讨；四、从研究深度上看，梅尔维尔小说的国内研究与国外研究相比还不够深入，多为基于前人研究的重复性研

---

① 段波.《白鲸》与麦尔维尔的"太平洋帝国"想象 [J]. 外国文学研究，2020，42（1）：135.

② 朱喜奎.《泰比》中的殖民主义文化意识 [J]. 青海社会科学，2016（5）：183.

究，且得出的结论具有较大的重复性；五、对梅尔维尔有持久兴趣的研究者不多见，期刊论文多而相关的系统研究成果却很少。截至目前，国内只有两本梅尔维尔的研究专著，即杨金才在其博士学位论文基础上修改出版的《赫尔曼·梅尔维尔和帝国主义》（*Herman Melville and Imperialism*，2001）以及他于 2017 年出版的《赫尔曼·麦尔维尔的现代阐释》，此外，博士学位论文仅有 1 部，即朱喜奎的《寻梦乌托邦：麦尔维尔波利尼西亚三部曲研究》（2018）。

第二节　身体与身体书写

纵观梅尔维尔小说的国内外研究现状可以看出，国外学界对梅尔维尔小说展开的研究较国内学界而言更广泛、更深入，研究视角也更多元、更丰富。但研究侧重点相对零散，各类研究主题之间关联性不强，结论之间没有共通性，无法体现梅尔维尔小说创作中的连贯性，尚未有研究关注到小说不同主题中隐含的作家贯穿始终的态度。国内学界对梅尔维尔小说展开的研究则存在主题和文本局限，以及理论和结论重复等问题，此外，国内除杨金才和朱喜奎外，还未有学者对梅尔维尔的小说展开系统研究，专著或学位论文更是少见。笔者在深入阅读梅尔维尔和同时期其他经典作家的小说后发现，梅尔维尔小说中大量涉及对 19 世纪不同地域、不同种族、不同性别、不同阶级之人物身体展开的详细描写，这也正是他与霍桑和爱伦·坡等作家的不同之处。笔者发现，如若从上述视域对梅尔维尔小说中的人物身体展开研究，剖析小说人物特征，能够看到梅尔维尔小说创作思想的连贯性和一致性，即在其小说中存在作家一以贯之的态度。但需要指出的是，由于文学研究中的"身体"概念并未得到明确的界定，似乎任何与身体相关的范畴都可以进行所谓的身体研究，如空间、记忆、权力、资本、商品等，从而产生"身体"

与其他研究中的重要概念跨界甚至交叉的结果，产生诸如身体空间、身体记忆、身体资本等概念，不利于我们对文学中的"身体"展开系统研究。故而，在本节中，笔者将首先对"身体"概念在人文学科①中的源流进行梳理，指出本书中的"身体"和"身体书写"为何，接着梳理并总结国内外文学研究中对身体书写展开的具体分析，明确本书中身体书写的具体研究范式和路径。

一、何为身体与身体书写

"身体"（body）是源于哲学中的一个重要概念。人类对于身体的探索有着很长的历史，且总是把身体（肉体）和灵魂（或心灵、精神）② 放在一起探讨。比如，在古希腊时期，大多数哲学家都将身体等同于生物性的肉体，是与灵魂分离的东西，只是存放灵魂的容器。他们普遍崇尚灵魂，并将灵魂放在比身体更重要的位置。古希腊哲学家阿那克西美尼（Anaximenes，586-524 BC）就曾宣称："我们的灵魂是气，使我们结成整体，气息和空气包围着整个世界。"③ 古希腊哲学家赫拉克利特（Heraclitus，544-483 BC）也认

---

① "身体"属于跨学科概念，几乎无所不包，除在多个人文学科如哲学、社会学、文化和文学中有所涉及，还至少在医学、生理学、心理学、计算机科学等自然科学中被广泛讨论和研究。但由于本书对"身体"的探讨仅限定于文学领域，故而在此只对人文学科中的"身体"概念进行梳理和阐释。

② 严格来说，尽管心灵、灵魂和精神都是对人的大脑产生的思维所做的区分性的文字描述，但心灵、灵魂和精神三者之间是有差异的。精神指人的意识、思维活动和一般心理状态。心灵是将动物在生物学的层面上与植物区分开来的分界线。人的心灵蕴含有人的气质、欲望与本能。灵魂则是由蛋白质、DNA、RNA等生命大分子构成的生物体所产生的各种层次的一切生命现象，它依生命大分子、细胞、组织、器官以及生物体本身新陈代谢存在而存在。现代科学认为，没有灵魂存在的证据。人死后，生命消失，肉体逐步分解，不会留下任何非物质的存在。这种观点不同于信仰，而是基于这样一种事实：我们到目前为止，还没有采集到无可争议的、来自已知的已死去的人的、能被人或仪器所感知的任何信息。由于本论文的研究不涉及心灵、灵魂和精神之间具体差别的探讨，而是将身体与这三者相对，探讨身体之于这三者的独特性。因此，在本论文的研究范围中，笔者未对心灵、灵魂和精神三者进行细致的区分。

③ BARNES J.Early Greek Philosophy[M].London:Penguin Books,2002:26.

为，"如果人们拥有的不是善解的灵魂，眼睛和耳朵就是无力的证明"① "灵魂在肉体的时候是生命之源，提供了呼吸和再生的力量，如果这种力量失败了，那么肉体就会衰亡"②。可见，在这一时期，相对于灵魂而言，肉体是次要的，居于从属地位，毕达哥拉斯甚至将肉体视为灵魂的坟墓。在古希腊哲学家柏拉图（Plato，427-347 BC）看来，肉体所带来的爱、欲望和恐惧等感受会阻碍人们的理性思考与知识获取。柏拉图的学生亚里士多德（Aristotle，384-322 BC）则持相反的观点，他认为"灵魂的诸感受（感应）大概全都是结合于身体的——愤怒、温和、恐惧、怜悯、奋厉与快乐，以及友爱与仇恨，所有这些感应显示时，身体都是有所动忍的"③。亚里士多德不仅没有否认身体的重要性，还认为身体可能是人类情感活动的主体，能对客观世界做出反应，如产生喜怒哀乐等情绪。

整体而言，受中世纪基督神学的影响，人们不愿过多地谈论身体，而是强调灵魂。文艺复兴对人的重视使得身体获得赞美，但由于此时的哲学目标是摧毁神学，因此身体依然依附于灵魂，并未获得真正的解放。这样的状态一直维系到"现代哲学之父"笛卡尔（René Descartes，1596-1650）对身体与精神之间关系的探讨。笛卡尔认为，"我只是一个在思维的东西，也就是说是一个精神、一个理智，或者说一个理性"④，笛卡尔强调"思考着的我"，即思考这一意识活动才是真实存在的，身体只不过是"我"的附属，笛卡尔在此基础上提出著名的"我思故我在"这一论断。由此，哲学中对身心二分的坚持继续存在，身体仍然被视为客体。这一现象在 19 世纪德国唯心主义哲学家黑格尔（Georg Wilhelm Friedrich Hegel，1770-1831）那里得到强化。在黑格尔的哲学体系中，理性是超越肉体的绝对精神，肉体则被抛开

---

① BARNES J.Early Greek Philosophy［M］.London：Penguin Books，2002：69.
② ［古希腊］柏拉图. 柏拉图全集：第二卷 ［M］. 王晓朝，译. 北京：人民出版社，2003：80.
③ ［古希腊］亚里士多德. 灵魂论及其他 ［M］. 吴寿彭，译. 北京：商务印书馆，1999：47.
④ ［法］笛卡尔. 第一哲学沉思集 ［M］. 庞景仁，译. 北京：商务印书馆，1986：26.

不予讨论。而自 19 世纪中期开始,费尔巴哈(Ludwig Andreas Feuerbach,1804-1872)、马克思(Karl Heinrich Marx,1818-1883)和尼采(Friedrich Wilhelm Nietzsche,1844-1900)等人先后"从身体自己的观点出发"①,将身体从作为精神/灵魂的客体中抽离出来,作为主体加以探讨。具体而言,费尔巴哈的朴素唯物主义观点认为物质先于意识、物质决定意识,因此,作为物质的身体是唯一现实的,决定了精神和思维。马克思在费尔巴哈的基础上,进一步揭示了身体的重要性,指出身体除了具有生物性,还具有社会性、阶级性和历史性,并在此基础上深入考察现实中客观存在的人的身体,进而提出"资本主义制度下的身体是被异化的身体"这一极富创见的观点。在马克思之后,尼采强调对身体的回归,并"试图从身体的角度重新审视一切"②,将身体视为一切价值的开端和归宿。在尼采之后,西方哲学长久以来重精神轻身体的传统思想被彻底颠覆,重身体轻精神的理论思潮开始占据重要地位。

在哲学思潮的影响下,通过近代众多社会学家的研究和发展,身体成为兼具生物性和社会性的存在,身体的概念也开始承载社会、政治和文化内涵。英国社会学家安东尼·吉登斯(Anthony Giddens,1938-)认为:"社会生活与我们的身体之间存在着内在的、深刻的、本质的关系。"③ 英国宗教社会学家布莱恩·斯坦利·特纳(Bryan Stanley Turner,1945-)曾指出,"一个社会的主要政治与个人问题都集中在身体上并通过身体得以表现。"④ 英国社会学家克利斯·希林(Chris Shilling)首次提出"身体理论"的概念,他强调特定的身体形式与展演会被赋予社会意义,这些社会意义又"往往会被内化,深刻影响个体对于自我和内在价值的感受。"⑤ 法国历史学家米歇

---

① EAGLETON T.The Ideology of the Aesthetics[M].Oxford:Blackwell Publishing,1990:196.
② Ibid,p. 234.
③ [英] 吉登斯. 社会学 [M]. 赵旭东,等译. 北京:北京大学出版社,2003:182.
④ [英] 特纳. 身体与社会 [M]. 马海良,等译. 沈阳:春风文艺出版社,2000:1.
⑤ [英] 希林. 身体与社会理论:第二版 [M]. 李康,译. 北京:北京大学出版社,2010:79.

尔·福柯（Michel Foucault，1926-1984）对身体问题也很感兴趣，他提出的权力学说正是他对身体与权力之间关系展开研究的成果。福柯认为："人的身体位于这种不同权力构成之间的斗争中心，历史力量以某种方式作用于人的身体，并且也通过人的身体而发生作用，但这种方式却不能从一种总体的历史规律加以解释。"①

　　受社会学家阐释身体问题的影响，文化研究领域的学者们也十分关注身体问题。如前苏联文艺理论家、批评家米哈伊尔·巴赫金（Mikhail Bakhtin，1895-1975）就曾通过文化研究的方法，在其《拉伯雷的创作和中世纪与文艺复兴时期的民间文化》一书中，以16世纪法国小说家弗朗索瓦·拉伯雷（François Rabelais，1494-1553）的名作《巨人传》（*Gargantua et Pantagruel*，1532-1564）为例，详尽分析了中世纪民间化和狂欢化的身体形象。巴赫金指出，在中世纪的民间狂欢节上，人们的身体是主角，这些身体摩肩擦踵，处于一种高度兴奋的癫狂状态。身体借助狂欢达到欢愉的效果，并使自我与他人实现了远古群居时期那种生而平等的和谐状态。20世纪后期，伊格尔顿、卡瓦拉罗和桑塔格等学者也十分重视身体研究的必要性和意义。英国文化学者特里·伊格尔顿（Terry Eagleton，1943-）在《美学意识形态》（*The Ideology of the Aesthetic*，2001）一书中指出，我们应该"在身体的基础上重建一切——伦理、历史、政治、理性等"②。英国文化研究学者丹尼·卡瓦拉罗（Dani Cavallaro，1962-）也认为，身体在人类解释世界问题时扮演了"一个关键的角色"③。此外，美国学者苏珊·桑塔格（Susan Sontag，1933-2004）将身体纳入文化批评实践，取得了具有重大意义的研究成果。她在《疾病的隐喻》（*Illness as Metaphor*，1978）一书中，借助自身长年与病魔作斗争的经

---

①　邱慧婷. 身体·历史·都市·民族：新时期女作家群论［M］. 北京：社会科学文献
　　出版社，2019：7.
②　［英］伊格尔顿. 美学意识形态［M］. 王杰，傅德根，麦永雄，译，桂林：广西师
　　范大学出版社，1997：192.
③　［英］卡瓦拉罗. 文化理论关键词［M］. 张卫东，张生，赵顺宏，译，南京：江苏
　　人民出版社，2006：96-97.

历和体验，将其犀利的文化批评话语嵌入身体中的疾病范畴，反思了诸如结核病、肺癌、艾滋病等疾病如何在社会的演绎中一步步被隐喻化，并对这些疾病从单纯的身体病理状态演变成道德批判，进而转换成对政治压迫的过程和结果进行了批判。不难看出，文化研究中的身体经由伊格尔顿和卡瓦拉罗，再到桑塔格，其重要性和价值已受到强调，身体作为阐释政治和文化现象的重要手段在桑塔格这里已初具雏形。

从哲学研究将身体视为具有生物属性的肉体，到社会学研究将身体视为具有社会意义、政治意义和内在价值的个体，再到文化研究将身体看作反映政治文化事实的集合体，"身体"由一种具象的实体逐渐演变为一种抽象的概念，外延越来越宽泛。那么，文学作品中的身体为何？首先，文学是个人身体体验或经验的呈现和建构。弗吉尼亚·吴尔夫（Virginia Woolf，1882－1941）曾在一篇关于疾病的著名文章中指出，文学需要呈现对于人们日常生活至关重要的身体感受和身体表达，如"冷与热、舒服与不舒服、饥饿与满足、健康与疾病"[①]。但需要明确的一点是，文学作品中的身体和现实生活中的身体是有根本差异的，后者是真实存在的，而前者是作家虚构的，是现实社会中身体特质的高度凝练，因此，文学作品中的身体兼具现实身体和虚构身体的双重性。具体而言，首先，文学中的身体具有现实身体的基本属性，根据身体在哲学、社会学和文化研究中的内涵，现实中的身体的基本属性是具有物质性的肉体，是人物实际存在着的肉体，反映人物的个人身体特征；此外，身体还存在于具体文学作品所处的时代背景和历史框架之中，因此不可避免地受这一背景和框架的影响，具有社会性；再者，身体受周围政治文化环境的影响，反映了政治文化事实。其次，文学中的身体还具有虚构身体的属性，也就是说，文学作品中的人物身体是由作家虚构的，并非存在于真实世界之中的身体，因此，对于文学作品中人物身体的理解离不开作家在描写这些身体时所采用的技巧和策略，如叙述视角和叙事方式等。文学作品中

---

① WOOLF V. On Being Ⅲ [M] // WOOLF V, BRADSHAW D. Virginia Woolf: Selected Essays. Oxford: Oxford University Press, 2008: 101.

身体的虚构性决定了不同作家描写身体时采用的技巧和策略存在差异，这些差异使得身体在不同作家的笔下产生不同的显现方式，从而体现不同的内涵。因此，研究文学作品中的身体是有必要且有意义的。

综上所述，笔者对文学作品中的"身体"进行的界定主要依据身体在哲学、社会学和文化研究中的内涵。一言以盖之，在本书语境下，"身体"指的是文学作品中的人物身体，它兼具现实身体和虚构身体的双重性，既反映了政治文化事实，具有物质性和社会性，也反映了作家描写这些身体时所采用的策略和技巧。由于身体具有物质性，因此，对身体的分析首先应集中于身体的外在特征，如外貌、肤色、印记、疾病、缺陷等。其次，身体的社会性要求我们以历史、政治、社会、文化等范畴为参照，对身体进行研究，探索附载于身体外在特征之上的社会文化内涵。此外，身体的虚构属性意味着需要对作家的身体描写具体方式展开详细剖析，以此观察作家如何通过独特的叙述视角和叙事方式对人物的身体进行描写，并探索作品中的身体与作家创作思想和社会态度之间的关联。"身体书写"指的就是作家围绕身体展开的相关描写，包括叙述视角和叙事方式等。由此可见，若要研究一位作家笔下的身体书写，我们既需要了解他笔下人物身体的基本外在特征，还需要了解这些身体特征所反映的政治、社会和文化内涵，并对作家描写这些身体所采用的技巧、方式和策略展开分析。

二、文学分析实践中的身体书写研究

明确了本书语境下的"身体"和"身体书写"这两个概念后，有必要对身体书写在具体文学分析中的基本情况有所了解。事实上，身体书写在具体的文学分析实践中备受关注，已产生了相当数量的对文学文本进行审视的研究成果。以"身体"作为关键词，将学科范围限定在外国文学研究领域，将时间限定在近十年，在 JSTOR 上共可搜索到 900 余篇期刊论文①；在

---

① 查询网址为：https：//www.jstor.org/，查询时间为 2024 年 4 月。

ProQuest 上共可搜索到 100 余部博士学位论文①；在 CNKI 上共可搜索到 200 余篇期刊论文和 200 余部学位论文②。同样以"身体"作为关键词，将范围限定在外国文学研究领域，在"国家社科基金项目数据库"③ 中共可搜索到 11 条项目信息④。上述数据显示从身体入手进行文学研究具有较大的可能性和潜力。下面就近十年国内外文学分析实践中以身体书写为侧重点的研究进行梳理和总结。

（一）国外学界的身体书写研究主要路径主要有两种，一种通过不同人物的不同身体特征或身体现象入手，剖析作家对社会问题的态度或反思；一种将人物身体视为高度凝练的集合体，将其特质视为对国家、民族或某一群体的特殊表征。

1. 通过不同人物的不同身体特征或身体现象入手，剖析作家对社会问题的态度或反思。如维塔·桑德斯·汤普森（Vetta L. Sanders Thompson）在《非裔美国人身体形象：身份认同与身体自我接纳》（"African American Body Image：Identity and Physical Self-Acceptance"）一文中探讨了影响非裔美国人种族特征（即身体种族认同）接受度的社会和社区因素。汤普森主要研究问题之一便是对非裔美国人的民族特征如肤色、面部特征、头发特征等的接受是否存在性别差异。通过调查与分析，汤普森发现，非裔美国人对非裔美国人后裔的身体特征的接受范围大，而对非裔美国人特定特征的性别偏好差异较小。又如塔利亚·阿尔贡德兹（Talia Argondezzi）分析了出版于美法战

① 查询网址为：https：//www. pqdtcn. com/，查询时间为 2024 年 4 月。
② 查询网址为：https：//www. cnki. net/，查询时间为 2024 年 4 月。
③ 网址为：http：//fz. people. com. cn/skygb/sk/index. php/index/index/5385，查询时间为 2024 年 4 月。
④ 项目名称与立项时间分别为：当代欧美身体研究批评（2010）、"身体"视角下的拜厄特小说研究（2011）、当代爱尔兰诗歌中的身体叙事研究（2015）、尤多拉·韦尔蒂身体诗学研究（2016）、莎士比亚戏剧中的身体疾患现象研究（2016）、霍夫曼斯塔尔作品中的视觉感知与身体表达研究（2017）、西方现代主义文学身体书写及其隐喻的跨学科研究（2020）、乔纳森·弗兰岑悲剧现实主义文学转向的身体动因（2020）、笛福作品中的身体与国家认同研究（2020）、二十世纪英国文学物质身体书写研究（2020）。

争和美墨战争之间的多部美国小说，探讨了这些小说中不同寻常的人物身体对早期美国政治，特别是殖民扩张和边界政治的表达。阿尔贡德兹认为，这些小说的作家通过呈现一些不同寻常的身体现象或事件，如肢解、同类相食、轮回和催眠术，来呈现出化身景象。亚历山大·西蒙·艾布拉姆斯（Abrams，Alexander Shimon）在《解读文学艾滋病：1984–2011 年美国艾滋病文学中的身体、男子气概和自我认同问题研究》（*Decoding Literary AIDS：A Study On Issues of the Body，Masculinity，and Self Identity In U. S. AIDS Literature From* 1984–2011，2013）一文中聚焦艾滋病文学这一亚文类，通过剖析艾滋病患者的身体特征，阐释了艾滋病叙事对文学和其他形式的流行文化娱乐所造成的影响。与艾布拉姆斯聚焦身体疾病一样，在《水仙花文学中的疾病、残疾与异化的身体》一文中，詹妮弗·巴拉格·西巴拉（Jennifer Barager Sibara）重读了美国华裔女作家水仙花（原名伊迪丝·莫德·伊顿，Edith Maud Eaton）的作品，认为水仙花将患病和残疾的女性角色引入其小说的中心，进而将种族主义、性别歧视和残疾偏见在生活中的复杂交叉加以呈现。西巴拉指出，水仙花对身体疾病和残疾的描绘"从生物政治层面抵制了北美反华运动……她的作品将疾病和残疾重新定义为帝国主义暴力的标志，而非种族污染的症状"[1]。综上所述，无论是汤普森对非裔美国人的身体特征（如肤色、面部、头发等）展开的分析，还是阿尔贡德兹对不寻常身体事件（如肢解、同类相食、轮回和催眠术）展开的研究，或是艾布拉姆斯对艾滋病文学中的身体（身体疾病）进行的剖析，以及巴西拉对亚裔作家文学作品中的身体（身体疾病/残疾）展开的分析，都侧重于个体分析，将文学作品中个别人物的身体所具备的基本特征作为分析对象，对这些特征所承载的作家对种族、扩张、帝国、女性等议题的思考展开深入研究。

　　2. 将人物身体视为高度凝练的集合体，将其特质视为对国家、民族或某一群体的特殊表征。如詹妮弗·L. 格里菲思（Jennifer L. Griffiths）的《创伤的

---

① SIBARA J B. Disease，Disability，and the Alien Body in the Literature of Sui Sin Far[J]. Melus，2014，39(1)：56.

财产：非裔美国女性写作与表演中的身体与记忆》（*Traumatic Possessions*：*The Body and Memory in African American Women's Writing and Performance*）与斯蒂芬妮·李（Stephanie Li）的《类似于自由的东西：非裔美国女性叙事中对束缚的选择》（*Something Akin to Freedom*：*The Choice of Bondage in Narratives by African American Women*）都对黑人女性的身体、自由和赋权问题提出了质疑。尽管格里菲思关注的是黑人女性身体作为创伤记忆场所的文学和艺术表现，李主要探讨创伤、记忆、暴力和黑人女性身体等问题，但她们二人都并非以黑人女性的具体身体特征为切入点对黑人女性文学作品展开剖析，而是将黑人女性视为一个整体，发掘这一整体的人物身体与自由、权力之间产生的关系。又如萨里·B. 阿尔特舒勒（Sari B. Altschuler）认为18世纪下半叶至19世纪中期的美国作家笔下的人物身体不仅是在文本中反映了医学问题，还通过小说创作了一种医学哲学，即"在医生和作家的共同努力下，美国人的身体意象得以塑造，并通过转喻的书写方式与健康的国家形象联系在一起"①。再如梅根·莫伦达·勒梅（Megan Molenda LeMay）在其博士学位论文《奇怪的物种身体：物种间的亲密关系与当代文学》（*Queering the Species Body*：*Interspecies Intimacies and Contemporary Literature*，2014）中研究了20世纪和21世纪的科学、文化和文学想象力是如何运用物种形成理论来增强和质疑规范的人类身份，并特别强调种族和性的。勒梅揭示了一系列作家通过表现人类与其他动物之间的亲密关系，挖掘了物种生命的不确定性，从而揭示种族与性别的不确定性。该论文的四个章节分别展示了作家们在各自所处年代里对种族、性别和物种的科学对话做出的贡献。尽管勒梅讨论的是跨越人种的更为宏大之问题，但她仍是将身体放置于人种于物种的大概念之下进行研究。

通过上述梳理可以看出，国外学界的身体书写研究或是将身体视为单一的个体，通过对个体的身体特征进行分析，探索身体负载的社会文化意义；或是将身体视为人物的集合体，以此阐释身体所表征的国家、民族，甚至物

---

① ALTSCHULER S. National Physiology：Literature，Medicine，and the Invention of the American Body，1789–1860[D].New York：City University of New York，2012.

种层面的内涵。

（二）国内学界的身体书写研究主要路径主要有两种：一种将身体视为被话语和权力压制的对象，或是与话语和权力并列的范畴，阐释文学作品中人物身体所反映的政治文化内涵；一种从身体的基本特征入手，提炼典型身体特征或身体现象，以此探索作家创作思想。

1. 将身体视为被话语和权力压制的对象或与话语和权力并列的范畴，阐释文学作品中人物身体所反映的政治文化内涵。比如，唐建南（2014）在《身体书写的四维空间：后殖民主义视阈中的〈毒木圣经〉》一文中，通过身体他者化、身体符号化、他者身体美学化和身体物质化的四维立体空间，在后殖民主义视域中对芭芭拉·金索尔弗的小说《毒木圣经》展开研究，并指出，身体视角揭露了小说对"西方帝国主义的贪婪野蛮本质，改写了种族歧视的美学观念，肯定了包括他者身体在内的所有身体在物质化过程中所体现的主动性和创造力"①。黎明和曾利红（2016）在《创伤叙事中的身体书写——〈宠儿〉的诗学伦理解读》一文中将小说《宠儿》中的身体视为"形象地暗指奴隶制创伤经历的代码""创伤经历的价值和教训的提示之物"以及"反抗虐待的场所和创伤集体治愈的基础"②，并指出这种创伤叙事中的身体书写有助于让读者亲身见证奴隶制度，并产生伦理责任感。再如宁乐（2019）在其博士学位论文《斯蒂芬·金小说的身体叙事研究》中根据金小说中作为叙事元素的身体，将小说中的人物身体分为家庭压抑下的身体、政治压抑下的身体、未来压抑下的身体，以此探讨金的小说在叙事层面的美学价值。张勇（2013）在其博士学位论文《话语、性别、身体：库切的后殖民创作研究》中，将库切的小说置于后殖民语境，通过对话语、性别和身体三个维度的书写展开分析，探讨了库切小说对殖民主义话语、性别策略和身体

① 唐建南. 身体书写的四维空间：后殖民主义视阈中的《毒木圣经》[J]. 外国文学研究，2014，36（1）：63.
② 黎明，曾利红. 创伤叙事中的身体书写——《宠儿》的诗学伦理解读 [J]. 外国语文，2016，32（1）：24.

策略的解构。此外，谭万敏（2016）的博士学位论文《多丽丝·莱辛小说中的身体话语研究》通过国家、社会和家庭三个层面的身体叙事与话语分析，探讨了莱辛小说中身体叙事所映射的各层面话语权力关系。与上述学者的研究路径类似，张雯（2011）在其博士学位论文《身体的囚禁，精神的逃离：玛格丽特·阿特伍德长篇小说研究》中提炼出在阿特伍德的小说中反复出现的"身体""囚禁"和"逃离"三大主题，并以此探讨阿特伍德笔下的女性身体受男性权力空间和女性身份的压制状态。

2. 从身体的基本特征入手以此探索作家创作思想。如巢玥（2020）在其博士学位论文《弗吉尼亚·伍尔夫的身体叙事研究》中以伍尔夫小说中的身体为轴心，运用疾病、创伤、疯癫和死亡四个维度阐释小说中身体叙事的意义，揭示伍尔夫笔下的身体与社会话语之间的张力。马粉英（2014）在其博士学位论文《托妮·莫里森小说的身体叙事研究》中从黑人女性的基本身体维度，如黑皮肤、胎记、肉身还魂、身体漫游、商品化的身体等入手，探讨莫里森对黑人和黑人种族生存困境的思考。又如李明娇在《〈上帝救助孩子〉中的身体书写》一文中通过挖掘小说对不同层面的身体，如深黑肤色、儿童性侵的身体、母亲身体等的呈现，探讨莫里森对于"黑色"的重新定位以及身体对于当代非裔美国人实现身份认同和主体性建构的重要意义。

不难看出，国内学界对文学作品中的身体书写展开的分析主要有两条路径：一、将身体与话语和权力联系在一起，重点阐释文学作品中人物身体反映出的国家、社会、家庭等各层面的权力话语。这类研究通常先将身体默认为受话语权力压制的对象，并在此基础上对人物的身体展开分析，探讨身体书写所体现的不同层面的权力话语；二、从身体的基本特征和维度入手，提炼典型身体特征或身体现象，以此探索作家创作思想。这类研究并未如第一类研究那样预先对人物身体进行限定，而是根据不同的文学作品提炼出不同的人物身体特征，并在此基础上对文学作品中的人物和作家的思想展开充分研究。

第三节 研究内容与研究意义

国内外学界的身体书写研究有着各自的出发点和鲜明特色，但其中一些研究存在逻辑预设的问题。例如，一提到黑人作家，就会预设诸如"身体书写反映种族压迫"的论点；一提到女性作家，就会预设诸如"身体书写暗含性别反抗"的观念；一提到华裔作家就会预设诸如"身体书写折射了国家和民族话语权力机制对身体施以压迫"的观点。由于本书研究对象为梅尔维尔小说中的身体书写，而梅尔维尔主流白人男性作家的身份意味着他不同于黑人作家、女性作家、华裔作家等①这类明显带有特殊身份标签②的作家，这就决定了梅尔维尔小说中不可能存在一条一以贯之的逻辑预设，如权力反抗、话语压制、种族压迫或性别歧视等。换言之，如果先带着预设的结论去阐释其小说，就会陷入一种逻辑悖论，形成缺乏价值的论述。因此，笔者将依照国外通过不同人物的不同身体特征或身体现象来剖析作家对社会问题的态度或反思的思路，和国内通过典型身体特征或身体现象探索作家创作思想的思路，来建构本论文的整体框架。细读梅尔维尔的小说后会发现，其小说涉及的四个主要主题为种族、殖民、性别和阶级，因此，本书将梅尔维尔小说中的身体书写分别放置在这四个主题之中，依次探讨种族视域下的身体书写、殖民视域下的身体书写、性别视域下的身体书写，以及阶级视域下的身体书写，对不同视域下的身体书写展开研究，以此探索梅尔维尔的创作思想及其对社会问题的思考。

---

① 需要指出的是，上述小说家的分类有重合，如华裔作家中包含女性作家，黑人作家中也包含女性作家，但由于这一分类并非本书论述的范畴，故而不在此赘述。
② 笔者在此处提到的"身份标签"并非包含任何将黑人、女性和亚裔作家视为政治和文化意义上的"他者"之观点，而仅仅是将这类作家和以梅尔维尔为代表的主流白人男性作家从身份上进行区分。

　　本书的研究对象主要为梅尔维尔的 7 部小说，即《泰比》《奥穆》《玛迪》（统称为"波利尼西亚三部曲"）《白鲸》《抄写员巴特尔比》《贝尼托·切里诺》和《水手比利·巴德》中的身体书写。之所以选取这 7 部小说，是综合考虑到身体书写的典型性、小说创作的时代性和学术研究的创新性这三个方面。首先，本书所选取的 7 部小说中大量涉及身体书写的相关内容。例如，在《泰比》和《白鲸》中，梅尔维尔花费大量笔墨对土著人的身体形象进行刻画；在《泰比》和《奥穆》中，梅尔维尔详尽描绘了身体疾病的基本特征及其对人物造成的影响；在《贝尼托·切里诺》中，梅尔维尔聚焦于黑人，不吝笔墨地通篇描写肤色问题；在《抄写员巴特尔比》和《水手比利·巴德》中，梅尔维尔将主人公塑造成具有显著不可逆转的身体缺陷之人。考虑到身体书写的典型性，笔者最终选取上述 7 部小说作为主要分析对象。其次，笔者兼顾了小说创作的时代性。从上述小说的出版年份来看，《泰比》《奥穆》《玛迪》属于梅尔维尔的早期（1850 年以前）小说，《白鲸》和《贝尼托·切里诺》属于梅尔维尔的中期（1851 年–1856 年）小说，《抄写员巴特尔比》和《水手比利·巴德》属于梅尔维尔的后期（1856 年以后）小说。因此，本书选取的小说覆盖了梅尔维尔的整个小说创作生涯，使本研究能够尽量避免因文本局限而产生观点偏颇的情况。此外，之所以选取上述 7 部小说，还考虑到学术研究的创新性问题。在这 7 部小说中，国内的研究热点集中在《白鲸》上，而本书将"波利尼西亚三部曲"《贝尼托·切里诺》《抄写员巴特尔比》和《水手比利·巴德》也纳入考察范围，使研究覆盖面更广。且由于梅尔维尔的其他小说中也涉及身体书写的相关内容，本书还将在不同章节中结合梅尔维尔的其他小说，如《皮埃尔》《白外套》《骗子》《单身汉的天堂和未婚女的地狱》等，对梅尔维尔小说中的身体书写展开系统研究。

一、研究内容

　　本书以梅尔维尔小说中的身体书写为研究对象，综合运用后殖民主义、文化研究和新历史主义的部分观点，对梅尔维尔小说中的身体书写展开研究，阐释小说中的身体书写如何参与梅尔维尔对 19 世纪美国的种族、殖民、性别和阶级议题的思考，挖掘作为主流白人男性作家的梅尔维尔的创作思想及其对社会问题的思考。本书共分为 3 个部分，除绪论和结语外，共有 4 章。

第一章"种族视域下的身体书写"主要论述以《泰比》和《白鲸》中的刺青为代表的身体特征对种族身份认同与种族交往问题的隐喻，以及《玛迪》和《贝尼托·切里诺》中的两类肤色转换书写所表征的梅尔维尔的种族观念。第一节分析《泰比》和《白鲸》中的刺青所具有的不同内涵，在《泰比》中，刺青既体现了种族身份差异，也体现了对身体展开的权力斗争。而在《白鲸》中，刺青描写暗含了梅尔维尔对传统种族主义中"有些种族无法被改善"之观点的驳斥。第二节围绕《玛迪》中肤色由棕变白的现象，论述以肤色作为种族划分依据的不合理性，揭示梅尔维尔超越其所处时代的"种族身份具有流动性"之观念。第三节阐释梅尔维尔在《贝尼托·切里诺》中如何将黑人巴波与白人切里诺之间的肤色与角色进行人为倒置，从而揭示梅尔维尔对奴隶制和奴役关系的质疑，及其废奴渐进主义倾向。

第二章"殖民视域下的身体书写"对《泰比》和《奥穆》中的疾病书写与梅尔维尔的殖民主义批判思想之间的关系展开研究。第一节聚焦《泰比》中的两类个体疾病及其书写方式。其中，对发烧和腿疾的描写是梅尔维尔表达殖民语境下殖民者遭受的双重身份困境及身心痛苦的重要手段，内在地反映出梅尔维尔对殖民行径合理性问题的思考。第二节重点剖析梅尔维尔在《奥穆》中对群体传染性疾病的改写策略，揭露他对白人殖民者宣扬的"白人种族优越论"的驳斥态度，以及对美国海外殖民扩张的合理性、必要性及最终效果的质疑。梅尔维尔在《泰比》和《奥穆》中将疾病分别铭刻于个体和群体的身体之上，借助对个体疾病和群体疾病的书写，有力地寓言了殖民地和被殖民者的真实境况，传达了他对 19 世纪美国大规模海外殖民扩张的关注与担忧。

第三章"性别视域下的身体书写"着重分析梅尔维尔小说中的女性身体

书写，探索梅尔维尔形塑女性的目的。第一节主要分析以《泰比》和《玛迪》中具有身体之美、自由之美和灵魂之美的"纯洁天使"形象，指出这一形象是白人男性中心视角下的产物，反映了梅尔维尔眼中女性之美的局限与狭隘。第二节分析《玛迪》中的"邪恶潘多拉"形象，指出对"邪恶潘多拉"形象的描写是梅尔维尔对 19 世纪上半叶"真女性"形象的反向书写。小说中的女性身体书写体现出梅尔维尔参与了当时美国社会对女性形象的建构。通过女性身体书写，梅尔维尔展露出其对女性在家庭之外的职场中与男性竞争的不满情绪，侧面反映了他希冀女性回归"真女性"身份的愿景，其目的在于保证两性关系的和谐及社会的稳定。

第四章"阶级视域下的身体书写"重点讨论梅尔维尔在《抄写员巴特尔比》和《水手比利·巴德》中对主要人物巴特尔比和比利身体缺陷的刻画，探讨 19 世纪美国日益激化的阶级矛盾对底层大众的身体规训。巴特尔比的重复言说和机械化行为反映了美国底层平民所遭受的身体异化现象。比利的口吃暗示了阶级压迫下的个体无法发出反抗之声。梅尔维尔意在通过巴特尔比和比利这两个个体，触及更为庞大的阶级群体。无论是丧失言说权力的"他者"，还是在阶级冲突中遭受伤害的沉默者，对权力场发起的反抗和挑战都以失败告终，反映了梅尔维尔在社会改良问题上的悲观主义思想和保守主义倾向。

总之，通过上述 4 章的分析研究，笔者旨在证明，尽管梅尔维尔表现出对社会中"他者"的同情和对强权者的批判，但这种同情和批判并非以彻底的否定和颠覆为目的，相反，梅尔维尔尝试缓和 19 世纪美国社会中存在的各类矛盾与冲突，希冀维持美国社会的稳定与发展，因此，梅尔维尔并非彻底的激进派改革者，他对社会问题的讨论始终带有保守主义倾向。

二、研究意义

首先，本书以身体书写作为切入点，对梅尔维尔各时期不同主题的小说进行分析，纵览梅尔维尔对不同社会议题的探讨，从中挖掘梅尔维尔的创作意图和对社会问题始终如一的态度，能够形成对梅尔维尔新的认识。其次，作为一名经典作家，梅尔维尔对于世界的认识和理解无法通过某种单一的理论加以解释，否则容易陷入先验、主观和片面的理解，产生误读和误解，甚至出现自相矛盾的现象。因此，不同于目前学界普遍使用单一理论工具对梅尔维尔小说进行阐释的现状，本书的研究立足于对小说文本和相关史料的分析，并根据需要使用不同的理论工具，尽可能保证阐释的客观性、针对性和有效性。此外，本书对梅尔维尔小说的研究不局限于其经典作品《白鲸》和《水手比利·巴德》，还考察了梅尔维尔早年创作的"波利尼西亚三部曲"，以及中期创作的《贝尼托·切里诺》和《抄写员巴特尔比》，将分析的文本对象扩展至梅尔维尔的整个小说创作周期，为认识梅尔维尔提供了较详实的文本参照。

学界对梅尔维尔小说不同主题的研究存在缺乏关联的问题，而身体书写视角能够较好地解决这一问题。首先，梅尔维尔生存的时代是美国种族冲突加剧的时代，作为一位主流白人作家，梅尔维尔在其小说中没有逃避或忽略对不同种族人群身体的直观描写，其小说中大量涉及对外貌、颅骨、肤色、身体标记等身体特征的描写，间接回应了当时社会中对种族问题的激烈探讨，因此，通过对小说中的种族身体展开研究，能够更清晰地了解到梅尔维尔种族观念中的进步性和矛盾性。其次，梅尔维尔早期创作的多部小说中涉及的疾病与桑塔格笔下的结核病、肺癌、艾滋病等疾病具有异曲同工之处。在桑塔格这里，文化批评话语被嵌入身体的疾病范畴，逐渐被隐喻化，最终演变为道德批判。而在梅尔维尔笔下，殖民主义的批判话语被嵌入身体的疾病范畴，疾病与殖民勾连，在梅尔维尔的小说文本中具有重要的隐喻意义。因此，通过对梅尔维尔小说中的疾病书写展开研究，能够清晰地了解作家对待殖民问题的批判态度。此外，女性人物在梅尔维尔的小说中与男性人物互相补充、相互映衬，共同构成了梅尔维尔的文本世界，但其小说中的女性人物长期以来被评论界（尤其是国内评论界）忽略。梅尔维尔小说中的女性身体书写具有与同时代的男性作家和女性作家迥然不同的独特性，通过对女性身体书写进行研究，能够看到梅尔维尔对待性别问题时展现的保守倾向。最后，身体异化、身体缺陷和死亡结局是梅尔维尔后期小说中人物身体的典型特征，通过对这些身体状况的分析，有助于我们了解梅尔维尔对 19 世纪美国阶级矛盾和冲突的态度，以此窥见梅尔维尔对社会改良问题的保守态度。通过对种族、殖民、性别和阶级视域下的身体书写展开研究，可以看到，梅尔维尔的小说中存在一条贯穿始终的作家思想，即通过小说创作参与社会议题的讨论，但这种讨论的目的并非激进的颠覆和改革，而是保守的缓和改良。带着这一结论再来反观梅尔维尔的小说，就会发现其小说中呈现出的许多矛盾之处正是其保守主义倾向的体现。

19 世纪是美国国家独立、民族自立和民族文学建构的关键时期，这一时期的美国作家普遍积极参与当时的国家形象、民族身份和文学身份的建构，共同塑造了美国的国家形象、民族形象和作家群像。梅尔维尔也积极入世，广泛关注 19 世纪处于转型上升期的美国在海内外生存发展中遭遇的各类问题，并通过大量刻画人物身体的方式来表达自己对时代问题的见解。因此，通过梅尔维尔笔下的身体书写，能够认识梅尔维尔对待国内外不同社会问题时贯穿始终的态度，从而加深对其作品的理解。

第一章

种族视域下的身体书写

　　梅尔维尔早年有着丰富的太平洋航海冒险经历，这些经历为他的小说创作提供了契机。1840 年末，梅尔维尔决定参与捕鲸，并独自在马萨诸塞州的新贝德福德坐上了"阿库什纳特"号捕鲸船，经合恩角前往太平洋的捕鲸场。1842 年 7 月，梅尔维尔和朋友理查德・托比亚斯・格林尼（Richard Tobias Greene）趁着所乘船只在努库赫瓦湾（Nuku Hiva Bay）抛锚之时，跳船逃往内陆，这次冒险经历成为梅尔维尔创作其第一部小说《泰比》的直接素材。1843 年 5 月，梅尔维尔在夏威夷的桑威奇群岛（Sandwich Islands）结束了捕鲸生涯，同年 8 月，由于厌倦了陆上工作，他登上美国海军护卫舰再次出海。1844 年 10 月，梅尔维尔结束航行返回波士顿，此时他已是一位经验丰富的水手。1847 年春天，梅尔维尔开始着手创作第三部小说《玛迪》，故事同样是基于其在波利尼西亚群岛的冒险经历展开。这些冒险经历和捕鲸经验也为梅尔维尔创作《白鲸》提供了相当多的重要材料支撑。可以说，梅尔维尔早期（1851 年以前）的小说都是基于其在南太平洋的航行经历创作而成，小说背景都设置在远离美国本土的南太平洋地区，小说中的白人主人公处于南太平洋群岛空间之中，他们所遇到的人和物都具有鲜明的南太平洋特征，除肤色外，以刺青为代表的身体标记最为显著，刺青描写成为梅尔维尔探索种族身份和种族交往问题的重要工具，这从梅尔维尔在《泰比》和《白鲸》中对主要人物身体展开的刺青描写得以体现。例如，在《泰比》中，梅尔维尔对泰比岛土著居民身体刺青展开了大量描写，刺青贯穿小说始终，甚至直接影响叙述者托莫的抉择，成为推动小说叙事进程的重要因素；在《白鲸》中，梅尔维尔对土著人魁魁格身体和脸部的刺青进行了详尽描写，且这些描写前后发生了明显转变。可见，受其航海经历的影响，在梅尔维尔这一时期创作的小说中，南太平洋"有色人种"① 群体成为他重点刻画的对象。在这一时期，梅尔维尔对种族问题的关注也主要聚焦于南太平洋地区"有色人种"的身体特征。

19 世纪中期，美国北部各州的工业革命完成，与此同时，南方继续实行种植园黑人奴隶制度。南方奴隶制度是美国社会的赘瘤，严重阻碍了北方工商业的发展，由此导致的南北矛盾和斗争日趋激烈，至 19 世纪中期已在局部地区酿成武装冲突。在废奴运动的时代背景下，1847 年 8 月，梅尔维尔与其父亲的好友、马萨诸塞州著名法官莱缪尔·肖（Lemuel Shaw, 1781－1861）的女儿伊丽莎白·肖（Elisabeth Shaw）结婚。莱缪尔·肖是当时马萨诸塞州最高法院首席大法官，同时也是著名的 1850 年《逃亡奴隶法案》（Fugitive Slave Act of 1850）② 的支持者。③ 梅尔维尔的职业生涯曾多次受到岳父肖的帮助。在这一特殊的家庭背景影响下，梅尔维尔也开始关注美国本土的种族问题，这在其早期及中期（1851 年－1856 年）创作的部分小说如《玛迪》和《贝尼托·切里诺》中对肤色的描写上得到了很好的体现。具体而言，在《玛迪》中，主要女性人物伊拉原本是地道的土著人，肤色具有鲜

---

① 事实上，"有色人种"一词已经过时，但由于在本书语境下对肤色为非白色的人种没有更合适的统一表述。因此，笔者在本书中特使用"有色人种"一词，以泛指梅尔维尔小说中那些肤色非白色的人。此外还需要说明的一点是，在本书语境下的"有色人种"一词并未带有任何种族歧视的立场和观点，后文出现相同表达之处不再另做说明。

② 1850 年，美国国会为了缓和蓄奴制在南方引起的地区性矛盾，通过了《逃亡奴隶法案》，允许南方奴隶主到北方自由州追捕逃亡的奴隶，结果引起了北方进步人士的强烈愤慨。

③ THOMAS B.The Legal Fictions of Herman Melville and Lemuel Shaw[J].Critical Inquiry, 1984,11(1):24-51.

明的土著特征，但其肤色却突然转变为典型的白人肤色；《贝尼托·切里诺》是梅尔维尔创作的唯一一部以黑人问题为主题的小说，三个主要人物中的两个为白人，一个为黑人，整部小说都围绕黑白肤色及其复杂关系展开，折射了梅尔维尔对奴隶制的态度。因此，在这一时期，梅尔维尔对种族问题的关注主要集中在肤色问题和奴隶制问题上。

作为一名 19 世纪主流白人作家，梅尔维尔十分关注种族问题，其小说中充斥着各类"有色人种"形象。在上述四部小说（即《泰比》《白鲸》《玛迪》和《贝尼托·切里诺》）中，梅尔维尔均讲述了不同种族之间发生的故事，那么，小说反映了梅尔维尔怎样的种族观？梅尔维尔对种族问题的态度究竟是怎样的？本书绪论部分已对梅尔维尔小说种族主题的国内外研究进行了梳理，从中可以看出，国外学界对梅尔维尔小说种族问题的相关讨论多围绕《贝尼托·切里诺》这一部小说展开，国内学界则将重点放在《白鲸》和《贝尼托·切里诺》这两部小说上，对梅尔维尔其余小说中的种族问题并未进行充分阐释，这就导致对梅尔维尔种族观念的理解存在偏差甚至矛盾的现象。若仔细阅读梅尔维尔的上述四部小说，可以发现，梅尔维尔对种族问题的关注是通过他对"有色人种"形象进行刻画得以体现的，而对"有色人种"形象的刻画又依赖于梅尔维尔对这些人物的身体特征展开的描写。鉴于在梅尔维尔的所有小说中，《泰比》《白鲸》《玛迪》和《贝尼托·切里诺》这四部小说中集中出现了大量对于种族元素的描写，如肤色、颅骨和身体标记等，故本章选取上述四部小说作为主要研究对象，阐述刺青和肤色在小说中的重要隐喻意义，探讨梅尔维尔对种族身份、种族交往和奴隶制等问题的态度与思考，对梅尔维尔的种族观展开研究。

第一节　刺青与种族问题

事实上，与梅尔维尔同时代的作家大多描写在美国本土发生的故事，地理意义上的"他者"们的身体特征和生活状况很少被提及，即使有，也仅仅出现在少数探险家笔下的冒险记录或冒险故事中①，反映他们的主观感受，或是出现在历史文本②中，作为既定事实加以呈现。但正如前文所言，得益于丰富的航海经历，梅尔维尔早年创作的小说具有鲜明的异域风情，吸引了大量读者，成为读者了解南太平洋居民生活的素材，梅尔维尔也因创作了以《泰比》为代表的"波利尼西亚三部曲"而在 19 世纪 40 年代后期开始进入文学声望的鼎盛时期。在梅尔维尔笔下，南太平洋群岛土著居民具有与白人显著不同的身体特征，最明显的差异便是肤色、身形与刺青。但由于在《泰

---

① 如英国皇家海军军官、航海家、探险家和制图师詹姆斯·库克（James Cook，1728—1779，人称库克船长（Captain Cook））曾三度出海前往太平洋地区，带领船员成为首批登陆澳洲东岸和夏威夷群岛的欧洲人，也创下首次有欧洲船只环绕新西兰航行的纪录。透过运用测经仪，他为新西兰与夏威夷之间的太平洋岛屿绘制大量地图，地图的精确度和规模皆为前人所不能及的。在探索旅途中，库克也为不少新发现的岛屿和事物命名，大部分经他绘制的岛屿和海岸线地图都是首次出现于西方的地图集和航海图集内。但库克在他的环球航行途中几乎未曾涉足马克萨斯群岛和波利尼西亚等地。又如布莱船长（Captain Bligh）曾在《南海之旅》（*A Voyage to the South Sea*，1792）中根据自己的航行与冒险经历详尽记录了合恩角（Capte Horn）、好望角（Cape of Good Hope）、范迪门地（Van Diemen's Land）、圣保罗岛（Island of St. Paul.）、岩石岛屿（Rocky Islands）、特塔巴（Tettaba）、海瓦（Heiva）、托福阿岛（Island Tofoa）和东帝汶岛（Island Timor）等地居民的生活状况，较全面地呈现了南太平洋群岛的地理环境和人文风貌。波特（Porter）在《美联邦埃塞克斯号舰战末太平洋航海记》（*Journal of the Cruise of the U. S. frigate Essex*, *in the Pacific*, *during the late War*）中也有提及一些关于马克萨斯群岛岛民生活的有趣内容。美军文森尼斯号（Vincennes）战舰上的牧师斯图尔特（Stewart）则在《南海之行》（*A Visit to the South Seas*）一书中对马克萨斯群岛岛民们进行了大量描述。埃利斯（Ellis）在其《波利尼西亚人研究》（*Polynesian Researches*）中也风趣地记录了塔希提岛上的宗教团体在某些小岛屿上建立宗教分支的行为。此外，在前文中提到的达纳于 1840 年出版的《航海两年》和《往返古巴》（*To Cuba and Back*，1841）中，也有对美国之外人们的生活状况展开的描述。

② 如历史记载中的 19 世纪中叶的美国冒险家、海盗威廉·沃克（William Walker，1824—1860）。1855 年，他利用尼加拉瓜国内的政治斗争之机，率领一批冒险者前往尼加拉瓜，推翻了当地政府的统治。1856 年自立为尼加拉瓜总统，1860 年被处决。在历史文本中，沃克曾经抵达的瓜伊马斯（Guaymas）、北下加利福尼亚州（Baja California）、索诺拉州（Sonora）、尼加拉瓜（The Republic of Nicaragua）等地人民的身体特征和生活状况都曾被提及。

比》和《白鲸》中，对肤色和身形展开的描写远远少于对刺青展开的描写，因此，本节将主要围绕这两部小说中大量出现的刺青描写，探讨其中的隐喻意义。

刺青（tattoo）①原本是对人的身体进行切割的一种方式，意味着"颜色被引入皮肤之下"②。根据《大英百科全书》（*The New Encyclopædia Britannica*）中对"tattoo"（刺青）一词的注解可知，"刺青"指的是"在破裂的皮肤中注入色素，从而在身体上留下永久性的标记或图案"③。作为专业术语的"刺青"一词最初出现在波利尼西亚④的塔希提岛⑤，后传入英语和其他欧洲语言。"1769 年，詹姆斯·库克在塔希提岛的探险中首次记录了这个词。"⑥库克在船上的日记中写道：

> （塔希提人的）男人和女人在他们的身体上画画。在他们的语言中，
> 这被称为 ta-tu。他们在皮肤下注入黑色，留下永久的痕迹。……有些画

---

① 这里说的"刺青"在梅尔维尔的小说原文中为"tattoo"。需要指出的是，tattoo 一词既可指文身，也可指刺青。从词语含义角度来看，tattoo 指的是针刺皮肤的同时将颜料注入皮肤，药水注入之前皮肤是黑色的，但注入之后，由于黑色素的影响，经过一段时间皮肤会变成青色，因此取名为刺青。从时代性角度来看，刺青可看作是文身的前身，这是由于在文身机还未出现的时代，所有刺青都是由手工完成的。从工艺性角度来看，近代开始有人慢慢在化学染色剂的基础上制造出了各种彩色的文身墨水，从而演变出了现代文身。因此，无论是为了更强调词语本身的含义，还是强调时代性与工艺性，将梅尔维尔小说中的"tattoo"译为"刺青"都更合适。

② GOETZ P W.The New Encyclopaedia Britannica（volume 2）[M].Chicago：Encyclopaedia Britannica,Incorporated,1989：318.

③ Ibid,p.578.

④ 波利尼西亚（Polynesia）意指"许多的岛"，其范围西起从汤加、库克群岛、波利尼西亚群岛，到东南的皮特凯恩群岛。这些地方的人有着共同的语言、共同的祖先，如夏威夷土著和新西兰的毛利人，这些祖先皆可追溯至几千年前的太平洋移民。

⑤ 塔希提岛（Tahiti，港台地区将其译为大溪地），位于南太平洋，是法属波利尼西亚群岛中最大的岛屿。这里四季温暖如春、物产丰富。居民称自己为"上帝的人"，外国人则认为这里是"最接近天堂的地方"。

⑥ GOETZ P W.The New Encyclopaedia Britannica（volume 11）[M].Chicago：Encyclopaedia Britannica,Incorporated,1989：578.

中人、鸟或狗的图案设计得很糟糕；女性的手指或脚趾的每个关节上都有 Z 字形。男人们也有，他们的胳膊和腿上都有圆圈、新月等其他图形。简而言之，他们运用这些图形的方式千差万别，以至于图形的数量和位置似乎完全取决于每个人的心情。然而，它们都同意用深黑色覆盖整个臀部，在这上面，大多数都有一个接一个的拱形，有它们近四分之一英寸宽的短肋骨那么高。这些拱形似乎是他们的骄傲，因为男人和女人都以极大的快乐展示它们。①

在此之前，这种在身体上刻上印记的方式在西方被称为"刺"（pricking）。库克引入了塔希提语中的"ta-tu"一词，意思是"打击"（strike）或"标记"（mark），不久后，"刺青"在西方就成为通用术语。库克船长所在的"奋进"号船上的军官和水手都接受了塔希提工匠的刺青，以纪念他们的此次冒险。当库克船长第二次航行至太平洋时，他将一位名为奥迈的塔希提王子带回了英国。奥迈的身上就有大量的刺青图案。

许多选择刺青的人认为，刺青图案可以用来装饰身体，同时还可以给人提供神奇的保护，使人体免受疾病或不幸的侵袭，也可以用来确认刺青者的等级、地位或团体成员的身份。例如，在美洲，许多印第安部落习惯在身体或脸上进行刺青，或者是在身体及脸上同时进行刺青。常见的刺青技术是使用简单的针刺手法，不过在一些加利福尼亚部落，刺青时会把颜色引入已有划痕的皮肤。在许多北极和亚北极的部落中，大多数爱斯基摩人和东西伯利亚人会在皮肤下面涂上有颜料的线条。而在波利尼西亚、密克罗尼西亚及马来西亚的部分地区，人们会通过一种形状像微型耙子的工具将色素刺入皮肤。19 世纪中叶，刺青在美国本土并未被大规模引入，当时也鲜有人在自己身体上进行刺青。这一情况在南北战争期间开始得到转变。美国本土的第一位专业刺青师马丁·希尔德布兰德（Martin Hildebrand）曾声称，南北战争

① OETTERMANN S. An Art as Old as Humanity [M] // RICHTER S. Introduction to Tattoo. London: Quartet, 1985: 23.

期间，他在南方联盟和北方联邦军队之间旅行时，"在数千名士兵和水手身上做了标记"①。19 世纪 90 年代，希尔德布兰德在纽约橡树街开了一家刺青工作室，并继续从事他的这一职业。第一个电动刺青器于 1891 年在美国获得专利。美国从此成为刺青设计的中心，与此同时，美国的刺青图案开始大规模传播。② 刺青的涵义从这一时期开始便发生了改变，逐渐脱离了与个体身份挂钩的关联，更多的是表征着个体的审美差异，例如，在身上的哪个部位刺上哪些图案会令自己感到美观或更具个性。因此，在这一时期，刺青在美国本土成为了一种风尚，甚至在精英阶层里特别受欢迎。"不久后，许多刺青场所开始模仿波利尼西亚和日本，刺青'美容院'在世界各地的港口城市涌现，专门的人员将刺青设计应用于欧洲和美国的水手。"③ 19 世纪晚期，在英国上流社会，刺青曾一度风靡男女。然而，20 世纪初，刺青受到了主流社会的排斥，越来越多地被视为一种粗俗的矫揉造作。这一时期的刺青被视为"时尚怪才们所发明的最粗俗、最野蛮的习俗。它可能适合一个文盲水手，但不适合一个贵族。当威尔士亲王在身上刺青时，英格兰上流社会的人成了环境的受害者。就像被主人驱赶的羊群一样，他们不得不跟着羊群走"④。20 世纪 60 年代之前，刺青在西方社会主要出现在工人阶级中，常被视为放荡女人、犯罪分子、自行车手和其他在社会中不受欢迎之人的标志，如当时的街头或摩托车帮派的成员就常使用刺青装饰来证明自

---

① SANDERS C,VAIL D A.Customizing the Body:The Art and Culture of Tattooing（Revised and Expanded Edition）[M].Philadelphia:Temple University Press,2008:16.

② GOETZ P W.The New Encyclopaedia Britannica（volume 11）[M].Chicago:Encyclopaedia Britannica,Incorporated,1989:578.

③ Ibid,p. 578.

④ PARRY A.Tattoo:Secrets of a Strange Art as Practised among the Natives of the United States[M].New York:Collier Books,1971:102.

己的身份。① 在当代美国社会，刺青工作室开始雇用专门的艺术家，他们中的许多人都接受过正规的艺术教育，在客户的身体上刻上定制设计的图像。② 随着刺青成为一种熟练的贸易和艺术形式，它已经褪去了很多污名，不仅中产阶级的人觉得有必要合法化自己的刺青，来自各个社会经济阶层的人也逐渐开始在自己身上进行刺青。

由此可见，刺青广泛出现在 18 世纪以来的历史记载和现实生活中，先后经历了与技术手段、个体身份、个人审美和罪犯身份相关联的概念，并逐渐演变为一种与身份无关的个性化装饰。那么，刺青在文学作品中有何深意？大量出现的刺青描写在梅尔维尔的小说中又具有怎样的深刻内涵呢？本节将围绕梅尔维尔在《泰比》中对泰比人身体和脸部展开的大量刺青描写，探讨梅尔维尔将马克萨斯群岛土著居民的外貌形象生动地呈现在读者面前之余，如何传达他对种族身份差异和种族交往问题的态度。接下来，笔者将以《泰比》中的刺青为例，集中论述小说中的刺青描写所隐射的种族身份认同困境。

---

① 自 20 世纪 60 年代以来，西方的刺青实践经历了所谓的"刺青文艺复兴"（Hill，1972；Rubin，1988），随着刺青师越来越普遍地将自己视为艺术家，并通过不断提高的技术技能和创新的设计技术，越来越多地将自己的表达方式合法化。（Sanders & Vail，2008）。这种复兴也指顾客数量的急剧扩张。刺青群体从最初的男性自行车手、水手和罪犯，发展到包括女性和中上层阶级的成员（Rubin，1988）。德梅罗（DeMello，2000）认为，在过去的几十年里，人们赋予刺青的意义发生了很大程度上的变化，这主要是因为出现了一个新的刺青阶层，并开始关注刺青复兴前后刺青意义的变化。在文艺复兴之前，刺青主要出现在工人阶级中，被视为上述不受欢迎之人的标志。然而，在文艺复兴之后，刺青开始变成了一种更为社会所接受的自我表达形式，也为更多普通人所认可。

② DEMELLO M，RUBIN G S.Bodies of Inscription：A Cultural History of the Modern Tattoo Community[M].Durham：Duke University Press Books,2000:67,73;SANDERS C,VAIL D A.Customizing the Body：The Art and Culture of Tattooing（Revised and Expanded Edition）[M].Philadelphia：Temple University Press,2008:42,120,123.

一、刺青与身份认同困境

《泰比》是梅尔维尔根据自己在马克萨斯群岛冒险经历创作的小说，也是梅尔维尔创作的第一部小说。小说讲述的是一个年轻水手托莫和其好友托比从一艘捕鲸船"多莉"（Dolly）号上逃脱，进而深入马克萨斯群岛后的冒险故事。叙述者托莫和好友托比因不想继续呆在航行的船只上，策划并实行了一场冒险行动。深入泰比岛后，托莫和托比先后遭受环境不适、食物匮乏、疾病折磨等危机，后被泰比人俘虏，并在泰比岛上被囚禁了很长时间。由于无法忍受在泰比岛上的生活，托莫开始策划逃离，经过一番波折后，托莫最终抵达泰比海滩，乘着另一艘捕鲸船"露西安"（Lucy Ann）号，匆忙离开了泰比岛。

《泰比》中有大量对于南太平洋马克萨斯群岛土著人身体刺青的描写，据笔者统计，tattoo 一词在小说中共出现 50 次。小说最初提到刺青是在第一章。叙述者托莫及其他船员在太平洋上度过了 6 个月不见陆地的时光，他们决定脱离困境，全速驶往马克萨斯群岛。听到马克萨斯这几个字时，船员们都自发地联想到诸如"裸身美女""人肉宴会""满身刺青的首领""野蛮仪式""人体祭祀"[1] 等意象，充斥着一种令人倍感兴趣的异域风情。此时的托莫想起美军文森斯号战舰（sloop of war Vincennes）上的牧师斯图尔特（Stewart）在《南海之行》（*A Visit to the South Seas*）中提及的一些关于当地土著人的记载。比如，塔希提曾有一位国王十分特别，"一大片刺青完全覆盖了他的脸，和他的眼睛连成一条直线"[2]。而他的王后在自己的腿上刺上

---

① MELVILLE H.Typee：A Peep at Polynesian Life［M］.Evanston：Northwestern University Press,1968：5.本书中所有《泰比》的中译文均为笔者自己所译，后文不再另做说明。

② MELVILLE H.Typee：A Peep at Polynesian Life［M］.Evanston：Northwestern University Press,1968：7.

"螺旋形花纹，看上去就像两根微型图拉真纪功柱①"②。当时观摩塔希提国王和王后与法国官员们会面的当地土著人身上也或多或少都有刺青。最具代表性的是一位由王后亲自挑选出来的老者，他"裸露着胳膊和脚，其裸露的胸部则覆盖着犹如埃及石棺盖上雕刻的印墨铭文"，他的大腿上也有着"明亮的蓝色和朱红色的刺青印记"。③ 当然，这些都只是托莫从一些关于异域风土人情的文字记载中看到的，并非源于他自己的亲身经历。此时的托莫只是对刺青感到十分好奇，除此之外并未有其他具体感受。托莫第一次亲眼看到土著人身上的刺青是在他和托比深入泰比岛后发生的事情。

托莫和托比逃离"多莉"号后，好不容易抵达马克萨斯一个山谷的尽头，二人深入泰比岛后不久，便被一群身份不明的"野人"包围并被带到一座漂亮的竹屋内。这时托莫发现，包围着他和托比的是一些棕色皮肤的勇士，全身布满了刺青。突然间被这样一大群充满异域风情的土著人包围对托莫和托比而言自然不是一件令他们感到开心的事，他们心生恐惧也是十分正常的，尤其是有八九个土著首领蹲在他们旁边，表情僵硬严肃，一言不发。在语言不通的情况下，托莫只好试探性地说了一句"泰比人"，结果引发了土著首领的愤怒和周围土著人的骚动，托莫预感到眼前这群人有很大几率是泰比人，此时他们面临的是与泰比人的正面交锋，他们担心的是泰比人是否会接纳他们，因此尝试主动进入泰比社群。于是托莫试探性地表扬泰比人的英勇。果然，尽管土著人听不懂托莫在说些什么，但他们可以从托莫的表情和肢体语言中明白托莫口中对泰比人的赞赏之情，因此，首领们不再暴怒，并逐渐恢复常态，人群中的骚动也逐渐平息。

---

① 原文为 Trajan's columns。图拉真（Trajan）是古代罗马安敦尼王朝第二任皇帝，罗马五贤帝之一。图拉真纪功柱位于意大利罗马奎利那尔山边的图拉真广场，为图拉真所立，以纪念其征服达西亚、将罗马疆域扩张到历史上最大范围，被誉为"实现罗马伟大复兴"的精神支柱。

② MELVILLE H. Typee: A Peep at Polynesian Life [M]. Evanston: Northwestern University Press, 1968: 8.

③ Ibid, p. 8.

　　自托莫和托比进入泰比社群，泰比人对二人的兴趣就十分明显。泰比人对托莫和托比的好奇是有原因的。首先，由于泰比岛闻名于外的恐怖传闻①，导致船只即使航行至此处也不会在附近的海湾靠岸；其次，就算有个别胆大的船长愿意在这里的海湾附近停留，他身边也会保证有几个全副武装的船员陪同，并带上一位翻译。当海边的土著人发现了停靠的船只和船员，就会通过口信的方式把有人闯入小岛的信息告诉其他岛民，接下来迎接那些船员们的就是成群的岛民。因为岛民和外部世界尤其是欧洲人的往来十分有限，当他们看到岛上出现的白人时，才会万分惊讶，甚至激动不已。许多岛民尤其对法国人的现状十分感兴趣，这可能是由于小岛曾被法国人入侵，在岛上曾发生过一些局部战斗，因此，岛民对白人的好奇中还夹杂着排斥之情。

　　泰比人对托莫和托比的好奇还体现在他们之间存在的身体差异上。初次与泰比人碰面时，托莫与托比对泰比人的"棕色皮肤"和"布满刺青"②的身体感到好奇，这很容易让他们联想起在"多莉"号上听到的关于土著人的传闻，他们印象中遥不可及的刺青和出现在他们面前活生生的土著人重叠在一起，强化了托莫和托比对于族群身份差异的意识。相对于泰比人身上大量存在的刺青而言，托莫和托比的身体不仅白皙，且没有任何身体标记。与托莫和托比对泰比人的身体感到好奇相似，泰比人对于托莫和托比的身体也感到十分好奇。当二人脱掉长途跋涉后被雨水浸透了的衣物时，托莫这样描述泰比人的惊讶之情："他们扫视着我们白色的肌肤，似乎难以理解历经海上半年的风吹日晒后的古铜色脸部皮肤与身体的颜色之间会有那么大的差异。他们抚摸着我们的皮肤，就像在触摸一块质地上佳的绸缎，他们中的一些人甚至为此动用了嗅觉器官。"③当托莫和托比还在忧心于接待他们的是否是可怕的泰比人时，他们看到了一个戴着高耸羽毛头饰的相貌堂堂的勇士：

---

①　泰比岛在白人船员眼中是食人族生存的地方，泰比人就是恐怖的食人族。

②　MELVILLE H.Typee：A Peep at Polynesian Life［M］.Evanston：Northwestern University Press，1968：70.

③　Ibid，p. 74.

　　他的神态十分威严。热带鸟类那美丽的、下垂的长长尾羽，和公鸡那华丽的羽毛密密地穿插在一起，在它的头上竖成一个巨大的半圆形头冠，根部呈一弯新月状，横跨在前额上。他的脖子上戴着几串巨大的野猪牙项链，磨得像象牙一样光亮，项链按照大小顺序排列，最大最长的那颗挂在他那宽大的胸膛上……但是，在这个美丽岛民的外表上，最引人注目的还是他那高贵四肢上的精美刺青。他的全身都布满了一切可以想象到的线条、曲线和图形，它们奇形怪状的变化和无穷无尽的丰富性令我只能把它们与我们有时在那些昂贵织物上看到的密集古怪的图案进行比较。在所有这些装饰中，最简单和最引人注目的是首领脸上的那个装饰。从他剃光了的头顶中央发散出两条宽大的刺青条纹，斜斜地交叉在两只眼睛上——眼睑都染上了色——直到两耳下方一点，在那里与另一条穿嘴唇而过的刺青共同形成了一个三角形。从他卓越的身体比例可以看出，这位勇士肯定是当地人眼中的一位自然界的贵族，他脸上的线条也表明了他的崇高地位。①

　　小说中对这位勇士身体所展开的描写，如刺青、服装、头饰、耳饰等，都充满了异域风情，托莫对此感到惊讶不已。事实上，托莫对泰比人刺青的描写在小说中十分普遍，多次出现诸如"满脸光秃秃的全是刺青"② "躲在灌木丛后面浑身刺青的战士"③ "全身刺青的神职人员"④ "精心纹过的刺青"⑤ 等词汇。托莫还对他在泰比岛上生活时的一个全程陪同的男仆脸上的刺青展开细致的描绘：他的"脸上纹了三条宽阔的刺青，就像那些不顾一切障碍，笔直向前延伸的乡村道路一样，穿过他的鼻部和眼窝，甚至绕过他的嘴角。每条刺青都完全横跨了他的整个面部：一条将两个眼睛连成一线，另

---

① MELVILLE H. Typee: A Peep at Polynesian Life [M]. Evanston: Northwestern University Press, 1968: 77-78.
② Ibid, p. 136.
③ Ibid, p. 145.
④ Ibid, p. 179.
⑤ Ibid, p. 190.

一条穿过脸部延伸到鼻子附近，第三条沿着嘴唇发散至两耳处。他那布满三条刺青的脸，总使我想起那些从监狱牢房里隔窗向外张望的不幸的可怜虫。科里克里全身布满了鸟、鱼和各种各样最令人费解的生物图案，这使我想到了自然历史的图画博物馆，或是一本配了插图的《哥尔德史密斯的生命自然》"①。在托莫看来，科里克里的外貌之所以难看，主要受其脸部刺青影响。这些对于刺青的描写不断强化着托莫对泰比人与其自身所存在的族群身份差异的意识。无论是对于泰比人，还是对于托莫和托比而言，以刺青为代表的身体外部特征使他们很容易意识到自己与对方之间存在难以逾越的巨大差异。前文中所述关于泰比岛和欧洲世界往来的介绍在小说中点到即止，但从土著岛民对白人肤色和身体的兴趣，以及白人闯入者对泰比人身体的兴趣上可以看出，尽管泰比岛曾被侵犯，南太平洋诸岛依然被欧洲排除在外，泰比和欧美世界之间依然存在着巨大的差距。

小说中对泰比勇士、科里克里以及其他泰比人面部和身体刺青的描写都十分具体形象，包括刺青的数量和不同位置，甚至刺青的图案样式。泰比勇士和科里克里面部和身体刺青在当地十分普遍，不同之处只是样式上的差别。例如，土著首领麦赫维带领托莫和托比前往一处名为"邸"的建筑物时，托莫看到几个老人，"岁月和刺青在他们的老态龙钟上似乎抹去了一切人性的痕迹……这些人的身体都呈现一种单调的绿色，随着年龄的增长，刺青的颜色会逐渐呈现出这颜色。它们的皮肤长着可怕的鳞片，加上独特的颜色，使他们的四肢看上去就像灰蒙蒙的古绿色标本"②。而对于生长在白人世界中的托莫而言，他强烈地认同自己的身体特征，因此，在看到泰比人身上遍布的刺青时，他本能地感到他们与自己不同，与自己所处的白人世界的人不同。不过，身为白人的他此时还没有从心底感到无法认同泰比文化，也并未意识到自己与泰比人之间存在着深层差异。托莫真正开始不认同、不接

① MELVILLE H. Typee：A Peep at Polynesian Life ［M］. Evanston：Northwestern University Press，1968：83.

② Ibid，p. 92.

受泰比文化，并体会到双方的身份之间存在深层差异，是在土著人试图将托莫脸部和身体也刻上刺青印记之时。

在小说中，最令读者印象深刻的莫过于托莫对于土著人试图说服他进行刺青时感到抗拒和反感的大段文字描述。在小说第 30 章，托莫详细讲述了自己在泰比岛上偶然遭遇的一次令他终生难忘的经历。那天，托莫和科里克里一同散步时，途经一个灌木丛，里面发出奇怪的声音，这吸引了托莫的注意力。托莫进入灌木丛后，第一次亲眼目睹了泰比人进行刺青的全过程。他看见一个人仰面平躺在地上，尽管他的脸上竭力装出镇静的样子，但显然他很痛苦。而"折磨他的人俯身对着他，像一个拿着木槌和凿子的切石工那样拼命地工作着。他一手拿着一根又短又细的条状物，上面嵌着一颗尖细的鲨鱼牙齿，他在条状物的末端用一块小木槌状的木头敲了敲，这样就刺穿了皮肤，把针筒中的颜料注入进去。"① 在这野人的旁边还摊着一块脏兮兮的塔帕，上面摆放着一大堆稀奇古怪的、黑黢黢的小工具，这些工具是用骨头和木头制作成的，用途不尽相同。有几个工具的末端又细又尖，就像非常精致的铅笔一样，主要被用来完成刺青的收尾工作，或是被用来修饰身体上那些较敏感的部位。另一些工具都带有一排尖头，"样子有点像锯齿，这些工具主要用来加工皮肤上那些比较粗糙的部位，特别是用来刺笔直的线条"②。有些工具的末端带有各种各样微型的花鸟造型，把它们放在身体上，然后用锤子一敲，就可以在皮肤上留下不可磨灭的永久印记。此外，托莫还注意到，有几只把柄"神秘地弯曲着，仿佛是要被用来插入耳孔，为了给耳膜进行刺花"③。

①　MELVILLE H. Typee：A Peep at Polynesian Life ［M］. Evanston：Northwestern University Press，1968：217.

②　Ibid，p. 218.

③　Ibid，pp. 217-218.

在上述文字描写中，托莫为白人读者呈现了土著人刺青的整个过程。刺青过程中出现的器具，诸如木槌、鲨鱼牙齿、颜料、草汁、骨头、木头、锯齿、耳膜、珍珠母手柄等，有些是世界范围内随处可见的物品，有些则是土著世界中所独有的，在白人世界中十分罕见，即便能找到，也不是作刺青用途。当读者在阅读这段文字时，由于处在不同社群环境和文化语境中，自身不具备与刺青相应的知识储备，因而很容易产生一种陌生的感觉。不过，梅尔维尔似乎是为了让读者能够感同身受，在结尾处补充了一句"这些工具使人想起牙科医生手边那天鹅绒衬里的匣子里所摆放着的珍珠母手柄之类的残忍恐怖的物品"①。在白人世界中，牙医为病人治疗牙病时，病人的痛苦程度是可想而知的。梅尔维尔通过将牙医治疗牙病时使用的工具和泰比艺术家在刺青时使用的工具进行并置，让白人读者能够将自己原本并不熟悉的刺青物品与自己所熟知的物品联系起来，把土著社群里进行刺青全过程的冷酷和疼痛感与白人世界里的牙医给病人治疗牙病的痛感进行比较，从而加深对刺青所带来的痛苦感受的深刻印象。接下来，托莫被土著刺青艺术家一把抓住，即将被胁迫在脸上刻上刺青的印记，托莫描述道："他回过神来，似乎是不相信我的话，一把抓起他的工具，在我的脸上可怕地晃来晃去，想象着他的艺术表演，无时无刻都对自己的设计之美惊叹不已。如果这个坏蛋将对我进行刺青，我就会一辈子变成丑八怪，一想到这我就吓得不轻，我挣扎着想摆脱他……"②。而由于托莫一再拒绝，这位刺青艺术家气得发狂，因为在托莫看来，他"已然失去了在他的专业领域中脱颖而出的大好机会，对此他悲痛欲绝"③。托莫对刺青艺术家将要在他身体和脸部进行刺青的行为感到十分排斥，在托莫看来，这位刺青艺术家：

---

① MELVILLE H.Typee：A Peep at Polynesian Life［M］.Evanston：Northwestern University Press，1968：218.

② Ibid，p. 218.

③ Ibid，p. 219.

　　一想到可以把他的刺青刻到我白皙的皮肤上，他就充满了画家的热情。他一次又一次地凝视着我的脸，每一次新的目光似乎都增添了他的雄心壮志。我不知道他会怎么做，又害怕他会毁了我的容貌，于是我竭力想把他的注意力从这上面转移开。绝望中，我伸出胳膊，示意他在那上面比划。但他愤怒地拒绝了我的妥协，继续死死盯着我的脸，好像只有这样他才会满意。当他的食指扫过我的脸，手里的平行锯齿就要擦到我脸上时，我害怕得骨头都快要散架了。我又气又怕，疯狂地挣脱了抓着我的三个野人，向马赫尤家逃去，那个不屈不挠的艺术家手里还拿着工具在后面追着我。最后，科里克里出手阻止了他，并将他赶走。①

　　当读者读到这里时，很容易将托莫在刺青艺术家准备为自己进行刺青时的害怕和恐惧之情归因于托莫害怕疼痛，但事实并非如此。作为一名饱经风霜、历经磨难的水手，托莫害怕的并非刺青给自己带来的身体层面的痛苦，既然不是身体上的痛苦，那么托莫为何不愿意接受刺青呢？笔者认为，原因主要有以下四点：

　　首先，出现在泰比人身上的刺青让托莫意识到自己并非泰比社群中的一员，而被要求在身上进行刺青则让托莫感到其原有身份受到威胁。对泰比人而言，痛苦的刺青过程是他们改变身体的一种仪式。通过坚强地进行刺青这一仪式，被刺青者就可以向他们团体中的其他成员展示他们的勇气和信念。因此，刺青过程中的疼痛象征着对自己所属团体身份的归属感和认同感，因为只有经历了这种疼痛，才能证明自己属于这一特定的团体。对泰比人而言意味着身份认同的刺青对托莫而言则意味着身份受到威胁。刺青和身份之间产生了密切联系，因此，由于害怕自己的原有身份发生改变，托莫无法接受自己身体上产生的这种变化。

---

① MELVILLE H. Typee: A Peep at Polynesian Life [M]. Evanston: Northwestern University Press, 1968: 218-219.

　　有学者指出："无论是在部落文化还是现代文化中，永久性的身体改变和非永久性的身体服饰都共享着身体承载者所在群体的严格社会支持。"① 作为永久性改变身体的一种形式，刺青还通常与永久性的身份（如族群身份）、终身不变的社会关系（如种族或部落成员）相联系。尽管托莫本人可能并未意识到刺青的这种深层文化内涵和隐喻意义，但他的本能和直觉告诉他，刺青给自己带来的将是一种与越界相关的联系，即在身上刺青就意味着他的身体发生了越界，超越了自己原本所属社群和种族身份的边界，进入泰比社群，成为泰比人中的一员。这种与越界的联系给刺青这一身体符号注入了强大的文化力量，使它演变成为一种有效的社会机制，通过这种社会机制，"我"和"他"得以区分，身份差别意识自然而然得以形成。这也就是为何托莫在被威胁进行身体刺青之前并没有强烈的反应，只是觉得泰比人身上的刺青有趣，并对此感到好奇。而在刺青艺术家抓住他并打算在他身上刺青时，他才开始感到紧张焦虑，甚至恐慌和排斥，这是因为在自己身上刺青意味着动摇了自己的原有身份，这让托莫忍无可忍。

　　历史上也有与托莫遭遇的经历相类似的事件，不过结局却不尽相同。1795 年，法国水手让·巴普蒂斯特·卡布里（Jean Baptist Cabri）在马克萨斯群岛跳船。据他说，他曾被一个部落收养，并在脸上和身体上刺青，刺青于他而言成为了一种荣誉的标志。② 19 世纪早期，一位名叫约翰·卢瑟福（John Rutherford）的英国人从伦敦航行至新西兰，5 年后，卢瑟福逃离新西兰并回到伦敦，他讲述了自己被毛利人俘获，被强迫接受刺青，并被迫迎娶酋长女儿为妻的经历，他也因此成为了当时公众极为感兴趣的对象。③ "在非西方部落文化中，占主导地位的模式是，如果一个人想要有效地承担适当的社会角色，并享受舒适的社会互动，特定的身体改变模式通常被认为是必不

① SANDERS C,VAIL D A.Customizing the Body:The Art and Culture of Tattooing（Revised and Expanded Edition）[M].Philadelphia:Temple University Press,2008:6.
② EBENSTEN H.Pierced Hearts and True Love[M].London:Derek Verschoyle,1954:16.
③ BURCHETT G,LEIGHTON P.Memoirs of a Tattooist[M].London:Oldbourne,1958:23-25.

可少的。没有以文化上合适的方式改变自己的身体——例如，穿着特定的服装，或者没有按照规定的方式塑造或标记身体——就会给人贴上不正常的标签，进而引发社会的负面反应。"① 无论是卡布里还是卢瑟福，他们之所以能够获得荣誉或得到较高的社会地位，是因为他们一直居住在土著社群，他们的身体始终没有脱离刺青的社会文化语境，因此，刺青并不会让他们感到焦虑或者害怕，相反，刺青能够给他们带来更为舒适的社会互动，他们也能通过刺青承担起当地的社会角色，如娶酋长女儿为妻。因此，他们可以接受在身体上做出适应当时当地社会环境的特定改变。而一旦他们脱离土著社群返回自己原来的社群之中，就会被视为异类，成为大众茶余饭后竞相讨论的对象。显然，托莫无法接受为了承担泰比社会责任及享受当下舒适的社会互动而进行刺青，因为他明白，自己总有一天会回归到白人世界，而如若身体被打上异族社群的记号，这将会给他带来无尽的苦恼和麻烦，故而他无法主动或被动地在身体上做出任何改变。

正如埃曼·木卡塔西（Eman Mukattash）所言："在泰比，原住民和白人的身体揭示了民主给许多美国人带来的文化紧张。梅尔维尔让读者意识到，共同的人性是建立在身体之上的。每个人只能拥有一个身体这一事实否定了个人身体构造之外的任何经验，反过来，这将梅尔维尔对身体的重新定义等同于民主话语的无限可能性。"② 此外，《泰比》里还提到："很多白人都是从这里上岸，然后就不见踪影了。其中有条船'老狄多'，她大约两年前到过这里，并送了一班值班水手上岸自由活动，但水手们有一个星期没有传来消息——当地土著人发誓说他们也不知道水手们在哪里——最后，他们中只有三个人回到了船上，其中一个人的脸被这群该死异教徒刺了一条很宽的线

---

① SANDERS C, VAIL D A.Customizing the Body：The Art and Culture of Tattooing（Revised and Expanded Edition）[M].Philadelphia：Temple University Press,2008：2.

② MUKATTASH E.The Democratic Vistas of the Body：Re－Reading the Body in Herman Melville's Typee[J].Journal of Language,Literature and Culture,2015,62(3)：159.

条，留下终身的疤痕。"① 对于土著人而言，"刺青是一件将要终身穿在身上的衣服，因此必须精心刻画出来"②，但在土著社会中十分普遍常见的刺青出现在白人身上，却成为了令白人无法忍受的现象。小说中形容这名船员的脸部被土著人用刺青的手法留下疤痕时，是这样表述的："His face damaged for life."（他的脸被终身毁灭了。）无论是 damage、for life，还是紧随其后所使用的 cursed，都体现了叙述者对于刺青愤恨难忍以及极力排斥的态度。对于白人而言，脸上或身上出现在当地土著社会中才会出现的刺青，是终身无法摆脱的耻辱，象征着一种毁灭。这说明，刺青意味着白人眼中的自己与土著人之间存在不可逾越的种族身份差异，折射了白人在土著社群中所遭遇的身份认同困境。

其次，在来自白人世界的托莫看来，土著人身上的刺青十分容易让他联想起白人世界中监狱牢房里的那些犯人，因为在当时的白人世界，只有犯罪之人才会在脸部或身体的某些部位被施以刺青。比如，在 19 世纪，被释放的美国囚犯和英国陆军逃兵的身上都有刺青，后来的西伯利亚监狱和纳粹集中营的囚犯身上也有类似的刺青。此外，在美国，不同的刺青图案意味着犯罪类型和性质的不同。通常而言，由三个点组成的三角形刺青是一种常见的监狱刺青，代表疯狂的生活，该刺青通常出现在犯人的手部或眼睛周围；五个点的刺青图案是坐牢的证明，外面四个点代表监狱的围墙，中间一个点代表被困住的犯人；蜘蛛网图形的刺青一般出现在长期服刑的人员身上；眼泪图案的刺青代表长久的刑期，有的地方则是杀人犯的象征；没有指针的时钟图

---

① MELVILLE H. Typee：A Peep at Polynesian Life［M］. Evanston：Northwestern University Press，1968：34.

② MELVILLE H. Omoo：A Narrative of Adventures in the South Seas［M］. Evanston：Northwestern University Press，1968：31. 本书中所有《奥穆》的中译文均为笔者自己所译，后文不再另做说明。

案刺青象征着停滞的时间，代表了长期服刑的人。① 由此可见，罪犯脸部或身体其他部位的刺青既是在人体肌肤上施行的具体刑，同时也是使犯人蒙受耻辱、使之区别于正常人的一种耻辱刑，具有隐喻意义。此外，即使是在19世纪50年代左右的欧洲白人社群中，一些身上有大量刺青的欧洲人需要依靠在公众面前或著名医学协会的会议上展示自己来谋生。这些身体标记无一不是把刺青印记作为一种凌驾于生物性之上的政治化了的符号来加以看待。"身体表明的是一种生物性类别，需要通过社会来解释；主体通过感知世界而获得自己的身体，但是，反过来，社会在很大程度上又决定了个体怎样看待自己的身体。"② 托莫意识到，如果接受了泰比人为他的身体刺青，那么就意味着自己的身体会演变成和白人世界中的那些犯人或与自己所处阶层不同之人一样的身体，被铭刻上终身无法消除的印记，这是令他无法忍受在身上刺青的第二个原因。

----

① 刺青不只在白人世界中会让人联想起犯罪，在亚洲也是如此。例如，在中国古代，犯人身上可能会被刻上烙印，以示他们曾经犯下罪过，哪怕将来有可能被放出去，他们也会因为身上这些永远无法抹去的印记而终生受到歧视，无法正常生活。宋朝时期，黥刑被视为仅次于死刑的一种刑罚。《宋史·刑法志》中曾指出，使用严厉刑法的人会在罪犯的脸上刺字。只要是犯了盗窃罪，就会在耳朵后面刺上标记：如果是流放罪，就刺方形图案；如果是杖责罪，就刺圆形图案；如果犯了三次杖责罪，就把标记移到脸上，这个标记的大小直径不超过五分。对于犯罪的人，如果罪行严重，就仿照以前的做法，在脸上刺字；如果罪行稍微重一些，就只在额角上刺字；如果罪行相对较轻，就免除刺字的刑罚，采用不在脸上刺字，而是服劳役，等劳役期满后就释放的处罚方式。《大明律序》中也曾规定，对于盗窃犯，初犯者要在右小臂上刺"窃盗"二字，再犯者刺左小臂，对于白昼抢劫他人财物者，要在右小臂上刺"抢夺"二字，如果再犯抢夺罪者，照例在右小臂上进行重刺。可见，如果不是罪行极为严重，哪怕是在古代，刺青也不会被轻易施行在犯人的脸部。又如在日本，那些社会地位在士农工商之下，从事着最低层的如殡葬业、屠宰、皮草、刽子手等工作的人被称为是"秽多（Eta）"或"非人（Hinin）"，意味着身体不干净的一群人，这些人的身上通常也会被打上刺青的烙印。

② ［美］肖尔茨. 波伏娃［M］. 龚晓京，译. 北京：中华书局，2002：59.

　　此外，泰比人对于刺青部位的要求十分具体，即优先在脸部进行刺青，因为他们认为这是一种美化自我的方式。然而，这在托莫看来十分离谱，因为脸部无疑是人体中最突出、最直观、最明显的部位。当我们观察一个人的时候，最直接的印象就来源于其脸部特征；当我们看到一个人时，往往是从他（她）的脸部来判定他是否是我们认识的人；当我们想起一个人时，脑海中通常也是最先浮现出他（她）的脸。因此，脸既是身体特征的最重要载体之一，也直观体现出个人身份，在脸上进行刺青让托莫感到震惊和厌恶。在土著人的持久逼迫下，托莫最终选择了让步，他同意让土著刺青艺术家在自己的双臂从手腕到肩膀的部位刺上花纹。泰比人之所以最终同意了托莫的这一妥协，是因为在泰比文化中，刺青遮住肘部以下的手臂是十分重要的，没有装饰的手臂会被认为是懦弱的表现，意味着一个人无法忍受疼痛。在南太平洋的一些部落中，没有刺青的年轻男子甚至会被认为是不成熟的，这意味着他们还没有勇气承受痛苦。刺青师们会鼓励年轻的受刺者要坚强勇敢，并告诫他们："如果你扭动得太多，人们会认为你还只是个小男孩儿。"[1] 但在选择刺青图案这个问题上，托莫和土著人之间产生了分歧，这直接导致托莫认为自己无法顺利融入泰比社群，这再次加深了他在身份认同问题上的困扰，并强化了他渴望逃离泰比岛，重新回到白人世界的决心。

　　与此同时，托莫发现泰比岛上的"整个刺青制度和当地的宗教之间有联系"[2]，因此，强迫岛外之人在身上进行刺青行为对托莫而言意味着改变其原本的宗教信仰，这是让托莫无法接受刺青的另一个重要原因。事实上，刺青

---

① HAMBLY W D.The History of Tattooing and Its Significance，with Some Account of Other Forms of Corporal Marking[M].Detroit：Gale Research，1974：204-205.

② MELVILLE H.Typee：A Peep at Polynesian Life ［M］.Evanston：Northwestern University Press，1968：220.

在许多国家、民族或部落文化中都带有宗教目的①，"通常是在来世提供一种身份识别或保护的手段"②。例如，在斐济，死亡时被发现身上没有刺青标记的女性会被认为是在生前曾被其他女性的灵魂殴打，并被视作神灵的食物③。婆罗洲隆格拉特妇女的灵魂在死后会被神灵分配任务，分配的标准则依据她们身上的刺青面积而定。刺青面积最大的妇女可以在天河中收集珍珠，那些身上只有部分刺青的妇女可以在旁边观看，而那些身上没有刺青的妇女则完全被神灵的任务排除在外④。在部落文化中，刺青除了能保证长生不老或增加来世愉快的机会之外，还常被认为能确保赋予刺青者以好运，帮助他们吸引异性，保护刺青者平安健康、维持青春。⑤例如，也门和马格里布游牧部落的妇女通常在面部和手部刺青，目的是起到预防或治疗的作用。这些身体标记可以保护佩戴者不患眼疾，保证生育能力，并带来好运⑥。

　　在梅尔维尔的小说中，刺青并不是一种天然存在于土著社群的东西，而是由土著社群成员定义和建构的产物。正如托莫所言："刺青可是不会遗传的。"⑦总体而言，作为白人世界中的一分子，托莫坦言自己无法理解刺青这一习俗。尽管在大多数波利尼西亚群岛上的宗教律法中都会有关于刺青习俗

---

① 如在中国古代，刺青是"为了图腾认同或外族辩异，是为了交感魔力或炫耀财富，是为了吸引异性或恐吓敌人"。（易中天，1992：46）唐代的一些刺青者还会将自己崇拜的神灵刺在身体上，"幻想借助神灵获得奇异力量，这实质上是两汉时期天人感应思想在鬼神崇拜方面的表现，也被一些刺青者加以杂糅利用"。（王万盈，2003：66）
② SANDERS C,VAIL D A.Customizing the Body:The Art and Culture of Tattooing (Revised and Expanded Edition)[M].Philadelphia:Temple University Press,2008:11.
③ HAMBLY W D.The History of Tattooing and Its Significance,with Some Account of Other Forms of Corporal Marking[M].Detroit:Gale Research,1974:55.
④ PAINE J.Skin Deep:A Brief History of Tattooing[J].Mankinkind,1979,6:42.
⑤ SANDERS C,VAIL D A.Customizing the Body:The Art and Culture of Tattooing (Revised and Expanded Edition)[M].Philadelphia:Temple University Press,2008:11.
⑥ THEVOZ M.The Painted Body[M].New York:Rizzoli,1984:69-70;HAMBLY W D.The History of Tattooing and Its Significance,with Some Account of Other Forms of Corporal Marking[M].Detroit:Gale Research,1974:109-170.
⑦ MELVILLE H.Typee:A Peep at Polynesian Life [M].Evanston:Northwestern University Press,1968:190.

的介绍，但这些地方十分普遍的刺青在托莫看来却是"奇特的体系"，"既怪异又复杂"，托莫以及其他曾经到过此处的白人都无法对此做出令人满意的合理解释。即便长时间身处泰比社群，他们也始终无法真正理解刺青这一土著文化现象和宗教现象的具体内涵，这也凸显了以托莫为代表的白人与泰比人之间存在的巨大身份差异。

需要指出的是，无论是上述四种原因中的哪一种，托莫拒绝刺青最核心和关键的问题是托莫对其身体的控制权和支配权。托莫拒绝土著人在自己的身体上进行刺青的整个过程中，双方争夺的是对托莫身体的控制权，即谁掌控了托莫的身体，托莫的身份就会从属于哪个族群。因此，由争夺身体而产生的身份危机是托莫抗拒土著人在自己身上进行刺青的根本原因。

此外，值得一提的是，自从登上泰比岛，托莫从未穿过当地土著人的衣服。在泰比岛上居住的那段时间，托莫不是穿着从"多莉"号上逃离时穿着的那件汗衫和长裤，就是赤裸着身体，他不接受土著人的服装。但当托莫预感腿疾很可能会成为促使自己逃离泰比岛的重要契机时，他决定暂时接受泰比人的衣服，这样才能保证自己在离开时有衣服可穿。不过，他对这些泰比人的衣服做了一番改动。如同所有其他改变身体外表的机制一样，服装"被象征性地用来宣告群体成员身份，并表示自愿从不受重视的社会类别中排除"①。彼时的托莫穿上泰比服装并不意味着他发自内心接受了泰比文化，正如他接受泰比刺青艺术家为自己的手臂进行刺青一样，这是一种身处不同社会环境中为避免发生冲突而选择的折衷办法，目的仍然是为了回归自己原来所属的社会环境。

---

① SANDERS C,VAIL D A.Customizing the Body:The Art and Culture of Tattooing（Revised and Expanded Edition）[M].Philadelphia:Temple University Press,2008:85.

通过上述分析不难看出，在梅尔维尔笔下，刺青不仅是一种对人的身体表面进行切割并填补颜色的纯粹手工艺行为，也不只是一种铭刻于人体上的客观实在的标记，它还具有深层的象征内涵和隐喻意义，是一种装饰身体、避免疾病、传递信息、体现身份的符号，这一符号使刺青具有除工艺性之外的社会属性。美国密歇根大学教授创意写作的知名教授托马斯·福斯特（Thomas C. Foster）曾对作家在小说中提及身体标记时的潜在目的做出如下解释："……更常见的情况是，作者想通过身体上的记号来引起我们的注意，以传达某种心理或主题。"① 梅尔维尔对刺青的描写和刺青文化的叙述是对种族身份差异和身份认同困境问题表示关注的一种呈现手法，具有重要意义。在《泰比》中，对刺青展开的描写常常出现在个人与群体之间紧张不安的关系中，体现了对身体展开的权力斗争。托莫拒绝刺青意味着他实现了对自我身体的争夺，获得了掌控自我身体的权力，由此稳固了其原始身份。在任何时代，每个个体都会面对着异质文化价值观囚禁主体、限制自我的困境。总而言之，《泰比》中出现的刺青不只是专属于某一个或某一些人自己的身体特征，还凸显出人物所处地域的社会文化特点，折射出身份认同困境的问题。

二、刺青与种族交往关系

刺青不仅出现在梅尔维尔的小说《泰比》中，也出现在其代表作《白鲸》之中。但长久以来，国内外学界很少对《白鲸》主要人物之一——魁魁格的身体刺青展开探讨。小说中的刺青描写常出现在以实玛利和魁魁格人物

---

① FOSTER T C. How to Read Literature Like a Professor: A Lively and Entertaining Guide to Reading Between the Lines [M]. New York: HarperCollins Publishers Incorporated, 2003: 93.

关系的塑造上，而以实玛利与魁魁格之间的交往问题是小说中十分重要的内容。① 尽管《白鲸》是一部鸿篇巨著，包罗万象、晦涩难懂，但梅尔维尔在《白鲸》中通过对魁魁格进行特殊的身体书写，尤其是对其身体上的刺青展开细致描绘，成功塑造了魁魁格的食人生番形象。与此同时，梅尔维尔还通过魁魁格身体刺青的描写探讨了不同种族之间进行交往的可能性问题。在梅尔维尔看来，不同种族间的交往之所以能成功，不只是因为人物的身体产生了接触，更重要的是，这种身体接触具有白人主导性，而白人主导性的交往关系会促使"有色人种"更加趋近文明。

（一）"黑黑的大方块儿"：魁魁格和以实玛利间的交往困境

《白鲸》中的刺青描写大部分都出现在以实玛利的伙伴魁魁格身上②。

---

① 国外学界对魁魁格与以实玛利之间关系的阐释主要集中在同性恋视角。例如，史蒂文·B. 赫尔曼（Steven B. Herrmann）在《梅尔维尔在〈白鲸〉中对同性婚姻的描述》一文中指出，梅尔维尔的作品包括对同性性爱的描写，在波利尼西亚的土著仪式之外，梅尔维尔还形成了他对同性婚姻的描述。赫尔曼认为，无论是梅尔维尔对同性婚姻的描述，还是他写给朋友兼导师霍桑的充满激情的情书，其中都包含"无限博爱的感情"。（Herrmann，2010：65）布莱恩·约瑟斯（Brian Yothers）在《"我也不确定"：比利·巴德和梅尔维尔后期诗歌的不可靠证明》（"'I Too Am Uncertain'：The Doubtful Testament of Billy Budd and Melville's Later Poetry."）一文中提及《白鲸》中以实玛利和魁魁格之间的关系，并在分析《水手比利·巴德》和梅尔维尔的诗歌后指出，梅尔维尔很可能是同性恋或双性恋，这与梅尔维尔的厌女症有关。卡来布·克雷恩（Caleb Crain）在《人肉情人：梅尔维尔小说中的同性恋与同类相食》（"Lovers of Human Flesh：Homosexuality and Cannibalism in Melville's Novels"）一文中通过分析以魁魁格为代表的食人族，将"同性恋"和"同类相食"作为两个关键词结合起来，并区分了"同类相食的同性恋"（a homosexual love that is cannibalistic）与"同性恋之间的食人之爱"（a cannibal love that is homosexual）。也有学者反对这种将魁魁格和以实玛利之间的关系简单归结为同性恋关系的观点。例如，罗宾·魏格曼（Robyn Wiegman）通过将魁魁格和以实玛利之间亲密的兄弟情谊作为透视梅尔维尔对男性在性别、阶级和种族意识形态结构中的纽带作用的基础，以此重申美国"无种族、无阶级的可能性"（Wiegman，1989：735）的文化修辞，凸显在 19 世纪的美国文化生产中占据重要地位的世界民主标准。国内则鲜有研究魁魁格与以实玛利之间关系的文章。

② 小说中的刺青描写只有一小部分散见于对"裴阔德号"上其他船员的身体描写上。由于这些描写与本研究的内容无关，因此不在此赘述。

叙述者以实玛利踏上捕鲸之旅前，在一家大鲸客店居住了一段时间。在那里，他被店主安排和魁魁格同住一间客房。最初，以实玛利对这个传闻中"黑皮肤"（dark-complexioned）① 的家伙十分不放心，既害怕又厌恶，一方面是由于以实玛利不愿与他人共睡一张床，这会让他感到很不自在；另一方面则是由于他对那些深色肤色的人有着本能的排斥与恐惧之情，这些人会让他联想起那些恐怖的食人生番②。以实玛利的自我身体意识十分强烈，无论是共睡一张床所导致的身体接触，还是和深肤色的食人生番近距离生活，都令他无法接受。以实玛利在与魁魁格见面之前就已经预设了魁魁格的形象，并将自己和对方自然地划开界限，他们之间的交往困境在双方还未曾见面时就已产生。此外，以实玛利对由自我身体意识产生的身份问题也比较敏感。在他与魁魁格见面之前，他曾听闻对方是个鱼叉手（harpooner），这让他更加无法接受和魁魁格睡在一张床上。

要了解以实玛利为何会有这种想法，就有必要先对美国的捕鲸业和捕鲸船的大致情况有所了解。19 世纪中叶的美国是全球的捕鲸大国之首，由于捕鲸产业能够为现代生活提供必不可少的便利和舒适，捕鲸业在美国的商业价值急剧膨胀。美国拥有当时世界上数量最多的捕鲸船和最完备的捕鲸船装备。那时的捕鲸船已经设计得十分成熟，除了配有和普通商船一样的桅杆、

---

① MELVILLE H. Moby Dick；Or，The Whale［M］// HUTCHINS R M. Great Books of the Western World. Chicago：Encyclopedia Britannica，Incorporated，1952：10. 本书中所有《白鲸》的中译文均为笔者自己所译，后文不再另做说明。

② 生番（savage）是指旧时侮称文明发展程度较低的人，喻指凶残野蛮的人，而之所以称他们为食人生番（cannibal），是因为在人们的印象中，这些生活在遥远世界中的人如同猛兽一般凶猛骇人，甚至有文字记载当地的这些人会同类相食。希腊作家、最早的食人史编年史者之一希罗多德曾于公元前 5 世纪记录道："在沙漠之外，有食人族（androphagi）居住……食人族有着人类中最野蛮的习俗：他们不尊重正义，也不使用任何既定的法律。他们是游牧民，穿着像塞西亚人（Scythian）一样的衣服。他们对于吃人的意愿是世界上最"野蛮"的居民的特征。"（See Arens，1979：10）食人者的本质就在于他们的名字：人类（anthropo），并以其为食或为食（pophagy）。（See "Cannibal" in Oxford English Dictionary）"尽管在欧洲人介入大西洋之前，食人的概念已经在地理上广泛传播，出现在关于俄罗斯或塞西亚的描述中"。（Das，Nandini，et al.，2021：57）

瞭望台、统舱、货舱、航行索具、水手箱、支索、六分仪等，捕鲸船上还装配有缠索栓、绞盘、桶、九尾绳、鱼叉、长矛、水手长椅、绳索、捕鲸器、油布等，而船上的成员一般有船长（或称船老大）、鱼叉手、水手长、押运员、吟唱者、捕鲸船员。鱼叉手一般手持一根 10 英尺①长的鱼叉，当看到鲸鱼时，他会迅速跳起来，把鱼叉用力掷向鲸鱼。捕鲸所用鱼叉的一端都系着一根绳子，绳子有几百英尺长，一直盘绕在小捕鲸船底部的小桶里。当鲸鱼试图游离捕鲸船时，捕鲸者会顺势松开绳子。朝鲸鱼投掷鱼叉的目的并不是要当场杀死鲸鱼，而是把绳子系在鲸鱼身上，通过绳子连接鲸鱼和捕鲸船，使得捕鲸船可以实时追踪鲸鱼，并使鲸鱼受到阻力后慢慢减速，从而达到杀死鲸鱼的目的。可以说，鱼叉手是整个捕鲸船上最关键的角色，因为一旦发现了鲸鱼，首先行动的是鱼叉手。如果鱼叉手没有及时将鱼叉投中鲸鱼，并将其紧紧插入鲸鱼的身体，那么捕鲸行动就不可能成功。而《白鲸》中的以实玛利却十分反感鱼叉手这一身份，这仅仅是因为在他看来，鱼叉手身上的"亚麻或羊毛衫——这要视情况而定——肯定都不是最干净整洁的，当然也肯定不是精致的"②。想到这里，以实玛利甚至开始浑身抽搐。

以实玛利从一开始就将肤色、鱼叉手的身份以及可能穿着的衣物作为评判魁魁格的标准，先入为主地把魁魁格视为与自己具有截然不同身份的人，这种身份上的差异体现在肤色、穿着和职业上。以实玛利认为，"水手们在海上不能同睡一张床，就像单身国王在岸上不能和其他人同睡一张床一样"③，"没有人愿意两个人同睡一张床。事实上，就是你的亲兄弟，你也不会愿意和他睡在一张床上"④。对待睡觉问题的态度表明以实玛利对身体权利的区分是十分明确的。在睡觉这一问题上，以实玛利将水手类比于陆地上的国王，因为他认为，一个人是否可以保有隐私地睡一张床是这个人的权利，

① 约 3.05 米。
② MELVILLE H. Moby Dick；Or，The Whale［M］// HUTCHINS R M. Great Books of the Western World. Chicago：Encyclopedia Britannica，Incorporated，1952：12.
③ Ibid，p. 11.
④ Ibid，p. 11.

与他的身份无关，哪怕是海上航行的水手，也应该有这种权利。因此，以实玛利无法接受和其他人睡在一起，他无法接受自己的身体与其他人发生接触，同时也体现出他无法接受原本属于自己的权利被剥夺的感觉，何况这个将要与自己同睡在一张床上的人还是个黑人鱼叉手。可见，以实玛利对种族和身份的差别十分在意，并将此视为交往关系的核心元素，也是人与人是否能和平共处的标准。

　　以实玛利对魁魁格的这种既害怕又排斥的情绪随着旅店老板告诉他的一些事情而变得更加激烈。以实玛利从老板口中得知，魁魁格来自南太平洋，每周都会在固定时间到街上去售卖偶像崇拜者的头①。这让以实玛利越发感到危险和恐慌，因为将要与他同床共枕的人竟然不只是个黑皮肤的鱼叉手，还是南太平洋的食人生番，而且干着售卖偶像崇拜者的头的恐怖勾当。以实玛利和魁魁格同住的第一晚，当魁魁格开始脱衣服时，他的胳膊和胸脯展露在以实玛利的眼前，"他身上那些本来遮掩着的地方，也跟他脸上一样，布满许多方块块；背脊也是一样；他好像参加了三十年战争，弄得满身疮痍地逃了回来。不但如此，他那两条腿上也是斑斑驳驳的，仿佛一群墨绿色蛤蟆爬在小棕榈树身上。"② 当他摘下头上戴着的海狸皮帽子时，以实玛利发现他"头上没有头发——别说几根——压根什么也没有，只在额头上缠着一个小小的头皮结。他那紫红色的光头，现在看起来活像一个发霉的骷髅"③。此外，细看之下，魁魁格的肤色比较复杂，并非纯粹的黑色或黄色，而是黑、

---

①　偶像崇拜者（idolaters）指的是南太平洋群岛土著社群中信奉原始宗教的崇拜者，他们的偶像是土著社群中庙宇里的神像。这个词在《泰比》《玛迪》和《白鲸》中都曾出现过。魁魁格之所以要贩卖偶像崇拜者的头（heads of dead idolaters）是因为欧美殖民者入侵波利尼西亚群岛后，岛上的神像被摧毁，存放神像的庙宇也被夷为平地，殖民者要求这些偶像崇拜者们转变自己的宗教信仰，改信基督教，并因此杀害了许多不转变宗教信仰的人。这些偶像崇拜者被杀后，头骨（skull）被保留下来，成为像魁魁格这样的土著人在异国他乡生存的经济来源。

②　MELVILLE H. Moby Dick；Or, The Whale［M］// HUTCHINS R M. Great Books of the Western World. Chicago：Encyclopedia Britannica，Incorporated，1952：16-17.

③　Ibid，pp. 16-17.

紫、黄的混合体，以实玛利对"他那不可思议的脸色"① 反感不已。这种画面对一个身处白人世界的人而言无疑具有强烈的视觉冲击感，这不仅由于魁魁格的肤色代表的有色人种身份，还因为魁魁格的身上有着白人所不具有的诸多恐怖特点，这让以实玛利意识到自己和魁魁格之间根本无法正常交往。在以实玛利眼里，魁魁格就是个"令人厌恶的野人"②，以实玛利坦言："如果不是那个陌生人站在我和门之间，我早就跑出去了，比我跑出去吃晚饭还快。"③ 以实玛利对魁魁格的这种恐惧之情在他看到魁魁格的脸和脸上的刺青时达到顶峰：

> 这样怎样的一张脸啊！这是一张又黑、又紫、又黄的脸，到处都粘着黑黑的大方块儿。是的，正如我所想的，他是个可怕的同床共枕之人；他跟人打过架，伤得很重，刚从外科医生那儿回来。但就在这时，他偶然把脸转向了亮光，我清楚地看到他脸上那些黑色的方块儿根本不是贴上去的膏药。那是某种污迹。起初，我不太清楚这是怎么回事；但不久后我就略知一二地想到了可能的真相。我想起了关于一个白人的故事——也是一个捕鲸者——他掉进了食人族中，并被他们刺了身。我断定，这个标枪手，在他那遥远的航程中，一定也有过类似的遭遇。④

在这段对魁魁格脸部的特写中，梅尔维尔并没有直接提及刺青一词，而是通过使用"黑黑的大方块""黑色的方块儿"等这类经过特意修饰的词汇对魁魁格脸上的刺青加以呈现。如果直接使用"刺青"一词，这段脸部描写就会更加客观，而使用色彩与图形结合的文字来描写脸上的刺青，一方面将原本客观的事物变得具有主观性，带有叙述者的情感因素；另一方面会增加

---

① MELVILLE H. Moby Dick；Or, The Whale［M］// HUTCHINS R M. Great Books of the Western World.Chicago；Encyclopedia Britannica, Incorporated, 1952：15-16.

② Ibid, p. 17.

③ Ibid, p. 16.

④ Ibid, pp. 15-16.

读者在阅读过程中的时间成本，读者读到此处时很可能放慢速度，甚至开始思考"黑黑的大方块"和"黑色的方块儿"指的到底是什么。继续往后阅读时，读者才明白上述描写指的是魁魁格脸部的刺青，这样就使读者对魁魁格脸部刺青的印象得以强化，并凸显叙述者对魁魁格脸部所持有的那种主观的反感和厌恶情绪。当魁魁格对着他的木制小偶像①例行公事般地做完祷告后，他便准备上床和以实玛利一同睡觉了，可这让以实玛利感到更加惊恐，以至于大叫出声。魁魁格伸手出来想摸以实玛利，而后者直接滚到墙边躲着他。以实玛利完全无法忍受魁魁格与自己产生身体上的任何接触，这让以实玛利痛苦万分，他甚至把这一瞬间看成是"生命攸关的重要时刻"②。身体承载的是个体的隐私，身体的接触通常发生在感情较为亲密的人之间，至少是具有一定感情基础的人之间。初次见面的以实玛利与魁魁格二人之间毫无感情基础，再加上他们的身体特征存在鲜明差别，由此衍生出的身份差异巨大，因此要以实玛利与魁魁格同床共枕本就令前者难以接受，而魁魁格试图伸手触摸以实玛利的行为更让他忍无可忍。需要指出的是，以实玛利并非对所有人都持这种态度，他自己也坦言"我可不愿意和一个疯子睡在一起"③。在以实玛利眼中，魁魁格就是一个"干着这种贩卖偶像崇拜者的头之类的吃人勾当，在星期六的晚上露宿在外，一直呆到神圣的安息日才回来的鱼叉手"，是一个"危险的人"④。带着这种强烈的主观意识和先在偏见，以实玛利多次将魁魁格描述为"售卖人头的鱼叉手"⑤。这再次说明以实玛利对身份之重视，此时的以实玛利对于自己和魁魁格之间交往关系的态度是抗拒的。

小说中对魁魁格脸部刺青的描写穿插在以实玛利对魁魁格的认知过程之

① 这里的木质小偶像和前文中提到的偶像崇拜者一样，都是在波利尼西亚群岛土著宗教仪式中使用的物品。

② MELVILLE H. Moby Dick; Or, The Whale [M] // HUTCHINS R M. Great Books of the Western World. Chicago: Encyclopedia Britannica, Incorporated, 1952: 17.

③ Ibid, p. 13.

④ Ibid, p. 14.

⑤ Ibid, p. 15, p. 17, p. 18.

中，隐喻了以实玛利和魁魁格之间难以调和的交往关系。但这种交往关系在小说中并非一直保持不变。

(二)"印第安人的百纳被"：以实玛利与魁魁格的亲密关系

以实玛利和魁魁格之间交往关系的转变与以实玛利对魁魁格态度的转变密不可分，也就是说，以实玛利对魁魁格的态度发生转变之后，二人的交往关系发生了质变。以实玛利对魁魁格态度的转变发生在魁魁格用他的印第安战斧向以实玛利示意的时候。以实玛利发现，尽管魁魁格是个食人生番，且形象可怖，但他向人示意时的举动"不仅礼貌，还友好宽厚"①。这种具有文明性质的举动让以实玛利对魁魁格的印象有了初步改观。以实玛利仔细观察魁魁格后，发现了他更多的优点，比如，尽管他满身刺青，但整体而言还算得上是一个干净整洁的人。对魁魁格的印象好转后，以实玛利发现，与其同睡一张床也不再是一件令人恐惧以及无法忍受的事了，不但如此，他还发现自己"从未睡得如此香甜"②。第二天醒来时，以实玛利看到魁魁格的一只手臂十分亲密地搁在自己身上，感觉自己就像魁魁格的妻子一样。魁魁格把以实玛利紧紧抱着，"仿佛只有死神才能将二人分开"③。很难想象前一天晚上还对魁魁格避之唯恐不及的以实玛利在第二天却将自己形容成魁魁格的妻子，与魁魁格亲密无间以至于无人能将二人分开。此前在以实玛利看来是恐怖食人生番特征的刺青在此时看来，也只不过是和他身上盖着的百纳被一

① MELVILLE H. Moby Dick；Or，The Whale［M］// HUTCHINS R M. Great Books of the Western World. Chicago：Encyclopedia Britannica，Incorporated，1952：18.
② Ibid，p. 19.
③ Ibid，p. 20.

样，具有错综复杂的"克里特迷宫"① 似的图案。这也证实了以实玛利的猜想："这只是他的外表；任何肤色的人都可以是诚实之人。"②

刺青作为异族文化和身份差异的象征，最初的确是以实玛利对魁魁格进行评价的标准。魁魁格身上的刺青异常复杂，如同印第安文化中的百纳被③一样，呈块状分布在脸上和身上。只需要看到身体上的这种刺青，就可以让一个白人毫不犹豫地将自己和对方区别开来。不同种族之间的交往也因刺青所象征的身份差异而受到限制。但以实玛利和魁魁格之间的关系转变又体现了不同身份的人之间进行交往的可能性，那就是身体上的接触。以实玛利和魁魁格的感情升温始于二人同床共枕，此后，他们成为挚友，形影不离，一同登上捕鲸船"裴阔德"号，一同参与航行，一同捕鲸。但需要指出的是，在梅尔维尔笔下，这种不同种族身份的人之间的交往之所以能成功，不只是因为人物的身体产生了接触，更重要的是，这种身体接触本身就具有白人主导性，正是这种基于白人主导的交往关系才能促使"有色人种"更加趋近文明。

以实玛利虽然承认魁魁格在第一次对其示意时表现得礼貌，但从根本上来说，他认为魁魁格始终是个野蛮的食人生番：

---

① 克里特迷宫（Cretan labyrinth）出自希腊神话，是建筑师、雕刻家代达罗斯（Daedalus）为米诺斯（Minos）国王所建。提修斯（Theseus）到达克里特岛时，米诺斯的女儿阿里阿德涅（Ariadne）对提修斯产生了爱慕之情，答应帮助他，条件是提修斯答应带她到雅典并娶她为妻。提修斯发誓会这么做，阿里阿德涅请求代达罗斯说出走出迷宫的路。按照代达罗斯的建议，阿里阿德涅在提修斯进入迷宫时给了他一些线，他把绳子系在门上，然后拖着线走了进去。提修斯在迷宫的最后一段遇到人身牛头怪，杀死了它，然后离开了。（See Woodard，2007：257）《白鲸》中的此处用"克里特迷宫"来暗指魁魁格身上的刺青花纹和图案十分复杂，就如同迷宫一样无法让人一眼看清。

② MELVILLE H. Moby Dick；Or，The Whale［M］// HUTCHINS R M. Great Books of the Western World. Chicago：Encyclopedia Britannica，Incorporated，1952：15-16.

③ 百纳被（patchwork quilt），也称"拼布被"，指的是用裁剪下来的补丁按照块状的布局缝在一起。拼装准确的布块拼接在一起主要依赖于三个基本技能：准确的切割、精确的缝纫和小心的按压。最传统的百纳被是由一些布块组成的正方形块。（See Talbert，2014：2）

穿衣是从头上开始的，先戴上他那顶高高的海狸皮帽子，接着，他把靴子找了出来——还是没穿裤子。他究竟为什么要这样做，我就不知道了，但他下一步的行动就是手拿靴子，戴上帽子，爬到床底下去了。这时，从各种剧烈的喘气和用力的声音中，我推断他是在使劲地穿靴子；虽然我从来没有听说过有什么礼节规定穿靴子的时候必须不让外人看见。可是，你要知道，魁魁格是一个处于过渡状态的生物——既不是毛毛虫，也不是蝴蝶。他有足够的教养，最多也只是以最奇怪的方式来炫耀他的古怪。他的教育还没有完成。他是一名肄业生。如果他不是稍微有点教养的话，他很可能根本就不会为穿靴子而烦恼了。不过，如果他不是野蛮人的话，他做梦也不会想到钻到床底下穿上它们。①

由此可以看出，以实玛利对魁魁格的态度从一定程度上体现了当时的白人对"有色人种"的普遍态度，既好奇又害怕，既欣赏又鄙视。好奇是因为"有色人种"具有与自己显著不同的身体特征，害怕是因为这些身体特征从视觉上会让白人产生恐惧感，欣赏是因为野蛮食人生番有时竟也有文明的行为举止，鄙视则是因为文明人的行为并未被他们全部吸收习得。比如，以实玛利发现，魁魁格与任何一个普通的基督徒完全不同，他在每天早晨进行的清洗行为只局限于其胸膛、胳膊和手上，其余部分并未被清洗干净。除了日常的洗漱之外，以实玛利对魁魁格的饮食习惯也无法认同。魁魁格吃早餐时随身带着鱼叉，用鱼叉吃东西，为了拿到桌上的牛排，魁魁格甚至用鱼叉戳进牛排后送入自己口中。此外，魁魁格"不喝咖啡，也不吃热面包卷，而是一心一意吃那些半生不熟的牛排"②。魁魁格的行为习惯在以实玛利看来无疑是怪癖，是野蛮人的行径。这些都透露出叙述者高高在上的姿态及其对魁魁格仍然持有的偏见。哪怕在以实玛利眼中，此时的魁魁格已经成为了他密不可分的好友，但以实玛利对魁魁格的偏见依然存在，只不过以实玛利认为，

① MELVILLE H. Moby Dick；Or，The Whale［M］// HUTCHINS R M. Great Books of the Western World. Chicago：Encyclopedia Britannica，Incorporated，1952：21.

② Ibid，p. 23.

只要魁魁格继续和自己待在一起，久而久之，他的行为方式会得到改善，会更加接近文明世界中的白人。因此，以实玛利之所以在与魁魁格同床共枕一晚后对后者表示认可和接受，并逐渐将其发展为挚友，首先是因为二人共睡一床时产生了身体上的接触，身体上的接触让以实玛利不再执着于身体所负载的个体隐私权；其次，以实玛利发自内心地接受魁魁格是因为后者在行为举止方面表现出了文明礼仪，而这种文明礼仪本不应该在食人生番身上看到；再者，以实玛利深信，魁魁格以后会变得越来越像西方文明世界中的人。换而言之，在与魁魁格同床共枕之前，以实玛利并没有关注魁魁格是否表现出了文明礼仪，在身体发生接触之后，他才开始重视魁魁格文明举止的重要性。小说中对魁魁格文明行为的描写只出现在二人发生身体接触之后，对魁魁格在此之前是否具有文明行为却只字未提，由此可以看出，以实玛利对魁魁格的态度始终都是以自我为中心的，是由于魁魁格与以实玛利先产生了身体上的接触，才使魁魁格具有了白人身体行为的文明特质。而在二人的关系得到缓和后，魁魁格脸上原本丑陋可怕的刺青图案在以实玛利看来也不再那么恐怖骇人，而只是如同印第安人的百纳被一般平常朴实。因此，在《白鲸》中，梅尔维尔对刺青的描写从侧面反映了以实玛利和魁魁格之间交往关系的转变。

魁魁格和以实玛利通过身体接触后产生的种族交往关系发生了转变，这一转变体现了梅尔维尔在种族观念上的进步性。种族主义中的一种传统观点认为，"有些种族是无法文明化的、无法改善的、无可救药的、无法改宗的、无法同化的"①，上述认知属于对种族排斥的一种模式，即"将所针对的类别部分或全部非人化"。若按上述观念来看，以实玛利和魁魁格之间永远无法有效交往，魁魁格也永远无法达到所谓文明化、改善、改宗、同化等结果。梅尔维尔意在表明，种族主义的这种观念是错误的，因为在他看来，以魁魁格为代表的"有色人种"可以得到"改善"，可以被"同化"。但需要

① ［法］塔吉耶夫. 种族主义源流［M］. 高凌瀚，译. 北京：生活·读书·新知三联书店，2005：45.

明确的一点是，这种"改善"和"同化"是有前提的，是建立在"有色人种"与白人之间的接触上，是通过白人主导的种族交往关系决定的。在这种交往关系的影响下，以魁魁格为代表的"有色人种"才能更加趋近西方文明，才能得到"改善"，被"同化"，进而变得"文明化"。这实际上是一种白人中心意识下的"有色人种"由身体纯粹的原始性转变为文明的民主性的过程，而这一过程凸显了梅尔维尔在种族交往问题上的局限性。

通过上述分析可知，梅尔维尔在《泰比》和《白鲸》中通过对马克萨斯群岛土著人的身体刺青和魁魁格的身体刺青展开详细描写，将其对种族交往过程中的身份认同问题和交往关系问题的关注隐藏其中。总体来看，《泰比》和《白鲸》中的刺青涉及了梅尔维尔小说种族议题中的身份问题和交往问题。而在《玛迪》和《贝尼托·切里诺》中，梅尔维尔对种族问题的关注主要体现在其对肤色展开的描写上。本章第二节和第三节将分别聚焦《玛迪》和《贝尼托·切里诺》中的两类肤色转换，前者为显性肤色转换，后者为隐性肤色转换。

第二节　显性肤色转换与建构主义种族观

首先需要指出的是，在本书语境下，显性肤色转换指肤色发生实际变化，即由棕变白；隐性肤色转换则指看似没有发生实际转变的肤色所隐喻的角色转换事实，即肤色与角色的不对等。尽管《玛迪》和《泰比》一样，都是根据作家真实航海经历创作，但《玛迪》中涉及的一个现象在《泰比》中并未出现，那就是人物的肤色发生了实际转变，即主要人物之一伊拉（Yilah）的肤色突变。这种肤色转变在小说中具有十分特殊的意义。在本节中，笔者将围绕《玛迪》中的肤色转变这一现象，辅以作家在《奥穆》和《白夹克》中对肤色转换问题的相关描写，结合作家在小说中使用的特殊叙述技巧和叙事方式,探讨梅尔维尔小说中的肤色书写对于种族身份的流动性和建构性特征的隐喻作用,挖掘梅尔维尔的建构主义种族观。

一、伊拉及其肤色的转变

《玛迪》是梅尔维尔继《泰比》和《奥穆》之后创作的第三部南海小说,也是其"波利尼西亚三部曲"的终篇。小说前半部分讲述了叙述者塔吉(Taji)在旅途中偶遇受土著祭司阿利马(Aleema)挟持的土著少女伊拉,后为拯救伊拉杀死阿利马,并被其儿子追杀的故事;后半部分则讲述了塔吉逃离至玛迪群岛后与同伴一起找寻失踪伊拉的经历。国内外学界主要从叙事方式(如 Wenke;Sears)、冒险主题(如于建华,杨金才)、帝国意识(如 Banerjee;杨金才)和文化阐释(如 Weinstein;Miller)等维度对小说展开分析。① 作为唯一贯穿整部小说的女性角色,伊拉重要且神秘。但相较于塔吉和其他几位一直在小说中处于显性位置的男性角色而言,国内外学界对伊拉的探讨均比较少见,也并未重点关注其怪诞离奇的身体遭遇——肤色突变。

在讨论伊拉肤色转变之前,有必要先对人类的肤色类型和由此带来的种族划分做出介绍。一些人类学家和考古学家认为,人类起源于非洲,后扩散

---

① WENKE J.Melville's Mardi:Narrative Self-Fashioning and the Play of Possibility[J].Texas Studies in Literature and Language,1989,31(3):406-425;SEARS J M.Melville's Mardi: One Book or Three? [J].Studies in the Novel,1978,4:411-419;于建华,杨金才.《玛迪》之"奇"形:一次关于小说的冒险 [J]. 外国文学研究, 2005 (5): 121-127; BANERJEE M.Civilizational Critique in Herman Melville's "Typee,Omoo,and Mardi" [J].American Studies,2003,48(2):207-225;杨金才. 异域想象与帝国主义:论赫尔曼·麦尔维尔的 "波里尼西亚三部曲" [J]. 国外文学, 2000 (3): 67-72; WEINSTEIN C. The Calm Before the Storm: Laboring Through Mardi [J]. American Literature,1993,65(2):239-253;MILLER J E J.The Many Masks of "Mardi"[J].The Journal of English and Germanic Philology,1959(3):400-413.

至亚洲、欧洲和南太平洋地区，最后到达美洲大陆。① 为了适应新的地理和气候环境，最初的这些人逐渐失去了非洲人的某些特征，但在一些热带或温带气候地区，他们依旧保持着其肤色。在南太平洋地区有三个种族分支：美拉尼西亚人，他们是典型的黑种人；密克罗尼西亚人，他们由黑人和黄种人的混血人组成；波利尼西亚人，据推测起源于黑人但后来与黄种人和白人混杂。《玛迪》中的伊拉就是地道的波利尼西亚人。她曾被土著祭司阿利马挟持，并被带到船上准备将其献给特代迪众神作为祭品。叙述者塔吉为解救这位美丽神秘的少女，和阿利马等人展开激烈的战斗。塔吉将阿利马杀死后，登上阿利马的船只并进入帐篷，这时他与伊拉初见。"她两手下垂，从那金黄色的长发里忧郁地"② 看着自己，"宛如神龛中的圣人"③。塔吉以为自己在做梦，因为出现在他眼前的这位少女拥有"如雪花般无暇的皮肤，如苍穹

① "迄今所知最早的人类化石是 2000 年报道的非洲肯尼亚的原初人土根种的下颌骨、上臂骨、指骨、大腿骨和牙齿，以及 2002 年报道的撒海尔人乍得种的头骨。其年代估计都是 600-700 万年前，这可能是人类最初出现的时间。比这两批化石稍晚的有发现于埃塞俄比亚的 580-520 万年前的地猿族祖亚种，标本有下颌骨、锁骨、上臂骨、尺骨、指骨和趾骨等。420-390 万年前出现了南方古猿，最早的是湖畔种，最晚的有粗壮种，可能在 150-100 万年前灭绝。两者之间还有非洲种、阿法种、惊奇种、羚羊河种、埃塞俄比亚种、包氏种等。他们出土于南非、埃塞俄比亚、肯尼亚、坦桑尼亚和乍得。以上所述的所有化石都发现于非洲。一般认为，一部分能人或鲁道夫人在非洲东部演变成直立人，在大约 200-180 万年前才走出非洲，在欧亚大陆迅速扩散。亚洲西南部有格鲁吉亚 Dmanisi 人的化石，距今约 170 万年前；亚洲东南部有印度尼西亚爪哇岛的 180 万年前的化石。亚洲直立人主要分布在我国和印度尼西亚。印尼早期直立人又称魁人，许多学者将昂栋地方出土的 10-5 万年前的人类化石也归入直立人。印尼弗洛勒斯岛出土一种化石人，身高约 1m，脑量 300 多毫升。有的学者提出他们是在大约 200 万年前走出非洲的特殊人类的后裔。欧洲最早的是西班牙 Gran Dolina 大约 80 万年前的化石。与亚洲中期的直立人同时并存于欧洲的人被称为海德堡人。6-4 万年前人类才越过帝汶东边的海峡到达澳洲，他们是现在澳洲土著的祖先。大约 2-1 万年前地球冰期导致海平面下降，使得现在的白令海峡地带的海底成为陆地，人类从西伯利亚经过这片陆地到达北美洲，迅速散布到南美洲。"（吴新智，2010：63-64）

② MELVILLE H.Mardi and A Voyage Thither［M］// HAYFORD H,TANSELLE G.Thomas and Hershel Parker.Evanston:Northwestern University Press,1970:136. 本书中所有《玛迪》的中译文均为笔者自己所译，后文不再另做说明。

③ Ibid.

般湛蓝的眼睛，还有一头金色的卷发"①。塔吉坦言："我实在无法将眼前的这位神秘少女与那些肤色褐黄的土著联系在一起，她似乎是另一个种族的人。"② 塔吉之所以无法将伊拉与当地的肤色褐黄的土著人联系在一起，是由于伊拉的皮肤、眼睛和头发的颜色都与当地的土著人差异巨大，反而与欧洲白人相差无几。毫无疑问，从女性外表上看，肤色雪白、眼睛湛蓝、头发金黄，这些都是典型的欧洲白人女性的基本特征，她们的外形与南太平洋地区的女性有着显著差异。看到这里的读者恐怕和塔吉一样，对伊拉的外形感到吃惊和震撼，毕竟，在当时荒芜的南海地区遇到这种具有典型白人特质的女性概率是极低的。

随后，伊拉将自己的离奇遭遇告诉了塔吉：

> 她宣称自己不是凡人，而是来自欧罗利亚。欧罗利亚是位于天堂般的波利尼西亚群岛某处的快乐之岛。当她还是个婴儿的时候，某种神秘的力量将她从她的出生地阿玛带到这个岛上。她的名字叫伊拉。后来有一天，当她正在密林中散步时，她发现自己的橄榄色肌肤突然间全部变成白色，头发也变成了金黄色。正在这时，伊拉突然间被藤蔓缠住，被拉进凉亭，随后变成了一朵鲜花，让她有意识的灵魂附着在晶莹剔透的花瓣之中。③

这一略带神话色彩的故事讲述了伊拉肤色转变的大致经历，读者看到这里才明白原来伊拉本身的肤色并非白色。作为土生土长的波利尼西亚人，伊拉的肤色原本是橄榄色，头发是黑色，而她的肤色却在某天突然间转换成白色，头发也随之变成金黄色，这一巨大转变使伊拉变成和当地其他土著人完全不同的"异类"。伊拉的这一遭遇被老祭司阿利马发现，为了获得神的庇

---

① MELVILLE H. Mardi and A Voyage Thither [M] // HAYFORD H, TANSELLE G. Thomas and Hershel Parker. Evanston: Northwestern University Press, 1970: 136.

② Ibid, pp. 136-137.

③ Ibid, p. 137.

佑，阿利马找到伊拉，并将其带到幽谷中的阿波神庙供奉为女神。

　　在《玛迪》中，对伊拉肤色展开的文字描写并不少见，如"原来橄榄色的皮肤现在变得多么白啊！"①，"肤色非常白，还带着淡淡的玫瑰色，就像贝壳开口处的色彩"② 等，可见梅尔维尔对肤色问题的关注。然而，在《玛迪》中，若从故事情节推进的必要性角度来看，伊拉肤色发生转换这一情节对于整个小说故事情节的铺陈和展开并没有实际意义。也就是说，伊拉的肤色何时开始转变或为何发生转变等问题并不会影响整个故事的走向。即使伊拉的肤色从未改变，叙述者塔吉接下来的行程和遭遇也不会发生任何变化。那么，梅尔维尔为何还要在小说中设置这样一个看似"多余"的情节呢？梅尔维尔为何要让伊拉出现，为何要特别指出她的肤色发生了转变呢？又为何为塔吉进入玛迪群岛后设定了追寻伊拉的这一经历呢？要回答这些问题，首先需要明确，《玛迪》是一本"奇特的书"③、"了不起的书"④、"伟大的天才之作"⑤，具有"新鲜感、独创性"⑥，能让人产生"愉快的感觉"⑦，是"非常值得一读的书"⑧。但同时，它也是一部令大多数读者感到"难懂的作品"⑨，是一本"怪书"。例如，如果说塔吉在航行过程中偶遇并拯救伊拉是

---

① MELVILLE H.Mardi and A Voyage Thither［M］// HAYFORD H，TANSELLE G.Thomas and Hershel Parker.Evanston：Northwestern University Press，1970：143.

② Ibid，p.153.

③ HIGGINS B，PARKER H.Herman Melville：The Contemporary Reviews［M］.Cambridge：Cambridge University Press，1995：193；POLLIN B R.Additional Unrecorded Reviews of Melville's Books［J］.Journal of American Studies，1975，9（1）：66.

④ HIGGINS B，PARKER H.Herman Melville：The Contemporary Reviews［M］.Cambridge：Cambridge University Press，1995：194.

⑤ POLLIN B R.Additional Unrecorded Reviews of Melville's Books［J］.Journal of American Studies，1975，9（1）：67.

⑥ HIGGINS B，PARKER H.Herman Melville：The Contemporary Reviews［M］.Cambridge：Cambridge University Press，1995：199.

⑦ Ibid.

⑧ POLLIN B R.Additional Unrecorded Reviews of Melville's Books［J］.Journal of American Studies，1975，9（1）：68.

⑨ KRUPAT A，LEVINE R S.The Norton Anthology of American Literature（Seven Edition，Volume B）［M］.New York：W.W.Norton & Company，2007：2305.

情理之中，那么他在玛迪群岛追寻失踪的伊拉这一行为很容易令读者感到不明所以，甚至会被认为是疯狂的行为。正如梅里尔·R. 戴维斯（Merrell R. Davis）所说，"梅尔维尔在 1849 年出版的这本书不仅仅是一本旅行书，它的吸引力在于他的描述和叙述能力以及他对新信息的利用"①。读者若想深入理解《玛迪》这部小说，自然离不开这种想象力。通过想象力，再结合对梅尔维尔在小说中所利用的新信息，那么上面提出的几个问题就不难解答。

二、种族身份的流动性和建构性特征

梅尔维尔之所以在《玛迪》中对伊拉肤色的突变进行描写，除去为保留冒险小说中吸引读者的因素外，另一个重要原因与作家所处的时代及时代特征密切相关。在作家生活的 19 世纪美国社会，普遍流行以肤色为种族划分依据的传统种族主义观念和以颅相学为种族划分依据的科学种族主义观念。

依据肤色来进行人种分类的观念被视为传统种族主义观念（traditional racism），最早可追溯到 3000 多年前古埃及第十八王朝西替一世坟墓的壁画。在该壁画中，不同人的肤色各不相同，共可分为四种：赤色、黄色、黑色和白色，分别对应埃及人、亚洲人、南方尼格罗人、西方人及北方人。这一以肤色作为人种划分依据的方式也成为现代社会将人类分成白种人、黄种人、黑种人、棕种人的理论基础。而系统的"红白黄黑"人种分类则最早出自瑞典科学家卡尔·冯·林奈（Carl von Linné，1707–1778），他在对大自然进行分类之余，主观给人类也建立了一个分类框架。在其专著《自然系统》（*Systema Naturae*，1735）第一版中，林奈把人分为四足类，猴类与树懒组成人形目（Order Anthropomorpha），并首次提出人属（Homo）一词，进而在人属概念下将人划分为欧洲白种人（Europaeus albus）、美洲红种人（Americanus rubescens）、亚洲棕种人（Asiaticus fuscus）和非洲黑种人（Africanus niger），

---

① DAVIS M R. Herman Melville's Mardi: The Biography of a Book [M]. New York: Yale University,1947:411.

共四个人种①。事实上，林奈还看到了肤色与科学之间的联系，即地理位置会引起气候变化，而气候和体液共同作用便会使人类表现出肉眼可见的特征——肤色。因此，在1758年出版的《自然系统》第10版中，林奈正式提出了这一理论，他认为欧洲人的体液以白色黏液为主导，所以他们拥有白皙的皮肤，而美洲人的体液由血液所主导，所以他们的皮肤发红。但无论是早在3000多年前的古埃及壁画，还是林奈的两次人种分类框架，仍然是简单地基于肤色对人类进行的人为划分。

18世纪末至19世纪初是启蒙运动的时代，启蒙思想让所有人相信自己具有与其他人一样与生俱来、不可剥夺的权利。当《独立宣言》的缔造者们写出"人人生而平等"这句话时，当时的人们普遍认为他们是同一个祖先的后裔，即种族一元论。然而，到了19世纪中期，这一观念逐渐让位于种族多元论，即认为种族是在不同的创造行为中产生的。当时，美国最有声望的人类学家塞穆尔·乔治·莫顿（Samuel George Morton，1799-1851）指出，在《圣经》中提到的大洪水退去后，人类被分成了不同的种族，他们之间存在原始差异，这种观念将种族特征主要归因于气候变化。莫顿对种族概念的发展表明了19世纪上半叶各类科学或准科学学科正在形成，其中主要有颅相学、民族学和颅骨测量学。这些学科从一开始就假定，不仅种族和性别之间存在可以分类的差异，这些差异也是内在的、固定的、不可更改的。用颅相学的方法来论证种族的优劣，甚至为某些极端种族主义政策服务，这类情况在历史上并不少见。这种借助颅相学等所谓"科学"的手段，借助主观经验，对人类进行种族划分，并证明种族主义正当性，以此论证哪些种族优越哪些种族卑劣的取向，被称为"科学种族主义"（scientific racism）。一般认为，科学种族主义盛行于17世纪到第一次世界大战期间。二战时期，纳粹骇人听闻的种族暴行也让反种族主义在战后成为国际各界亟须达成的共识。早期的科学种族主义萌发于启蒙时期，那时的科学家们力图证明人种之间、族

---

① 刘咸. 林奈和人类学［J］. 自然杂志，1978（8）：520-522.

群或民族之间存在着天然的高低和优劣，以此来进一步论证文明/野蛮二元对立的必然性，以及文明优等的种族对劣等种族所享有的绝对统治权力。真正演变为一个系统学说的"科学种族主义"诞生于19世纪三四十年代，该学说的代表人物莫顿曾宣称，依据他对世界各地之人的头盖骨的研究，人类可分为欧洲人、亚洲人、印第安人与非洲人四个人种，其中，欧洲人脑容量最大，智力水平最高，因此最优越，构成非洲人的各民族虽有着巨大的差异性，但整体而言，人类最低劣的种族都来自于这个人种。①

　　19世纪的科学家们促成了一种由生物学决定学科的现状，这种学科的研究成果与《独立宣言》中通过缔造平等的更高法则的要求相矛盾。因此，自美国独立革命以来，美国的种族问题不但没有消解，反而激荡起伏、愈演愈烈。内战期间，种族问题开始登上美国政治舞台的中心。在这个种族激烈冲突的时期，对种族问题的探讨也成为当时政治家和文学家论争的核心。正如有学者指出，"尽管梅尔维尔不是政治活动家，也没有公开参与他那个时代的重大政治斗争如奴隶制和白人至上、工业化和阶级冲突、西方殖民和土著迁移、国家统一和地区不和、自治和帝国扩张，但他的小说中大量涉及对这些主题的思考"②。在小说中，曾经具有南太平洋典型肤色的伊拉肤色瞬间由棕变白，对于从未见过伊拉的人而言，恐怕很容易把她当作货真价实的白人女性，既然如此，肤色本身又有何意义呢？肤色又如何能作为评判一个人种身份的标准呢？伊拉的肤色转变隐喻了肤色本身的不确定性，以及由肤色作为人种分类标准和依据的不科学性。伊拉肤色的转变实际上是梅尔维尔通过对肤色转换进行书写，对当时在美国受到激烈争论的种族问题做出回应的方式，是作家对以肤色为标准进行人种划分依据的传统种族观念和科学种族

---

① MORTON S G. Observations on Egyptian Ethnography, Derived from Anatomy, History and the Monuments[J]. Transactions of the American Philosophical Society , 1846,9(1):93-158.

② FRANK J. Pathologies of Freedom in Melville's America[M] // COLES R, REINHERDT M, SHULMAN G. Radical Future Pasts: Untimely Political Theory. Lexington: University Press of Kentucky, 2014:435-458.

主义观念的解构，动摇了传统种族观念和科学种族主义观念中肤色的隐喻内涵。从这个角度看，梅尔维尔的种族观念与 20 世纪 80 年代诞生的"种族形成理论"① 思想暗合，即认为种族并非天定，不是一种本质固化的东西，而是一种"不稳定的、'去中心化的'复合体，它的社会意义通过政治争斗而不断地处于转变之中"②。也即是说，"种族类别和种族意义通过它们所嵌入的特定社会关系和历史情境而进行具体的表达。在不同的时期、不同的社会中，种族的意义存在巨大差异"③。因此，种族形成理论实际上是一种建构性的种族观念。

　　必须承认的一点是，在梅尔维尔创作《玛迪》时，还未出现"种族形成理论"这样一种被规范化了的种族观念，因此，《玛迪》中伊拉肤色的突变也许无法体现如种族形成理论这样更系统、更深层的种族观念内涵，但至少，梅尔维尔对伊拉肤色突变这一情节的设定隐含了一种超越作家所处时代的种族观，即种族并非天定，而是一种动态的、流动的社会建构，种族身份是社会结构、意识形态与个体行动相互作用的结果，肤色不能成为对种族进行分类的依据。在《玛迪》中的后半部分，伊拉突然无故失踪，塔吉和几位好友踏上追寻伊拉的旅程。尽管梅尔维尔从未提及伊拉失踪的原因，但负载种族身份流动性特征的伊拉失踪可以被视为梅尔维尔对种族身份流动性特征这一理想的破灭，对伊拉的苦苦追寻则意味着梅尔维尔心中对种族身份流动性观念的追寻。

　　此外，需要指出的是，在撰写《玛迪》的过程中，梅尔维尔同马萨诸塞州著名法官莱缪尔·肖（Lemuel Shaw，1781－1861）的女儿伊丽莎白·纳

---

① 1986 年，迈克尔·奥米（Michael Omi）和霍华德·怀南特（Howard Winant）在《美国的种族形成：从 20 世纪 60 年代到 80 年代》（*Racial Formation in the United States：From the 1960s to the 1980s*）一书中首次系统性地阐述了"种族形成理论"（Racial Formation Theory，简称 RFT）。在此后的 30 年里，种族形成理论脱颖而出，成为当代社会科学领域最有影响力的种族和族群理论之一。

② OMI M，WINANT H. Racial Formation in the United States：From the 1960s to the 1980s ［M］. London：Routledge，1986：68.

③ Ibid，p. 60.

普·肖（Elisabeth Knapp Shaw，1822-1906）结婚。莱缪尔·肖是当时马萨诸塞州最高法院的首席大法官，同时也是著名的 1850 年新逃奴法案的支持者。[1] 在梅尔维尔的作家职业生涯中，肖曾给他提供过巨大的帮助，这无疑会对梅尔维尔小说中的价值取向产生影响。如果直率地在小说中表明自己反对依据肤色来定义种族差异的观点，恐怕不仅会影响小说的销售量，还可能对肖产生负面影响。身处美国南北战争前种族争论激烈的关键时期，梅尔维尔在《玛迪》中对伊拉的肤色转变进行书写，并为塔吉设置追寻伊拉的经历，这表明，作为作家的梅尔维尔已经看到了种族身份的流动性、建构性和不稳定性，提前近一个半世纪呼应了"种族形成理论"，并对传统种族优越论持质疑态度。但由于其白人主流作家的身份限制，不加掩饰地在小说中表露这一观念对他来说是困难的。因此，通过精巧的叙事手法，把对种族问题的探讨隐藏于肤色转换的书写之中，这对于彼时想要积极参与社会议题，迫切获得文学市场认可，得到经济回报，又不用担心影响肖的梅尔维尔而言，可能是最好的选择。实际上，梅尔维尔并非仅在《玛迪》中使用这种隐晦的方式显露自己的种族观念，他在《贝尼托·切里诺》中，就将黑人巴波与白人切里诺之间的肤色与角色进行倒置处理，通过对隐性肤色转换的书写来阐述白人与黑人的主奴关系并非天生形成，而是后天建构的种族观念。这一点将在本章第三节中进行详细阐述。

第三节 隐性肤色转换与废奴渐进主义思想

上一节对《玛迪》中的主要女性人物伊拉的显性肤色突变的内在意义进行了分析。本节将聚焦于梅尔维尔的另一部小说《贝尼托·切里诺》。在

---

① THOMAS B.The Legal Fictions of Herman Melville and Lemuel Shaw[J].Critical Inquiry，1984,11(1):24-51.

《贝尼托·切里诺》中，人物并未像《玛迪》中的伊拉那样发生实际的肤色转变，但梅尔维尔在这部小说中对黑人巴波和白人切里诺之间复杂关系展开的描写可被视为一种隐性肤色转换的书写方式，隐性肤色转换与作家在《贝尼托·切里诺》中使用的特殊叙述技巧和叙事方式一道，呈现了主流白人作家梅尔维尔对 19 世纪中期备受关注和热议的美国奴隶制问题的复杂态度。

尽管梅尔维尔已被公认为美国文学经典作家，但他还有一个特殊的身份，即美国 19 世纪中期唯一一位在其几乎所有中、长篇小说①中都对"有色人种"展开细致描写的白人男性作家②，他的这一身份长久以来都未受到重视。在梅尔维尔的所有小说中，《贝尼托·切里诺》③ 又是其唯一一部以黑人问题为主题的小说。由于《贝尼托·切里诺》中三个主要人物中两个为白人，一个为黑人，且小说的整个情节都围绕三人之间的复杂关系展开，白人和黑人之间的肤色和角色在小说中被作家有意倒置，因此可以说，这部小说是梅尔维尔所有小说中对种族问题刻画最复杂、最深刻的小说，肤色问题在该小说中具有重大意义。该小说取材于新英格兰船长亚玛撒·德拉诺（Amasa Delano，1763–1823）的《南北半球航行记》（*Narrative of Voyages and Travels in the Northern and Southern Hemispheres*，1817，以下简称《航行记》），讲述了西班牙运奴船上的黑人奴隶在南美洲海岸附近发动起义的故事。

---

① 梅尔维尔的中、长篇小说及小说集有《泰比》（Typee，1846）、《奥穆》（Omoo，1847）、《玛迪》（Mardi，1849）、《雷德伯恩》（Redburn，1849）、《白夹克》（White-Jacket，1850）、《白鲸》（Moby-Dick，1851）、《皮埃尔》（Pierre，1852）、《伊斯雷尔·波特》（Israel Potter，1855）、《广场故事集》（Piazza Tales，1856）、《骗子》（The Confidence-Man，1857）、《比利·巴德》（Billy Budd，1924）。只有《广场故事集》中的小说《抄写员巴特尔比》中没有直接提及黑人。

② 这里所指的白人男性作家并非刻意强调梅尔维尔的男性身份，而是其白人身份。与梅尔维尔同时代的作家中也有女性作家在作品中涉及黑人问题。例如，哈里叶特·比彻·斯托（Harriet Beecher Stowe，1811–1896）就曾在《汤姆叔叔的小屋》（Uncle Tom's Cabin; or, Life Among the Lowly，1852）中生动刻画了黑人形象。

③ 《贝尼托·切里诺》取自于《广场故事集》，该小说集中还有另外五篇小说：《广场》（The Piazza）、《书记员巴特尔比》（Bartleby the Scrivener）、《避雷针商人》（The Lightning-Rod Man）、《恩坎塔达斯或魔法群岛》（The Encantadas or Enchanted Isles）和《钟楼》（The Bell-Tower）。

　　国外学界对该小说的争议较多，这些争议主要围绕以下四个方面：一是对小说中的奴隶制和美国天命观进行剖析，如迈克尔·保罗·罗金（Michael Paul Rogin）和艾伦·莫尔·埃默里（Allan Moore Emery）指出该小说在检视奴隶制问题之外还盘查了美国人对于天命观的错误信仰①；二是对小说中的黑人形象进行分析，如凯瑟琳·H. 朱科特（Catherine H. Zuckert）认为黑人巴波具备领袖素养②，埃莉诺·E. 辛普森（Eleanor E. Simpson）和保罗·大卫·约翰逊（Paul David Johnson）则指出梅尔维尔在小说中塑造的黑人形象是多方面的、复杂的个体，既非纯粹的善，也非纯粹的恶③；三是对小说中的罪恶主题展开研究，如西德尼·卡普兰（Sidney Kaplan）认为黑人并非邪恶之源，黑色（blackness）的邪恶才是美国的国罪④；四是对小说中的种族观进行分析，如约书亚·莱斯利（Joshua Leslie）和斯特林·斯塔基（Sterling Stuckey）深入剖析了融合美国种族主义在内的各种潮流，并对小说进行了多样化阐释⑤；约翰·斯托弗（John Stauffer）认为梅尔维尔在小说中试图打破黑人与白人、奴隶与自由的二分法，同时又不加剧地区间的紧张关系⑥。这些研究对该小说的分析视角比较多元，但都未关注到小说为呼应废奴运动而反映出的渐进主义倾向。而国内对该小说的研究并不多见，且研究

① ROGIN M P. Subversive Genealogy：The Politics and Art of Herman Melville［M］. New York：Knopf, 1983；EMERY A M. "Benito Cereno" and Manifest Destiny［J］. Nineteenth Century Fiction, 1984, 39(1)：48-68.
② ZUCKERT C. Leadership-Natural and Conventional-in Melville's "Benito Cereno"［J］. Interpretation, 1999, 26(2)：239-255.
③ SIMPSON E E. Melville and the Negro：From Typee to "Benito Cereno"［J］. American Literature, 1969, 41(1)：19-38；JOHNSON P D. American Innocence and Guilt：Black-White Destiny in Benito Cereno［J］. Phylon, 1975, 36(4)：426-434.
④ KAPLAN S M. Herman Melville and the American National Sin：The Meaning of Benito Cereno［J］. The Journal of Negro History, 1956, 41(4)：311-338.
⑤ LESLIE J, STUCKEY S. The Death of Benito Cereno：A Reading of Herman Melville on Slavery：The Revolt on Board the Tryal［J］. The Journal of Negro History, 1982, 67(4)：287-301.
⑥ STAUFFER J. Slavery and the American Dilemma［J］. English and American Literary Studies, 2017(2)：84-111.

主要集中于该小说对种族歧视的揭露①、对"种族优越论"谎言的批判、对蓄奴制的憎恨②和对权力之恶的探讨③等。这类研究普遍存在两个问题：一是对小说的解读主要基于现代立场，试图挖掘后殖民语境下作家的种族立场，却未真正回到故事发生时的社会语境。的确，"21世纪的读者不必像他（梅尔维尔）同时代的人那样解读梅尔维尔的作品，但我们也不必坚持认为他们应该领会我们在其中看到的或希望看到的东西"④；二是未重视梅尔维尔在创作该小说时所参照的真实历史文本《航行记》，在脱离历史文本的基础上对小说展开片面分析，分析无法深入梅尔维尔的创作意图和动机。

《贝尼托·切里诺》被认为是梅尔维尔"最好的作品之一"⑤，梅尔维尔在小说中对《航行记》进行了创造性重述。诚如梅尔维尔在小说《骗子》（*The Confidence-Man*，1857）中所言，在重述一个故事时"希望能用自己的话说出来"⑥。那么，梅尔维尔为何要重述《航行记》中记录的历史事件？他又是如何进行重述的？他在重述过程中改变了什么，又保留了什么？鉴于该小说的创作来源具有十分重要的参考价值，本节将主要对小说《贝尼托·切里诺》（以下简称小说）和历史文本《航行记》（以下简称《航行记》）进行对比研究，根据梅尔维尔在小说中对历史文本中的事件进行的复杂艺术加工，通过对比该小说与历史文本间的差异，分析作家在小说中对隐

---

① 彭建辉，王璞. 《贝尼托·切雷诺》中的"黑与白" [J]. 外国文学研究，2008（4）：107-111.

② 林元富. 德拉诺船长和"他者"评麦尔维尔的中篇小说《贝尼托·切雷诺》[J]. 外国文学，2004（2）：80-85.

③ 胡亚敏. 麦尔维尔《贝尼托·塞莱诺》中的"恶" [J]. 外国语言文学，2014，31（2）：124-131.

④ HAYES K J. Herman Melville in Context [M]. Cambridge：Cambridge University Press，2018：114.

⑤ STERLING L A. How to Write about Herman Melville [M]. New York：Bloom's Literary Criticism，2009：213.

⑥ MELVILLE H. The Confidence - Man：His Masquerade [M]. Evanston：Northwestern University Press，1984：209.本书中所有《骗子》的中译文均为笔者自己所译，后文不再另做说明。

性肤色转换的特殊书写方式及由此产生的身份倒置现象，阐释梅尔维尔为维护白人世界和平稳定而对奴隶制发出控诉，并进一步揭示梅尔维尔通过肤色书写展露出的废奴渐进主义思想。

一、被改头换面的德拉诺与巴波

《贝尼托·切里诺》根据德拉诺《航行记》中的第 18 章改编而成，后者记载了两起在海上发生的黑人奴隶起义事件。美国白人船长德拉诺在南美洲的海滩上偶遇一艘运送黑奴的西班牙船"特里尔号"（即小说中的"圣多明尼克号"）。由于该船在航行过程中遭遇了一系列麻烦，如严重缺水、船员染病等，德拉诺便带物资登上该船，为船长贝尼托·切里诺提供了帮助。在德拉诺解决完麻烦并准备返回自己的船只上时，切里诺却突然跟着他跳下船，此时，德拉诺才明白船上的黑奴发动了起义，经过一番激烈的争斗，两位船长连同其他白人船员将所有黑奴制服，最后，黑奴在法庭上因叛乱被判处绞刑。令人惊讶的是，在这次起义之前黑奴们其实早已爆发过一次起义，并杀害了很多白人船员，切里诺也被迫在黑奴巴波的威胁下继续扮演主仆角色以躲过德拉诺的怀疑。

由于小说的三个主要人物德拉诺、切里诺是白人，巴波是黑人，且整部小说都围绕三人之间的关系展开，因此，对三个人物的形象和关系进行阐释是理解小说十分必要的前提。

首先，梅尔维尔将德拉诺塑造成了一个与历史上真实的德拉诺船长完全不同的人。在《航行记》中，德拉诺一上船就对"特里尔"号上黑人的怪异举动产生本能怀疑，当船上的黑人一直跟在他和切里诺的身边时，他表示，要是在别的时候，他"一定会立刻感到厌恶的"[①]。而小说中的德拉诺却是一个对黑人"刻板印象"深入骨髓的美国北方白人形象。自德拉诺登上"圣多明尼克号"伊始，他就关注到船上为数众多的黑人，尤其是切里诺的专属

---

① DELANO A.A Narrative of Voyages and Travels in the Northern and Southern Hemispheres [M].Boston:E.G.,1817:324.

黑奴巴波。德拉诺眼中的巴波在照顾切里诺时是"诚挚""热情"① "忠诚"②"尽职尽责"③ 的，是"世界上最讨人喜欢的贴身仆人""忠心耿耿的伴侣"④"天生的好脾气""头脑简单""没有野心且易于满足"⑤。此外，小说中的德拉诺回忆起自己曾经在家乡看到黑人干活或游戏时，内心感到"心满意足"⑥，如果在航行中偶遇黑人水手，他也会与之友好相处。然而，德拉诺对黑人的这种喜爱，用他自己的话来说，"不是出于慈善，而是感到很亲切，如同其他人喜欢纽芬兰狗一样"⑦。但德拉诺同时也承认，如果白人的血和非洲人的血混合在一起，会产生"让人伤心的后果"，这就"好像在黑色的汤里倒入恶毒的酸性物质……也许改善了皮肤，但是没有让他们更健康"⑧。

　　白人对黑人的复杂态度以及对黑人的这种"刻板印象"在南北战争前的美国北方十分常见，本就出生于北方的德拉诺会有这种"刻板印象"也就不足为奇。美国作家威廉·埃勒里·钱宁（William Ellery Channing，1780-1842）就曾在《蓄奴制》（On Slavery，1835）一书中指出，"非洲人感情丰富、善于模仿，而且温良恭顺"⑨。在小说中，尽管德拉诺眼中的黑人是温顺谦逊、恪尽职守、忠诚包容的，但这种美好印象实则是基于一种不平等的种族观。德拉诺首先是将黑人视为黑人，认为黑人相较白人而言本来就低一等，正因如此，黑人才天生适合做奴仆，而只有好脾气、头脑简单的黑人才能守好自己的天职——效忠于自己的主人。此外，在小说中，当德拉诺怀疑

---

① MCCALL D.Melville's Short Novels[M].New York：W.W.Norton & Company,2002：45. 本书中所有《贝尼托·切里诺》的中译文均为笔者自己所译，后文不再另做说明。

② Ibid，p. 50.

③ Ibid，p. 67.

④ Ibid，p. 54.

⑤ Ibid，p. 94.

⑥ Ibid.

⑦ Ibid，p. 95.

⑧ Ibid，p. 101.

⑨ ［美］伯科维奇. 剑桥美国文学史［M］. 史志康，等译. 北京：中央编译出版社，2008：282.

切里诺可能伙同船上的黑人谋害自己时，他脑中一闪而过"谁曾听说一个白人会如此离经叛道，以至于和黑人拉帮结派，与自己种族的人对抗呢"①？可见，尽管德拉诺的确承认奴隶制"在人心中产生了邪恶的暴怒"②，"在人类身上滋生出丑陋的欲望"③，但他并非真正关心黑奴的苦难生活，他甚至明确表示自己"嫉妒"④ 切里诺能够拥有巴波这样的朋友，还希望可以花一千金币从切里诺手中购买巴波。正如克拉曼所说，当时"几乎所有北方人都承认，南方人拥有奴隶，这是他们必须保护的财产"⑤。德拉诺的这种"刻板印象"，即认为黑人是头脑简单、智力低下、自然温顺、热情友好、忠诚尽责、低人一等的，以及黑人奴隶是白人财产的这类观点实则是一种双重标准下的刻板认知。德拉诺并不反对奴隶制，而是视完美的主仆关系为理想状态，只要这种状态继续保持下去，社会就会平衡、和谐、稳定。也许德拉诺是个废奴主义者，但这并不妨碍他鄙视奴隶，也不妨碍他对白人和黑奴之间必须保持主仆间恰当距离的坚持，也就是说，"废除奴隶制是一回事，种族歧视则完全是另一回事"⑥。

梅尔维尔在小说中塑造的德拉诺是南北战争前北方白人的典型代表。当时的北方白人向来以一种普遍的成见来看待黑人，那就是他们"温顺、善良，不会有任何恶意，也不会采取任何需要智慧和周密计划的行动"⑦。因此，头脑中对黑人带有根深蒂固"刻板印象"的人是很难预料甚至无法接受奴隶奋起反抗的。小说中的德拉诺直至故事发展到奴隶起义时才发现端倪，

---

① MCCALL D.Melville's Short Novels[M].New York：W.W.Norton & Company,2002：84.

② Ibid,p. 100.

③ Ibid,p. 94.

④ Ibid,p. 60.

⑤ ［美］克拉曼. 平等之路：美国走向种族平等的曲折历程 ［M］. 石雨晴，译. 北京：中信出版集团，2019：22.

⑥ 叶英. 是废奴主义者，也是白人至上者：探析爱默生种族观的双重性 ［J］. 西南民族大学学报（人文社会科学版），2012, 33（10）：193.

⑦ SIMPSON E E.Melville and the Negro：From Typee to"Benito Cereno"[J].American Literature,1969,41(1)：34.

在某种程度上表达了梅尔维尔对持有"刻板印象"的盲目乐观的白人提出的质疑，这种质疑还在以切里诺为代表的白人对以巴波为代表的黑奴的看法上得到强化。切里诺和其好友阿兰达曾认为黑人是奴隶是顺从的、易于管教的，因此无需戴上枷锁，也正因这种疏忽和大意，才直接导致后来奴隶反叛，阿兰达被杀害，船只被攫取，主仆关系被反转。也就是说，无论奴隶是否决定反叛，如果他们没有合适的时机和适合的条件，他们也无法真正发动反叛。正是切里诺对黑人的"刻板印象"促成了奴隶反叛，并导致后来一系列不可逆转的后果。可见，黑人并非像白人所美化的那样温顺、安分、忠诚、甘心依附于人，那"充其量只是白人心中黑人形象的一半"①。

小说中另一个被加工的人物是黑奴巴波，他在《航行记》中只是一个微不足道的黑人角色，且在第二次奴隶起义中就被白人船员杀死了。但巴波在小说中却是黑人中最重要的角色，甚至在某种程度上可以说是黑人"领袖"②。当"圣多明尼克"号经历了第一次奴隶起义后，船只的实际掌控权落在巴波手中，他威胁切里诺将船驾驶到塞内加尔。但当船上的黑人发现德拉诺船长驾驶的"单身汉"号就在前方时，他们开始焦躁不安。这时，巴波让他们安静下来，叫他们安心，不要害怕。接着，巴波对所有黑人同伴宣布了他的计划，并策划了许多权宜之计。如为了避免让德拉诺看出端倪，巴波在德拉诺上船前两小时内就做好如下安排：威胁切里诺把自己伪装成主人；安排其他黑人互相配合，分别充当观察者、放哨者和保护者的角色。由于意识到很多黑人会骚乱不安，巴波让四个做捻缝工的老黑人在甲板上维持秩序，并不断给众人重复交代自己的计划，以防伪装不善而被人识破。可见，巴波虽为黑人奴隶，但并不像当时大众"刻板印象"中的黑人那样温顺谦逊，在面对压迫和奴役时，巴波并不屈服，一旦抓住机会，他就通过智慧和冷静反仆为主。不论是巴波在起义时的快速行动力、冷静的处理态度，甚至

① 梅祖蓉. 美国种族主义"正当性"的来源与建立 [J]. 世界民族，2015（4）：7.
② ZUCKERT C. Leadership-Natural and Conventional-in Melville's "Benito Cereno" [J]. Interpretation, 1999,26(2):239.

是在发现"单身汉号"时的迅速反应和高效部署都令人吃惊。需要指出的是，这种反抗是黑人通过大脑而不是身体策划和领导的，也许他身体瘦弱①，但与白人相比，他的头脑和勇气都并不逊色。然而，必须明确的是，梅尔维尔在小说中将巴波刻画成如此机智英勇的形象并非意在烘托黑人的领袖素养，更不是表示对黑人的赞扬。相反，对黑人领袖素养和正面形象的刻画越细致，对黑人高智商的描述越形象，就越能侧面暗示白人所持"刻板印象"的离谱和致命错误，同时告诫读者，尤其是白人读者，即便存在奴役关系，任何被奴役的人都随时可能被激发自身最大的潜在能量，随时可能发起反抗。

由此可见，无论是德拉诺的"刻板印象"，还是切里诺等人所坚信的黑人已驯服等观点都对故事不可逆转的悲剧走向增添了合理的理由，而对巴波形象的改写解构了白人读者对黑人的传统刻板认知。读者在故事中会下意识认识到，掉以轻心的白人惨遭黑人杀害，以及白人主人反被黑人奴隶压迫是咎由自取。如果无法改变这些长久以来存在的"刻板印象"和主观臆想，奴隶反叛事件和极端暴力事件就永远不会停止，而是愈演愈烈。

二、隐性肤色转换与角色倒置

梅尔维尔在小说中刻意增减了《航行记》中的许多内容，包括压缩黑人奴隶起义和白人船员镇压起义的具体细节，同时大量增加文字用以刻画切里诺和巴波复杂微妙的主仆关系。此外，梅尔维尔还改造了船只的细节，如船只攫取时间、船名及船体风格，以展露其创作意图。

首先，小说中仅保留了《航行记》中两次黑人起义事件的原型，且起义的具体细节只是被放在小说末尾切里诺在法庭上提供的证词中。《航行记》开篇就对奴隶起义事件进行了直接描述。"西班牙船长跳上船，用西班牙语

---

①　小说中是这样形容巴波身体瘦弱的："一个来自塞内加尔的小黑人"（Melville，2002：120），"一个身材矮小的黑人，长相粗鲁，如同一只牧羊犬"（Melville，2002：53）。

大声喊叫说，船上的奴隶已经起义，杀害了许多人。"① 接着就是对镇压起义场面进行详尽记录：

> 我们派了两艘装备精良、人员配备齐全的小船去追她（"特里尔"号）。这两艘船费了好大劲才登上那艘船，把它夺回。但不幸的是，在这件事上，我们的指挥官鲁弗斯·罗先生被一个奴隶用长矛刺伤，胸部受了重伤。我们还有一个人受了重伤，两三个人受了轻伤。更糟的是，那艘西班牙船的大副，在奴隶们的逼迫下，驾船驶出海湾，他受了两处重伤，一处是侧面受伤，一处是大腿受伤，都是被毛枪子弹击中的。船上有一个西班牙绅士，也被一颗火枪弹打死了。我们还没有正确地确定有多少奴隶被杀害；但我们相信有七个，而且受伤的人很多……②

类似这样的激烈打斗场面占据《航行记》中事件记录的大部分篇幅，这符合《航行记》作为历史文本的特征，即通过清晰的文字表述，对历史事件进行详实、全面、完整的记录。然而小说中却未保留这些内容，对第一次奴隶起义只用了寥寥两三页便一笔带过，起义场面也只有诸如"两只小船交替后退前进，轮流开火"③，"大概有十几个黑人被杀死……在另一边，没有人死亡，尽管有几位受伤；有些严重受伤，包括大副"④ 这样简短模糊的描述。可见，梅尔维尔并没有详尽、生动地描绘黑人起义的场面。他通过在小说中压缩对起义具体细节的描述，刻意弱化了黑人起义事件本身，而将大量的文字放在《航行记》中记录极少的对巴波和切里诺主仆关系的描述上，可见其用意之深。

小说中巴波和切里诺之间的隐性肤色转换体现在二人之间的主奴关系

---

① DELANO A.A Narrative of Voyages and Travels in the Northern and Southern Hemispheres[M].Boston:E.G.,1817:318-319.

② Ibid,p. 319.

③ MCCALL D. Melville's Short Novels :A Norton Critical Edition[M].New York:W.W.Norton & Company,2002:87.

④ Ibid,p. 88.

上，而他们之间的主奴关系十分微妙复杂，经历了两次反转。二者的第一段主仆关系是白人主人和黑人奴隶之间"正常"的主奴关系，即白人切里诺是主人，黑人巴波是奴隶，为切里诺提供服务。二人的这段关系一直维系到巴波等黑奴发动第一次反叛时被颠覆。在叛乱过程中，"巴波自始至终都是策划者，他下令进行每一次谋杀，他是整场起义的发动者和推进者……"。① 此时巴波成为"主人"，而切里诺等白人转变成"奴隶"，被船上的黑奴们操控。巴波和切里诺之间主仆关系的第二次反转出现在巴波发现德拉诺的船只驶近之时。为避免被德拉诺看出异样，巴波和切里诺的原本"正常"的主奴关系被巴波人为地伪装成"不正常"的主奴关系，即看上去巴波仍是切里诺的奴隶，实则切里诺才是巴波的奴隶，受巴波的掌控。根据起义结束黑人被捕后在法庭上的证言，巴波主导了他和切里诺的这段被翻转的主奴关系：

> 根据（巴波）之前的安排，证人（切里诺）对他讲的全是早已排练好的灾难故事，他（切里诺）不能主动添加只言片语，也没有给他（德拉诺）任何暗示，让他（德拉诺）知道船上的任何真实情况，因为那个黑人巴波一直装出一副恭顺谦卑的奴隶模样，履行着一个兢兢业业的好仆人的职责，一刻也没有离开作证人（切里诺），因为黑人巴波很懂西班牙语，可以监视证人（切里诺）的言行举止；此外，还有一些人也一直在监视着，他们也懂西班牙语。当证人（切里诺）正站在甲板上和亚玛撒·德拉诺谈话时，黑人巴波暗地里做了个手势，把他（切里诺）拉到一边，这一动作看上去是由证人（切里诺）自己主动做出的；这时，那个黑人巴波建议他（切里诺）向亚玛撒·德拉诺打听他（德拉诺）的船、船员和武器的详细情况。证人不解地问了一句："为什么？"巴波说他自有打算……②

① MCCALL D. Melville's Short Novels：A Norton Critical Edition[M].New York：W.W.Norton & Company，2002：97.
② Ibid，p. 96.

　　这段经巴波人为反转之后的主奴关系在《航行记》中虽也提到了，但只是被一笔带过，而从小说中巴波第一次登场起，到巴波的伪装被发现结束，由这段关系主宰的故事内容远远超过整个小说一半的篇幅。① 那么，梅尔维尔为何花费如此多的笔墨来描写这段再次反转了的主奴关系呢？如果对小说创作和出版时的美国政治局势有所了解，就不难回答这一问题。

　　小说出版的时期正是美国历史上文学身份的建立期，受到欧洲经典作家影响的美国作家们极力展露自身的创作才华，试图共同构建美国文学的自身特色，在这一特色中十分鲜明的就是充满悬念的故事情节。无论是霍桑的《带七个尖角阁的房子》（*The House of the Seven Gables*，1851），还是爱伦·坡的《厄舍府的倒塌》（*The Fall of the House of Usher*，1839），都显露出这种充满悬念的哥特式叙事风格。梅尔维尔的小说也是如此，而这种风格尤其体现在梅尔维尔在《贝尼托·切里诺》中对巴波和切里诺关系的刻画上。读者在阅读这个故事时会不由自主地产生好奇，为何作为主人的切里诺如此小心翼翼？为何熟练的黑奴巴波会"不小心"伤害到切里诺？为何切里诺和巴波的关系如此不自然？随着故事的进展，这些问题的答案才慢慢浮出水面。原来读者心目中预先设定的主仆关系实际上是被反转的，如果读者始终带着预设的"白人是主人，黑人是仆人"这样的观念来看这部小说，就会感到迷茫和困惑。梅尔维尔通过大量文字描述了巴波和切里诺的复杂主奴关系，让读者在充满悬念刺激的故事情节中逐步发现，原来奴役关系并非只存在于白人对黑人的奴役，在某些时候，黑人也可能反过来奴役白人。此外，这种奴役关系甚至远远超出奴隶制范畴，超出单纯的黑白二元对立，而是上升到整个人类社会。实际上，梅尔维尔并非仅在小说《贝尼托·切里诺》中

---

① 小说一共68页，巴波初次登场是在小说第6页（当德拉诺登上"圣多明尼各"号，与切里诺交谈时，切里诺身边只站着巴波一个人，这是巴波在小说中初次登场。从这时起，巴波已经在操控切里诺，为了给德拉诺造成一种"白人是主人，黑人是仆人"的假象。只不过由于梅尔维尔的特殊叙事技巧掩盖了巴波和切里诺之间已经被反转的主奴身份）。巴波的伪装被暴露是在小说第51页。（以 McCall, Dan. The Texts of Melville's Short Novels 版本为准）

表露出对人类中普遍存在的不平等和奴役关系的态度，这种对人类不平等和奴役关系的探讨在其多部作品中均有所体现。例如，《玛迪》中的叙述者塔吉就曾在玛迪群岛中聆听神谕时注意到这么一句话："人类文明从来没有与自由平等成为兄弟。自由诞生于山林中的野生鹰巢，存在于野蛮的原始部落之中，而那时，平原上开明的人们则仍处于新生阶段。"① 此外，在《白鲸》的开篇，叙述者以实玛利的内心独白中就有一句"Who aint a slave?"（谁不是奴隶?），以及后来提到"人人都是这样那样受人奴役的——就是说，从形而下或者形而上的观点上都是受人奴役的……"。② 乔伊斯·阿德勒（Joyce Adler）也看到了这一点，他曾在《梅尔维尔的〈贝尼托·切里诺〉：美洲的奴隶制及暴力》（Melville's Benito Cereno：Slavery and Violence in the Americas, 1974）一文中指出，"在《贝尼托·切里诺》之前和之后的每一部小说中，梅尔维尔都清楚地表明，人类真正的罪恶和暴力的真正原因在于奴隶制，而不是与之对抗的人类。只要主奴关系存在，奴隶和主人就无法摆脱对方，每个人都只能生活在对方的阴影中"③。

在梅尔维尔看来，人类社会中的这种奴役关系几乎是无法得到解决的，这也就是为何梅尔维尔的作品普遍呈现出一种悲观论调。不过，尽管梅尔维尔没有找到真正解决奴役关系的良方，但在对废奴主义的讨论日渐激烈的时代背景下，他还是给人们提供了建议，即白人应当始终保持清醒的头脑，不要活在自己对美好乌托邦式社会愿景的想象之中，并应告诫自己，黑人和白人之间的奴役关系会随时被颠倒，应认清在人类社会中普遍存在的奴役关系，这样才能直面奴隶起义和镇压奴隶起义所导致的诸多暴力行为。

此外，梅尔维尔在《贝尼托·切里诺》中对叙事视角进行的"实验"也

---

① MELVILLE H. Mardi and A Voyage Thither [M] // HAYFORD H, TANSELLE G. Thomas and Hershel Parker. Evanston：Northwestern University Press, 1970：527.

② MELVILLE H. Moby Dick；Or, The Whale [M] // HUTCHINS R M. Great Books of the Western World. Chicago：Encyclopedia Britannica, Incorporated, 1952：4.

③ ADLER J. Melville's Benito Cereno：Slavery and Violence in the Americas [J]. Science and Society, 1974, 38 (1)：19.

反映了他对奴隶制和奴役关系的驳斥。尽管小说和《航行记》的故事梗概大体相同，但两者的叙述视角差别巨大。《航行记》中除官方材料为客观文字表述，其余的文字始终是以第一人称外视角来进行记录的，记录的都是德拉诺等人对所经历之事的回忆，在事件之外没有产生任何的视角转换。而梅尔维尔在小说中对叙事视角进行了"彻底实验"①，小说的前半段故事保留了德拉诺的视角，作为读者，我们只能跟随德拉诺的眼睛看到事情的经过。不论是初次看到"圣多明尼克"号时周围的灰败景象，还是登上船后看到的黑人奴隶各司其职的场景，抑或是切里诺和巴波之间令人羡慕的主仆关系，读者目所能及之处皆为德拉诺的眼睛所接收到的信号，而在德拉诺视线范围之外的事物读者同样无法感知。在小说中，梅尔维尔选择了内视角中的第三人称"固定性人物有限视角"②对故事进行讲述，可见，梅尔维尔并不希望读者看到隐藏在故事背后的所有内容，从而达到增加悬念、吸引读者的效果。这一效果加强了读者尤其是白人读者在阅读时产生的焦虑感和恐惧感，为作家的创作意图与动机做出铺垫。

　　小说后半段，在切里诺给法庭提供的证词部分出现了视角转换，即从白人船长切里诺的视角来回忆整个奴隶起义的经过，且毫无痕迹地插入船上其余白人船员的证词，自然而然地强化了事件的真实性，让读者无法认同黑奴起义的合理性与合法性。曾有学者指出，小说反映出黑人"具备和白人一样的人类天性"，"对生命权、自由权和幸福权有着跟白人一样深切的渴望"③，可若真是这样，梅尔维尔为何不直接通过黑奴巴波的视角来呈现整个故事呢？如果梅尔维尔的确意在表露对黑人的同情甚至赞美，在小说中直接使用黑人视角来讲述整个故事会更合适。也只有从巴波的视角来看整个故事，读者才能够了解巴波和其他黑人心中所想，而不是被局限于白人所述内容之

----

① HAYES K J.The Cambridge Introduction to Herman Melville[M].Cambridge:Cambridge University Press,2007:77.

② 此处对视角的分类参见申丹.视角[J].外国文学，2004（3）：60.

③ 张云雷.黑人的平等人性和政治智慧：《切雷诺》中的革命[J].沈阳大学学报（社会科学版），2017，19（4）：496.

中，受白人叙述者的视角干扰。但小说多次转换的叙事视角中却从未出现过黑人视角，梅尔维尔想告诉读者的似乎并非黑人与白人具有同等权利，而是通过不断强化白人视角下的奴隶伪装和奴隶起义，使黑人无法发声，湮没在文本之中。

值得一提的是，小说结尾处有一段对巴波死后场景的描述："几个月后，那黑人被系在一匹骡子的尾巴上，拖到绞刑架绞死了，临死他也没有说话。他的身体被烧成灰烬；但是，他的头颅，那个精明的蜂窝，被钉在广场柱子上，挂了许多天，满不在乎地接受白人们的注视。"① 可问题是，此时的巴波已死，他又是如何能够做到"接受……注视"，而且还是"满不在乎地"（unabashed）接受注视（gaze）的呢？此外，巴波已死，叙述者实在没有必要在此处使用属于巴波感知范畴的"满不在乎"一词，直接将"满不在乎地接受白人们的注视"这一句话删除似乎更为合理。但作为梅尔维尔唯一一部以黑人问题为主题的小说，梅尔维尔在结尾处特意留下了这样一句话，显然是颇具深意的。要明白上述问题，就需要从两方面入手加以考察，一是叙述视角，二是词语选择。

首先，在这段文字中，尽管出现了"那黑人"，"接受……注视"等词语和句子，但视角却并非黑人巴波的，而是全知叙述者的。因为此时的巴波已死，他不可能存在任何感知，只有全知叙述者能看到巴波"被系在一匹骡子的尾巴上"，"身体被烧成灰烬"，"头颅被注视"等画面。因此，看上去是属于巴波的感知在这里仅仅是叙述者观察的对象，而显然，这个叙述者是白人。也就是说，小说中最后一段对巴波判处死刑的画面描写从白人叙述者的视角直接切入，但却带有黑人感知的相关文字描写，很容易让读者尤其是白人读者在阅读时产生与白人叙述者相同的感知，看到与白人叙述者所见的相同画面。

其次，这段文字中出现的了两个十分重要且关键的词，即"满不在乎"

---

① MCCALL D.Melville's Short Novels[M].New York：W.W.Norton & Company，2002：102.

和"注视"。"满不在乎"指充满不屑一顾的情感，似是说明巴波即使到死的那一刻也并未认为自己率领黑人们发动暴力反抗的行为是错误的，甚至烘托出了巴波的大无畏精神及其反抗行为的壮烈。"注视"带有白人作为视觉中心来观看黑人头颅的情感，巴波的头颅被白人注视，但此时的巴波却是"满不在乎"的态度。小说中将"满不在乎"和"注视"放在一起，形成了强烈对比，黑人的"满不在乎"和白人的"注视"体现了黑人与白人权力的矛盾冲突。小说结尾处出现这样一个饱含复杂意义的词不得不说是梅尔维尔赋予小说的点睛之笔，这会让读者尤其是白人读者读到此处时不仅因故事突然结束产生戛然而止的感觉，还会自然萌生出恐慌感，似乎巴波那颗被挂在柱子上的头颅此刻正面向自己，"满不在乎地"接受着自己的"注视"。这一强烈的画面感很难不让白人读者感到不适和惧怕。这幅注视与被注视的画面表面上看只是对巴波犯罪后受到法律惩处的客观描写，但梅尔维尔意在通过这一具有强烈视觉感的画面告诉读者，无论奴隶起义是否失败，最终结果都只会是两败俱伤，即黑人直面死亡，而白人永远无法感到心安。在小说的最后，当德拉诺向切里诺询问是什么使他仍感到害怕时，切里诺回答的是"blackness"（黑人/黑色/黑暗），巴波死后三个月，切里诺也离开人世。读者读到这里，难免会感到唏嘘，曾经那场由奴隶伪装身份和主导起义的闹剧终于落下帷幕，可白人和黑人之间的结局并无区别。

梅尔维尔在小说中进行的视角设定从头至尾都未涉及黑人视角，而是始终基于白人中心主义视角。可见梅尔维尔的目的并非表达黑人与白人的平等问题，而是使读者尤其是白人读者在阅读中产生共鸣，即在阅读故事时对黑人起义事件的暴力性和由此引发的对白人世界的冲击感同身受，以此强化对奴隶制和奴役关系的质疑甚至批判。然而必须指出的是，这种批判并非是基于"对黑人奴隶的同情和对平等世界的呼吁"[1]，而是基于白人中心视角下的对白人世界稳定性的诉求。也就是说，黑人起义是否会造成黑人独立并非

---

[1] 张云雷. 黑人的平等人性和政治智慧：《切雷诺》中的革命 [J]. 沈阳大学学报（社会科学版），2017，19（4）：496.

梅尔维尔关注的重点，他关注的是黑人起义对白人世界稳定性的动摇。假若没有奴隶制或奴役关系，就不会有黑人起义，白人世界才能和谐稳固，不受影响。

这一点从小说《贝尼托·切里诺》中故事发生的场地——"圣多明尼克"号（San Dominick）的名字上也得以体现。小说中"圣多明尼克"号在《航行记》中的名字为"特里尔"号（Tryal），是历史上真正存在的一艘船只。梅尔维尔在小说中却并未保留"特里尔"号这一船名，而是将其改为"圣多明尼克"号，这一改名具有显著的象征意义。"圣多明尼克"与"圣多明戈"（San Domingo）谐音，后者为一地名，原属西班牙，是西属西印度群岛的一部分，1697年根据里斯维克条约①，该地被割让给法国，成为法国在加勒比海地区的殖民地，之后便称为法属圣多明戈。1790年，法属圣多明戈爆发了非裔美洲奴隶历史上规模最大、最重要的起义，直到1803年11月驱逐全部的法军，1804年1月，法属圣多明戈宣布独立建国，成为了一个独立的、由黑人统治的国家，即海地。而海地革命对美国产生了巨大影响，成千上万的当地奴隶主在革命爆发后移民到了美国，这引起了美国人的恐惧。直到1860年总统选举的时候，美国最高法院的大法官罗杰·布鲁克·坦尼（Roger Brooke Taney，1777-1864）还心有余悸地写道："我活了这么多年，可还能记得圣多明哥的恐怖。"② 至于为何小说中的德拉诺没有识破这一点，恐怕是由于德拉诺带有根深蒂固的种族主义偏见和"刻板印象"。德拉诺身上固有的那种白人的盲目乐观自信"不仅使他低估了黑人的力量，而且连船的名字都没能让他想起'圣多明哥的恐怖'"③。

---

① 也称"里斯维克和约"，是大同盟战争的终战和约，1697年9月20日签订于荷兰里斯维克，是法国同奥格斯堡同盟（反法大同盟）中的英国、荷兰、神圣罗马帝国和西班牙缔结的四项和约的总称。该条约涉及西班牙和法国的属地之争、荷兰和法国的属地之争等问题。

② ［美］伯科维奇. 剑桥美国文学史［M］. 史志康，等译. 北京：中央编译出版社，2008：742.

③ 同上。

美国剧作家乔伊斯·斯帕雷尔·阿德勒（Joyce Sparer Adler，1915－1999）曾指出："梅尔维尔的《贝尼托·切里诺》是美国内战前的神谕。"① 作为一个关于奴隶起义的故事，《贝尼托·切里诺》在美国南方对奴隶制主题的恐慌达到顶峰的时候出版具有重大意义，呼应了19世纪50年代在美国国内奴隶制矛盾日益激化的这一社会现象。梅尔维尔对历史文本《航行记》进行艺术加工，在小说中始终保持白人中心主义视角，通过使白人读者对黑人暴力反抗和由此引发的对白人世界的冲击感同身受，以此强化对奴隶制和奴役关系的批判，这是一种基于白人中心视角下的对白人世界稳定性的诉求。而德拉诺和巴波形象的改写首先解构了白人对黑人的传统刻板认知，强化了对"刻板印象"的驳斥，其次，梅尔维尔意在指出，如果无法改变这种"刻板印象"的传统认知，奴隶反叛事件和极端暴力事件就永远不会停止，而是愈演愈烈。而随时可被颠倒的主奴关系则是梅尔维尔采用的一种隐性肤色转换的书写方式，迫使人们认清人类社会中普遍存在的奴役关系，直面奴隶起义和镇压奴隶起义所导致的诸多暴力行为。通过上述分析，我们可以看出梅尔维尔在《贝尼托·切里诺》中表露出的对废奴问题的渐进主义倾向，即通过缓慢的非暴力方式而非流血镇压的方式来结束奴隶制，从而达到废除奴隶制的目的。

霍华德·威尔士（Howard Welsh）认为，"梅尔维尔的确意识到了奴隶制和种族问题，并在他的作品中反复使用它们，但梅尔维尔并不是废奴主义者"②。在威尔士看来，梅尔维尔意识到奴隶问题不会随着奴隶制度的废除而结束，因为一旦解除限制，黑人的继续存在将会成为一种新的危险。但从梅尔维尔在《贝尼托·切里诺》中以叙事视角实验和对人物形象改造为特点的隐性肤色书写，我们无法明确看出梅尔维尔对奴隶制度废除之后黑人威胁性

① ADLER J.Melville's Benito Cereno:Slavery and Violence in the Americas[J].Science and Society,1974,38(1):19.
② WELSH H.The Politics of Race in"Benito Ceren"[J].American Literature,1975,46(4):556.

的态度，或者说，小说中的隐性肤色书写展现出的是梅尔维尔对奴隶制和奴役关系问题的态度，而非对奴隶制推翻后可能出现的新问题的态度。梅尔维尔关注奴隶制和奴役关系问题，但他对废奴问题的态度也并非单一和偏激的。正如查尔斯·I. 格里克斯伯格（Charles I. Glicksberg）所言："梅尔维尔对美国黑人命运的影响比我们现在所能想象的要大得多，梅尔维尔并没有试图抹黑黑人，粉饰白人，他不仅没有激起人们对邪恶化身黑人的仇恨，反而呈现了一个复杂的、艺术平衡的故事，从而激起了人们复杂的情感。"① 读者在阅读《贝尼托·切里诺》时，并不会单纯地对黑人抱有同情，也不会简单地对白人持批评态度，这是因为梅尔维尔通过精巧的叙事手法，将读者带入他的世界，让读者对以奴隶制为代表的奴役关系带来的血泪后果感到担忧，由此反思人类奴役关系以及美国奴隶制存在的弊病。

本章小结

本章分别阐述了以《泰比》和《白鲸》中的刺青为代表的身体特征对种族身份认同与种族交往问题的隐喻，以及《玛迪》和《贝尼托·切里诺》中的两类肤色转换书写与梅尔维尔种族观念之间的内在关联。

首先，梅尔维尔对种族问题的关注体现在他对刺青的描写上。在梅尔维尔笔下，刺青不只是一种铭刻于人体身上的客观实在的标记，它还具有深层的象征内涵和隐喻意义，是一种装饰身体、避免疾病、传递信息、体现身份的符号，这一符号使刺青具有除工艺性之外的社会属性。梅尔维尔对刺青的描写和刺青文化的叙述是他关注种族身份差异和身份认同困境问题的一种呈现手法，具有重要作用。在《泰比》中，对刺青展开的描写常常出现在个人

---

① GLICKSBERG C I. Melville and the Negro Problem [J]. Phylon (1940-1956), 1950, 11 (3):207-215.

与群体之间紧张不安的关系中，体现了对身体展开的权力斗争。托莫拒绝刺青意味着他实现了对自我身体的争夺，获得了掌控自我身体的权力，由此稳固了其原始身份。《泰比》中出现的刺青凸显出人物所处地域的社会文化特点，折射出种族交往中出现的身份认同问题。《白鲸》中的刺青描写反映了魁魁格和以实玛利之间的种族交往关系，由身体接触产生的种族交往关系发生转变，体现了梅尔维尔在种族观念上的进步性，即反对传统种族主义中的"有些种族无法被改善"的观点。在梅尔维尔眼中，以魁魁格为代表的"有色人种"可以得到"改善"，可以被"同化"。但这种"改善"和"同化"是建立在"有色人种"与白人之间的接触上，受白人主导的种族交往关系影响，在这种交往关系的影响下，以魁魁格为代表的"有色人种"才能更加趋近西方文明，才能得到"改善"，被"同化"，进而变得"文明化"。这种白人中心意识下的"有色人种"由身体纯粹的原始性转变为文明的民主性的过程凸显了梅尔维尔种族交往观念中的局限性。

其次，梅尔维尔对种族问题的关注还体现在其对肤色展开的描写上。在《玛迪》中，梅尔维尔把对种族问题的探讨隐藏于伊拉的显性肤色转变之中。通过对伊拉肤色转变展开的描写可见，梅尔维尔对传统种族优越论持质疑态度，呼应了20世纪80年代形成的"建构性种族观"，即认为种族身份具有流动性、可建构性和不稳定性的特征。此外，在《贝尼托·切里诺》中，梅尔维尔强化了对奴隶制和奴役关系的质疑甚至批判，但此种质疑和批判是基于白人中心视角下的对白人世界稳定性的诉求，即是说，梅尔维尔并非关注黑人起义是否会造成黑人独立，而是黑人起义对白人世界稳定性的动摇。假若没有奴隶制，就不会有黑人起义，白人世界才能和谐稳固，不受影响。因此，无论是德拉诺的"刻板印象"，还是切里诺等人所坚信的"黑人已被驯服"等观点都对故事不可逆转的悲剧走向增添了合理的理由，而对巴波的形象的改写解构了白人读者对黑人的传统刻板认知。梅尔维尔意在指出，如果无法改变这种"刻板印象"的传统认知，奴隶反叛事件和极端暴力事件就永远不会停止，而是愈演愈烈。梅尔维尔在《贝尼托·切里诺》中还通过隐性肤色转换书写，将传统意义上的主奴关系描绘成随时可被颠倒的关系，解构了绝对的黑白二元对立，从而强调了普遍存在于人类社会之中的奴役关系才是种族问题难以解决的根源。梅尔维尔呼唤人们认清人类社会中普遍存在着奴役关系，提请人们直面奴隶起义和镇压奴隶起义所导致的诸多暴力行为，以此透露出自己对废奴问题的渐进主义倾向。

　　整体而言，从在《泰比》中关注美国白人与南太平洋土著人间的种族身份差异，到在《玛迪》中关注肤色转变象征的种族身份建构性特征，再到在《贝尼托·切里诺》中关注美国种族问题中最重要的奴隶制和人类社会中普遍存在的奴役关系，梅尔维尔对种族问题的关注越来越聚焦，对种族问题的认识整体上发展出了"种族身份不可逾越——种族身份具有可建构性——种族压迫应受反思"这样一条完整脉络，这一脉络体现了梅尔维尔作为主流白人作家对种族问题认识的深刻性，展现了梅尔维尔种族观念的进步性。然而，在这种深刻性和进步性中仍然铭刻着梅尔维尔对主流种族意识形态的妥协。

第二章

殖民视域下的身体书写

正如第一章中所言，梅尔维尔早年有着丰富的航海经历，他曾作为一名水手参与太平洋航海捕鲸的冒险活动，抵达南太平洋群岛中的马克萨斯群岛和塔希提岛。凭借多年的航海经验和异域冒险经历，梅尔维尔在小说中大量运用其冒险经历中的场景与事件，将它们重塑为小说。他的小说《泰比》和《奥穆》从表面看来是两部冒险小说，但实际上，创作并出版于美国大规模对外扩张时期的这两部小说还包含了19世纪美国对外扩张的主题。在《泰比》和《奥穆》中，梅尔维尔通过展现美国水手在南太平洋群岛上的经历来建构美国的域外地理认同意识，小说主人公长期在南太平洋群岛的生活经历反映了梅尔维尔对美国不断在太平洋边疆地区开展殖民扩张活动的复杂态度。值得一提的是，在这两部小说中，梅尔维尔对美国海外殖民扩张问题的探讨常常与小说中的身体疾病相关联。例如，在《泰比》中，叙述者托莫进入泰比岛不久便先后遭受高烧和腿疾的负面影响，严重干扰了他在泰比岛上的生活；在《奥穆》中，叙述者保罗见证了塔希堤岛上的各类疾病对岛民的侵袭。那么，上述疾病在梅尔维尔的小说中究竟有何作用？反映了梅尔维尔怎样的殖民观念？这两个问题将在本章中得到解答。在讨论上述问题之前，有必要先对文学中的疾病概念有所了解。

疾病是指在一定病因作用下，身体的正常形态与功能发生偏离，从而引发一系列身体代谢、身体功能和身体结构的变化，通常表现为症状、体征和行为的异常。"由于疾病在现实生活中具有举足轻重的地位,它在文学中也有一席之地。"① 现实中的疾病只是在人的身体上发生的客观现象,但由于文学作品的虚构性特征,在文学作品中出现的各类现象都具有深层含义,文学中的疾病具有不同于现实中疾病的深层内涵。总体而言,文学中的疾病不仅是一种身体上的异常变化或反应,还是作家在文学作品中发展故事情节、塑造人物形象、联结人与社会、反映政治进程的手段,具有重要的隐喻功能,能折射出作家的文学审美、政治思考和道德诉求。因此,疾病一直是古今中外文学作品中的一个重要母题。没有哪一位作家会单纯地为了书写疾病而书写疾病,作家将他们的想象、体验和思考隐藏在疾病书写之中,而这些想象、体验和思考又成为了文学中的主题、文体、意象、风格等的隐喻工具。苏珊·桑塔格(Susan Sontag, 1933-2004)就曾在《疾病的隐喻》(*Illness as Metaphor*, 1978)一书中对疾病的各种隐喻类型展开研究并指出:"疾病常常被用作隐喻来使对社会腐败或不公正的指控显得活灵活现。"② 文学中的疾病书写被深深地打上了人类思维的印记,它离不开人类赖以生存的社会物质文化,既承载了当时的社会文化状况,也塑造了时代特征;既折射出作家对人性与道德问题的关注,也体现了其伦理反思。

　　《泰比》和《奥穆》是梅尔维尔早期根据自己在南太平洋群岛上的冒险经历创作而成的小说,能较完整地反映 19 世纪美国文学与美国在南太平洋殖民活动之间的关系。而作为承载社会文化现状、塑造时代特征的重要手段,疾病书写对于理解这两部小说具有十分重要的意义。国内外已有学者对

---

① FOSTER T C.How to Read Literature Like a Professor:A Lively and Entertaining Guide to Reading Between the Lines[M].New York:HarperCollins Publishers Incorporated,2003:98.

② [美] 桑塔格.疾病的隐喻 [M].程巍,译.上海:上海译文出版社,2003:65.

梅尔维尔部分小说中的疾病书写进行过研究①，但已有研究主要是对梅尔维尔的单部小说，尤其是《白鲸》中的疾病而展开的分析，并未关注作家早期小说如《泰比》和《奥穆》中对多种疾病的展开的书写，忽略了作家疾病书写所体现的殖民话语深层内涵。鉴于此，在本章中，笔者将梅尔维尔笔下的人物身体放置于 19 世纪中叶美国为争夺太平洋沿岸疆土而与墨西哥开战的大背景下，聚焦梅尔维尔创作于 19 世纪美国殖民时期的《泰比》和《奥穆》这两部小说，分别对小说中的个体疾病和群体疾病所涉内容进行解读，探索梅尔维尔对殖民问题的关注和思考，剖析其殖民观念的时代性、特殊性和局限性，探讨梅尔维尔对美国殖民扩张问题的认识与反思。

第一节　个体疾病与殖民困境

由于《泰比》是根据梅尔维尔早年的航海经历所创作的小说，其创作灵感来自于作家 1842 年 7 月的努库赫瓦冒险之旅，因此有学者认为："尽管《泰比》令梅尔维尔名声狼藉，因为在许多人心中他与食人族同行，但这本

---

① 如莫里斯·贝雅（Morris Beja）和杰里·菲利普斯（Jerry Phillips，1958-）分别在《巴特尔比和精神分裂症》（"Bartleby & Schizophrenia"，1978）和《叙事、冒险与精神分裂症：从斯莫列特的〈罗德里克·兰登〉到梅尔维尔的〈奥穆〉》（"Narrative，Adventure，and Schizophrenia：From Smollett's 'Roderick Random' to Melville's 'Omoo'"，1995）中对《奥穆》中的精神分裂症及其与小说叙事之间的关联进行了阐释，论述了精神疾病与社会之间的联系；理查德·J. 萨洛加（Richard J. Zlogar）在《巴特比的身体政治：梅尔维尔〈华尔街故事〉中的麻风病、治疗和基督》（"Body Politics in 'Bartleby'：Leprosy，Healing，and Christness in Melville's 'Story of Wall-Street'"，1999）中论述了《抄写员巴特尔比》中的麻风病、治愈与基督教之间的关系；周娜曾在其学位论文《亚哈的"疯狂"——解读〈白鲸〉中的十九世纪美国资本主义"理性"话语》（2006）中对《白鲸》中亚哈的疯狂进行解析，并阐释了十九世纪美国资本主义的理性话语；黄鹏飞在其学位论文《人性的疯狂——拉康欲望理论视域下〈白鲸〉之解读》（2013）中用拉康的欲望理论解读了《白鲸》，指出"疯狂"是小说中被欲望所驱使的人丧失人性的结果。

小说也为他赢得了冒险故事家的美誉，他被视为延续了丹尼尔·笛福（Daniel Defoe，1660-1731）和托比亚斯·斯摩莱特（Tobias Smollett，1721-1771）冒险小说的传统。"① 但需要注意的是，《泰比》成书和初版的年代正是美国开始海外探险和扩张的年代。当欧洲列强在非洲、亚洲和拉丁美洲建立殖民地时，美国已经取得了太平洋西北至北纬49°之间的地区，不久后美国的疆界便穿越新墨西哥和南加利福尼亚，直抵太平洋地区。伴随美国地理版图重新绘制而来的是大量的历史记录，这些记录中就包括作家所创作的文学作品，文学作品和历史记录共同建构了美国的政治疆界和心理疆界。因此，南太平洋地区在当时的文学作品中就已被作为一个预言式的想象而存在。梅尔维尔给《泰比》设置的背景为南太平洋努库赫瓦，这一地点与当时的美国版图基本重合，在这一背景下再细读该小说就不难发现，梅尔维尔创作该小说的意图显然不只是为了创作一部博人眼球的冒险小说。梅尔维尔在这部创作于美国殖民扩张时期的小说中虽并未直接提及殖民行径和殖民问题，但从小说中的场景描写、疾病书写和叙述方式来看，将《泰比》放置在殖民语境下对其加以考察具有一定的合理性。在《泰比》中，疾病一直伴随着进入泰比岛后的叙述者，因此，本节将主要剖析《泰比》中以发烧和腿疾为代表的个体疾病与梅尔维尔对美国殖民扩张的态度之间的关联。

一、白人逃离者和潜在殖民者的双重身份

要了解梅尔维尔隐藏于《泰比》中对美国殖民扩张的态度，首先需要对《泰比》中的叙述者托莫的身份有所了解。在《泰比》中，白人叙述者托莫兼具白人逃离者和潜在殖民者的双重身份。之所以说他是白人逃离者，是因为他在"多莉"号上航行时，曾多次试图逃离这艘满载白人水手的船只。小说中的托莫原本是一个健康强壮的船员，但由于在海上连续航行了6个月，一直不见陆地的踪影，托莫开始感到身体不适。但这还不是最令他无法忍受

---

① PARINI J.The Oxford Encyclopedia of American Literature（Volume 3）[M].Oxford：Oxford University Press,2004：74.

的。压垮他的最后一根稻草是"多莉"号上的悲惨生活。自从登上"多莉"号，托莫就签订了一份上船协议，承诺"自愿合法地在远航期间为她效力，除特殊情况外，必须履行协议"①。但在实际航行过程中，多数情况下都是托莫遵守了协议规定，反而是"多莉"号违约。例如，"多莉"号并未遵守协议规定善待船员，"体弱多病者毫无人道地被弃之不管，供给品少得可怜，航行周期被无故延长……"② 等现象在船上频频发生，此外，船长武断残忍，他不由分说，"对一切的抱怨和示威从来都是报以手锤柄式的重击"③。对于这些情况，船员们无法反抗，甚至开始彼此孤立、相互疏远。在这种绝望的情况下，托莫极度渴望抵达一处陆地，逃离"多莉"号上非人的生活。当时距离他们最近的陆地是南太平洋的马克萨斯群岛，也是被船员们号称"幸福陆地"④ 的人间天堂。为了尽快摆脱在"多莉"号上令人难以忍受的生活，托莫表示自己"宁愿在岛上的野蛮人中间冒险，也不愿在'多莉'号上再忍受一次航行"⑤。"多莉"号就如同一个小型的白人社会，船上分工明确，阶级清晰，无论是船长的暴行或不遵守协议，还是船员的消极反应，都从某种程度上折射了白人社会中存在的一系列负面问题。逃离"多莉"号的强烈愿望展现了托莫试图背离白人社群的想法，可以说，此时的托莫具有白人逃离者的身份。

而托莫的潜在殖民者身份则是通过其深入泰比岛后的一系列经历得以展现的。正如前文所述，托莫前往马克萨斯群岛的初衷仅仅是因为他无法忍受白人社群中的痼疾，试图逃离这种环境，而并非是为美国在太平洋地区开疆拓土打前站，至少在进入泰比岛之前，托莫并未表现出任何殖民意识，也未展现出其殖民者身份。但托莫在泰比岛上生活后，他的潜在殖民者身份得以

---

① MELVILLE H. Typee: A Peep at Polynesian Life [M]. Evanston: Northwestern University Press, 1968: 20.
② Ibid, pp. 20-21.
③ Ibid, p. 5.
④ Ibid, p. 21.
⑤ Ibid, p. 20.

表露，这通过托莫对泰比人的日常生活、思想观念和行为举止等的评价都可以看出，此处仅以托莫对泰比岛上宗教问题的指摘为例加以解释。

托莫自深入泰比岛后，就对泰比人的宗教信仰持否定态度。例如，托莫曾无意中发现泰比山林深处立着一尊奇形怪状的小偶像，它"毫无形状"，"破败不堪，歪歪斜斜地倒在地上"，"下半身布满了光滑的青苔"，"鼻子都已掉落"①，这样一尊被泰比人长久忽视甚至抛弃的宗教偶像无疑显示出泰比人对待自己宗教偶像的不重视以及对本族宗教的不虔诚。在泰比岛，这类情况比比皆是，"不幸的偶像们得到的是更多的敲打而不是祈求"②，因为，"它们的崇拜者都是一群心浮气躁、不够虔敬的野蛮人，不知什么时候，他们可能就会把其中的一尊神像弄倒，将其劈成碎片，放在祭坛上用来烤面包果……"当科里克里将神像翻转过来并用力抽打它时，托莫十分震惊，毕竟，在托莫看来，他"绝不会这样怠慢自己信奉的神灵"③。托莫由此判断，泰比岛上整个宗教信仰没有形成体系，泰比人"宗教仪式淡薄"，教徒们"正在迷失方向"④。

托莫之所以对泰比人的宗教情况做出一番说明，是为了引出自己对待当地宗教信仰的态度。在托莫看来，尽管泰比人天性淳朴，生活幸福，但宗教意识极为淡薄，甚至有亵渎宗教神灵的举止。此外，托莫坦言自己无法理解泰比人的偶像崇拜和祭祀活动，甚至不知道泰比岛上的宗教到底是怎样的。作为一个白人外来者，尽管托莫意识到了自己对泰比宗教活动的无知，但这种无知并非源于自我反省，而是通过白人立场看待泰比宗教后形成的主观看法。通过托莫对泰比人宗教状况的描述，可以清晰看出他对泰比人宗教信仰的批判。那么，托莫这一批判的立场从何而来？他又为何会以一种高高在上的姿态来评价泰比人的宗教信仰？这两个问题与托莫的潜在殖民者身份密不

---

① MELVILLE H. Typee: A Peep at Polynesian Life [M]. Evanston: Northwestern University Press, 1968: 178.

② Ibid, p. 177.

③ Ibid, p. 179.

④ Ibid.

可分。此处必须指出的是，托莫并非传统意义上的殖民者①，即在殖民地享有统治权力的移民，而是带有基于种族中心主义的反客为主意识的殖民者，这类殖民者默认自身种族比对方种族更优越，并在此基础上通过"统治者"的眼光来观察、衡量、评价对方的思想文化、宗教信仰、行为举止等。与采取传统殖民入侵行为的殖民者不同，托莫的殖民者身份体现在其与殖民合法化思想前提一致的种族中心主义意识上，为了与前一类殖民者进行区分，故笔者将托莫称为潜在殖民者。显然，托莫对泰比岛宗教信仰问题的评价凸显了其种族中心主义意识，反映出其潜在殖民者身份。

通过上述分析可以看出，托莫抵达泰比岛时还未暴露其潜在殖民者身份，因为当时的托莫只是为了逃离白人社群。而当他深入泰比岛，对泰比岛上的人文风貌、宗教体系展开评论时，他的潜在殖民者视角得到展现，潜在殖民者身份得以充分彰显。因此，在泰比岛上生活的托莫具有双重身份：一方面，自从他选择逃离"多莉"号起，他就成了白人的逃离者；另一方面，他对泰比人做出的评价暗含其种族中心主义思想，是泰比岛的潜在殖民者。这种双重身份的交织和渗透始终牵绊着托莫，并伴随他在泰比岛的整个活动过程，是我们充分理解这部小说的重要基础。那么，带有白人逃离者和潜在殖民者双重身份的托莫在泰比岛上经历了什么？他的结局如何？这些问题是下一部分将要探讨的内容。

二、发烧与腿疾对殖民困境的隐喻

托莫进入泰比后，首先面临食物匮乏的难题。他随身携带的一点碎面包和马铃薯被长途跋涉的汗水浸湿弄潮，成为一把稀烂的混合物。由于面临完全陌生的环境，同时缺乏食物，几天的风餐露宿后，托莫便病倒了，"一会

---

① 对"殖民者"一词的解释，参见段德智. 宗教殖民主义及其哲学基础［J］. 世界宗教研究，2014（2）：9-10. 段德智指出，殖民者一词有三个基本含义：一是移民，即"移出自己原来国家边界的民"；二是统治者，即"在殖民地享有统治权的移民"；三是基于民族中心主义或种族中心主义的殖民"合法化"观念。

儿冷得发抖，一会儿又烧得厉害"①，"一条腿也开始浮肿起来"②，不由感觉痛不欲生。雪上加霜的是，在淋了一场大雨后，托莫的病情愈发严重，"发烧的感觉越来越强烈"③，整日翻来覆去十分难受。不幸的是，托莫的病痛在随后的旅途中不断加重。经过漫长缓慢的行进，他开始反反复复发烧，随之而来的是强烈的口渴，他甚至感到"已经失去知觉，无论是快乐还是痛苦，能像这种强烈的渴望一样，完全剥夺一个人抵抗冲动的力量"④。不久后，托莫发现在峡谷的底部有一处滴水的岩石，他瞬间感慨道："我现在要体验的是一种多么美妙的感觉啊！"接着，他集中所有的注意，将嘴唇浸入面前清澈的溪水中，随之而来的是身体发出的感知：

> 即使所多玛的苹果在我嘴里变成灰烬，我也不会感到比这更令人吃惊的反感了。一滴冰冷的液体似乎把我身体里的每一滴血都冻住了；我血管里灼烧着的热度立刻消失，变成了死一般的寒战，寒战像无数次电击一样把我一个接一个地震得发抖，同时，我最近的剧烈运动所产生的汗珠在我的额头上凝结成冰珠。我的口渴消失了，同时，我感到自己开始非常厌恶水。⑤

若从小说情节铺陈的角度来看，托莫进入泰比岛后这段高烧的详细描写，以及后来因高烧导致的一系列痛苦遭遇的相关描写并无实际意义，也就是说，即便托莫没有高烧的经历，他和托比接下来的行动以及小说接下来的情节发展，都不会发生任何改变。若将发烧单纯视为冒险小说中的亮点，似乎可以理解，但如果只是为了吸引读者的注意，梅尔维尔只须强化托莫与泰比人相遇后所产生的冲突就可以达到相同甚至更好的戏剧效果，让读者充分

---

① MELVILLE H.Typee：A Peep at Polynesian Life［M］.Evanston：Northwestern University Press，1968：48.

② Ibid.

③ Ibid，p. 49.

④ Ibid，p. 52.

⑤ Ibid，p. 53.

感受到故事的紧张和刺激。那么为何梅尔维尔要在托莫一进入泰比岛后就为其设定发烧的经历呢？这样一个看似可有可无的经历在小说中又有何作用呢？从医学的角度看，个体身体发热的原理是致热原导致人体体温调节中枢功能紊乱，体温上升。现实生活中，若一个人发烧，通常用医学原理就可以加以解释，但文学作品的虚构属性决定了其中的身体状态不只具有单一的生理属性，还具有隐喻意义的社会属性。也就是说，在《泰比》中，作为一种身体状态的发烧表面看来是一种医学症状，是托莫在初入完全陌生的环境时身体产生的一种应激反应，但此处的发烧又不仅是托莫的身体被致热源影响导致的体温上升状态，还是他的身体对周围社会环境做出的一种本能反应，隐含其心理状态，隐喻了具有双重身份的托莫在面对泰比岛时产生的焦虑感和不安全感，是其个体精神世界对泰比岛的一种排斥和抵抗策略。

即便是在海上航行 6 个月，体魄强健的托莫也未经受病痛的折磨，反而是到了原本熟悉的陆地后受到高烧的影响。高烧后身体的反应非常剧烈，"难耐的饥渴"、"致命的寒战"、"触电般"的"战栗"、"冻结"的血液等词语都很容易令读者尤其是白人读者对白人叙述者托莫的身体遭遇感同身受。尽管托莫在小说中毫不避讳地表达了自己对泰比岛优美景色的赞扬，如"我站在那里，惊喜交加，我俯视着山谷的怀抱，山谷在远处掀起了一波又一波的波浪，那是湛蓝的海水。面朝海洋，在树叶中间，可以看到当地土著人用棕榈树搭建的茅草屋在阳光下闪闪发光，阳光的照射让它们看起来白得耀眼"①。但这一美景最终还是被高烧给自己带来的阵痛打破，高烧将他从乌托邦的美好世界拉回现实。托莫一边欣赏着泰比岛的美景，一边饱受病痛的折磨，他的这种情形体现了其潜在殖民者身份所遭受的危机，即他无法彻底专注地享受这些美景，正如殖民者无法彻底占有殖民地，在殖民过程中总是会遭受到挫折和阻挠。不过，这种挫折和阻挠是可以避免的。可以设想，如果托莫从未离开过自己原来所属的白人社会，就不会成为白人逃离者，如果他

---

① MELVILLE H. Typee：A Peep at Polynesian Life［M］. Evanston：Northwestern University Press，1968：49.

没有进入泰比岛，就不会成为潜在殖民者，那么他在泰比岛上遭遇的发烧也就无从谈起，更不会经受因发烧产生的更为严重的病痛折磨。如果托莫是在自己原本所属的白人社会中高烧，就不会令读者带着与殖民话语相关联的感受看待托莫的经历，托莫在泰比岛上所经历的发烧会让读者在阅读小说时联想起他是因进入泰比岛后由于水土不服才导致高烧不退。

托莫的潜在殖民者身份和白人逃离者身份相交织的双重身份迫使他在一抵达泰比岛后就被高烧所影响。福斯特（Thomas C. Foster）认为："最有效的疾病通常是由作者编造的……发烧可以代表命运的无常、人生的残酷、上帝意志的深不可测……等等各种各样的可能性。"① 梅尔维尔通过对托莫入岛后的高烧及由此导致的一系列身体的痛苦遭遇进行渲染，并将托莫眼中如天堂般美丽的泰比岛风景和高烧带来的痛苦感受进行穿插叙述，让读者通过托莫的眼睛既看到泰比岛上的美丽风光，同时看到潜在殖民者闯入这一地区后所遭受的反噬效应，呈现出一幅无法被人的主观意愿所改变的客观现象，从而强化了读者在阅读时的心理体验，让他们意识到，托莫进入泰比岛后染病的根源在于他背离白人世界，成为潜在殖民者，他所遭受的一切痛苦都源于其双重身份。换言之，如果托莫从未离开白人世界，就不会抵达泰比岛，自然也就不会面临发烧和腿疾带来的痛苦。

前文提及托莫站在种族中心主义的立场对泰比岛上的宗教信仰展开批判，体现其潜在殖民者的身份。小说中还提到托莫对于改善当地宗教信仰的观点。托莫说道："请允许我在此指出，在抽象的传教事业上，任何基督徒都不可能反对：事实上，传教事业是一项公正而神圣的事业。然而，如果它所提出的伟大目的是精神的，那么为达到这一目的而采取的手段则纯粹是世俗的；此外，尽管其目的是达到善，但这种手段却可能产生许多恶。简而言之，尽管传教事业受命于天，但它本身不过是人的事，而且如同一切别的事

① FOSTER T C. How to Read Literature Like a Professor: A Lively and Entertaining Guide to Reading Between the Lines [M]. New York: HarperCollins Publishers Incorporated, 2003: 102.

一样，难免会遭受误解和滥用。"① 有学者认为，通过这段文字可以看出，托莫"只是批评了基督教传教士的渎职和腐败无能，而没有批判基督教本身，反而赞扬其精神，因为基督教是西方白人世界意识形态的根基，是他们对非西方世界进行文化渗透和思想控制的主要精神手段，体现着西方白人世界的理性和智慧"②。然而，笔者认为，从上述引文的转折结构"然而……""但……""而……"可以看出，托莫关注的重点不在"然而""但"和"而"之前的内容，而在其之后的内容。也就是说，托莫想要表达的重点并非传教事业本身是否合理、是否高尚，而是传教行为永远不可能合理，不可能神圣。正如托莫所言，传教的最终目的是精神层面的，但传教行为始终无法脱离传教者这一世俗中的人群，只要由人来执行，那么包括传教行为在内的任何行为都会被"误用"或"滥用"。因此，托莫特别强调泰比岛上的宗教信仰出了问题是由于传教士没有履行好自己的责任和义务，其重点并非褒扬传教的高尚和伟大，而是从侧面强调，由于传教行为的主体是世俗世界之中的人，因而传教行为带来的弊病是不可能根除的。梅尔维尔在其 1851 年 6 月与好友霍桑的通信中曾提到关于牧师在讲坛上宣讲所谓的真理，并发表了自己的观点："……真理是世界上最愚蠢的东西。试着靠真理谋生吧……毫无疑问，所有改革者或多或少都是以真理为依据的；对于整个世界而言，改革者不都是普遍的笑柄吗？为何如此？真理对人类来说是荒谬的。"③ 这段文字也很好地体现了梅尔维尔对那些宣称自己是南太平洋地区宗教改革者的传教士的质疑和讽刺态度。

---

① MELVILLE H.Typee：A Peep at Polynesian Life［M］.Evanston：Northwestern University Press,1968:49.
② 朱喜奎.《泰比》中的殖民主义文化意识［J］.青海社会科学，2016（5）：186.
③ ROLLYSON C.Critical Companion to Herman Melville A Literary Reference to His Life and Work.New York：Facts On File Inc.,2007:375.

除发烧外，双重身份给托莫带来的影响还通过患腿疾这一事件得到更为明显的体现。深入泰比社群后的第二天早上，土著首领发现托莫的一条腿浮肿了，于是安排一位年长的土著人为托莫治疗。经过一番细致周密的检查，这位老者开始用拳头重击托莫的伤腿，令托莫疼得嚎叫起来，托莫"试图努力抵抗这种药物治疗"①，但由于伤腿令他无法动弹，他无法摆脱土著长者的行为，持续的重击让托莫疼痛难忍。"经过了如同烹饪前的严厉处理（砍剁）之后"②，托莫的腿"肿胀得就像一块后腿牛排肉"③。与发烧相比，腿疾的持续时间更长，对人体机能影响也更大。由于腿部是人类得以行走移动的基础部位，托莫的腿疾导致他在进入泰比社群后无法自由行动，身陷囹圄，困境重重。此外，由于托莫长时间无法自己行走，土著人科里克里负责照料他的日常起居，并坚持给他喂饭。托莫说道："他将一瓢'科酷'放到我面前，到一个盆中洗了手，然后将食物揉成小团并一个个地塞到我嘴里。"④ 对于科里克里的这一系列行为，托莫的抗议没有起到任何作用。托莫觉得自己仿佛是个婴儿，而相比之下，没有患腿疾的好友托比则被允许自由行动。科里克里对托莫的近身照顾使托莫越发觉得尴尬，但却无力改变，只能"乖乖地任他摆布"⑤，就连想自己单独洗澡的请求也被拒绝，最终还是由科里克里背着他去溪水中沐浴。科里克里将托莫"放在水中央的一块高出水面几英寸的大河石头上"⑥，示意托莫脱光衣服，将他拉下水，仔细帮他擦洗。尽管土著人对托莫伤腿的"治疗"和科里克里对托莫的贴身照顾对于托莫这样一个出生在西方社会中的白人个体而言难以忍受，但他的腿疾却让他不得不暂时接受科里克里对其身体的干预。科里克里之所以这样事无巨细地随身照料托莫，

---

① MELVILLE H. Typee: A Peep at Polynesian Life [M]. Evanston: Northwestern University Press, 1968: 80.

② Ibid.

③ Ibid.

④ Ibid, p. 88.

⑤ Ibid.

⑥ Ibid.

是因为托莫的腿无法自由行动。如果托莫没有患腿疾，就和托比一样，那么他不会受到土著人的特殊对待。

科里克里对托莫的照料表面看来是一种帮助甚至服侍的行为，但实则体现了一种对身体的争夺。托莫在腿疾的影响下，既无法自由行动，甚至连自己身体的基本控制权也被剥夺。腿疾导致托莫丧失了身体基本权利，演变成土著人侵犯和权利争夺的对象。可以假想，如果没有腿疾所带来的行动不便，托莫根本无须听从他人对其身体的摆布和操控。如果说托莫进入泰比岛后突发高烧反映的是一种身体的应激反应，那么腿疾则是限制其正常行动的关键因素。与发烧一样，梅尔维尔小说中的腿疾同样不是单纯的身体疾病，它还象征着身体与其所处的社会环境之间的关联。福柯曾指出："身体是个人与社会、与自然、与世界发生关系的最重要的中介场域，是连接个人自我同整个社会的必要环节，也是把个体自身同知识论述权力作用以及社会道德连接在一起的关键链条。"① 托莫的身体因腿疾被困在泰比病床上无法自由进出泰比社群，他的身体脱离了泰比岛的社会环境，演变为纯生物性意义上的个体生命存在。

不幸的是，托莫的腿疾并没有很快得到治疗，因此其行动能力迟迟没有恢复。不仅如此，他感觉自己的腿疾由于长时间待在泰比岛上而变得更为严重，哪怕是"蒂诺的灵丹妙药、老医生的严酷捶打和科里克里的精心护理都无法减轻"② 腿疾带来的痛苦，草药只能短暂地缓解疼痛，却无法解决根本问题，甚至使腿部症状逐渐恶化，以至于托莫怀疑自己会因此变成残疾。此时，托莫思考的问题已经不再是自己的行动是否受限，而是开始怀疑，如果无法离开泰比岛，他的腿疾就永远无法痊愈；而若腿疾无法痊愈，他就无法离开泰比岛。托莫受到腿疾带来的身心双重折磨。权衡再三，原本向往南太平洋美好生活而逃离白人世界的托莫选择再次逃离，只不过这次他想逃离的

---

① FOUCAULT M.Dits et écrits（Vol II）[M].Paris:Gallimard,1994:142-143.
② MELVILLE H.Typee:A Peep at Polynesian Life [M].Evanston:Northwestern University Press,1968:118.

是曾经想方设法、千辛万苦抵达的地方。尽管科里克里悉心照料托莫的日常生活，但在腿疾的折磨下，托莫对他能否继续在泰比岛上生存下去产生了质疑。对托莫而言，早一天离开泰比岛，他的腿才能早一天康复，他与外界世界才能保持联系，他才能恢复为一个正常人。托莫在向泰比首领提出离开泰比岛治疗腿疾的请求被驳回后，萌生了强烈的逃离愿望。由于托莫自己无法行动，他和托比商量，由后者先离开泰比岛，再找人回来解救前者。为了让泰比人同意托比离开，托莫向泰比人谎称托比是去努库赫瓦海湾旁停留的白人船只上为自己取药，取完药后会尽快返回泰比岛。但在托比离开后不久，他就被泰比人发现"奄奄一息"地躺在不远处的树林里，他的"脑袋耷拉在胸前"，"整个脸、脖子和胸部都沾满了血，血还在从太阳穴后面的伤口慢慢地流出来"，伤口"大约有三英寸长，除去周围凝结的头发，可以看到他的头骨完全暴露在外面"①。托比清醒后将自己离开后的经历告诉了托莫。原来，托比爬过对面的山顶后，被另一拨土著人哈珀人击倒在地，头部受伤，失去知觉。托比这次的逃离经历令托莫感到十分沮丧，因为自己无法自由行动，能够自由行动的托比却无法摆脱土著社群的袭击。这次意外让托莫意识到，托比的遇害是南太平洋各部落之间的相互仇视所致。

　　长久以来，哈珀人和泰比人之间就存在着巨大冲突。托莫在刚刚踏入努库赫瓦时，并不确定自己是进入了泰比社群还是哈珀社群。他当时认为，明确自己所处的环境极其重要，因为"哈珀的当地人不仅与努库赫瓦和平相处，而且与当地人建立了最友好的关系，并享有温和与人道的声誉"②，而泰比这个名字听起来就令他"心惊胆战"③，进入泰比社群无异于将自己送到残忍野蛮的食人族手中。但托比被哈珀人袭击这一事件才让托莫意识到，自己起初对哈珀人的印象大错特错。首先，哈珀人和泰比人之间本就存在巨大

----

① MELVILLE H. Typee：A Peep at Polynesian Life［M］. Evanston：Northwestern University Pressy, 1968：100.

② Ibid, p. 50.

③ MELVILLE H. Typee：A Peep at Polynesian Life［M］. Evanston：Northwestern University Press, 1968：51.

矛盾，当哈珀人发现托比是从泰比人居住的地方逃离的时候，他们毫不犹豫对他发起攻击；其次，无论是从身材、肤色还是着装上看，托比都与地道的泰比人不同，但哈珀人并没有因此对托比放松警惕。托莫这才意识到，自己"根本无法跨越他们的边界"①。显然，这种"边界"既指地理意义上的边界，也指心理意义上的边界，具有双重含义。从地理意义上看，一方面，得了腿疾的托莫无法越过泰比岛的边界回到白人世界；另一方面，托莫也无法跨越泰比岛的边界进入哈珀人的社群。从心理意义上看，托莫的白人潜在殖民者身份使其无法跨越与被殖民者身份的边界。梅尔维尔在小说中对腿疾的大量书写既是一种对身体痛苦的陈述，更是一种对殖民背景下双重身份的解构策略，同时也解构了19世纪上半叶西方资本主义国家向人民传递的对殖民地的无限向往之情，揭示了殖民者们为人民编织的美好世界的虚幻性。

托莫在泰比岛上从发烧直到腿疾康复的过程基本上贯穿了整部小说，因腿疾产生的身体困境和精神折磨让托莫变得烦躁不安。托莫并没有预料到远离"多莉"号上的纷争后还会在泰比岛上遭到疾病的侵袭，以至于无法自由行动。与发烧给读者阅读带来的心理体验相同，读者在阅读托莫泰比冒险遭到的难以摆脱的腿疾时也会感到焦虑和紧张。梅尔维尔通过对托莫的腿疾症状及腿疾带来的后果加以描述，将托莫因腿疾无法自由行动的身体状态和心理状态刻画得形象生动，读者在阅读时也不禁开始怀疑托莫进入泰比岛这一举动究竟是对还是错。梅尔维尔通过腿疾描写再次解构了对身兼潜在殖民者和白人逃离者双重身份的泰比闯入者的"入侵"行为。

在文学创作中，个人的疾病诗学常常被当作了解国家政治病源学的关键。② 尽管《泰比》中的发烧和腿疾属于个体疾病，却也可以引发读者对于自我与他者之间伦理关系和伦理冲突的思考，更重要的是，对发烧和腿疾的描写都是梅尔维尔表达殖民语境下殖民者遭受的身心痛苦的重要手段，内在

---

① MELVILLE H. Typee：A Peep at Polynesian Life［M］. Evanston：Northwestern University Press，1968：102.

② 黄子平. "灰阑"中的叙述［M］. 上海：上海文艺出版社，2001：153-169.

地反映出梅尔维尔对殖民合理性问题的驳斥。当然，梅尔维尔在《泰比》中也传达了自己对这一问题解决方案的探索。通过不断强调腿疾导致托莫对逃离泰比岛的强烈愿望，强化对腿疾带来的行动不便和托比遭受袭击的描述，梅尔维尔告诫殖民者应当远离"无法跨越的边界"，回到属于自己原本所处的社会，这也从侧面反映了梅尔维尔对 19 世纪美国海外殖民扩张持保守态度。不过，这种保守态度的深层原因并非源于对殖民地人民的同情，而是源于对美国在扩张进程中将要面临的困境之关切，笔者将在下一节中重点探讨这一问题。

第二节　群体疾病与殖民主义反向冲击

从泰比岛出发，梅尔维尔来到了塔希提岛，在塔希提的经历成为了他创作第二部小说《奥穆》的素材。小说以塔西提岛为背景、保罗为第一人称叙述者，讲述了在遭到白人侵扰的土著塔希提群岛和马克萨斯群岛上发生的一系列故事，可看作是《泰比》的续篇。《布莱克伍德杂志》（*Blackwood's magazine*）很欣赏这部小说①，沃尔特·惠特曼在评论《奥穆》的美国版（the American edition）时，也对这本书充满热情②。然而，梅尔维尔在完成《奥穆》的手稿后，曾担忧威利与普特南出版社（Wiley and Putnam）会对他在小说中描写露骨的传教行为表示不满。考虑再三，他删除了手稿中的 3 个章节，此后坚持不再给小说做任何删减，并于 1846 年 10 月 8 日和 10 日将修改后的《奥穆》手稿先后分两次寄给好友埃夫特·杜伊金科（Evert Duychinck），并附

---

① 《布莱克伍德杂志》曾在《奥穆》出版后评论道："赫尔曼·梅尔维尔在我们听来非常像一个虚构的浪漫英雄的名字，也像一个精心挑选的令人感到和谐的名字。"（See Parini，2004：75）

② 惠特曼称《奥穆》为"彻底的娱乐——既没有简单到让人因为轻率而弃之不顾，也没有深刻到让人感到厌烦。"（See Parini，2004：75）

言："我恳请您特别注意以下章节——第 33、34、45、46、47、48、49、50
章，它们都或多或少地提到了当地人的传教情况和生活状况。"① 梅尔维尔在
信中还希望杜伊金科能够公正地评判这 8 章的价值。② 尽管杜伊金科给梅尔
维尔的回信已不复存在，回信中的内容已无从知晓，但至少我们可以确定梅
尔维尔本人对《奥穆》中上述章节的重视。在一部共 82 章的小说中，梅尔
维尔在给朋友的信中就特别提到这 8 章，并直接点明其重要性，可见作家的
良苦用心。我们甚至有理由相信，这些章节很可能是梅尔维尔创作《奥穆》
的核心。若仔细阅读这些章节则会发现，在《奥穆》中一共提到了两大类群
体疾病，而这两大类疾病均出现在上述 8 个章节中，且均发生在土著社群，
对当地居民和在当地的白人造成恶劣影响。那么，梅尔维尔为何要在小说最
重要的 8 个章节中浓墨重彩地描写这些疾病呢？ 带着这个问题，本节将从疾
病的类型、影响和书写方式等角度依次分析梅尔维尔在这些章节中对不同疾
病展开的书写，结合小说中对塔希提岛上发生的一系列事件的阐述，探究作
家笔下的群体疾病是如何隐喻其殖民批判思想的。

一、群体疾病的基本特征及殖民主义批判思想

《奥穆》中一共出现了两大类群体疾病，分别为：法-法和大规模传染性
疾病，梅尔维尔对法-法病的描写主要是通过对现实中象皮病的真实病况进
行改写加以呈现的，对塔希提岛上大规模传染性疾病的描写则与殖民书写密
不可分。

---

① ANDERSON C R.Melville in the South Seas [M].New York:Columbia University Press,
1939:239.
② 需要说明的是，梅尔维尔主要作品的手稿都没有被发现，日记中也只记录了他总共
不到一年的生活。截至目前，梅尔维尔被曝光的通讯信件不到 150 封。因此，这些
为数不多的材料是我们了解梅尔维尔及其作品的宝贵参考。

（一）法-法：对象皮病①的改写

《奥穆》中的第一类群体疾病被称为"法-法"（fa-fa），又名象皮病（Elephantiasis），是一种本土慢性寄生虫病，不具备遗传特征，且病程很慢。为了更好地理解梅尔维尔在《奥穆》中对象皮病的描写，有必要先对象皮病做简单介绍。在古希腊和中世纪的阿拉伯，象皮病被视作一种麻风病。② 关于象皮病的最早历史记载来自亚伯·塔斯曼（Abel Tasman）在汤加群岛（the Tonga group of islands）时的文字记录，塔斯曼当时遇到了一个由 18 个强壮的男人和几个女人组成的团体，其中一个男人长着"圣托马斯之臂"（"Saint Thomas's arm"）。1643 年 1 月 22 日，当船停靠在汤加塔普和乌阿之间时，这个男人登上了塔斯曼的船。塔斯曼曾在印度待过，而在印度的文化背景中，象皮病是圣托马斯对谋杀他的凶手及其后代的诅咒所致，因此，塔斯曼在其日志中使用"圣托马斯之臂"一词意味着塔斯曼意识到肢体的肿胀很可能与他曾经在印度看到的象皮病相媲美。③

1778 年，约翰·R. 福斯特（Johann R. Forster）在詹姆斯·库克船长第

---

① 象皮病，又称血丝虫病，是因血丝虫感染所造成的一种症状。血丝虫幼虫在人体的淋巴系统内繁殖使淋巴发炎肿大，使人体外观变得类似于象的皮肤和腿，一般传染的途径是蚊虫叮咬。这种疾病导致的组织的增厚与肿大特指由于丝虫阻塞淋巴管所致的肢体或阴囊的明显肿大。加纳的科学家证明了服用一个疗程的廉价抗生素多西环素可以预防并缓解淋巴丝虫病的症状。淋巴丝虫病是一种能够毁容的热带疾病，它又称作象皮病。蚊子把致病寄生虫从一位患者传给另一个人，从而导致这种疾病。目前的疗法可以杀死幼虫，但是对于成虫只有有限的效果，这意味着这些疗法可以防止这种疾病的传播，但是不能治愈已经携带这种寄生虫的患者的症状。这种寄生虫感染了发展中国家的 1.2 亿人。在大约 4% 的病例中，这种寄生虫让患者的腿——如果是男性患者，还包括他们的阴囊——严重肿大，这常常让患者无法工作。（参考网址 https：//baike. baidu. com/item/%E8%B1%A1%E7%9A%AE%E7%97%85/6017817? fr＝aladdin）

② LIVEING R. Elephantiasis Graecorum：Or True Leprosy［M］. London：Longmans，1873：2-4；DEMAITRE L. Leprosy in Premodern Medicine：A Malady of the Whole Body［M］. Baltimore：Johns Hopkins University Press，2007：1-33.

③ LAURENCE B R. Elephantiasis in Early Polynesia［J］. The Journal of the History of Medicine and Allied Sciences. 1991，46（3）：280.

二次穿越太平洋航行期间（1773-1774年）也曾跟随他到过南太平洋的汤加（Tonga）地区，并在他的日记中记录了在当地发生的象皮病。此外，福斯特在他的日记中还记录了法属波利尼西亚社会群岛（Society Islands，包括塔西提岛和其他相关岛屿）和南太平洋的新喀里多尼亚（New Caledonia）地区发生的象皮病，并提供了一些很好的临床细节。福斯特对世界上不同地区的种族之间的关系很感兴趣，他把太平洋地区象皮病的出现解释为可能是由一艘船带入的："他们从毛里求斯来，船上有一些黑人，感染了阿雷泰乌斯和保罗斯·埃吉纳塔（Aretaeus & Paulus Aegina）所描述的象皮病，并出现了一些症状；让我感到奇怪的是，他们说这是通过同居传播的，所以我怀疑这是一种性病；但这种象皮病也可能是通过同居传播，并因性病而变得复杂化。"① 福斯特的日记中还提到了社会群岛、汤加塔布和新喀里多尼亚的"象腿"（"Elephants-Legs"）。福斯特夫妇还在西社会群岛（the western Society Islands）② 发现了象皮病。他们随同库克派来的补给船到塔哈岛去收集香蕉，在那里，他们发现了一个患有象皮病的酋长，并与其发生冲突，导致一名当地居民死亡。无论是从福斯特本人的亲身经历，还是其在日记中的记载中都可以看到与象皮病有关的大量内容。

与福斯特不同，尽管库克也曾留在瑞亚提亚岛，但在他的日记中却丝毫没有提及这些事件。此外，在库克最为著名的"三下太平洋历程"③ 中，都没有提及象皮病及由该疾病导致的身体畸形之现象，只是提到了1774年在新喀里多尼亚看到的象皮病，这也是库克在与福斯特同一次航行的日记中唯一一次提到象皮病。库克没有在其早期航行的日记中如实记载社会群岛的象皮

---

① HOARE M E.They seem subject to few diseases.I saw some with the Elephants' leg[M]// The Resolution Journal of Johann Reinhold Forster 1772-1775.London：Hakluyt Society，1982：415.

② 即胡阿希内岛（Huahine）、瑞亚提亚岛（Raiatea）和塔哈岛（Tahaa）。

③ 即在1769年7月的第一次"奋进"号（Endeavour）航行中，他访问了胡阿希内岛和瑞亚提亚岛；在1773-1774年的第二次"决心"号（Resolution）航行中，他访问了西社会群岛及汤加；在1774年的"决心号"和"探险号"（Discovery）第三次航行中，他再次访问了这些岛屿。

病，造成了日记记载上的有意遗漏。通常情况下，日记中所记录的内容应当
是真实的，会如实反映航海家在航行过程和异国他乡的经历。而库克对象皮
病和象皮病带来的身体变化人为地进行省略，强化了他的读者对于南太平洋
地区的误解，即认为波利尼西亚人在被欧美白人发现时并未染上这种疾病，
是白人抵达后才开始扩散的。这些对象皮病描写的故意遗漏与真实的历史情
况明显是有较大出入的。例如，与库克的同时代人在与库克一同航行的过程
中看到了象皮病，并在日记中记录下来。威廉·安德森（William Anderson）
与库克和福斯特夫妇一起进行了第二次航行，并于 1776 年至 1880 年担任库
克第三次远征的外科医生，他就曾在汤加发现并记录了象皮病，他记录道：
"还有另外两种疾病从它们的发病频率上就引起了人们的注意：一种是一种
不痛不痒的硬肿或肿瘤，影响腿和胳膊，使它们长得非常大；另一种是一种
同样的肿瘤，长在睾丸里，有时比两个拳头还大。但在其他方面，他们可以
认为是非常健康的。"① 在安德森过世后接任库克外科医生一职的大卫·萨姆
威尔（David Samwell）也曾发现并记录了象皮病："我们遇到过许多人，他
们的腿和胳膊都出现了巨大的肿胀，但除此之外，他们都很健康、活泼，这
是塔斯曼注意到的，被称为'圣托马斯手臂'；为了防止肿胀延伸到手指，
他们在手腕上系上一根紧绷的绳子，这样就不会影响手的使用，并使其免于
肿胀。"② 此外，库克的副船长詹姆斯·金（James King）也曾发现，在汤
加，他们"还看到几个人的胳膊和腿长得惊人"③。由此可见，象皮病在当
时的南太平洋地区并不罕见。尽管 18 世纪后半叶的波利尼西亚地区并未大
规模遭受象皮病的侵扰，但也并非像库克船长的日记中所记录的那样，即波

---

① BEAGLEHOLE J C.The Journals of Captain James Cook on His Voyages of Discovery[M]
//The Voyage of the Resolution and Discovery 1776-1780.Cambridge:Hakluyt Society,
1967:927-928.

② BEAGLEHOLE J C.The Journals of Captain James Cook on His Voyages of Discovery[M]
//The Voyage of the Resolution and Discovery 1776-1780.Cambridge:Hakluyt Society,
1967:1044-1045.

③ Ibid,p.1366.

利尼西亚地区几乎没有象皮病。

18 世纪末，传教士们很快就跟随早期探险者的脚步来到了南太平洋。当传教士们乘坐"达夫"号（Duff）抵达塔希提岛时，他们证实了在当地是存在象皮病的。例如，1792 年，塔希提岛上的一支长矛表明，由象皮病导致的生殖器畸形成为了当地居民们的一种娱乐来源。① 但和库克一样，传教士们往往不愿意提及象皮病导致的身体畸形。约翰·威廉斯牧师（The Reverend John Williams）于 1817 年到达社会群岛，在他叙述南海传教事业时，只提到过一次象皮病导致的身体畸形，在谈到严重感冒和流行性感冒造成当地居民的严重死亡时也只是顺便提了一句，并未言明具体细节。② 弗雷德里克·德贝尔·班尼特（Frederick Debell Bennett）也认为，瑞亚提亚岛是象皮病最常见的地方。③

整体而言，18 世纪的象皮病只是偶发于波利尼西亚群岛，而自 19 世纪起，象皮病开始在太平洋地区盛行，甚至开始在亚洲的部分热带地区大规模传播，对当地人民的生存和健康问题造成了巨大威胁。在波利尼西亚地区，象皮病的迹象在 20 岁或 20 岁以上的人群中最为明显。由于机体对寄生虫的急性反应，产生微丝虫的可能性会下降。然而，在波利尼西亚 1 至 4 岁的儿童中也可能发现微丝虫，而在成年人血液中携带微丝虫的比例仍然很高。④ 英国博物学家贝特霍尔德·卡尔·西曼（Berthold Carl Seemann, 1825-1871）曾在英国政府派其前往斐济执行任务时写道：

---

① VANCOUVER G.A Voyage of Discovery to the North Pacific Ocean and Round the World 1790-1795[M].London：Hakluyt Society,1984:413.

② WILLIAMS J.A Narrative of Missionary Enterprises in the South Seas IsLands[M].London：J.Snow,1838:353.

③ BENNETT F D.Narrative of a Whaling Voyage Round the Globe from the Year 1833 to 1836[M].London：Richard Bentley,1840:I,150.

④ ROSIN L.Observations on the Epidemiology of Human Filariasis in French Oceania[J].American Journal of Epidemiology,1955,61(2):219-248. ;SYMES C B.Observations on the Epidemiology of Filariasis in Fiji[J].The Journal of Tropical Medicine And Hygiene,1960,63:1-14.

顺便提一下，象皮病是斐济人常患的疾病之一，当脚的尺寸和形状使它们更像大象而不是人类时，这当然是一种可怕的景象。然而，一般来说，这种疾病是非常局部的，似乎在低湿的山谷中特别流行。我记得我沿着奈加尼岛对面的一条小河逆流而上，那里几乎所有的居民都受到了这场灾难的折磨。我再次看到了大量的当地人无一例外都感染了这种疾病。①

可见由象皮病带来的这种巨大影响是已被证实的客观事实，然而，梅尔维尔在《奥穆》中对这种病却只是轻描淡写：法-法病"只影响腿和脚，使它们肿胀，在某些情况下会一直膨胀到人的腰部，还会使皮肤上覆盖着鳞屑。可以想象，一个受了这种折磨的人是无法走路的；但是，从外表上看，他们几乎和任何其他人一样活跃，看上去没有遭受任何痛苦，还能以某种程度的乐观精神来承受灾难，这真是不可思议"②。可见，在梅尔维尔笔下，现实中可怕的象皮病并不可怕，波及范围没有现实中的那么广泛，影响也没有现实中的那么严重。除了在小说中对象皮病的病情和后果进行重塑，梅尔维尔还改写了现实中象皮病对白人的影响。若依据贝特霍尔德·卡尔·西曼在日记中所写"我还没有听说斐济有任何白人定居者患象皮病，尽管众所周知，萨摩亚、塔希提或其他波利尼西亚群体的白人并未受到探访者的影响"③，那么在当地定居的人应该没有受到这种疾病的影响。然而，在《奥穆》中，象皮病虽是一种南太平洋的本土疾病，却并非只在土著人中感染，叙述者保罗就曾在一个偏远岛屿上见到过一个白人水手遭到此病的折磨，这

---

① SEEMANN B.Viti：An Account of a Government Mission to the Vitian or Fijian Islands in the Years 1860-61[M].Cambridge：Macmillan，1862.这段引文摘自他写于 1860 年 5 月和 6 月的日记。

② MELVILLE H. Omoo：A Narrative of Adventures in the South Seas [M]. Evanston：Northwestern University Press，1968：127-128.

③ SEEMANN B.Viti：An Account of a Government Mission to the Vitian or Fijian Islands in the Years 1860-61[M].Cambridge：Macmillan，1862.这段引文摘自他写于 1860 年 5 月和 6 月的日记。

也是他"第一次见到或听说外国人患这种病"①。这名水手从患病之初"就
不相信自己真的得了这种病，并相信很快就会恢复"②，可他的病症不仅没有
好转反而愈发严重。小说中这样写道："很明显，他恢复健康的唯一机会是
换一个气候环境。可是，没有一艘船会把他当作水手接待，把他当作乘客也
是不太可能的。"③ 最终，这名白人水手死于此病。梅尔维尔在《奥穆》中
对象皮病的描写与乔治·班尼特（George Bennett，1809－1905）相似。班尼
特在报道波利尼西亚群岛的疾病时指出，新西兰没有象皮病，但塔希提岛的
象皮病却很普遍。班尼特写道："在塔希提，我认识了一个有价值的传教士，
他现在已经到了一个很好的年龄，他不幸地患了这种疾病……在塔希提，
我看到一个18岁的年轻人，父母都是欧洲人，他开始患上这种疾病。"④ 由
此可见，在象皮病到底是否会影响在南太平洋地区定居的白人这个问题上，
梅尔维尔对自己的亲身经历和历史上的真实报道进行了信息筛选，并没有绝
对客观地进行复制。

　　此外，在对象皮病的书写上，梅尔维尔与其后辈杰克·伦敦（Jack
London，1876－1916）也截然不同。伦敦和梅尔维尔一样，也曾具有远航南
太平洋的经历，也曾在小说中描写过象皮病，但区别在于：一方面，伦敦在
其小说中大肆渲染象皮病，甚至指出："有理论认为这里的人们属于易染病
的体质，另外还有气候适应问题。"⑤ 而梅尔维尔对象皮病的介绍却只是一带
而过，并未加上更多的主观解释；另一方面，伦敦笔下没有对白人感染象皮

---

① MELVILLE H. Omoo: A Narrative of Adventures in the South Seas [M]. Evanston:
　　Northwestern University Press,1968:128.

② Ibid.

③ Ibid.

④ GEORGE B.The Practice of Medicine,Surgery,etc[M]//The New Zealanders and Natives
　　of some of the Polynesian Islands. London:Med Caz.,1831:629;"At Tahiti I became
　　acquainted with a worthy missionary who has now attained a good age:he was unfortunately
　　afflicted with this disease……At Tahiti I saw a young man,of eighteen years of age,born of
　　European parents,who had commenced suffering from this disease."

⑤ LONDON J.The House of Pride and Other Tales of Hawaii[M].New York:The Macmillan
　　Company,1912:50.

病的描写，而梅尔维尔对白人感染象皮病的描绘甚至比对土著人感染相同疾病的描绘还要详细具体。在伦敦笔下，南太平洋地区的人民容易感染象皮病是由他们"'低贱的'出身、'野蛮的'人种和岛国'特殊的'环境所'决定'"①，反映了伦敦"赤裸裸的'社会达尔文主义'② 和'环境决定论'③ 的理论预设"，体现了"热带医学理论得以在19世纪末的西方传播和流通的舆论基础"④。与作为"'社会达尔文主义'和帝国医学话语在西方世界广泛流通的重要舆论推手"⑤ 的伦敦不同，梅尔维尔并未通过文学创作参与当时的"社会达尔文主义"与"环境决定论"思潮，而是表达了与那种持"白人殖民群体与被殖民者交往时处于更高层级，具有支配权"的观点截然相反的态度。有学者曾指出，"欧洲殖民者所奉行的殖民伦理就是以'白人种族优越论'为预设，……为了证明他们对'劣等民族'和'落后地区'进行殖民统治的正当性而提出的一种政治哲学。"⑥ 但若真是这样，梅尔维尔就不会将在土著社群中定居的白人的结局设计为感染象皮病后死亡，而应是康复，毕竟现实中的象皮病虽然波及广泛，却并不轻易致死。

　　梅尔维尔在《奥穆》中通过对象皮病的真实情况进行有意改写，一方面刻意缩减对太平洋地区居民感染象皮病的细节描写，另一方面增加对白人感染象皮病的细节刻画，甚至将感染象皮病后的白人设定为以死亡结局，通过

---

① 段波. 马克·吐温太平洋书写中的帝国主义话语 [J]. 外国文学评论，2021（3）：143.

② 社会达尔文主义是根据达尔文物竞天择的生物学理论演变而成，在19与20世纪时特别盛行。根据这一理论，人类的生存就像大自然中的生物一样，只有强者与适应者才能生存。

③ 环境决定论，主要指萌芽于古希腊时期的地理环境决定论。18世纪的孟德斯鸠是该理论的典型代表人物，他认为地理环境（气候、土壤等）决定民族性格、公民精神、社会法律、政治制度等。

④ 段波. 马克·吐温太平洋书写中的帝国主义话语 [J]. 外国文学评论，2021（3）：143.

⑤ 段波. 马克·吐温太平洋书写中的帝国主义话语 [J]. 外国文学评论，2021（3）：143.

⑥ 王晓兰. 利己主义道德原则与殖民伦理行为：康拉德"马来三部曲"中林格殖民行为的伦理阐释 [J]. 外国文学研究，2009，31（6）：69.

将两种书写方式并行，弱化了象皮病对土著居民的影响，同时强化了象皮病对白人造成的致命打击。由此可见，梅尔维尔并不赞同白人殖民者宣扬的"白人种族优越论"，也并不认为白人在南太平洋地区就可以不染疾病，不受疾病的负面影响，相反，梅尔维尔传达了与库克和伦敦等人对殖民问题不同的态度，即殖民行径影响的不只是被殖民"他者"生命健康，同时也对白人殖民者自身造成难以挽回的重大损失。梅尔维尔填补了在库克的航行记录和其他作家笔下看不到的殖民内容，并让读者看到象皮病对白人殖民者的反噬结果，进而产生质疑殖民行径必要性的效果。

（二）大规模传染性疾病的隐喻

小说中的第二类群体疾病虽没有名字，但经保罗了解，这是由一种恶疾造成的。特别值得一提的是，"在白人发现这些岛屿之前，这种疾病和其他身体上的疾病与痛苦是闻所未闻的"[①]。也就是说，土著人中流传的这种可怕疾病并非遗传疾病，不是与生俱来的，而是与白人最初抵达岛屿有着密切联系，很可能是白人携带这种病毒进入岛屿后传染给土著人，随后扩散。

第三类疾病并不特指某一种具体的疾病，而是各种恶性疾病的综合，这些疾病异常凶狠，使得塔希提人口数在不到 100 年的时间从 20 万减少到 9 千。人口的剧减与疾病密切相关。小说中提到，某些恶性病就已经"感染至少岛上三分之二普通百姓的血液，并且以某种形式父子相传"[②]。在这种疾病的灾难性影响下，岛民感到万分痛苦，他们甚至将病人带到那些正在布道的传教士面前，大喊：

> 谎言，谎言！你向我们述说救赎。瞧，现在我们都快死了。我们只想活在这个世界上，别无他求。通过你们的讲道所拯救的那些人在哪

---

① MELVILLE H. Omoo: A Narrative of Adventures in the South Seas [M]. Evanston: Northwestern University Press, 1968: 127.

② MELVILLE H. Omoo: A Narrative of Adventures in the South Seas [M]. Evanston: Northwestern University Press, 1968: 191.

里？波马雷死了；我们都会死于你们那些该死的疾病。你们什么时候才肯罢休？"

多么可怕，多么骇人听闻啊，想到这些遥远国家之间的交往，竟会给这些可怜的、没有受过教育的岛民带来历史上前所未有的、闻所未闻的灾祸。①

与梅尔维尔在描写象皮病的病源和影响时采用的改写方式相比，他在描写这种恶性疾病的病源和影响时可谓是直言不讳。这种恶性病随着白人的殖民行径跨越地域，跨越种族，无疑是殖民主义背景下的西方白人对南海土著人侵扰后造成的恶果。曾经风景秀丽、民风淳朴的塔西提岛门大开后，白人带来的所谓文明并未给当地人民带来幸福，而是停滞不前和近乎彻底的灭绝。在殖民问题上的露骨批判是梅尔维尔区别于其他许多早于自己时代、同时代甚至晚于自己时代的学者和作家的不同之处。在古希腊时期，希伯克拉底学派（Hippocrates）就曾提出"热带疾病"这一术语，即认为"疾病是身体构成紊乱而致，而这种紊乱与环境和气候紧密相关"②。按照这种观点，塔希提岛上出现的大规模群体传染性疾病应当和塔希提所处的地理位置、地理环境密切相关，而不是与抵达和定居在当地的白人有任何关联。此外，与梅尔维尔在小说中毫不避讳地指出土著居民的毁灭是受白人影响不同，伦敦在小说《唷！唷！唷！》（*Yah! Yah! Yah!*）中将太平洋岛民眼中发生在本土的瘟疫比作"一种很恐怖的魔鬼"③，是"上天降下的惩罚"④。也就是说，伦敦将瘟疫这种传染性极强的疾病视为一种类似神启的结果，是太平洋岛民必须承受的痛苦，无法用科学和理论来加以解释。此外，19世纪末出现了一种被称为"细菌学说"（Germ Theory）的理论，根据该理论，"'原始'种族更

① MELVILLE H. Omoo: A Narrative of Adventures in the South Seas [M]. Evanston: Northwestern University Press, 1968: 191.

② JONES W H S. Hippocrates[M]. Cambridge: Harvard University Press, 1953: xvi.

③ LONDON J. South Sea Tales[M]. New York: The Macmillan Company, 1911: 147.

④ 段波, 张景添. 杰克·伦敦海洋小说中的疾病书写与"太平洋迷思"[J]. 山东外语教学, 2021, 42 (2): 102.

倾向于携带、存留和传播病原体"①。由此可见，在 19 世纪的许多欧洲和美国白人眼中，南太平洋地区之所以爆发形形色色的疾病，正是因为热带地区是落后的、有待教化的低劣民族的聚集区。

不过，也有学者看出了和伦敦类似的作家在小说中对热带地区疾病进行歪曲书写的意图。例如荣格（Yeonsik Jung）将美国作家辛克莱·刘易斯（Sinclair Lewis，1885-1951）的长篇小说《阿罗史密斯》（*Arrowsmith*，1925）作为一篇殖民文本来进行阅读，并指出："《阿罗史密斯》中的加勒比海探险与其说是一个随机事件，不如说是美国帝国计划的一个高潮，该计划依赖于被殖民者的身体的病态化。热带医学自相矛盾地将美国人对热带疾病的脆弱性视为种族优越感的证明，不真诚地将热带原住民描绘成潜在的入侵者……"② 可见，与伦敦和刘易斯在小说中将热带医学塑造成一种慈善的、理想主义的和科学的手段相反，梅尔维尔在《奥穆》中毫不留情地对白人殖民者的殖民行为进行批判，字里行间并未替殖民者的殖民行为找借口。尽管在《奥穆》成书和出版时还并未兴起"细菌学说"，但"热带疾病"这一概念早在古希腊时期就已出现，长年在热带地区航行和生活的梅尔维尔不可能对此毫无了解。但他还是选择毫不保留地用大量文字描述了在塔希提出现的大规模群体传染性疾病，并将这些疾病产生的根源直接点明，即白人殖民者的入侵。可见，梅尔维尔的疾病书写超越了殖民主义的丑陋政治，侧面驳斥了白人殖民者所谓的地域优越性观念。"殖民的过程不仅是军事上的占领和经济上的掠夺，更是一场以文学文本为武器的没有硝烟的伦理战。"③ 通过上述分析可知，梅尔维尔在《奥穆》中通过群体疾病隐喻了白人殖民者对被殖民"他者"的争夺，驳斥了在殖民主义者看来合情合理的统治者身份，进而揭

---

① ANDERSON W. Immunities of Empire: Race, Disease, and the New Tropical Medicine, 1900-1920[J].Bulletin of the History of Medicine,1996,70(1):118.

② JUNG Y.The Immunity of Empire: Tropical Medicine, Medical Nativism, and Biopolitics in Sinclair Lewis's Arrowsmith[J].Literature and Medicine,2016,34(1):186.

③ 徐彬，汪海洪. 论《亚历山大四重奏》中殖民伦理的后殖民重写［J］. 山东外语教学，2015, 36（5）:71.

示了小说中殖民伦理的荒谬本质。

二、殖民主义反向冲击与对殖民者的态度差异

在欧洲殖民者眼中，欧洲白人与塔希提人就如同"文明与原始、家长与孩子"① 之间的关系，有学者甚至还指出："未发育完善的（unformed）和邪恶（evil-like）的孩子是界定被殖民种族的最贴切比喻。该比喻与原始主义的暗喻结合在一起证明了欧洲殖民者对被殖民者实施的教化行为的合理性；在欧洲殖民者的教化下，被殖民者转变成文明且有责任心的成年人。"② 但《奥穆》中的被殖民者塔希提岛居民却并非通过殖民者转化为文明且有责任心，相反，他们整日"无事可做，在任何地方，懒惰都是罪恶之源"③。先后从欧洲引进的棉花种植、织布机、甘蔗种植等还没有开始兴盛，就被他们丢在一旁，置之不理了。尽管有些被殖民"他者"会认为"奴役了他们的痛苦与屈辱带来了好处——自由的思想、民族自觉意识和高技术商品"④，但同样地，"统治会引起抵抗"⑤。塔希提岛民对于殖民者和传教士的态度是虚伪的，塔希提人"举止上有一种温柔的样子""表面上非常天真温顺"⑥，然而这些都只是误导，给传教士的工作造成了严重的阻碍。即使皈依了基督教，那也只不过是塔希提岛民们在殖民者面前营造出的一种假象。

《奥穆》中关于被殖民者对殖民者和传教士在当地展开的殖民活动反馈的描述基本符合真实的历史情况。部分学者调查发现，从 18 世纪 90 年代末

---

① ACHERAIOU A.Rethinking Postcolonialism Colonialist Discourse in Modern Literatures and the Legacy of Classical Writers[M].New York：Palgrave Macmillan,2008：70.

② Ibid.

③ MELVILLE H. Omoo：A Narrative of Adventures in the South Seas[M].Evanston：Northwestern University Press,1968：190.

④ ［美］萨义德.文化与帝国主义［M］.北京：生活·读书·新知三联书店,2016：21.

⑤ 同上，第411页。

⑥ MELVILLE H. Omoo：A Narrative of Adventures in the South Seas[M].Evanston：Northwestern University Press,1968：175.

开始，直至 19 世纪上半叶的近 40 年时间里，在塔希提的伦敦传教会驻地曾
多次派出专职人员劝说当地人皈依基督教，尽管当时有 31 人当场宣布他们
已经放弃自己信奉的偶像和宗教崇拜，并表示自己想要成为基督的门徒，但
绝大多数人并不打算抛弃自己原本信奉的偶像，传教活动以失败告终。可
见，塔希提人对待殖民者和传教士的方式是一种"杂糅（hybridity）"行为，
即"在两种冲突的文化之间，身份被动摇和解构"① 时，把"毁灭性的文化
冲突"转化为"对差异性的接受"②，通过具有颠覆性的逆写和历史与现实
的重构，力图跨越中心与边缘的文化界限，在文化妥协与杂糅之中达成"与
入侵文化的共谋"③。再结合梅尔维尔写给杜伊金科的信中内容可以看出，
"梅尔维尔把恬静优美的原始泰比生活与欧美入侵给土著岛民所带来的灾难
加以比较，旨在指出是殖民行径使得纯朴的南海岛民染上了疾病，不得不接
受奸诈的法律制度和狂妄的基督教传教士的呵斥"④ 这种殖民地人民只是被
动接受殖民和传教的观点是不成立的。这种"与入侵文化的共谋"令阅读梅
尔维尔小说的白人读者看到与殖民者宣称的殖民地人民听话顺从的假象完全
相反的景观，他们从而意识到，殖民者无论是通过暴力手段，还是通过传教
方式，对殖民地的改变都是徒劳的，梅尔维尔以此解构荒谬的殖民行径。

　　此外，尽管梅尔维尔在小说中通过群体疾病书写对殖民伦理的荒谬本质
进行揭露，但梅尔维尔并非无差别对待所有的殖民者。首先，梅尔维尔对塔
希提岛上的群体疾病的描写与他对岛上英法传教士的相关描写密不可分。和
许多其他维多利亚时代的人一样，梅尔维尔也对 19 世纪美国本土与殖民地
之间宗教信仰问题的冲突进行了重新评估，只不过这种评估并不是直观地将

---

① KLAGES M.Key Terms in Literary Theory [M].Beijing：Foreign Language Teaching and
Research Press,2016：49.
② ASHCROFT B,GRIFFITHS G,TIFFIN H.The Empire Writes Back：Theory and Practice in
Post Colonial Literatures[M].London：Routledge,1989：35-36.
③ [英] 博埃默. 殖民与后殖民文学 [M]. 盛宁，韩敏中，译. 沈阳：辽宁教育出版
社，1998：263.
④ CONN P. Literature in America：An Illustrated History [M]. Cambridge：Cambridge
University Press,1989：206.

美国和殖民地之间的宗教信仰冲突进行对比，而是通过对英法传教士和传教行为的描述，反观美国与殖民地之间的宗教冲突问题。在他看来，"基督教为众多疾病承担责任，而这些疾病都是由西方文明造成的"①。因此，由基督教派生的传教活动也与疾病有着密切联系，当然，这种"疾病"并非上文所述的三种实体疾病，而是对基督教及传教活动弊端的隐喻。在小说中，当保罗请求夏威夷水手杰克（Jack）替自己传达岛上传教士讲话的内容时，他特别强调自己要"尽可能使用杰克的措辞，这样就不会在转译中损失任何东西"②：

> "好朋友们，我很高兴见到你们；今天我很想和你们谈谈。好朋友们，这是塔希提非常糟糕的时刻；它使我哭泣。波马雷已经不在了——这个岛已经不再是你们的了，而是维-维人（法国人）的了……好朋友们，你们没人去谈论它们，也没人去看它们——我知道你们不会的——它们是一伙强盗——可恶的维-维人。很快，这些坏蛋就会被赶走的；不列塔尼的雷霆之舟来了，他们就走了……"③

尽管梅尔维尔并未言明这段话是从哪个国家的传教士口中说出的，但从讲话的内容可知，这位传教士是个英国人，他在塔希提岛民面前对法国殖民者大肆批判，而对英国的殖民者大加赞赏。在这段话中，法国传教士被视为邪恶的强盗，而英国传教士则被描绘成如同英雄一般赶走法国传教士、拯救塔希提的好人。但事实是怎样的？塔希提人是如何对待这些殖民者的？梅尔维尔在小说中提到，最初英国传教协会效仿1836年左右的"三维治群岛复兴"④，试图把没有清醒的道德信念的塔希提人优先选为传教对象，但最终却

---

① ANDERSON C R.Melville in the South Seas［M］.New York：Columbia University Press，1939：240.

② MELVILLE H. Omoo：A Narrative of Adventures in the South Seas［M］.Evanston：Northwestern University Press，1968：173.

③ MELVILLE H. Omoo：A Narrative of Adventures in the South Seas［M］.Evanston：Northwestern University Press，1968：173.

④ 当时有好几千人在几个星期的时间内就被揽入基督教的怀抱。

证明这是个错误的决定。可见，无论殖民者是英国人还是法国人，殖民的结果都是一样的，即塔西提岛居民普遍通过"杂糅"的方式"与入侵文化共谋"。

其次，除了上述对《奥穆》中英法传教士传教行为的描述，我们还可以结合小说中对法国传教士的身体特征及服饰描写来探讨梅尔维尔对法国传教行为的讽刺。小说第 37 章讲述了几位法国牧师抵达叙述者保罗所在之处，"他们都是些个子矮小、身材干瘪的法国人，穿着又长又直的黑布长袍，戴着难看的三角帽——三角帽大得荒唐可笑，戴上帽子后，那些牧师们仿佛变得黯然失色"①。在梅尔维尔笔下，这两名法国牧师的外形既丑陋又滑稽，和牧师本应具有的"崇高"形象毫不相干。与对这两位法国牧师外形的描写不同，梅尔维尔对与他们同行的一个爱尔兰神父墨菲的身体特征展开的描写更加客观，甚至带有一定的主观赞许之情。小说中这样写道："他们的同伴穿着不同。他穿着一件黄色的法兰绒晨袍，戴着一顶宽边的马尼拉帽。他身材魁梧、大腹便便，年纪已有五十岁了。他的脸色像秋天的树叶般——还有一对漂亮的蓝色眼睛、一口好牙，外加一口流利的爱尔兰土腔英语。"② 叙述者甚至感叹："我从不喝法国白兰地，但我要向墨菲神父祝酒。祝愿他身体健康！愿他在波利尼西亚赢得许多快乐的信徒！"③ 可见，梅尔维尔对爱尔兰神父的身体书写与对法国牧师的身体书写迥然不同，侧面突出了其对待法国殖民者的强烈反感。

此外，我们还可以参考梅尔维尔在《泰比》中对法国军官服饰的描写，来了解当时梅尔维尔对法国殖民者的讽刺态度。首先，人们以各种各样的方式构建自己的外观，以控制自己的社会身份和自我定义。在最简单的层面上，服装和时装是为了象征性地展示性别、社会地位、角色、生活方式、价

---

① MELVILLE H. Omoo: A Narrative of Adventures in the South Seas [M]. Evanston: Northwestern University Press, 1968:142.
② Ibid.
③ Ibid, p. 144.

值观、个人兴趣和其他身份特征。① 由此，"服装成为一个文化或种族群体的象征"②。在《泰比》中，100 名法国士兵到达努库赫瓦海岸后，用帆布和原木搭起营房，将自己的地盘设置在由九门炮台垒起的堡垒之中。每隔一天，法国士兵部队就会到附近进行军事巡查。"军官们的军服看上去就像刚从巴黎人的箱子里拿出来一样，镶着金丝花边和刺绣，金光闪闪，好像故意要使岛民眼花缭乱似的。"③ 原文中描写这些法国士兵的服装使用的是"lace"和"embroidery"这两个单词。embroidery 可译为刺绣，是"一种用针和线装饰材料的艺术，主要是用来装饰纺织织物，其基本技法包括针线、小点、十字绣、绗缝、豪猪毛饰品和羽毛饰品。"④ lace 译为蕾丝或花边，是由环、交织、编织或捻线形成的装饰性镂空织物，主要是作为一种装饰品。完全得到发展的花边在文艺复兴时期之前还没有出现，直至 15 世纪晚期的意大利和弗兰德斯⑤的一些画作中才展示了精致的褶边工艺。真正意义上的第一个实物线轴花边虽没有详细的文字记录，但很可能起源于 16 世纪早期。"到 1600年，花边开始作为一种不起眼的内衣装饰，成为一种极其奢侈的织物和一种重要的商品。男人和女人都穿大量的花边衣物。在 17 和 18 世纪，主要的花边生产中心是意大利、弗兰德斯和法国。""19 世纪，法国大革命和工业革命使花边的性质发生了巨大变化。1800 年以后，使用机器网织自由梭形花边成

---

① BLUMER H. Fashion: From Class Differentiation to Collective Selection [J]. Sociological Quarterly, 1969 (10): 275 - 291; BLUMER H. Symbolic Interactionism: Perspective and Method[M]. Berkeley: University of California Press, 1986; LURIE A. The Language of Clothes [M]. New York: Vintage, 1983; FLUGEL J C. The Psychology of Clothes [M]. London: Hogarth Press, 1930.

② ASHCROFT B. The Post Colonial Studies Reader[M]. London: Routledge, 1995: 346.

③ MELVILLE H. Typee: A Peep at Polynesian Life [M]. Evanston: Northwestern University Press, 1968: 17.

④ Goetz P W. The New Encyclopeadia Britannica (volume 4)[M]. Chicago: Encyclopeadia Britannica, Incorporated, 1989: 471.

⑤ Flanders（佛兰德斯），是西欧的一个历史地名，泛指位于西欧低地西南部、北海沿岸的古代尼德兰南部地区，包括今比利时的东弗兰德省和西弗兰德省、法国的加来海峡省和诺尔省、荷兰的泽兰省。

为普遍现象，这使得花边变得相当便宜。男人不再穿有花边的衣物，而在这个世纪的早期，女人的时尚也不需要太多的花边。"① 此外，"服装风格具有足够的象征意义，只允许特定（通常是高地位）群体的成员穿特定的材料或时装。例如，在古埃及，只有上层阶级的人才被允许穿凉鞋。同样，在18世纪的日本，下层阶级的公民被禁止穿丝绸、织锦和其他形式的精细布料"②。

可见，在《泰比》成书的时代，欧洲大陆早已经过了对花边追逐和痴迷的过程，19世纪初期的男人不再像17和18世纪时的男人那样穿着大量带有花边装饰的衣物。而《泰比》中那些法国士兵们仍然穿着镶着金边的制服，这种包裹着身体的不合时宜的衣物不得不让读者感到梅尔维尔是在讽刺法国士兵的保守和落伍。这种对法国士兵的讽刺态度在小说中也多次体现。在进入泰比岛之前，托莫还想起了自己在提奥尔期间的一次经历。当时的法国中校几乎每天都要从努库赫瓦出发，正式宣扬自己对提奥尔地区的占领。他通常会在提奥尔待上两个小时，有时还会对当地的长老进行访问。当这位长老和中校站在一起的时候，托莫看到的是一个脱帽致敬的白人和一个高举武器作为回应的年长土著首领。"这是社会阶层的两个极端：一个是文明杰出的法国人，一个是贫穷而又满身刺青的野蛮人。他们两个都是身材高大、出身高贵的人，但是在其他方面，对比是多么鲜明啊！"中校把能够体现他海军军衔的所有装备都展示在身上，"一件装饰华丽的海军长礼服，一件带花边的帽式胸衣，胸前挂着各种缎带和勋章"，而那个淳朴的土著首领"除了腰上有一处细长的束带外，全身都是赤裸的"。③ 不过，托莫眼中的中校并非真正文明和杰出，而是"看上去像是"（the semblance）高级显赫的样子。semblance 一词用得非常巧妙。"semblance"的本意是"the outward appearance or apparent

① Goetz P W.The New Encyclopeadia Britannica（volume 4）[M].Chicago：Encyclopeadia Britannica,Incorporated,1989：85.
② SANDERS C,VAIL D A.Customizing the Body：The Art and Culture of Tattooing（Revised and Expanded Edition）[M].Philadelphia：Temple University Press,2008：4.
③ MELVILLE H.Typee：A Peep at Polynesian Life [M].Evanston：Northwestern University Press,1968：29.

from of something, especially when the reality is different"，强调的是外形或外表给人造成的假象。也就是说，虽然梅尔维尔笔下穿着高贵的法国中校是文明杰出的，满身刺青的土著人是野蛮赤裸的，但实则却是在暗讽披着虚伪的华丽外衣的法国殖民者，他们看上去优雅得体，但却肮脏龌龊。托莫还曾这样评价法国占领马克萨斯的远征军：

> 1842 年春天从布雷斯特出发，行军的目的地完全掌握在指挥官一人手中。难怪那些考虑到这样一个明显侵犯人类权利的行为的人们想方设法在世界人民的眼睛面前掩盖这一暴行。不过，尽管法国人有种种不公正的行为，他们却一直自诩是最仁慈、最优雅的民族。然而，高度的优雅似乎并不能完全抑制他们的邪恶习性……①

由此可见，无论是在身体特征和服装衣着上，还是在殖民行径和传教活动上，梅尔维尔不仅讽刺了英国殖民者，同时也讽刺了法国殖民者，对法国殖民者的讽刺更加明显。相比之下，梅尔维尔在《奥穆》中丝毫没有提及美国殖民者或传教士在当地开展殖民行径或传教行为的内容，这是为何？要回答这个问题，首先需要对 19 世纪的美国殖民历史有所了解。1823 年 12 月 2 日，美国总统詹姆斯·门罗（James Monroe，1758-1831）向国会提出了由时任美国国务卿的约翰·昆西·亚当斯（John Quincy Adams，1767-1848）拟定的国情咨文，咨文中有关外交方面的主要内容被称为"门罗宣言"。该宣言包含三个主要原则："不干涉"原则、"美洲体系"原则和"反对欧洲国家再在美洲夺取殖民地"原则。"门罗宣言"打着"美洲是美洲人的美洲"的幌子，为美国企图建立其在美洲地区的统治并且与欧洲列强争霸提供了重要依据。在此后的 19 世纪 40 年代至 60 年代期间，美国在美洲地区展开了疯狂的殖民扩张运动，并先后通过掠夺、兼并、廉价购买等方式，将美国领土

---

① MELVILLE H. Typee: A Peep at Polynesian Life [M]. Evanston: Northwestern University Press, 1968: 17.

扩大到 130 万平方英里①。到 19 世纪中叶前，美国领土已由沿着大西洋 13 洲的狭长地带扩展到太平洋沿岸地区。与大陆扩张并行的是海上的殖民扩张，新的海洋疆界让美国离太平洋越来越近，他们开始着手开展与远东的贸易，伴随着国土的扩张，建立世界贸易帝国的设想由此萌生。美国太平洋商业帝国完整理论的阐述者是威廉·亨利·西沃德（William Henry Seward，1801–1872），他曾任林肯政府的国务卿，早年是大陆扩张的积极支持者。进入 19 世纪 50 年代之后，他的思想产生了重要改变，具体体现在两个方面：一是在扩张内容上从大陆的领土兼并转移到了太平洋的商业扩张，二是在扩张方向上从大西洋转向了太平洋。西沃德认为，通过商业的扩张达到政治的影响，通过经济联合与门户开放取代封闭式的殖民体系，只有在海洋中具有支配权，美国才称得上是世界性的商业帝国。据此，他放弃了曾经要吞并加拿大的想法，而试图通过经济联盟在北美形成政治影响力。此外，他将太平洋征服计划定为美国下一个阶段的目标。他断定美国在大西洋的利益必将降低，而太平洋沿岸及其岛屿国家将成为未来的舞台，将来商业利益的争夺不在美洲与欧洲，不在大西洋与地中海，而是在太平洋及亚洲大陆。基于美国海洋扩张的思想，太平洋岛屿及周边国家成为美国关注的焦点。

　　在梅尔维尔创作《奥穆》时期，美国已通过各种手段展开殖民扩张，享受到了殖民扩张带来的巨大利益，并准备将殖民的触手伸到太平洋地区。不难看出，梅尔维尔通过叙述者保罗的经历参与了对美国即将大规模爆发的海外殖民和扩张议题的讨论。在《奥穆》中，他毫不保留地批判由白人殖民者进入塔希提岛后为当地居民的生命健康带去的恶劣影响，同时通过强化对英法殖民者扩张的细节、英法殖民者和传教士在当地遭受的反向冲击的描述，将波利尼西亚人基督化 50 年中的现状基本如实客观地反映在读者眼前，把英法殖民者的殖民行径真实地呈现在读者面前，与此同时，他在小说中却只

---

① 约为 1819 年以前美国国土总面积的 80%，包括现在美国的加利福尼亚洲、内华达洲、犹他洲、科罗拉多洲、亚利桑那洲和新墨西哥洲的大片土地。

字不提当时美国殖民者的情况，也是有其深意的。梅尔维尔通过规避对美国殖民者在当地开展殖民的方式和殖民后果的描述，让美国读者在阅读这个故事时，首先对英国传教士对教化塔希提岛土著居民的满满信心感到震撼，对法国殖民者的古板和暴行感到可笑，但进一步了解到塔希提岛土著居民在被殖民的历史进程中远非想象中那么"听话"时，就很容易形成对殖民行径的反思与保守态度，甚至产生对美国海外殖民扩张的合理性、必要性及最终效果的质疑。

三、对殖民地的保留态度

梅尔维尔不仅对殖民者和殖民行径进行了大量描述，对殖民地的描写也不吝笔墨。这不仅体现在《奥穆》的塔西提岛上，也同样体现在《泰比》中的泰比岛上。事实上，梅尔维尔对以塔希提岛和泰比岛为代表的南太平洋诸岛和岛民们的态度是复杂且保守的。一方面，他欣赏并深深地喜爱泰比岛上的自然风光和岛民，但他又不愿意长期在此处生活；另一方面，他对泰比岛和岛民们又怀有一种惋惜之情，并对岛民们的暴力反抗行为表示认同。

首先，托莫和其他主流欧美社会中的人一样，认为这些地区接近自然、风景秀丽、环境优美。托莫不止一次提到马克萨斯岛屿那令人永生难忘的美景：

> 五股冒着泡沫的溪流，冲过许多的峡谷，在近期雨水的影响下变得汹涌而浑浊，汇成了一个将近八十英尺的疯狂急流，狂乱地跌进了一个深黑色的水潭，这个水潭是从周围堆放着的看上去晦暗的岩石中堆砌出来的，再从一个直通大海的斜坡沟道里奔涌而出。头顶上，巨大的树根从峡谷的两侧垂下，滴着水珠，由于坠落而颤动着。这时已是日落时分，那微弱的、不确定的光线照进了这些洞穴和树林的深处，使它们显得更加奇特，这让我们意识到，过不了一会儿，我们就会置身于完全的

黑暗之中。①

托莫甚至觉得，努克赫瓦湾对面被绵延的山谷分割开来的圆弧形山丘是他"所见过的最美丽的风景"，在他有生之年"永远不会忘记当时心里的那种羡慕之情"。②然而，这样一个美妙的人间天堂和这些"心灵纯朴，未经世故"，能够在"平常琐事中点燃快乐火花"③，能让文明世界的人们感受到"巨大幸福"④的土著人却并不能让托莫心甘情愿地留下。尽管托莫承认，"在原始社会状态下，生活的享受虽然少而简单，却广泛地分布在很大的范围内，而且是纯粹的；而文明不管优越到什么地步，总会夹杂着千百种邪恶——烧心、嫉妒、社会纷争、家庭纠纷，以及数以千计的由自我造成的精致生活的不舒适，构成了不断膨胀的人类苦难之集合"⑤，但他还是想极力逃离这个地方。"对于许多作家来说，太平洋诸岛和夏威夷既是承诺中美国伊甸园的实现，也是美国的技术与当地人原始的生活方式产生冲突的所在。"⑥在这一点上，梅尔维尔也并不例外。此外，尽管托莫非常喜爱、羡慕、憧憬岛上的风景，他却承认当地十分落后。他认为，与象征着人类文明进步的欧洲国家相比，努库赫瓦在同样的历史长河中却仍然止步不前，没有展现出丝毫的进步，这也间接成为当地被白人殖民的原因之一。这也透露了梅尔维尔对于南太平洋殖民地被殖民原因的观点。在上一个小节中，笔者提到梅尔维尔通过对群体疾病进行书写，表达了他对于殖民者开展殖民活动是由"热带疾病"和地域优越论决定的批判态度。而从《泰比》中叙述者对殖民地原始性的描写可以看出，在梅尔维尔眼中，南太平洋诸岛之所以会被欧

① MELVILLE H. Typee: A Peep at Polynesian Life [M]. Evanston: Northwestern University Press, 1968:45.

② MELVILLE H. Typee: A Peep at Polynesian Life [M]. Evanston: Northwestern University Press, 1968:40.

③ Ibid, p. 127.

④ Ibid.

⑤ Ibid, p. 124.

⑥ BERCOVITCH S. The Cambridge History of American Literature, Volume 1820 – 1865 [M]. Cambridge: Cambridge University Press, 1995:148.

洲殖民者占领，是因为当地在漫长岁月中没有任何科学技术、人文风貌等方面的进步，而非由地理位置或气候条件等因素造成。在对待南太平洋诸岛沦为欧洲列强殖民对象的原因方面，梅尔维尔是更为客观公正的。

另一方面，托莫对泰比岛和岛民们又怀有一种惋惜之情，并对岛民们的暴力反抗行为表示认同。托莫知道，法国已在筹谋将马克萨斯群岛据为己有，使其成为基督教的领地。因此，曾经和暂时过着伊甸园般生活的泰比人将要变成他人的附属，将要受到宗主国的制约和改变，这个福地即将消失：

> 在波利尼西亚群岛上，当神像被推翻，庙宇被拆毁，偶像崇拜者们被转变为名义上的基督徒之时，疾病、罪恶和过早死亡等现象就会随之出现。不久后，这片人口稀少的土地就会被一群贪婪恶毒的文明人占据，他们大声呼吁真理的进步意义。干净整洁的别墅、修剪平整的花园、修饰一新的草坪、尖顶房屋和圆顶房屋开始相继出现，而可怜的野蛮人很快就会发现，自己在他父辈们世代生活的国家里变为一个闯入者，在他出生的地方变成了不速之客。①

因此，托莫承认土著人为了守护家园被迫发生转变，对白人入侵者采取暴力反抗是合理的。《泰比》中曾提到："最近几年里，在太平洋从事大规模捕鲸业的美国和英国船只，在食物短缺的时候，偶尔也会在某个岛上的一个宽敞的港口停泊。但是，对许多白人在当地土著手中所遭受的可怕命运的回忆令他们产生恐惧，这使他们的船员不敢与当地人交往，从而无法深入了解他们所特有的风俗习惯。"② 但是，为何白人船员会在当地土著人手中遭受这些可怕的命运呢？托莫在登上泰比岛之前曾从其他许多航海者那里听说过泰比人的特点，用几个词来概括就是臭名昭著、令人恐惧、凶残血腥、背信弃义、食人者。泰比人的名字本身就令人害怕，因为"泰比"一词在马克萨斯

---

① MELVILLE H. Typee: A Peep at Polynesian Life [M]. Evanston: Northwestern University Press, 1968: 195-196.

② Ibid, p. 6.

方言中本就是"食人者"的意思，因此托莫猜测，泰比人之所以被冠以这个名字肯定和他们吃人脱离不了关系。

与托莫同行的一个船员在即将驶入努库赫瓦湾时发生的事情令托莫难以忘记。当时托莫等人正注视着一座青翠的山峰，船员耐德突然用手指着另一个险峻的山谷大声疾呼："那里！那里有泰比人！"听到这声疾呼，托莫等人突然感到后背发凉，因为他们即将面对的就是那些传闻中残忍血腥的食人者泰比人！他们担心自己被泰比人抓走后会被放入锅中煮着吃掉。但事实上，泰比人并非托莫想象中的那样血腥残忍。托莫指出，以泰比人为代表的当地土著人并非天生残暴，而是受到欧洲入侵的影响后进行的自我保护。"南海那些并无恶意的岛民所遭受的一些暴行几乎令人难以置信。这些事情很少在白人的家乡被提到，它们发生在遥远的天涯海角，因此没有人能揭示真相。然而，在太平洋上航行的许多小商人从一个岛穿行至另一个岛的航程中，可能会遇到一系列冷血无情的抢劫、绑架和谋杀，这些罪行就足以使他们的罪恶船只沉入海底。"① 托莫说道："'野蛮人'这个词被误用的频率有多高啊！迄今为止，航海家或旅行者所发现的并非如此。他们发现异教徒和野蛮人只有在面对可怕的暴行时才会被激怒，成为野蛮人。可以说，波利尼西亚人所犯下的一切暴行多少都是由欧洲人的入侵造成的，而一些岛民的残忍和嗜血倾向则主要是受到了这些事情的影响。"② 这种与人们想象中完全不同的泰比人再次证明了欧洲和美国等西方国家的人们在当时并不了解自己国家对南海岛屿的侵略，以及对当地人的暴力侵袭。他们对以泰比人为代表的波利尼西亚人的印象是经过本国白人船员进行信息筛选后获得的。而若根据托莫所言，这些信息本身的真实性值得怀疑，很可能是白人殖民者为了掩饰其殖民行为，而将矛头转向那些"野蛮残忍"的土著人。

然而，并非所有人都对通过战争方式进行殖民入侵这一行为持反对态

---

① MELVILLE H. Typee：A Peep at Polynesian Life［M］. Evanston：Northwestern University Press，1968：26-27.

② Ibid，p. 27.

度。甚至有学者认为，战争对于不同文化间的交流是有益的。比如，德国人类学家西奥多·魏茨（Theodor Waitz，1821-1864）就曾指出："战争的第一个后果是，人民之间建立了固定的关系。此外，战争还使友好交往成为可能，这种交往从知识和经验的交流中变得比单纯的商品交流更重要。"① 随后他补充道：

> 每当我们看到一个民族，无论其文明程度如何，不与他人交往和相互行动时，我们通常会发现某种停滞、精神迟钝和缺乏活力，这使得任何社会和政治状况的改变几乎是不可能的。在和平时期，这些问题就像一种永恒的疾病一样传播开来，而战争却像救世的天使一样出现了，尽管和平的倡导者们会说，它唤醒了民族精神，使一切力量变得更有灵活性。②

按魏茨所说，如果一个民族始终保持闭塞落后的状态，那么岛民就会变得停滞不前，甚至精神迟钝，这些问题就会像疾病一样蔓延到整个社会中。而战争则能打破这一困境，将这个民族的状况得以改善。他看到的是战争给一个民族或社群带去的好处，即打破闭塞、消除阻碍，但他忽略了战争导致的人口锐减、疾病蔓延以及文化侵蚀和社会不安等弊端。这显然是为战争找的说辞。若依据魏茨所言，无论是泰比岛还是塔西提岛，甚至其他南太平洋岛屿，如果它们始终保持停滞不前，就应当被更"优越"的人用战争手段入侵，这样才能促使它们得到发展。然而，在梅尔维尔笔下，英法等国在塔希提群岛上的殖民行径是以战争为基础、以传教活动为辅助的行为，战争为塔希提岛民带去的远非进步和发展。上一个小节中提到的土著人的大声疾呼和控诉也再现了被殖民"他者"在白人殖民者和所谓宣扬幸福生活的传教士的统治下经历的非人遭遇。正如《奥穆》中的叙述者所言："在塔希提这样的

---

① WAITZ T.Introduction to Anthropology[M].Whitefish:Kessinger Publishing,1863:347.

② MELVILLE H.Typee:A Peep at Polynesian Life [M].Evanston:Northwestern University Press,1968:348.

民族当中……很多平民百姓非常穷困，可以说，他们无时无刻不受到人类文明中这一最令人痛苦的结果对他们的折磨。"①

对此，梅尔维尔试图找到解决的方案。尽管他承认马克萨斯群岛落后破败，当地的土著人原始野蛮，但他却对这些地区的未来持保留态度，认为这种自然原始的风貌应当维持下去，而不是被欧洲白人尤其是法国人肆意干扰。正如托莫所言：

> 文明人的聪明才智创造了成千上万种使人恼怒的根源，却没有一种破坏了他自己的幸福。在泰比，没有丧失抵押品赎回权，没有抗议声明，没有账单票据，没有信用债务；没有固执地想得到报酬、蛮不讲理的裁缝和鞋匠；没有任何形式的讨债；没有针对人身攻击的律师，没有人煽动不和，让当事人争吵不休，发生冲突；没有人忽视亲情，总是占据着卧室和家庭餐桌上狭小的空间；没有孤苦伶仃地带着她们的孩子靠冰冷的施舍挨饿的寡妇；没有乞丐；没有债务监狱；没有傲慢无情的富豪；或者用一个词来概括，没有钱！泰比山谷里没有这个"万恶之源"。在这个僻静的幸福之处，没有脾气暴躁的老妇人，没有恶毒残忍的继母，没有黯然憔悴的老处女，没有饱受相思之苦的少女，没有性情古怪的老光棍，没有心不在焉的丈夫，没有忧郁伤感的小伙，没有吵吵闹闹的少年，没有哭哭啼啼的孩子。到处都是欢声笑语、趣味幽默。忧郁、疑虑和悲伤都跑到岩石的角落和缝隙里躲藏起来。②

在梅尔维尔笔下，殖民行径是"万恶之源"，正如卡尔·罗利森等人（Carl Rollyson，et al）所言："通过对殖民主义、资本主义和当代西方文化普遍的不人道的讨论……所谓的文明白人社会才是真正的野蛮之地。"③ 梅尔维

---

① MELVILLE H. Omoo：A Narrative of Adventures in the South Seas［M］. Evanston：Northwestern University Press，1968：159.

② Ibid，p. 126.

③ ROLLYSON C.Critical Companion to Herman Melville A Literary Reference to His Life and Work.New York：Facts On File Inc.，2007：235.

尔并不认同白人殖民者对殖民地的军事征服和暴力统治。此外，他还指出，这种征服和统治最终换来的是当地人民的一致对外，而不是真正的心服口服。由此可见，在梅尔维尔看来，唯一的解决途径便是互不干涉，唯有如此，双方才能和平相处。殖民地不用再遭受殖民者的入侵，不会产生大规模的群体疾病，也不会出现"脾气暴躁的老妇人""恶毒残忍的继母""黯然憔悴的老处女""饱受相思之苦的少女""性情古怪的老光棍""心不在焉的丈夫""忧郁伤感的小伙""吵吵闹闹的少年""哭哭啼啼的孩子"等生活在痛苦中的土著居民，殖民者也不用再遭受殖民地人民的共谋策略和由殖民行径带来的反向冲击。正如托莫所言："如果用文明的一些后果来评估，那么被我们称之为野蛮的地区还是保持不变更好。"①

本章小结

通过上述分析可以看到，梅尔维尔在《泰比》和《奥穆》中将疾病分别铭刻于个体和群体的身体之上，借助对个体疾病和群体疾病的书写，有力地寓言了殖民地和被殖民者的真实境况，传达了他对 19 世纪美国大规模海外殖民扩张议题的关注。

《泰比》中对发烧和腿疾的描写是梅尔维尔表达殖民语境下殖民者遭受的双重身份困境及身心痛苦的重要手段，内在地反映出梅尔维尔对殖民行径合理性问题的思考。在《泰比》中，梅尔维尔通过将托莫塑造成兼具白人逃离者和潜在殖民者双重身份的主体，大肆渲染他在进入泰比岛后被高烧和腿疾影响下的痛苦感受，意在表露托莫所染疾病与他的双重身份密切相关，进而告诫殖民者应当远离"无法跨越的边界"，回到属于自己的社会，这也从

---

① MELVILLE H. Typee: A Peep at Polynesian Life [M]. Evanston: Northwestern University Press, 1968: 17.

侧面反映出梅尔维尔对 19 世纪美国海外殖民扩张持保守态度。在《奥穆》中，梅尔维尔通过对象皮病在历史上的真实情况进行有意改写，一方面刻意缩减对太平洋地区居民感染象皮病的细节描写，另一方面增加对白人感染象皮病的刻画，在弱化象皮病对土著居民影响的同时，强化象皮病对白人造成的致命打击。梅尔维尔填补了在库克船长的航行记录和其他作家笔下看不到的殖民内容，让读者聚焦象皮病对白人殖民者的反噬后果，进而产生质疑殖民行径必要性的目的。这种疾病书写方式凸显了梅尔维尔对白人殖民者宣扬的"白人种族优越论"的驳斥态度。此外，在《奥穆》中，梅尔维尔还强化了对英法殖民者扩张的细节、英法殖民者和传教士在当地遭受的反向冲击的描述，却只字不提当时美国殖民者的情况，其目的在于让美国读者通过塔希提岛民对英法殖民者造成的反向冲击进行反思，进而产生对美国海外殖民扩张的合理性、必要性及最终效果的质疑。

通过《泰比》和《奥穆》中一系列与疾病有关的书写，梅尔维尔完成了对 19 世纪上半叶波利尼西亚群岛较完整的复现，并以略写和详述、直观和规避相结合的叙述方式对当时的政治权力话语进行了评价，渗透了他对 19 世纪美国大规模海外扩张这一事件的关切。与《泰比》和《奥穆》中的第一人称叙述者托莫和保罗一样，多年的水手身份使梅尔维尔能够走出国门。作为即将进入帝国主义国家美国中的一员，托莫带着希望前往新"昭昭天命论"① 将要为大众指向的南太平洋地区，如同参与帝国主义扩张前的预演。然而真正深入这一地区后，他才发现自己面临的困境和危机远胜于想象。无论是潜在殖民者的双重身份困境，还是殖民者在殖民主义语境下受到的反向冲击，以及对待殖民地的态度等都是殖民扩张进程中不可避免的问题。文学中的疾病书写折射出知识分子的使命意识与民族自省之间的关系，"对于民

---

① 19 世纪下半叶，随着美国西部边疆扩张的完成，美国的帝国主义事业开始转向亚太地区。新"昭昭天命论"是相对于旧"昭昭天命论"而言的。如果说旧"昭昭天命论"的着眼点是陆地，那么"新昭昭天命论"的着眼点则在海外，尤其是亚太地区。

族病状的深入思考与自觉反思，是知识分子探索精神和担当意识的体现"①。作为一名肩负使命的作家，梅尔维尔在《泰比》和《奥穆》中始终没有逃避对殖民扩张语境下殖民者身份困境和伦理冲突的思考、殖民行径合理性的思考，以及对殖民地和殖民者之间关系的思考。总体而言，梅尔维尔对殖民行径给殖民国带来的反向冲击保持清醒头脑，并对这种可能影响美国殖民扩张进程的冲击表示深切担忧。不幸的是，美国殖民者们并没有意识到这一点，仍然发动大规模殖民扩张运动。在殖民扩张的问题上，梅尔维尔显然比他的后辈们走得更远。

---

① 姜彩燕.《古炉》中的疾病叙事与伦理诉求［J］. 西北大学学报（哲学社会科学版），2013，43（1）：104.

第三章

性别视域下的身体书写

19 世纪中期，美国社会对日益发酵的种族问题和奴隶制问题产生激烈论争，废奴主义者们积极为黑人奴隶争取平等权利，但与此同时，女性的权利问题却被忽视。女性无法获得与男性平等的法律权益，无法在社会中为自己发声。在这一时代背景下，美国早期女权运动领导者伊丽莎白·卡迪·斯坦顿（Elizabeth Cady Stanton，1815-1902）就女性权利无法得到保障的现实情况表达强烈不满，并于 1848 年 7 月在塞内卡福尔斯（Seneca Falls）组织召开了美国历史上第一次女权大会，在会上宣读了一篇名为《感伤宣言和决议》（"Declaration of Sentiments and Resolutions"）的檄文。在这篇为女性争取权利的宣言中，斯坦顿一针见血地指出："人类的历史是一部男人对妇女不断伤害与掠夺的历史。"斯坦顿的宣言促使 19 世纪中期的少部分女性从男性的压迫和歧视中觉醒，掀起了美国女权运动的第一次浪潮。①

身处 19 世纪中期女权运动第一次浪潮中的梅尔维尔也不可避免地关注到了女性问题。在梅尔维尔的小说中，对女性形象的刻画以及对两性关系的探讨并不少见，其中对女性形象的刻画基本集中在对女性身体展开的大量描写上，身体书写是使梅尔维尔笔下的女性不同于其他同时代作家笔下的女性

---

① 叶英. 美国重要历史文献选读［M］. 成都：四川大学出版社，2013：162-163.

的最重要之处。① 然而，国外学界对于梅尔维尔小说中女性身体的传统认知常常集中在男性与女性的身体结合，即性上。② 这些分析一方面将女性的缺席等同于男女之间性描写的多少，认为女性缺席意味着性描写缺席，从而意味着作家对男性较之于女性持有更强烈的情感；另一方面则聚焦梅尔维尔创作中期的小说如《白鲸》，忽视了梅尔维尔早期创作的"波利尼西亚三部曲"中女性身体的大量在场这一客观事实。还有一些学者关注到了梅尔维尔早期小说中的女性在场。例如，伦纳德·波普斯（Leonard Pops）把《玛迪》中天真的少女伊拉视为性受害者，并在小说中区分了三种女性群体：被动的受害者（passive victims）、好母亲（good mothers）和模仿继母（good mothers）③。威尔玛·加西亚（Wilma Garcia）的《母亲与他者：梅尔维尔、吐温和海明威作品中的女性神话》（*Mothers and Others*：*Myths of the Female in the Works of Melville*，*Twain*，*and Hemingway*，1984）则提供了一种新的、不同的见解。加西亚认为，一方面，梅尔维尔被视为一个男性作家，在男权神话传统中进

---

① 例如，梅尔维尔的前辈库柏擅长描写印第安人独特的身体特征、身体经历和身体创伤，并通过对印第安人的身体书写揭示出当时的英法侵略者对北美大陆的殖民欲望，同时抨击殖民者对印第安人做出的种族灭绝的残忍行径。与梅尔维尔同时代的爱伦·坡擅长描写对读者而言较为陌生的动物身体及非常规状态下的人物身体，达到陌生化效果，为读者制造哥特式恐怖情境，进而烘托出人类的罪恶行为，并通过这类身体描写侧面对人的思想、心灵、精神和行为的内因展开探讨，升华故事的主题。霍桑则更擅长于描写人类常规状态下的身体特征，其最鲜明的特点是将人物外在的身体特征和内在的精神状态结合在一起，对人物的整体形象进行全方位的塑造。

② 如爱德华·F.埃丁格（Edward F. Edinger）和莱斯利·菲德勒（Leslie Fiedler）都曾对《白鲸》中女性缺席这一现象展开分析。埃丁格认为，梅尔维尔对女性的态度是其家庭背景的反映，在这个背景下，存在一个强大的、中心的母亲形象，男性权威被置于一个如母亲般的叔叔身上。克林斯·布鲁克斯等人（Cleanth Brooks et al.）在《美国文学：创作者与创作》（American Literature：The Makers and the Making）一书中指出，梅尔维尔对男性的强烈吸引力解释了作家与女性之间的矛盾关系。以埃丁格、菲德勒和布鲁克斯为代表的学者的确发现了梅尔维尔小说中女性的缺席这一现象，并或多或少地将这一现象与作家本人的同性恋倾向或厌女情节结合在一起。

③ POPS M.The Melville Archetype[M].State of Ohio：Kent State University Press，1970：234.

行文学创作，从而将女性角色降低到性别和母亲身份；另一方面，加西亚把梅尔维尔笔下大多数英雄的失败与他们无法从母亲手中得以解放联系起来。而玛利亚·费丽萨·洛佩兹·利克特（María Felisa López Liquete）虽承认梅尔维尔小说中的女性是在场的，却认为"对女性的研究使我们对男性角色有了新的理解和诠释"①，从而将梅尔维尔小说中的女性作为阐释小说中男性成长的重要素材。尼尔·L. 托尔钦（Neal L. Tolchin）认为，梅尔维尔作品中出现的女性角色以及他对性的排斥，不仅反映了作家与其母亲之间的关系，也反映了他所处时代的社会偏见。此外，托尔钦还指出，在杰克逊时期的美国（Jackson's America）②，"母亲既是一种必要的道德力量，也是一种蔑视的来源"③。与国外学界对梅尔维尔笔下的女性形象观点不一相比，国内学界严重忽视了梅尔维尔小说中的女性形象。

　　总体而言，对梅尔维尔小说中女性人物身体展开的已有研究或是围绕梅尔维尔对性展开的描写，或是关注梅尔维尔小说中女性身体的在场与缺席。尽管部分研究已关注到梅尔维尔小说中女性的在场问题，却未注意到这种在场在梅尔维尔各阶段创作的小说中的流变特征，多数研究还未关注到梅尔维尔后期小说中女性的缺席。鉴于在梅尔维尔的所有小说中，女性角色集中出现在《泰比》和《玛迪》这两部小说中，故本章选取它们作为主要研究对象，重点对小说中女性身体书写的内容和方式进行分析，在此基础上提炼出梅尔维尔笔下的两类女性形象，即"纯洁天使"和"邪恶潘多拉"。此外，本章还将阐述梅尔维尔小说中女性身体书写的历时变化，并对产生这些变化

---

① LIQUETE M,FELISA L.The Presence-Absence of Women in the Work of Herman Melville [J].Atlantis,1995,17(1):117.
② 美国第11、12任美国总统安德鲁·杰克逊（Andrew Jackson, 1767—1845）的任职时期是1829—1837年，但目前美国史学界对"杰克逊时期"的具体时间段仍缺乏统一界定。美国历史学家、社会批评家及公共知识分子小阿瑟·M. 施莱辛格（Arthur M.Schlesinger, Jr., 1917—2007）在其普利策历史奖获奖作品《杰克逊时代》（The Age of Jackson, 1945）一书中将"杰克逊时期"限定在1815—1846年。
③ TOLCHIN N L.Mourning, Gender, and Creativity in the Art of Herman Melville[M].New Haven:Yale University Press,1988:177.

的社会因素和家庭原因进行探究。

第一节 "纯洁天使"

天使（angel）是灵魂的存在，他们的角色是保护和引导人类，并执行上帝分配的任务。在《圣经》中，从创世纪到启示录，共有 34 卷记载了天使。天使是上帝创造的，（诗 148：2-5）天使是灵体，没有血肉之躯，没有嫁娶，没有性别，没有衰老，也不会死亡。《圣经》中的部分天使有自己的名字，如米迦勒、加百列、路西弗、基路伯、撒拉弗，另外还有些则通称为神的众子、圣者、大能者、守望者、大君、主的使者、天军天兵、万军等。根据《圣经》记载："天使保护耶稣"（太 2：13-20），"天使侍候耶稣"（路 22：43），"天使岂不都是服役的灵，奉差遣为那将要承受救恩的人效力吗?"（来 1：14）"他们观看信徒们行事"（林前 4：9），"传授律法"（徒 7：53），"保护搭救信徒"（徒 5：19），"末世时负责召聚选民"（太 24：30-31），"陪耶稣审判万民"（太 16：27）。天使这一形象具有绝对的从属性和服从性，因此，"天使"一词后来常被用来描述男性眼中的理想女性，即迷人、善良、顺从，且随时准备为丈夫及家庭做出牺牲、奉献自己的女性。

在文学作品中，天使是一种不断被作家们想象和崇拜的形象。"家中天使"一词来源于考文垂·帕特莫（Coventry Patmore，1823-1896）的一首名为《家中天使》（*The Angel in the House*）的诗。诗中描绘了女性应该具备的基本性格特征，颂扬了顺从和从属的女性气质。也就是说，"……男人必须被满足，而满足男人是女人快乐的源泉"①。事实上，无论是在美国文学史还是在英国文学史上，将女性塑造为家中天使的文学作品都不少见。如在英国

---

① GILBERT S M, GUBAR S. The Madwoman in the Attic: The Women Writer and the Nineteenth-Century Literary Imagination[M].New Haven: Yale University Press, 1979:23.

女性小说家简·奥斯汀（Jane Austin，1775－1817）的小说《傲慢与偏见》（*Pride and Prejudice*，1813）中，尽管女主人公伊丽莎白（Elizabeth）已经萌发了反抗精神，但她仍被描绘成最终回归家庭的天使；在美国女性小说家苏珊·华纳（Susan B. Warner，1819－1885）化名出版的小说《广阔广阔的世界》（*The Wide，Wide World*）中，女性角色爱伦（Ellen）虽对现实感到悲伤，却并不反抗，而是继续履行照顾好友父亲和兄弟的责任；在美国女性小说家玛利亚·苏珊娜·康明斯（Maria Susanna Cummins，1827－1866）的小说《点灯人》（*The Lamplighter*）中，女主人公格蒂为了表现出自己值得获得所有人的爱，在点灯人特鲁曼·弗林特（Trueman Flint）中风时悉心照料他，承担保护者的角色。即便偶尔有实际反抗行为的女性角色，如美国女性小说家范妮·费恩（Fanny Finn）①的小说《露丝·霍尔》（*Ruth Hall*）中的女主角露丝（Ruth）虽击败了众多男性压迫者，但究其原因并非为了获得自身价值，而是为了夺取女儿奈迪（Neddy）的供养权和女儿凯蒂（Katie）的监护权，将自己的母亲这一角色发挥到极致。诸如上述各类女性形象的刻画在19世纪的美国文学作品中也十分普遍，这些女性按照既定轨道履行女儿、妻子和母亲的角色，常常被塑造成"家中天使"的形象。即便是在19世纪的男性作家笔下，这样的女性形象也同样存在。霍桑的妻子索菲亚·艾米莉亚·皮博迪·霍桑（Sophia Amelia Peabody Hawthorne，1809－1871）就曾十分满意于丈夫在《七个尖角阁的房子》的结尾处表露出的"家庭的可爱性和满足感"，并对此表示大为赞赏。可见，无论是19世纪的男性还是女性，无论是作家还是读者群体，都对"家中天使"这一女性形象的建构产生了巨大的推动作用。然而，在梅尔维尔笔下的女性角色中，却没有任何女性可被归为"家中天使"一类，即便是"天使"，也不是身体活动空间被囿于家庭之中，履行家庭义务的女儿、妻子和母亲。与"家中天使"相比，梅尔维尔早期小说中的南太平洋土著女性更应被形容成大自然中无拘无束的"纯洁天使"。

---

① 范妮·费恩是美国19世纪女性作家萨拉·威利斯·埃尔德雷奇·法灵顿（Sara Willis Eldredge Farrington）的化名。

一、身体、自由与灵魂之美

之所以说南太平洋的土著女性是"纯洁天使",首先是因为她们具有典型的身体之美,这一点与"家中天使"更强调女性的性别角色和家庭责任而非女性纯粹的身体之美不同。梅尔维尔曾在《玛迪》中对伊拉的外形和举止进行了详细描写。塔吉与伊拉初见时,伊拉"两手下垂,从那金黄色的长发里忧郁地"① 望向他,"宛如神龛中的圣人"②,"她双唇不停地颤动,不时地低声啜泣。她的脸上沾满泪水,胸前挂着一颗玫瑰色珍珠"③。塔吉以为自己在做梦,因为出现在他眼前的这位少女拥有"如雪花般无暇的皮肤,如苍穹般湛蓝的眼睛,还有一头金色的卷发"④。可以看出,在塔吉眼中,伊拉是完美无缺的,如同一尘不染的天使一般。如果说,小说的虚构性会让人怀疑当地女性的身体美,那么历史文献或游记中的文字描写更加真实。曾经到过泰比岛的欧洲白人就对当地的女性赞不绝口。库克船长在其航海游记中称"马克萨斯人是目前南海上最漂亮的土著人"⑤。美国文森尼斯号船上的牧师斯图尔特(Stuart)也曾"不止一次地表达出他对岛上女人们美丽绝伦的惊羡,并且坦言努库赫瓦的姑娘们令他想起本国最出众的美女⑥。此外,美国埃塞克斯号护卫舰上的海军准将大卫·波特也"曾一度十分迷恋岛上姑娘们的美貌"⑦。在《奥穆》和《玛迪》中,梅尔维尔也对塔希提岛上的女性做

---

① MELVILLE H. Mardi and A Voyage Thither[M]// HAYFORD H,TANSELLE G. Thomas and Hershel Parker.Evanston:Northwestern University Press,1970:136.

② Ibid.

③ Ibid.

④ Ibid.

⑤ Ibid,p. 101.

⑥ Ibid.

⑦ Ibid.

了一番描述，使用了诸如"纤巧""可爱""仙女"① "美丽""迷人""年轻"② 等词语，并将这些女性形容成"诗人们想象中热带地区的可人儿——温柔、丰满，还有痴迷的眼睛"③。在《泰比》中，尽管托莫在泰比岛上经历了发烧和腿疾的折磨，但他的痛苦得到了一定程度的缓解，重要原因之一就是泰比岛上那些可爱迷人的少女为他带去的心理慰藉。

当托莫抵达离努库赫瓦海湾一英里半左右的地方时，他注意到船正前方的水里出现一阵骚动。托莫起初以为是水中的鱼在翻腾，但后来才发现是土著少女在水中嬉戏玩耍，以此欢迎托莫和托比的到来。这些土著少女们的出现使托莫感到大吃一惊，"她们十分年轻，浅棕色的皮肤、精致的五官、难以形容的优雅身材、柔软的四肢，举止大方自然，看上去似乎既美丽又奇异"④。此外，当她们开始活动起来时，表现得是那么活泼灵动。托莫是这样描述这些少女们的身体和行为的：

> 当她们走近时，我望着她们的身体在水中上下起伏，她们高举的右臂把塔帕的腰带举过水面，她们游泳的时候，长长的黑发垂在她们的身边。我几乎把她们想象成是美人鱼。
>
> 我们离海滩还有一段距离，船慢慢地开着，直开到那些游泳的姑娘们中间去了。许多人抓着铁链板跳了进去；还有一些人，冒着被船撞到的危险，抓住了绳缆，瘦削的身体缠在绳子上，悬在空中。最后，她们都成功地爬上了船舷，她们贴在船舷上，身上淌着水滴，闪烁着沐浴后的光亮，乌黑的长发垂在肩上，半遮着她们本来赤裸的身体。她们挂在那里，浑身充满活力，活蹦乱跳，兴高采烈地互相笑着，叽叽喳喳地说

① MELVILLE H. Omoo：A Narrative of Adventures in the South Seas［M］. Evanston：Northwestern University Press，1968：123.
② MELVILLE H. Typee：A Peep at Polynesian Life［M］. Evanston：Northwestern University Press，1968：114.
③ MELVILLE H. Typee：A Peep at Polynesian Life［M］. Evanston：Northwestern University Press，1968：114.
④ Ibid，p. 15.

个不停。她们也没有闲着，都替对方做着简单的梳妆打扮。她们那茂盛的头发，卷成尽可能小的发髻，挤掉海水，仔细擦去身上的水珠，将一个涂着香油的小贝壳从一个人手中传到另一个人手中。她们的装饰是用一种朴素的带子在腰间系上几条宽松的白色塔帕带子。她们就这样摆好了阵势，不再犹豫，轻快地跃过舷墙，迅速地在甲板上嬉戏起来。①

　　此外，由于托莫得了腿疾无法自己沐浴，科里克里背着他去河边帮助他沐浴。此时，托莫发现，"周围石头上蹲坐的小家伙②现在都滑入水中，蹦蹦跳跳地嬉戏玩耍着——年轻的姑娘们轻快地跃上空中，露出了赤裸的身体，长长的头发在肩上飘舞，眼睛像阳光下的露珠一样闪闪发光，每一场嬉闹都发出欢快的笑声"③。上述文字中使用的诸如"长长的""消瘦的""赤裸的""简单的""茂盛的""裸露的"等形容词，"仔细地""轻快地""迅速地"等副词，"抓""缠""爬""贴""挂""卷""挤""擦""跃""笑""跳""舞动""嬉戏""蹦蹦跳跳"等动词，以及"身体""肩""头发""眼睛"等关于身体特征和行为举止的词汇都十分形象地将土著少女美丽天真、纯朴自然、小巧灵动、活力四射的形象展现在读者眼前，由此可见，初入泰比岛的托莫对当地女性的第一印象十分深刻。在泰比岛的第二天早晨，托莫睡醒时发现屋内几乎站满了年轻的泰比姑娘，"她们身上装饰着美丽奇异的鲜花……脸上洋溢着孩子般的喜悦和好奇，神情十分生动"④。可见，梅尔维尔笔下的泰比女性除了美丽，还具有原始自然的特点，她们的身体显然没有受到任何外部的人为约束，没有被某些制度或条条框框所限制，是纯粹天然的状态。这一点也反映在泰比女性的舞蹈上：

---

① MELVILLE H.Typee：A Peep at Polynesian Life ［M］.Evanston：Northwestern University Press，1968：14-15.

② 即河边的土著少女们。

③ MELVILLE H.Typee：A Peep at Polynesian Life ［M］.Evanston：Northwestern University Press，1968：90.

④ Ibid，p. 77.

　　年轻的姑娘们常常借着月光，在房门前翩翩起舞。舞蹈种类繁多，但我从来没见过泰比男人参与其中。姑娘们的舞蹈节奏欢快、步履轻盈，她们的每个身体部位都参与了舞蹈。的确，马克萨斯的姑娘们全身都在跳舞；不仅是双脚，她们的胳膊、手和手指也会跳舞。啊，还有她们的眼眸，她们似乎是在用大脑跳舞。说实在的，她们摆动着摇曳生姿的身躯，弯曲着细长的脖颈，高举着裸露的手臂，滑翔、遨游、旋转，种种这些对于像我这样一个冷静、清醒、谦逊的年轻人来说，简直感到情不自禁。①

　　托莫对泰比女性的舞蹈描绘得可谓是栩栩如生，看到这段文字的读者会很容易地在脑海中勾勒出一幅翩翩起舞的画面——美丽的少女们犹如轻盈的天使，在泰比岛上自由洒脱地起舞。这种场景在托莫看来之所以"情不自禁"，是因为托莫在其他地方从未见过女性能够享受这种自由。正如托莫所言，她们的"行动不拘礼节，全无人为的约束"②。

　　此处提到的"人为的约束"显然与远离南太平洋的其他国家的社会风气相关。在这些地区，女性的身体总是或多或少被约束、被限制、被定义，无法亲近自然。欧洲女性束腰就是一个例子。在19世纪的欧洲，当时的人们以瘦作为美的标准，而腰部对于女性整个身体的比例是十分重要的。在这样的社会背景下，欧洲的贵族女性们便开始了束腰的浪潮，这一浪潮逐渐成为一种社会风气。在当时，欧洲女子一般从11岁开始便束腰，穿上专为收腰而特制的衣服。然而，由于束腰是从乳房以下紧紧勒到胃部，因此必须绑紧勒带，紧紧箍扎，直到两肋出现又长又深的伤口，深入肌肤，一些女性甚至因此死亡。但当时的女性甘愿受苦，只为拥有西班牙式的苗条身材。此外，法式胸衣中间都有一根撑骨，主要由鲸骨、木头、象牙、兽角或金属制作而

---

① MELVILLE H. Typee：A Peep at Polynesian Life ［M］. Evanston：Northwestern University Press，1968：152.

② Ibid，p. 77.

成，以维持它的直挺。① 而撑骨多由专业工匠打造，上面刻着情爱诗文，于是逐渐演变为男性爱欲的对象，也成为闺房诗与大众戏剧歌咏的对象。

　　以西方社会中的束腰为代表的女性身体形塑对女性身体造成的损伤是巨大甚至不可逆的。但身体的损伤只是表面，这些对女性身体的要求是社会对女性身体的单向审美建构，即只将男性的喜好作为引导社会潮流的关键因素。在这些社会中，女性的身体是男性凝视的对象，是父权制建构的对象，女性身体的潮流是男性对女性身体规训的反映。与之相对的是泰比岛上的土著少女，尽管"家中还有几个可爱的小姑娘，她们不像更有见识的年轻小姐们那样弹钢琴或读小说，而是在家中编织一种上等的塔帕。但大部分时间里，她们都是走门串户，和熟人闲谈"②。可见，在泰比社会中，女性没有受到男性的规训和父权制的压迫，她们的身体不需要被困在家庭之中，享有充分的自由。

　　此外，当提到泰比女性身体上的刺青时，托莫发现当地女性很少会用刺青这种"可怕的污点"③ 来打扮自己：

　　　　姑娘们身上的刺青可以很容易地加以描述。她们的嘴唇上装饰着三个极小的圆点，跟针头差不多大小，若不仔细看，根本看不出来。肩膀下的胳膊上画着两根间距约半英寸的平行细线，长约三英寸，中间画满了各种精巧的图案。细细的刺花纹路常常令人想起军官便衣上象征着军衔的金色花边。④

将托莫对泰比女性身体刺青的相关描写与他对泰比男性身体刺青的相关

---

①　几百年来这也一直是塑身内衣的设计原理。

②　MELVILLE H. Typee: A Peep at Polynesian Life [M]. Evanston: Northwestern University Press, 1968: 85.

③　Ibid, p. 86.

④　MELVILLE H. Typee: A Peep at Polynesian Life [M]. Evanston: Northwestern University Press, 1968: 86.

描写①进行对比可发现，在他看来，刺青没有影响到泰比女性，她们的身体并未受到刺青的荼毒，这是一件令人感到欣慰的事。由此可见，叙述者对泰比男性和泰比女性的态度有很大差别。对于泰比男性，刺青是无法避免的事，只有被迫接受，但泰比女性则不同，她们不需要在身体上进行大规模的刺青，这使得她们相较男性而言可以保持外表上的绝对纯洁。身体上有刺青的人趋向于邪恶，身体上没有刺青的人则是纯洁的，而身体上刺青数量的多少和范围的大小标志着纯洁性的程度差异。因此，尽管刺青是一种施加在人身体表面的东西，在泰比女性那里却象征着纯洁性。不过，还是有特例的，托莫在参加了当地葫芦节后的第二天才得知，当地女性的右手和左脚上通常会有精致的刺青，这种在泰比女性手上和脚上出现的刺青是她们已婚的标志，这就类似白人世界中已婚妇女手指上佩戴的结婚戒指，象征着婚姻身份。梅尔维尔使用"精巧的"一词来描绘泰比已婚女性身上的刺青，和描绘泰比男性身上那些令人恐惧的刺青相比，无疑体现了一种双重标准，托莫对泰比女性的喜爱之情难以掩饰。

梅尔维尔对泰比女性着装的描写也体现出她们的纯洁，如小说就曾两次对一位名为法雅薇的泰比少女的着装进行过十分具体的描写：

一、

法雅薇——我必须承认这个事实——大多数时间还是穿着原始伊甸园式的夏装。但这服装多么合身啊！这把她优美的身材衬托得淋漓尽致，没有什么比这更适合她独特的美了。在一般情况下，她的装束就像我描述的我们刚进入山谷时遇到的那两个年轻的野蛮人一样。其他时候，当她在树林里溜达或拜访熟人的时候，她就穿一件从腰部到膝盖以下的由塔帕缝制的长袍；要是暴露在太阳下很长时间，她就总是用一种同样材质的蓬松大斗篷遮住身体，以保护自己不受阳光的照射。下面将介绍她的礼服。……

---

① 详见本书第一章中的相关内容。

正如我们国家的女人喜欢用奇形怪状的珠宝首饰来装饰自己，把它们吊在耳朵上、挂在脖子上，或是系在手腕上，法雅薇和她的同伴们也习惯用一些东西来装饰自己。

植物就是她们的首饰。有时她们会戴上一串串用小朵康乃馨编织的花环项链，在塔帕的映衬下犹如红宝石，或在耳洞嵌上一朵白色的小花蕊，稚嫩的花瓣交叉重叠在一起，像是一颗纯净的珍珠。她们常常在鬓角上带着花冠，花冠编得跟英国贵妇头上戴的草莓王冠十分相像，中间插入一些树枝和花朵，同样雅致的图案自她们的手环和脚环上也经常出现。事实上，岛上的姑娘们酷爱鲜花，经常会不厌其烦地用花朵来装饰自己的身体，这是她们天性中的可爱之处。①

二、

那些姑娘们上身的衣服略微高过胳膊肘，但我的美人②的衣装却从腰间开始，裙摆稍稍高过地面，正好露出她迷人的脚踝。

法雅薇第一次穿上这身衣服出现在我面前时，崭新的模样让我印象深刻。③

泰比姑娘们并不总是穿着简单，当她们庆祝节日时会穿上盛装，"其中最引人注目的是她们脖子上那美丽的白色鲜花项链，花茎已被去掉，紧紧地串在一根塔帕绳子上。她们的耳朵上嵌着相应的白色鲜花饰物，头上也戴着相应的白色花环。她们的腰上围着洁白无瑕的白色塔帕裙子，有些人还在上面加上一件同样材质的斗篷，并在左肩上系了一个精致的蝴蝶结，褶裥别致地垂在身上。"④ 托莫认为，法雅薇如果用这样的方式来打扮自己，就可以和

---

① MELVILLE H. Typee：A Peep at Polynesian Life ［M］. Evanston：Northwestern University Press,1968：87.

② 通过上下文可知，此处的"美人"指的是法雅薇。

③ MELVILLE H. Typee：A Peep at Polynesian Life ［M］. Evanston：Northwestern University Press,1968：135.

④ MELVILLE H. Typee：A Peep at Polynesian Life ［M］. Evanston：Northwestern University Press,1968：160-161.

世界上任何地区、任何风格的美女相媲美。无论是以曾经抵达当地的欧洲白人的视角来描绘泰比女性，还是将以法雅薇为代表的泰比女性和白人世界中的女性进行对比，或是对法雅薇着装的详细描述，都凸显出泰比少女在叙述者眼中的美好。

在叙述者托莫看来，泰比女性和白人女性之间存在显著差别，尽管泰比女性和白人女性都喜爱通过装饰品来点缀自己的身体，但点缀物和点缀的方式却大不相同。① 白人女性通常喜欢将闪亮的珠宝作为装饰品挂在脖子或手腕上，而泰比女性则心仪盛产于大自然中的草叶和鲜花。用人造之物点缀自己，未免让人感觉矫揉造作，而通过自然之物点缀身体，会令人感到耳目一新、天然纯粹。此外，在托莫眼中，与土著女性的着装相比，白人女性在着装方面要逊色得多。在后者的服装上总是离不开珠宝、羽毛、丝绸、皮毛等制品，显得她们古板拘谨、循规蹈矩，她们就如同女帽商店中的洋娃娃；而前者的服装哪怕是节日盛装，都相对简朴自然，凸显出土著女性的生机勃勃和纯真自然，她们就像是美第奇②的维纳斯③一般。尽管画像中的维纳斯和商店中的洋娃娃都不是具有生命力的人，都是被人观赏的对象，但它们之间也存在差异。

---

① 这种对比除了在《泰比》中得到凸显，在《玛迪》中也有提及。例如，梅尔维尔在描写伊拉时，使用了大量纯天然的物体进行比照或烘托，如"藤蔓""树荫""花""花瓣""玫瑰""清风""大海""海滩""蚌壳"（Mardi：91）"清水""波光""云影"（Mardi：102）"太阳""夏日""晴空""云彩"（Mardi：119）等，而在描写白人世界的女性时，文字切换成了"手套""戒指"（Mardi：98）等冷冰冰的人造物品。

② 美第奇，指的是美第奇家族（意大利语：Medici），是佛罗伦萨15世纪至18世纪中期在欧洲拥有强大势力的名门望族。该家族对意大利文艺复兴产生了重要影响。马萨乔、多那太罗、波提切利、达·芬奇、拉菲尔、德拉瑞亚、米开朗基罗、提香、曼坦尼亚等文艺复兴巨擘的背后正是美第奇。在各大世界闻名的艺术馆中展览的许多作品，原本是美第奇家族的私人收藏，其中不少画像和雕刻就是为这个家族的成员而作，甚至展品最主要的来源佛罗伦萨乌菲兹美术馆，也是这个家族的遗产。

③ 这里的维纳斯指的是15世纪末佛罗伦萨的著名画家、美第奇家族最宠爱的画师桑德罗·波提切利（Sandro Botticelli，1445–1510）的代表作《维纳斯的诞生》中的维纳斯。

众所周知,洋娃娃是西方文明世界中的产物,是模仿西方人的样貌和服饰,用布或塑胶制成的西方人物形象的玩偶。当我们形容某人长得像洋娃娃,一方面是指此人长相精致,另一方面则是指此人的长相、身材和服饰就如同工厂流水线加工生产出来的洋娃娃,不自然、刻板、生硬,没有灵魂。托莫将白人世界中的女性比作洋娃娃,一方面意在说明当时的女性被社会规约所束缚,每个人都精致、"完美"得像洋娃娃一般,另一方面暗含在资本主义消费文化背景下,以托莫为代表的白人男性对女性的身体进行定义与规约的特权意识。首先,每个人的身体应当是具有异质性的,即每个身体都不是绝对相同,然而,"从表面看,当代人对身体的态度是十分虔敬的,修修补补涂涂抹抹的;可事实上,这些东西却是对身体的异化。化妆品、服饰一类的东西本身只是工业产品,同一架机器里出来的都是一样的。这些相同的东西把本来千差万别的个性化身体同质化了,千篇一律。工业产品作为身体的装饰品的流行抹平了身体与身体间的差异的同时,也使原来某一个身体对其他的个体身体的敏感变得不可能"①。从流水线中生产出来的洋娃娃具有绝对一致的发型、脸庞、身材、服饰,甚至细微到眉毛和眼珠的大小比例都可以达到一模一样的效果。作为资本的衍生物的商品,"对身体的同质化、标准化的完成标志着资本对人类生活的侵略的最后完成"②。在托莫眼中,与如同洋娃娃一般的白人女性相对的是泰比女性,她们就像世界经典画像中的罗马美之女神维纳斯一般,美得不可方物,美得纯粹自然。无论是世界名画提切利的《维纳斯的诞生》、乔尔乔内的《沉睡的维纳斯》、提香的《乌比诺的维纳斯》、委拉斯凯兹的《镜前的维纳斯》、勒南兄弟的《锻冶神和维纳斯》、克拉纳赫的《风景中的维纳斯》,还是雕塑作品米洛斯的维纳斯,都以不同背景,从不同角度对女神维纳斯进行了刻画,呈现出维纳斯多维度的美。托莫将泰比女性比作世界名画中的女神维纳斯,说明了这些女性不仅具有流于表面的绝美,更重要的是拥有灵魂、可被塑造,具有不可替代之美,

---

① 萧武. 身体政治的乌托邦 [J]. 读书, 2004 (3): 157.
② 萧武. 身体政治的乌托邦 [J]. 读书, 2004 (3): 158.

这种艺术层面上的美与商品化的洋娃娃之美形成鲜明对照，更加凸显出两地女性在作家眼中具有的本质区别。①

二、"纯洁天使"之美的矛盾性与局限性

梅尔维尔小说中的这些"纯洁天使"的确自然美丽、纯真无邪，似乎没有任何缺点。但这种近乎完美的身体美和自由美始终无法脱离叙述者托莫的男性视角，更无法脱离作家梅尔维尔的男性身份。无论多么完美的女性身体，都是男性眼中的客体。法雅薇是叙述者最喜欢的一个姑娘——"最可爱的泰比女人"②，他对法雅薇的外形进行了更为细致的描写：

> 她那自由柔顺的身姿，正是女性优雅与美丽的完美体现。她的皮肤呈现一种浓郁的橄榄色，看着她面颊上的红晕，我几乎可以肯定，在透明的介质下面，隐藏着一种淡淡的朱红色的光彩。这个女孩儿长着一张鹅蛋形的脸庞，每一处五官都是令男人梦寐以求的形状。她那丰满的嘴唇，在微微一笑时，露出一口洁白耀眼的牙齿；当她那玫瑰色的饱满嘴唇因欢乐而张开时，它们看起来就像山谷里红润多汁的"阿塔"的乳白色种子，当这些种子被一分为二时，就能看出它们成排地躺在两边，埋在红色而又鲜嫩的果肉里。她那一头深棕色的卷发，从头顶中间被随意地分为两半，自然地垂在肩上，每当她弯腰的时候，就会俯身遮住她那可爱的胸部。当她在沉思的时候，她那双蓝色的眼眸似乎是平静而又深

---

① 需要补充的是，托莫不只是将泰比女性和白人世界的女性进行对比，也将泰比男性和白人世界的男性进行了对比。泰比男性具有强壮健美的体格，如同雕塑师手下的模特一般完美。尽管他们不善着装，始终保持自然的纯朴面貌，却远远好过那些"衣冠楚楚，总是一身扮相的闲人雅士和花花公子"。托莫认为，如果把那些所谓的文明人剥去遮盖他们身体的衣物，那么他们无非是一些"拱背曲肩、粗腰细腿、脖颈臃肿的无赖之徒"。（麦尔维尔，2011：159）将泰比男性比作如米开朗基罗手中的大卫雕塑，而将白人世界中的男性比作霍桑笔下的奇灵窝斯，这种强烈的对比无疑再次凸显了托莫对文明世界人类的贬低，以及对土著人的赞扬。

② MELVILLE H.Typee：A Peep at Polynesian Life［M］.Evanston：Northwestern University Press,1968：87.

不可测的；但是，在当她感到愉快时，这双眼眸又如同星星般闪烁着光芒。法雅薇的双手和任何一位贵妇人的手一样柔软细腻，因为它们完全免除了野蛮的劳动，始终保持着泰比女人少女时期的状态。她的双脚虽然完全露在外面，却又小又匀称，就像利马①妇女裙子下面裸露出来的小脚一样。小姑娘的皮肤由于不断地沐浴和涂抹软膏，光滑得令人感到不可思议。②

法雅薇自由柔顺的身姿、橄榄色的皮肤、鹅蛋形的脸庞、玫瑰色饱满的双唇、洁白耀眼的牙齿、深棕色的卷发、可爱的胸部、蓝色的眼眸、柔软细腻的双手、光滑的皮肤和小脚无一不是经过男性叙述者双眼筛选后留下的身体信息。这些都是男性观者对女性身体自上而下的观察后做出的描写。正如叙述者坦言，法雅薇是"男人们心中梦寐以求"③ 的完美形象。如果说在前文选取的片段中还无法直观地看出叙述者对女性身体的权力争夺，那么在这段文字中，叙述者强烈的男性中心视角一览无余。

除了对法雅薇身体的描写外，小说中对每晚围坐在托莫床边，照顾整日被腿疾所扰的托莫的泰比少女们的描写也具有这种特点。泰比少女们"取出先前从石缝中采来的黄色根茎，挤出一种被泰比人称为'阿卡'的芳香油脂涂在"④ 托莫身体的各个部位。"阿卡"的汁液令托莫"感到神清气爽，小姑娘们用她们柔软的手掌轻揉着"⑤ 他的身体，她们明亮的双眼正对着他微笑⑥。尽管托莫被腿疾弄得痛苦不堪，但有这些姑娘的陪伴，让他倍感幸福，

---

① 利马（Lima）是西班牙殖民者法兰西斯克·皮泽洛于 1535 年 1 月 18 日所建的，是秘鲁西班牙文化的重地，在 1500 年代和 1600 年代，是拉丁美洲仅次于波哥大和墨西哥城的经济、文化重心。

② MELVILLE H. Typee：A Peep at Polynesian Life［M］. Evanston：Northwestern University Press，1968：85-86.

③ Ibid，p. 87.

④ MELVILLE H. Typee：A Peep at Polynesian Life［M］. Evanston：Northwestern University Press，1968：110.

⑤ Ibid.

⑥ Ibid.

以至于托莫"在这种奢侈的生活中，忘记了所有的烦恼，把所有的悲伤都暂时忽略了"①。尽管托莫承认泰比少女们在大自然中享有足够充分的自由权利，但她们的女性身份仍然使她们承担着作为照料者的角色。对托莫备受疾病折磨的身体进行悉心、温柔的照料，这是泰比少女们从户外走向室内，从自由走向束缚的体现。可见，托莫并未完全视这些"纯洁天使"为无拘无束，而是在无拘无束之外还随时可以回到家中承担着关爱者和照料者的角色。在托莫眼中，当他想看到拥有身体和自由之美的泰比女性时，她们就以这样一种形象呈现在他面前，而当托莫希望泰比女性悉心照料自己时，他看到的就是她们毫无怨言地从大自然中进入家庭，履行着自己的义务。托莫眼中的泰比女性是丧失了发言权和选择权的绝对客体。可见，所谓的"自由"之美也并非绝对的"自由"，她们是否自由完全取决于男性观者的需求。罗伯特·S. 凯尔纳（Robert S. Kellner）认为，梅尔维尔在小说中采用两种方式来描绘两类女性，一类是"海妖"，一类是"泼妇"，在凯尔纳看来，第一类女性"用其温柔的诱惑致使男人走向毁灭"，而第二类女性"对待男人态度残忍，从不妥协"②。

更重要的是，无论是将泰比女性视为维纳斯，还是将白人世界中的白人女性视为洋娃娃，都是男性将女性视为被凝视客体的结果。托莫将女性视为被观察者，是被男性观察、凝视和评价的对象，因此，对白人世界女性和泰比女性的装扮等评价也是基于白人男性视角的，具有强烈的性别意识。这也从一定程度上体现出白人男性叙述者对于女性天真、自然和纯洁的赞扬。此外，托莫在河边沐浴时也直言，当他看到在场的泰比女性时，立刻脸红心跳起来，甚至要用双手从溪水中取出些清凉的水浇在脸上，才能让自己灼热的脸颊冷却下来。尽管托莫的这种"扭捏"之态是由于他被泰比女性注视而产

① MELVILLE H. Typee: A Peep at Polynesian Life [M]. Evanston: Northwestern University Press, 1968: 110.

② LIQUETE M, FELISA L. The Presence-Absence of Women in the Work of Herman Melville [J]. Atlantis, 1995, 17(1): 116.

生的结果，但同时也是托莫将泰比女性视为自己观察的对象所导致的结果。在托莫眼中，女性身体本就是男性凝视的对象，因此，一旦自己的男性身体反过来成为女性凝视的对象，他就会感到不自在，进而产生扭捏的举动，这也是其男性中心意识的反映。

托莫的男性中心意识还通过小说中对法雅薇与托莫之间心灵相通的描写得以展现。托莫自从进入泰比世界后，深刻感受到自己的格格不入，这种难以用言语告诉其他人的想法只能深埋于心。幸运的是，托莫遇到了法雅薇，这是一个外表美丽、内心善良的女性，她与其他泰比人不同，似乎能够对托莫背井离乡独自闯荡的行为表示理解，也对他当下的手足无措和内心煎熬表示同情。托莫有时甚至认为法雅薇的思想和其他泰比人差异巨大，她并不像其他泰比人那样神经大条或是头脑简单，而是可能意识到每个人都有自己归属的地方，都有自己生存的家园，都有手足情深的家人，这些是每个个体都拥有的财富。也许正因如此，托莫对法雅薇才格外关注。很难想象，在南太平洋群岛中会有这样一位女性的存在。如果说，一个群体中的每个人都具有相当的共性，那么法雅薇的思想也许并不是真实的，法雅薇这个人物可能并不真实存在于泰比社会，甚至可能是梅尔维尔杜撰的。这一杜撰的女性角色除了具有身体上的完美性，灵魂也与白人叙述者完美契合，由此可见在叙述者眼中，女性光有身体美和灵魂美还远远不够，如若不能像法雅薇这样与男性达到精神上的默契，就仍然是不完美的。因此，托莫对女性的定义仍然没有脱离以男性为中心的标准。

除了男性中心视角下的女性身体书写外，《泰比》中还出现了泰比女性身体禁忌的相关描述。这种身体禁忌主要指女性身体的被排斥现象。在泰比岛，女性和男性的权利大不相同，许多地方只允许男性进入。例如，托莫进入泰比社会后，有些吃惊地发现，在他们周围的许多土著人当中，一个女人也没有。当时他并不了解，当地严格执行所谓的"禁忌"，如"在岛上的所有地方使用独木舟都是严格禁止的。对所有当地的女人来说，即使是被看到进入独木舟，也会被拖上岸处死。因此，每当马克萨斯的女人想在海上航行时，她就只能将她们自己的漂亮身体当作桨来划动"①。又如，托莫的腿伤好转后，每天都会和科里克里、法雅薇一同前去拜访麦赫维的府邸，但能够进入府邸附近区域的只有托莫和科里克里，这个区域禁止女性踏入。在托莫看来，"仿佛她（法雅薇）女性的柔美制约着她，使她不能走进所谓的单身汉大厅"②。再如，当托莫向科里克里表示想要和泰比姑娘们一同在独木舟上嬉戏游玩时，科里克里严肃地摇头，并小声说道："禁忌！禁忌！"③ 在当时的欧洲和美国，女性的很多权利虽然受到制约，但仍然有一些权利，如乘船或进入别人家中。但在泰比岛，女性虽然可以在户外自由活动，甚至在水中自由嬉戏，但这种自由并非真正的自由，而是泰比岛对女性身体的规约，是她们无法登上船只的必然结果。对此，托莫认为，"这些可爱的姑娘们不得不像鸭子一样在水里游来游去，而一群魁梧的大个儿却坐着他们的独木舟在水面上飞驰而过，这十分可笑"④。泰比女性的身体禁忌在托莫看来是匪夷所思的，这也是由于他始终带着白人男性传统视角来评价她们。

在《玛迪》中，白人男性中心意识也被展现得淋漓尽致。塔吉进入玛迪群岛后，阴差阳错地被误以为是塔吉神人，对此他并未否认，反而顺势假装自己的确是塔吉神人。尽管玛迪人对塔吉是神人这一点有过怀疑，比如有一位老国王就提出一系列问题：

> 您真的是塔吉神人吗？按照传统，塔吉神人将在五百年后降临人间，但这一时间还尚未到来。塔吉神人，是什么风把您吹来的？传说中提到，当您和我们的祖先生活在一起时，您不过是一个爱争吵的半神。可是您为什么再次来到呢，塔吉神人？说真的，您的神像前的供品还不够充足，但我们还有许多其他的神同样需要供奉。难道您这次的到来是

① MELVILLE H.Typee：A Peep at Polynesian Life［M］.Evanston：Northwestern University Press,1968:14.
② Ibid,p. 157.
③ Ibid,p. 132.
④ MELVILLE H.Typee：A Peep at Polynesian Life［M］.Evanston：Northwestern University Press,1968:133.

为了与他们一争高下吗？我们有很多长矛，不需要借用您的弯刀。你这次是准备来此长住的吗？——玛迪岛上的房子太小了。不然我们陪您去海里钓鱼，如何？您尽管吩咐，塔吉神人。①

听到这里的塔吉对自己之前随意忽悠玛迪人的行为表示懊恼，但只有"打起精神，硬着头皮把这场戏继续演下去"②。于是，塔吉继续忽悠玛迪人，而玛迪群岛上的众人都对塔吉的话深信不疑，那些"长得仪表堂堂，衣着也是五彩缤纷，佩戴着华美的羽饰、宝石和许多其他饰物"的国王们一个个都被塔吉忽悠得团团转，甚至奥多岛国王米迪亚还为他建造了神坛和府邸。塔吉在玛迪群岛可谓如鱼得水，如同上帝一般，掌控着一切。玛迪群岛上的众人就像塔吉的附属品，无理由地服从他。《玛迪》中的这些文字描述将白人塔吉放在高高在上的位置，而把包括伊拉在内的玛迪群岛中的人都设定为闯入者塔吉的信奉者，这一叙事方式无疑也体现出塔吉强烈的自我中心意识。塔吉正是在这种中心意识下，带着男性中心视角看待《玛迪》中的女性角色伊拉。

如前文所述，小说中的伊拉是塔吉心中完美女性形象的代表，但不可否认的是，这种完美仍然是由男性主观建构和塑造的。从塔吉进入帐篷起，伊拉便"死死地盯着"③ 他，"一边惊恐地向后退去，一边下意识地裹紧身上薄纱似的长袍"④。无论是"惊恐"，还是"下意识"等伊拉身体的本能反应，读者都是通过第一人称叙述者塔吉的眼中看到的，是基于塔吉的视角，反映出塔吉作为观察者的主观感受。在塔吉眼里，伊拉的抗拒行为在表现出她的害怕情绪的同时，也激发了男性凝视者强烈的征服欲和保护欲。因此，塔吉抬脚走进帐篷中，将门帘放下一半，如此一来，他"既能看见留在帐外

① MELVILLE H.Typee：A Peep at Polynesian Life［M］.Evanston：Northwestern University Press,1968：166.
② Ibid.
③ Ibid,p. 136.
④ Ibid.

的萨摩亚，又恰好挡住了其他人的视线，让他们无法窥见蜷缩在角落里的少女"①。显然，塔吉在看到伊拉的第一眼时便被她吸引，与此同时，塔吉放下门帘的行为也使他能同时处于帐篷外和帐篷内的双重空间之中，能够同时观察帐外的情况，也能很好地看清帐内的伊拉。身处双重空间的塔吉具有全知视角，同时掌控两个空间的情况，尤其是对帐内的观察，更能为读者展示出他以一种男性视角居高临下凝视女性的画面。当塔吉踏入帐篷之中，整个视角从外部空间过渡到内部空间，形成了塔吉和伊拉两人的私人空间，其他人无法进入也无法干预，从而确保塔吉强势的男性征服者身份不被干扰和动摇。得知伊拉的神奇经历后，加上对当地供养婴儿作为神秘祭祀品之事有所了解，塔吉对伊拉表示同情，并认为她是一个"可爱的少女，就如同圣人一般"②。与此同时，塔吉对于自己拯救了伊拉一事感到无比自豪。他直言："当我发现自己是这位美丽少女的拯救者时，我是多么欣喜若狂啊！她没有想到自己会成为特代迪的秘密祭品。现在，她的监护人阿利马的死也丝毫没有让我感到沉重。不过，现在我没有感到内疚。与其让美丽的伊拉长眠于海底，被海藻青苔覆盖，还不如让那个卑鄙的神甫沉入海底。"③

在塔吉看来，他干了一件英雄救美之事，哪怕这件事是以牺牲一个祭司的生命为代价。这场拯救行动在塔吉眼中如同中世纪骑士文学中的那些见义勇为、锄强扶弱、骁勇善战、举世无敌的游侠骑士拯救贵妇人的英雄之举。骑士拯救贵妇人经历出生入死，实现建功立业的动力来源于爱情，故事情节不外乎是：为取得贵妇人的欢心，骑士历尽神奇的各种惊险遭遇，赢得骑士最高荣誉之后，凯旋而归，成为国君、领主或朝廷的显赫人物，然后分封他的朋友和侍从，并与一贵妇人或一远方公主成亲。这时，一切宿敌，包括那些善于施用魔法妖术的敌人，均被扫荡殆尽。显然，救了伊拉后的塔吉陷入

---

① MELVILLE H.Typee：A Peep at Polynesian Life［M］.Evanston：Northwestern University Press，1968：136.

② Ibid，p. 139.

③ Ibid，p. 140.

了深深的自我满足之中，他把自己视为英雄般的人物，而将伊拉视为自己英勇行为的战利品和附属品。正因如此，他在伊拉反问自己的身世时，"尽量敷衍搪塞"，竭力使她相信自己是"来自于神奇的奥罗利亚岛的某位半神"。不出所料，伊拉对塔吉随口编造的话语深信不疑，"因为她此前从未遇见过像"塔吉这样的人。塔吉甚至发现，伊拉对他的出现感到十分"惊奇"，并对他的谈吐"颇为着迷"①。

伊拉所有的反应都是经过第一人称视角叙述者塔吉的加工后展示给读者的，无论是伊拉初见塔吉时的害怕、抗拒，还是与塔吉谈话后的惊奇、着迷，无一不体现出塔吉的男性中心权威意识。在塔吉眼中，伊拉的害怕和抗拒可能是欲拒还迎的一种表现，而惊奇和着迷则是被塔吉彻底征服的结果。为了让伊拉不对拯救行动产生怀疑，塔吉试图稳住她。于是他谎称阿利马已被派往奥罗利亚岛去处理相关事务，而船上的事务则交由自己全权负责。塔吉说道："阿利马被派往奥罗里亚去执行一项长途任务；可爱的伊拉将暂时由我照管。因此，我必须把她的帐篷搬到我自己的独木舟上。"② 与此同时，塔吉示意同伴加尔"赶紧将少女和帐篷一起弄到小艇上去。事不宜迟，越快越好！"③ 经过一番快速流畅的行动，塔吉等人顺利将帐篷和伊拉一同安置在塔吉所在的小艇上。安顿好伊拉后，塔吉又开始思考接下来的打算。在塔吉看来，"伊拉的美貌超凡脱俗，甚至比清晨的生机无限更加可爱"④，可问题是，塔吉认为，伊拉无依无靠，只有依赖他们。塔吉甚至已经断定，伊拉在经历了之前紧张激烈的拯救行动后，仍然"心有余悸""迷茫徘徊"，容易"胡思乱想"⑤。

①　MELVILLE H.Mardi and A Voyage Thither[M] // HAYFORD H, TANSELLE G.Thomas and Hershel Parker.Evanston：Northwestern University Press,1970：140.

②　MELVILLE H.Mardi and A Voyage Thither[M] // HAYFORD H, TANSELLE G.Thomas and Hershel Parker.Evanston：Northwestern University Press,1970：140.

③　Ibid.

④　Ibid,p.142.

⑤　Ibid.

　　在塔吉与伊拉的初遇中，伊拉开口说话的次数少得可怜，除了讲述自己儿时的一些神奇经历外，伊拉就没有再开口说话了。读者对伊拉的认识完全取决于叙述者塔吉的语言。对伊拉外形的描写如"神龛中的圣人""超凡脱俗"①"美艳动人的天使"② 等，都是塔吉眼中的伊拉，而"惊恐""裹紧长袍""无依无靠""心有余悸""胡思乱想"等词汇也都是描写塔吉眼中伊拉的动作或状态，而非从伊拉的视角展现出的动作或状态。正如伦纳德·波普斯（Leonard Pops）将天真的少女伊拉视为"性受害者"③ 那样，小说中对伊拉的描写为读者展现的是一位外形完美无缺的女性形象，她受人俘虏，被人威胁，而后得到英雄的拯救，楚楚可怜，惹人疼爱。有了伊拉的陪伴，塔吉在船上航行时也不再像之前那样憧憬陆地上的树木和沙滩了。他反问自己："伊拉难道不就是我的海岸和树林吗？难道她不是我的草地，我的蜂蜜酒，我柔软阴凉的藤蔓，我的凉亭吗？难道我怀抱之中的不正是最令人无比向往的美好事物吗？"④ 除却完美的外形，她在《玛迪》中就如一个玩偶一般，被男性叙述者塔吉观察、凝视、解读、塑造，受塔吉的安排，被塔吉摆布，完全丧失自身的主体性，沦为塔吉男性权威下的附属物。因此，把伊拉形容成"物"并不夸张。

第二节　"邪恶潘多拉"

　　与伊拉一样，阿纳托（Annatoo）也是《玛迪》中为数不多的女性角色

---

①　MELVILLE H.Mardi and A Voyage Thither［M］// HAYFORD H,TANSELLE G.Thomas and Hershel Parker.Evanston:Northwestern University Press,1970:136.

②　Ibid,p.98.

③　POPS M.The Melville Archetype［M］.State of Ohio:Kent State University Press,1970:234.

④　MELVILLE H.Mardi and A Voyage Thither［M］// HAYFORD H,TANSELLE G.Thomas and Hershel Parker.Evanston:Northwestern University Press,1970:145.

之一。如果说《玛迪》中的伊拉与希腊神话中的月亮女神阿尔忒弥斯（Artemis）相像，那么，阿纳托则更像希腊神话中的厄运女神潘多拉（Pandora）。阿纳托在小说的第21章中初次登场。叙述者塔吉和同伴加尔逃离"阿克特隆"号后独自驾驶一条小艇航行在茫茫大海中，不知过了多少天，两人突然发现海平面出现一个桅尖，这对于在海上孤苦伶仃、风餐露宿多日的水手们来说是倍感兴奋的。等到两条船慢慢靠近，塔吉和加尔才看清这是一条双桅帆船，"它的帆处于一种莫名其妙的混乱状态，只拉前帆、主帆和三角帆。前帆破旧不堪，三角帆被吊在桅杆的中间，微风从船尾栏杆上吹来。这条船不断地偏离原本的航向，一会儿露出舷侧，一会儿又露出船尾"①。就在这样一艘气氛恐惧诡异的船上，生活着两个南太平洋土著岛民，男性名为萨摩亚，女性名为阿纳托，两人是一对夫妇。梅尔维尔在小说前半部分讲述塔吉在航行时的经历中，对萨摩亚和阿纳托的描写比较频繁，从小说第21章至第80章都围绕塔吉和萨摩亚夫妇之间的故事展开。其中，梅尔维尔还专辟三章（第26、28、35章）对阿纳托进行详述，可见，梅尔维尔对在《玛迪》中为数不多的女性角色之一的阿纳托十分感兴趣，而对阿纳托的身体书写也呈现了作家笔下与"纯洁天使"截然不同的另一类女性形象——"邪恶潘多拉"。

一、对"真女性"形象的改写

塔吉初见阿纳托时，她正与丈夫萨摩亚在一起。在小说中，萨摩亚"身材高大、肤色黝黑，看上去像个冒失鬼"②，他"穿着印花鲜艳的苏格兰方格呢短裙，头上戴着的缠头巾是红色中国的丝巾。他的脖子上还挂着一串叮当作响的珠子，打扮得滑稽可笑"③。除了裙子不同，阿纳托的其他穿着打扮

---

① MELVILLE H.Mardi and A Voyage Thither[M] // HAYFORD H, TANSELLE G.Thomas and Hershel Parker.Evanston:Northwestern University Press,1970:57.

② Ibid,p.66.

③ Ibid.

与萨摩亚一模一样。塔吉和加尔通过萨摩亚的介绍，得知了二人的经历。原来，萨摩亚和阿纳托所乘的这艘双桅船名为"帕基"号，在穿越回归线和赤道后抵达一个小岛群附近不久，被几个丘罗人霸占，丘罗人为争夺船只，与萨摩亚和阿纳托展开殊死搏斗。这次恶战导致一些船员丧命，而那些丘罗人失败后落荒而逃。于是"帕基"号上最终只剩下萨摩亚和阿纳托两人，也正因如此，他们二人开始"洗劫"这艘原本不属于他们的船只。他们首先打开船长的衣柜，将所有衣服都倒出来，然后就开始变装表演了。

> 萨摩亚和阿纳托一件件地试穿外套、裤子、衬衫，甚至内裤，穿着衣服在舱壁上嵌着的镜子前自娱自乐。接着，他们打开箱子和包裹，将里面一卷卷的印花棉布都翻来覆去地检查了一番，并对此啧啧称奇，连在船长箱子里找到的那些华丽的衣服甚至也被他们轻蔑地丢在一旁，反而是把那些松松垮垮的印花布衣套在身上，这更合他们的品位。
>
> 随着一个接一个的箱子被打开并翻倒，船舱甲板上的玻璃珠滚落下来，萨摩亚和阿纳托的脖子上也挂满了许多漂亮的珠链。
>
> 在其他东西中，他们又发现了黄铜珠宝首饰，还有许多在旧衣市场上售卖的小玩意儿，这些小玩意儿最是吸引萨摩亚和阿纳托，阿纳托把自己打扮得像个悲剧女王：浑身上下透出黄铜火焰般的光芒。不过，这个已婚妇人对自己的如此打扮感到非常悲哀，因为没有人欣赏她，就连她的丈夫萨摩亚也一直是在欣赏自己，而不是欣赏她。①

首先，从这段回忆中可以看出，哪怕是在离美国如此遥远的南太平洋地区，土著女性也表现出了爱美之心，但这种爱美之心究竟是为了让自己得到满足还是为了使自己的丈夫感到满足呢？小说中的这段文字已经给出了答案，阿纳托会感到遗憾是因为她将自己打扮得美丽无比却无人欣赏，哪怕是自己的丈夫此时也无暇欣赏。既如此，阿纳托在自己的身体上挂满珠宝首饰

---

① MELVILLE H. Mardi and A Voyage Thither[M] // HAYFORD H, TANSELLE G. Thomas and Hershel Parker. Evanston：Northwestern University Press, 1970：75.

又有何意义？显然，隐藏在故事背后的作家对女性的态度得以浮现。也许在梅尔维尔看来，女性爱美恰好印证了那句"女为悦己者容"而已，即女性打扮自己并非为了让自己看到自己的美，从而实现自身价值，而是为了满足其他人（男性），尤其是自己的丈夫。一旦无人欣赏，甚至没有得到自己丈夫的关注，那么这种打扮就是令女性"深感遗憾"的事。

阿纳托因丈夫没有注意到自己精心打扮而产生的遗憾之情在历史上并非无迹可寻。在19世纪中期的美国，女性对自己身体之美十分重视。在美国女作家路易莎·梅·奥尔科特（Louisa May Alcott，1832-1888）创作的长篇小说《小妇人》（*Little Women*，1868）① 中，有一幕描绘了年少的女主人公梅格（Meg）去参加舞会的情景。姐妹们帮她烫着头发，准备着华丽的服装，但当头发被妹妹不小心烫坏后，梅格绝望地说自己一定去不了舞会了。② 家人们开玩笑说梅格总有一天会为美丽付出代价的，这也从侧面说明了梅格对于美貌的追求。从这里也可以看出，年轻时的梅格很在意自己的外貌和着装，因为外貌和着装直观地呈现了一个人的长相和气质，因此会对女性的情绪产生影响。在梅尔维尔所处时代，男性和女性的世界是截然不同的。1830年，一位访问美国的英国妇女曾惊奇地发现美国人将男性美德和女性美德进行了细致的区分③。在权力和地位的斗争中，男性必须雄心勃勃、咄咄逼人，而女性则相反，要么扮演维多利亚时代的淑女，即"无所事事、智力停滞、完全依赖他人"④ 的角色，要么扮演在家庭中占主导地位的母亲和妻子的角色。18世纪末出现的对女性的性与身体功能的压抑态度，在整个19世纪都

① 该小说是一部以美国南北战争为背景，以19世纪美国新英格兰地区的一个普通家庭中四个姐妹之间的生活琐事为蓝本的带有自传色彩的家庭伦理小说。小说受到当时的超验主义思想家爱默生的影响，强调个人尊严与自立自律的观念。小说内容平实却细腻，结构单纯而寓意深远，富有强烈的感染力。

② ALCOTT L. Little Women ：Webster's Thesaurus Edition［M］. Brisbane：ICON Group International，Incorporated，2005：29-30.

③ HABEGGER A. Gender，Fantasy，and Realism in American Literature［M］. New York：Columbia University Press，1982：23.

④ Ibid，p. 31.

得到了强化，促使了女性作为母亲角色和性对象角色的两极分化。人们普遍倾向于把女性的性行为描绘成一种威胁，并捍卫女性最重要的美德——贞节。美国女性评论家芭芭拉·韦尔特（Barbara Welter）曾指出，"在女性杂志、19 世纪的赠年礼刊和宗教文献所呈现的对真女性（True Womanhood）的崇拜中，女性是家中的人质（hostage）"①。她进一步将女性的美德概括为"虔诚、纯洁、顺从、持家"②。其中，"宗教或虔诚是女性美德的核心，是女性力量的源泉"③，"纯洁与虔诚一样重要，缺乏纯洁就不自然、不女性化"④，"顺从也许是女人最应当具有的女性美德"⑤，"持家是女性杂志最推崇的美德之一"⑥。也就是说，在 19 世纪的美国，女性被要求成为对宗教拥有崇敬之心、对男女之事保有纯洁之情、对男人言听计从、在家中奉献自己的人，她们被社会和男性共同规约并建构为"真女性"形象，即拥有上述 4 种美德的女性。"尽管 19 世纪 50 年代的女性小说家们取得了商业上的成功，却和她们的前辈们在 19 世纪 30 年代和 19 世纪 40 年代一样，受到了 19 世纪关于女性领域的假设——家庭生活崇拜（the Cult of Domesticity）或真女性崇

---

① WELTER B.The Cult of True Womanhood：1820 - 1860［J］.American Quarterly，1966，18（2）：151.该文章是韦尔特在分析调查了 1820 年至 1860 年期间美国几乎所有已出版 3 年以上的女性杂志及已出版 3 年以下的样本、存储在国会图书馆中的《美国文学年鉴与礼品书，1825-1865 年》、纽约公共图书馆、哥伦比亚大学特别收藏、波士顿公共图书馆、弗鲁特兰兹博物院图书馆、史密森学会与威斯康辛历史学会等机构中的相关内容和数据后撰写而成，文章的结论具有真实性。

② Ibid，p. 152.

③ Ibid.

④ Ibid，p. 154.

⑤ Ibid，p. 158.

⑥ Ibid，p. 162.

拜（Cult of True Womanhood）——的深刻影响"①。

与美国本土被建构的"真女性"相比，远在南太平洋的阿纳托绝对称得上是与之大相径庭。作为土著人的阿纳托既不信奉基督教，对男女之事也毫无贞洁概念②，对丈夫呼之即来挥之即去，将贵重珠宝据为己有，这些行为都体现出她既不虔诚，也不纯洁；既不顺从，也不持家，形成了与当时流行于美国本土的"真女性"和这些女性所具备的气质截然不同的景观。更值得一提的是，尽管塔吉和萨摩亚对阿纳托将财物据为己有的行为忍无可忍，还是一直默许她守在厨房中生火做饭，但不久后，塔吉和萨摩亚害怕阿纳托某天会在他们的食物中投毒，于是把她赶出厨房。阿纳托连女性最后的专属空间也丧失了，这意味着阿纳托在叙述者眼中甚至连最基本的女性特质都不具备，讽刺意味已十分明显。在梅尔维尔所处时代，男性和女性确实形成了两个平行的，甚至是敌对的世界。1830 年，一位访问美国的英国女性曾好奇地

---

① 具体而言，"女性作家，无论多么成功，从不宣扬世俗的野心，甚至从不向自己承认，而 19 世纪 50 年代的流行女性小说家都否认这种野心。她们一致认为，女性的地位在家里而不是在市场上，尽管商业上的成功被定义为'非女性化'，但在她们自己和别人的眼中，有几个因素帮助这些女性作家洗脱了罪名。例如，她们写信是为了供养家庭或孩子（通常是在父亲或丈夫去世或破产后），因此，她们不是在与男性竞争，而是在履行她们的'女性'职责。他们也没有将炫耀自己的成功作为一种个人自信，许多人甚至坚持说他们的书实际上是自己写的（或者至少不是经过深思熟虑而产生的）。大多数人还通过使用假名或匿名发表文章来保护个人隐私和'女性'隐私。最后，如果妇女的地位是在家里，那么家庭——妇女的家庭生活——就是这些作家的伟大主题，而她们小说中所推崇的价值几乎是一致的'女性化'和'家庭化'。《汤姆叔叔的小屋》似乎是女性不必关心政治（人们普遍认为，这是男性的专属领域）这种假设的一个例外，但从她的标题到小说的最后一幕，斯托在家庭生活的幌子下处理了很多政治问题"。（See Bercovitch, Sacvan, 1995：81）

② 在《玛迪》中，梅尔维尔虽未言明阿纳托是否与其他男性有染，但他在第三十五章中叙述了贝利撒留和安东尼娅之间的故事，即使不是意在暗示阿纳托不守贞洁，也是对以安东尼娅为代表的女性不守贞洁进行了批判。梅尔维尔在小说中提到，贝利撒留曾经也没有想到安东尼娅对自己会有二心，因此，被蒙在鼓里的贝利撒留还去控告那些到处散布他与安东尼娅流言蜚语的人。结果，他亲眼看到了安东尼娅和年轻的西奥多修斯有染，给自己戴上了绿帽子。（See Melville, 1970：115；麦尔维尔，2006：77）

观察美国人如何区分男性美德和女性美德①。她发现，"男人在争夺权力和地位的斗争中必须雄心勃勃、咄咄逼人，而女人则相反，要么扮演维多利亚时代的女性角色（无所事事、智力停滞、完全依赖他人），要么扮演主导地位的母亲和妻子的角色"②。对女性美德的定位已经形成了一种规范，显然，阿纳托并未遵守 19 世纪美国社会对女性美德的规范，是梅尔维尔笔下"真女性"形象的颠覆。

梅尔维尔对女性的这种态度还可以从其 1852 年夏初的一次经历中得以窥探。当时，梅尔维尔接受了岳父肖的邀请，陪他一起去马萨诸塞州的南塔克特岛、玛莎葡萄园岛。途中，他们在新贝德福德停了下来，肖的朋友——马萨诸塞州首席检察官约翰·克利福德（John Clifford）住在那里，后来三人一同乘船横渡海湾。一天晚餐时，克利福德先生认为梅尔维尔可能会对一个案子很感兴趣，于是他详细地讲述了曾经摆在他桌上的一桩遗产纠纷案。梅尔维尔当时也许是对这一案件表现出了一些兴趣，因为几个星期后，克利福德把法庭书记官关于这个案子的笔记副本寄给了他。这是个简单的故事。一个名叫罗伯逊（Robertson）的海难水手，习惯了在每个港口都寻找一个妻子（只住一个晚上），然后娶了一个救了他的女人为妻，但在使她怀孕之后便抛弃了她。17 年后，他带着一些纪念品回来送给他的妻子和从未谋面的孩子，然后又离开了。又过了一段时间，他回来给女儿带了一份结婚礼物，又动身离开。在他死后，人们才知道罗伯逊在离开妻女的那段时间里又娶了另外两个女人。但他的第一任妻子，即那个救了他的女人——阿加莎·哈奇（Agatha Hatch），无论是在身体上、感情上，还是行为上都始终对他保持忠诚。为了不破坏女儿对父亲的善意，她也从未在女儿面前说过丈夫的坏话。梅尔维尔发现克利福德给他的这个故事很好地说明了两点：一是大多数水手对他们的妻子都怀有特殊的自由主义观念；二是当丈夫不在的时候，那些女

---

① HABEGGER A. Gender, Fantasy, and Realism in American Literature [M]. New York: Columbia University Press, 1982: 23.

② Ibid, p. 31.

人们也仍然具有极大的耐心、忍耐力和顺从。① 若结合梅尔维尔的这一真实经历，以及他在《皮埃尔》中对永远忠诚于皮埃尔的露西（Lucy）的刻画，可以合理地推测梅尔维尔对女性的态度。总体而言，梅尔维尔认可当时的主流性别观念，即将女性视为具备"虔诚、纯洁、顺从、持家"美德的"真女性"。为了强化这一观念，参与对女性的社会建构，梅尔维尔在《玛迪》中塑造了一个与"真女性"完全相反的女性角色——阿纳托。

二、对女性的双重情感

前文提到阿纳托为了让丈夫欣赏自己而打扮，这一行为并未体现出作为女性的阿纳托拥有传统女性的柔弱气质，相反，阿纳托和梅尔维尔其他小说中的土著女性不同，她"长得粗粗壮壮，既不年轻又不漂亮，更谈不上可亲可爱"②，她是"一只母老虎"，"具有鞑靼人的刚烈性格"③ 和"亚马孙女王潘尼西亚的气质"④，因此，萨摩亚和阿纳托婚后经常斗嘴吵架也就不足为奇。"他们的婚姻生活是一场漫长的战争，只有在夜间才会休战。早上又精神抖擞地起来继续战斗。"⑤ 总体而言，"萨摩亚是一个十足的'妻管严'"⑥。阿纳托试图将船上的衣物都归为己有，一旦萨摩亚表示反对，她便发起反抗。萨摩亚对阿纳托的这种反应无言以对，尽管他"在其他方面也算是一个英雄好汉，尽管刚才他还勇敢地击毙了若干名歹徒，但是在阿纳托

---

① 关于梅尔维尔与肖在新贝德福德的这段经历，参见 DELBANCO A.Chapter 8 Seeing Too Much[M]∥Melville:His World and Work.New York:Vintage Books,2005.

② MELVILLE H.Mardi and A Voyage Thither[M]∥HAYFORD H,TANSELLE G.Thomas and Hershel Parker.Evanston:Northwestern University Press,1970:90.

③ Ibid,p.75.

④ Ibid,p.90.

⑤ Ibid,p.75.

⑥ Ibid.

眼里，萨摩亚却是一个不折不扣的胆小鬼——就像勇敢的首领马尔博罗①和贝利撒留②一样。可是与萨拉③和安东尼娅④相比，阿纳托真是差得太多"⑤。这段文字中出现了一系列人名，若想了解阿纳托说出此话的真正意图，就有必要先对其中提及的几个人物有所了解。

首先，阿纳托提到的萨拉是历史上的一个传奇女性，常被刻画成脾气暴躁之人。凭借与英国女王安妮⑥的亲密友谊，萨拉成为当时英国最有影响力的女性之一。安妮还是公主时与萨拉的友谊就广为人知，当时的很多重要人物都把注意力转向她，希望借助她来影响安妮。萨拉陪伴安妮27年，在英国整整60年里都是一股强大的政治力量。在17世纪晚期和18世纪早期，萨拉的一生定义了女性在公共事务中的影响范围和局限。此外，萨拉嫁给马尔博

---

① 此处的马尔博罗（Marlborough）指的是约翰·丘吉尔（John Churchill，1650 - 1722），即第一代马尔博罗公爵（1st Duke of Marlborough），英国军事家、政治家。约翰·丘吉尔在西班牙王位继承战争中名利双收，与战友欧根亲王共同成为法国国王路易十四的两大克星，使英国上升为一级的海陆强权国家，促成英国18世纪的繁荣兴盛。

② 贝利撒留（Belisarius，约505年-565年），又名贝利撒瑞斯，拜占庭帝国统帅、军事家，他一生当中的大多数战役是以少胜多。

③ 根据前文中提到的两个男性人物马尔博罗（Marlborough）和贝利撒留，以及贝利撒留和安东尼娅（Antonina）的夫妻关系，可以推测此处出现的萨拉（Sarah）指的是马尔博罗公爵夫人，萨拉·丘吉尔（Sarah Churchill，Duchess of Marlborough，婚前名为萨拉·詹宁斯Sarah Jennings，1660-1744）。

④ 叙述者在《玛迪》中一共三次将阿纳托比作安东尼娅，将萨摩亚比作贝利撒留。拜占庭历史学家普罗柯比（Procopius，约500 - 565）在其撰写的《秘史》（又译为《未发表的记事》或《轶闻》：Anecdota）一书中，曾讲述了贝利撒留和安东尼娅之间的秘事：当时的特使给贝利撒留带来皇后的一封信，信中提及安东尼娅对贝利撒留的帮助，并要求贝利撒留好好对待自己的妻子。在看过这封信后，贝利撒留兴奋不已，急于向妻子安东尼娅表达感激之情，于是，"他从靠椅上跳起身来，扑倒在他妻子的脚下，双手爱抚他妻子的双腿，用舌头舔他妻子的双脚掌，舔完一只再舔另一只，感激涕零地称她为他的生命之源，安全之本；今后他就是她的忠实奴仆，而不是她的一家之主和掌柜的"。（普罗柯比《秘史》）

⑤ MELVILLE H.Mardi and A Voyage Thither[M] // HAYFORD H,TANSELLE G.Thomas and Hershel Parker.Evanston：Northwestern University Press，1970：75.

⑥ 安妮女王（Anne of Great Britain，Anne Stuart，1665-1714），斯图亚特王朝的英国及爱尔兰女王（1702-1714在位）。

罗后，后者在她的支持下，靠着她与安妮女王的私密友谊，以及他个人卓越的军事和外交才能，在1702年成为英国最有权力的男人，并通过军事胜利改变了欧洲历史的进程。梅尔维尔在此处分别援引两位英雄男性人物马尔博罗与贝利撒留，以及他们的妻子萨拉和安东尼娅，借以说明男性与女性之间的关系并非都是男性占主导地位，女性屈从于男性。相反，以萨拉和安东尼娅为代表的一些女性本身就具有非凡的个性和能力，并不是通过依靠自己的丈夫来实现自己的人生价值，也不是在家庭中履行传统女性的职责，而是通过自身能力为自己的丈夫博得更多平台和机会，促成丈夫事业的进步与成功。

　　但显然，梅尔维尔的目的并不是赞扬以萨拉和安东尼娅为代表的女性，而是为了反衬萨摩亚的妻子阿纳托身上存在的各种弊病。萨拉和安东尼娅对丈夫在事业上进行帮扶，是贤内助的形象，而与之相比，阿纳托无疑是一个母夜叉，其性格凶悍、野蛮狠毒，对丈夫不仅毫无贡献，还常常拖后腿。阿纳托和萨摩亚在洗劫"帕基"号后开始分赃，"尽管表面上他们已经达成一致，所缴获的战利品一人一半，但与此同时，阿纳托将那些贵重的珠宝归为己有，并慷慨地放弃了备用索具、武器弹药和主桅前桅等"①。在叙述者塔吉看来，女人终归是女人，喜爱的东西总不过是珠宝和衣服这些能装点自己身体，使自己变得更美的物品，至于武器和弹药等与战争相关的东西显然被他直接划归为男性的特有物，与女人毫无关系。这就在无形中再次将女性和男性分别人为地加以建构。在现代社会中也是如此，人们通常会教育自己的女儿成为窈窕淑女，而教育儿子则会将其朝男子汉大丈夫的道路上引导。这也就是为何女孩普遍喜爱洋娃娃或一些可爱的小玩具，而男孩则普遍喜爱恐龙或玩具枪之类的东西。

---

①　MELVILLE H.Mardi and A Voyage Thither[M] // HAYFORD H,TANSELLE G.Thomas and Hershel Parker.Evanston:Northwestern University Press,1970:76.

此外，塔吉除了人为地对男性和女性进行性别上的划分和建构，还对女性的某些身体行为表示不满，并通过反讽的方式加以呈现。例如，针对阿纳托将珠宝据为己有，而放弃武器军火等物品的这一行为，塔吉还额外补充了一句："阿纳托根本不需要这些武器弹药，因为她的大嗓门就是火炮，她的爪子就是刺刀。"① 塔吉将阿纳托的声音比作火炮，将她的手比作刺刀，且使用的词语分别为"artillery"（火炮）、"talon"（爪子）和"bayonet"（刺刀）。artillery 指的是"大口径机组安装火器"，其最明显的特点是体积大。塔吉将阿纳托的声音比作火炮，可见其嗓门之大。talon 指的是"某些鸟脚上的长而尖的弯曲的爪，尤指猛禽"；bayonet 指的是"一种长而锋利的刀，固定在步枪的末端，在战斗中用作武器"。塔吉将阿纳托的手形容成猛禽的爪子，既直观呈现了阿纳托手指的尖利和由此引申的攻击性与杀伤力，又侧面展示出其如猛禽一般凶猛狠毒的性格特征。可见，尽管阿纳托对武器不感兴趣，她的身体本身却好似各种厉害武器的集合体。此外。在塔吉眼里，阿纳托全身上下毫无优点可言。她把贵重的东西霸占后却并没有使用，她的种种行为似乎显示出她头脑中存在着"恶魔"，正因这些"恶魔"教唆她"干坏事"②，使得阿纳托总是做出令人难以理解和接受的事。比如，阿纳托后来还开始偷航行过程中十分关键的一些物品，这种行为在塔吉看来实在匪夷所思，因为"任何一个有头脑、有理智的人都不会无缘无故地东偷西盗，因为这就好比把银币从一个口袋里拿出来，然后又放进另一个口袋"③。将阿纳托的各种身体特征与武器相比，让读者对阿纳托作为女性所带有的攻击性产生深刻印象，从而强化了男性中心视角下的女性暴力、凶猛的形象，同时，通过男性叙述者充满反讽的语气来描写女性阿纳托，展现阿纳托不受大脑控制的身体行为，也从侧面反映出作家对女性所持有的偏见。根据小说中对阿纳

---

① MELVILLE H.Mardi and A Voyage Thither［M］// HAYFORD H，TANSELLE G.Thomas and Hershel Parker.Evanston：Northwestern University Press，1970：76.

② Ibid，p. 75.

③ Ibid.

托的描写可以看出，阿纳托各方面都不足以与萨拉和安东尼娅媲美，但在这种情况下，她对丈夫萨摩亚的态度还如此恶劣，行为方式还如此暴力野蛮，不仅自身有缺陷，更无法辅佐自己的丈夫，这些都体现出作家对以阿纳托为代表的女性的强烈不满。

后来发生的一系列事情也印证了叙述者对女性的这一论断。阿纳托和萨摩亚二人不时发生争吵，而每次争吵时，阿纳托都大呼小叫，"不停地四处晃荡，好像浑身有耗不完的精力"，"毫无女性温顺谦让的特质"①。此外，塔吉还把阿纳托说成是"贪得无厌的女人""悍妇""讨厌的人"，"既不能忍受与萨摩亚待在一块儿，但是无法离开萨摩亚"②。在梅尔维尔笔下，阿纳托被塑造成了一个脾气暴躁、野蛮凶猛、贪得无厌，又死皮赖脸的女性形象。但从梅尔维尔的措辞和表述可以看出，他并非赞扬和鼓励阿纳托这些逾矩的思想和行为举止，而是通过男性视角，对如邪恶潘多拉的女性表示厌恶和反感，对其思想和行为表示排斥，以此参与 19 世纪上半叶美国对女性的"真女性"身份的建构，从而形成一种性别建构的共谋。卡米尔·帕格利亚（Camille Paglia）曾将梅尔维尔的小说融入他关于性别刻板印象的讨论之中，并指出："女人是一种吞噬一切的力量。"③

事实上，梅尔维尔对女性的态度在作家的其他小说甚至现实生活中也有所体现。梅尔维尔在短篇小说《单身汉的天堂和未婚女的地狱》（*The Paradise of Bachelors and The Tartarus of Maids*）中曾以第一人称叙述者的口吻评价故事中的 9 位单身汉律师，并写道："这些随性快活的男人没有妻儿让他们操心。他们几乎个个都是旅行者，因为独身的单身汉们可以自由地旅行，他们的良

---

① MELVILLE H.Mardi and A Voyage Thither［M］// HAYFORD H，TANSELLE G.Thomas and Hershel Parker.Evanston：Northwestern University Press，1970：80.

② Ibid，p. 81.

③ PAGLIA C.Sexual Personae：Art and Decadence from Nefertiti to Emily Dickinson［M］.New York：Vintage Books，1991：585.

心不会因为遗弃妻儿而感到痛苦。"① 这也呼应了梅尔维尔在《玛迪》中对女性人物阿纳托的刻画之目的。此外，梅尔维尔于 1856 年 3 月发表了一篇名为《我和我的烟囱》的故事。在这个故事中，梅尔维尔描写了一个大烟囱，它直穿过房子的中心，在一楼通向一个宽口壁炉，挡住了他妻子想要一个宽敞的中央门厅的愿望。《我和我的烟囱》的叙述者给了这个阴茎形状的烟囱很多温柔的关爱，叙述者说："我谦卑地用铁锹和钳子向它鞠躬，它（烟囱）是我的主人"②，而他妻子的格言是，存在即不合理，她不想和烟囱有任何关系，而且希望叙述者应该隐退到修道院去。梅尔维尔在他三十多岁的时候写了这样一个关于男人的文章，这个男人的妻子后悔她丈夫的烟囱需要经常照看。叙述者补充道："事实上，我的妻子和世界上的其他人一样，对我的这些胡言乱语毫不在意。"③ 几年后，梅尔维尔的妻子莉齐在她那本小说的页边空白处写了一条自白的评论："关于这位妻子的一切都适用于他的母亲。"④ 可见，梅尔维尔将其在现实生活中对母亲和妻子的态度迁移到其小说之中，从而塑造了阿纳托这一女性人物，用以表露自己对女性的不满态度。若将这一不满态度与前文中提到的作家对《泰比》中法雅薇的描写进行对比，更能看出作家对兼具身体之美、灵魂之美，同时能与男性达到精神完美融合的女性的憧憬之情。

此外，细心的读者会发现，梅尔维尔小说中的女性身体书写从《泰比》到《奥穆》再到《玛迪》，发生了巨大的转变。具体而言，《泰比》中的女

---

① MELVILLE H.The Paradise of Bachelors and The Tartarus of Maids[M] // HAYFORD H, MELVILLE H, PARKER H, et al. The Piazza Tales and Other Prose Pieces Writings of Herman Melville.Evanston:Northwestern University Press,1987:322. 本书中所有《单身汉的天堂和未婚女的地狱》的中译文均为笔者自己所译，后文不再另做说明。

② MELVILLE H.I and My Chimney[M] // HAYFORD H, MELVILLE H, PARKER H, et al. The Piazza Tales and Other Prose Pieces Writings of Herman Melville. Evanston: Northwestern University Press,1987:360.本书中所有《我和我的烟囱》的中译文均为笔者自己所译，后文不再另做说明。

③ Ibid,p. 376.

④ DELBANCO A.Chapter 10 Adrift[M] // Melville:His World and Work.New York:Vintage Books,2005.

性身体书写散见于各个章节之中，作为这些身体主人的女性普遍都是天真无邪、纯洁美好的女性，有着令男性为之疯狂的特质，梅尔维尔尤其对法雅薇大加赞赏，浓墨重彩地塑造了这一女性形象。《奥穆》中的女性身体书写相较《泰比》而言已经少了许多，只是零星地见诸于某些章节之中，成为点缀。而《玛迪》中一共只提及了 3 位主要女性角色：伊拉、阿纳托和霍西娅，其中，霍西娅从未以真面目示人，梅尔维尔只对伊拉和阿纳托二人进行了具体的刻画和描写，但正如前文所言，梅尔维尔对阿纳托的身体刻画并非赞扬，而是贬斥。如果说在"波利尼西亚三部曲"中我们还能看到作家笔下有对女性身体的大量描写，那么从 19 世纪 50 年代出版的《白鲸》开始，到以《贝尼托·切里诺》为代表的《广场故事集》，再到《抄写员巴特尔比》和《水手比利·巴德》，读者在这些小说中几乎看不到作家对女性身体展开的描写。在这些小说中，无论是人物还是视角，基本都是以男性为中心的，叙述的声音也是由男性发出的，讲述的是男性自己的故事。梅尔维尔小说中唯一一处提及女性具有主体反抗意识出现在其长篇小说《皮埃尔》中。当叙述者皮埃尔思考他与母亲玛丽之间的关系以及自己的命运时，小说中出现了一段皮埃尔意识流般的心理描写："我还记得，在她最亲切的爱意中，也曾有过一些如闪闪发光的鳞片一般的高傲；她骄傲地爱着我；以为在我身上看到了她自己那高傲的美；骄傲的女祭司，她站在我的镜子前，对着她的镜像，而不是对着我，献上了她的吻。"[1] 大卫·格雷文（David Greven）认为，"这段文字让我们能够想象女性渴望自我反省的可能性"[2]，但这也只是梅尔维尔小说中短暂提及的女性主体意识，梅尔维尔并未对此加以详细描写。读者在阅读时，很容易感知到作家刻意规避对女性的过多描写。

　　在现在的读者看来，梅尔维尔毫无疑问是 19 世纪美国经典作家之一，

---

[1]　MELVILLE H. Pierre: or The Ambiguities [M] // The Life and Works of Herman Melville.Evanston and Chicago:Northwestern University Press,1971:90.本书中所有《皮埃尔》的中译文均为笔者自己所译，后文不再另做说明。

[2]　HAYES K J. Herman Melville in Context [M]. Cambridge: Cambridge University Press, 2018:81.

但梅尔维尔的小说在出版时并未受到广泛好评，这与当时文学市场的特殊语境密切相关。如果将梅尔维尔后期小说中女性身体书写的缺席这一现象放置在 19 世纪 50 年代美国文学市场与出版业的特殊环境中加以考量，也许不难理解。19 世纪 40 年代起，美国的图书出版业已经在主要城市巩固了占主导地位的出版公司，尤其是费城的凯里出版社（The House of Carey）和纽约的哈珀出版社（The House of Harper），生产和发行的资本化以及效率的提高为本土作家提供了越来越多的全国性市场。到 19 世纪 40 年代末，两家新公司开始争夺凯里和哈珀的霸权。这些主流出版社先后出版了英国诗人阿尔弗雷德·丁尼生（Alfred, Lord Tennyson, 1809-1892）、美国诗人亨利·沃兹沃斯·朗费罗（Henry Wadsworth Longfellow, 1807-1882）、约翰·格林利夫·惠蒂尔（John Greenleaf Whittie, 1807-1892）和霍桑的作品。"与此同时，一些最成功的文学杂志，如《格雷厄姆杂志》（*Graham's Magazine*）和费城的《戈迪女士之书》（*Godey's Lady's Book*），在全国范围内培养了一大批读者，这些读者主要是女性。到 19 世纪 40 年代末，杂志作家或许已经成为美国文学中最具特色的角色，而杂志读者的品位逐步决定了美国文学最具特色的模式。"① 事实上，在 19 世纪 50 年代的美国，"最成功的作家，尤其是小说作家，大体上都是女性"②，尽管这些女性中的大多数如今已经被人们遗忘。的确，由于政治和意识形态等因素的影响，许多当时的女性作家渐渐淡出主流和畅销作家行列，她们的作品也无法被作为经典作品留存至今，但这并不能否认她们在当时的美国社会中曾受到重视和欢迎。在 19 世纪 50 年代，美国资本主义高速发展，物质生活条件越来越好，加之女性的主要活动场所仍然停留在家庭，有着较多闲暇时间的女性开始慢慢占据文学阅读者的市场，成为读者群体中数量最多的部分。"在这种流行的基础上，作家成为了

---

① BERCOVITCH S. The Cambridge History of American Literature, Volume 1820－1865 [M].Cambridge：Cambridge University Press,1995：77.

② Ibid,p. 76.

女性的职业，阅读成为了女性的业余爱好。"①

文学作品首先是给读者阅读的，因此出版文学作品的公司很容易受到读者品位和喜好的影响，为了增加销售量，争取更多的出版利润，出版业逐渐开始受女性读者的牵制。此外，由于大多数读者都是女性，而男性作家的创作思想、语言风格、作品主题等内容无法得到女性读者的青睐，由此诞生了越来越多的女性作家。这些女性作家通过女性独特的生命体验和文字之美，书写女性独特的生存经历和人生感悟，能够较容易地使女性读者形成共鸣，从而产生阅读的兴趣。于是，这一时期的美国女性作家开始崭露头角，她们撰写的小说受到广泛关注，这些女性作家也逐渐成为作家中的佼佼者，甚至有超越男性作家的势头。② 正如伯科维奇所说，"绝大多数成功的作家都是女性，绝大多数读者也是女性……无论是作为作家还是读者，女性都是 19 世

---

① BAYM N.Woman's Fiction:A Guide to Novels by and about Women in America 1820-1870 [M].Ithaca and London:Cornell University Press,1978:11.

② 19 世纪 50 年代开始，美国进入第一个伟大的"畅销书时代"（age of bestsellers），许多杂志的发行量已经被图书出版业赶超。苏珊·华纳的《广阔广阔的世界》在初版后的的两年里共出版了 13 版，超过了之前任何美国作家的小说销量，最终在美国卖出了 50 多万册，在英国也很受欢迎。《广阔广阔的世界》开创了美国图书出版业一个非凡的 10 年。1851 年，哈里特·比彻·斯托（Harriet Beecher Stowe, 1811-1896）开始在华盛顿的《国家时代》（National Era）杂志上连载《汤姆叔叔的小屋》（Uncle Tom's Cabin），读者们被这部小说迷住了。波士顿的出版商兼废奴积极分子约翰·庞查德·朱厄特（John Punchard Jewett, 1814-1884）看到商机并与斯托签订了一份图书出版合同。这部小说于 1852 年 3 月分 2 卷出版，销量惊人：前 3 周售出 2 万册，前 3 个月售出 75 万册，第 1 年售出 305 万册。到 1857 年，《汤姆叔叔的小屋》已经卖出了 50 万册，而且仍在以每周 1000 册的速度增长。19 世纪 50 年代，没有其他美国作家能与斯托的成功相提并论，但也有几位女性作家与其不相上下。萨拉·佩森·威利斯（Sara Payson Willis）收藏的《范妮作品集》（Fanny's Portfolio, 1853）草稿在第一年就卖出了 70000 本；1853 年和 1854 年分别出版了一本青少年写生集和一本《蕨叶集》（Fern Leaves from Fanny's Portfolio）的续篇，这三本书在美国和英国的总销量达到了 180000 册。同年，玛丽亚·卡明斯（Maria Cummins）的《点灯人》又引起轰动，在 8 周内售出 4 万册，第一年就售出 7 万册。其他女性如奥斯塔·埃文斯·威尔逊（Augusta Evans Wilson）、索斯沃思夫人（Mrs.Southworth）和安·索菲娅·斯蒂芬斯（Ann Sophia Stephens）很快也加入了畅销书作家的行列。（See Bercovitch, Sacvan, 1995：79-80.）

纪50年代图书销售惊人增长的核心。在19世纪50年代的美国通俗文学中，最有趣的是女性为女性写的小说"①。在这种由畅销书女性作家占据文学市场的大环境下，处于创作旺盛期的梅尔维尔不可能没有受到负面影响。特蕾莎·基尼维奇（Teresa Kiniewicz）也提出了类似的观点，即："在高度两极分化的社会中，男性作家常常处于一种不舒服的'中间'地位。从性别上讲，他属于进取、好胜、贪婪的男人和商人的世界，在这个世界里，思想追求和文学兴趣几乎无法带来声望。写作几乎不是男性的职业……具有轻微的女性特征。"② 利克特也曾指出："梅尔维尔的作品充满了谜语、谜题、象形文字和秘密等，所有的元素，包括沉默，都是有目的的。"③ 尽管梅尔维尔本人并未提及自己在小说创作时对女性身体书写的侧重点及程度方面的变化，但结合19世纪50年代女性作家和读者在文学市场中占据的主导地位，以及梅尔维尔的小说自19世纪50年代起基本不再涉及女性身体书写，我们可以合理地推测，梅尔维尔很可能将这种对当时的女性作家"绑架"出版业和小说销售市场的现状的不满情绪移植到"波利尼西亚三部曲"之后的小说创作中，刻意忽略对女性的书写，拒绝参与女性作家和女性读者共同建构的文学市场。

除了19世纪文学市场这一大环境的影响外，梅尔维尔的现实家庭生活也为其小说中的女性身体缺席现象提供了参照。梅尔维尔与妻子伊丽莎白·肖（昵称为莉奇 Lizzie，以下简称莉奇）结婚后，工作与生活都基本依赖莉奇家族的帮衬。梅尔维尔和莉奇婚后与梅尔维尔大家庭一同居住在纽约，房子的部分资金是由莉奇的父亲莱缪尔·肖提供的。后来，梅尔维尔夫妇搬到马萨诸塞州的匹茨菲尔德（Pittsfield），在那里买下了箭头农场

---

① BERCOVITCH S. The Cambridge History of American Literature, Volume 1820 - 1865 [M].Cambridge:Cambridge University Press,1995:81.

② KIENIEWICZ T.Men,Women,and the Novelist:Fact and Fiction in the American Novel of the 1870s-1880s[M].Washington:University Press of America,1982:138-139.

③ LIQUETE M,FELISA L.The Presence-Absence of Women in the Work of Herman Melville [J].Atlantis,1995,17(1):125.

（Arrowhead），同样的，这次购地仍是在莉奇家人的帮助下，使用莉奇的遗产留置权购买的。莉奇的经济条件比梅尔维尔更优渥，二人购买的房子也基本上归在莉奇名下。可见，尽管梅尔维尔的文学事业在现在看来是成功的，但除了作家自身的文学素养和创作能力以外，梅尔维尔的文学创作还与莉奇为他提供的经济助力和家庭支持密不可分。莉奇与梅尔维尔结婚前是个充满活力的女性，但婚后转变为一个顺从的妻子，事事以自己的丈夫和孩子为先。尽管如此，莉奇还是经受了很长一段时间的折磨。梅尔维尔在《玛迪》之后创作的小说遭到失败的打击后，他变得抑郁，并开始酗酒，甚至开始辱骂和殴打莉奇。此后，梅尔维尔小说中的女性角色越来越少。梅尔维尔给莉奇所写的信件本就为数不多，只有一封被留存下来。① 此外，除了在《皮埃尔》中对男女主角热烈情感的描述外，梅尔维尔几乎从未在其小说中详细描写过婚姻，或是与婚姻相关的内容，因此，关于梅尔维尔夫妇40多年来共同的婚姻生活，几乎没有什么可以描绘的内容。与梅尔维尔的好友霍桑及其妻子之间充满激情的通信相比较，梅尔维尔的婚姻基本没有信件可以作为佐证加以描述。正如伯科维奇所言："逃离家里生活和情感世界的男人，不过仅仅是逃离女人，然后沉浸在自己编织的家庭生活和情感世界之中。"② 19 世纪 70 年代，梅尔维尔曾在黑兹利特的一篇文章中劝告读者："那些想要寻求幸福的人，应当在书本、图画，或是在面对大自然时寻找，因为只有这些才是我们可以终生信赖的朋友。"③ 我们无法确定，当梅尔维尔写下这段话的时候，是否是由于在自己的生活中缺少了陪伴，或是某些时候促使他想起了自己与父亲、兄长和儿子之间的亲密关系。但我们至少可以确信一点，那就是当时的梅尔维尔受到女性的影响是巨大的，这甚至改变了他后期文学创作的主题与作品风格。

---

① 这封信是 1861 年春天，梅尔维尔在华盛顿寻求一份政府工作时给莉齐写的信。

② 转引自 ［美］伯科维奇. 剑桥美国文学史 ［M］. 史志康，等译. 北京：中央编译出版社，2008：121.

③ DELBANCO A.Melville：His World and Work［M］.New York：Vintage Books，2005：326.

本章小结

通过上述对梅尔维尔小说中的女性身体书写展开的分析，可以看出，梅尔维尔笔下的女性形象可被分为两大类，即"纯洁天使"和"邪恶潘多拉"。第一类女性形象为"纯洁天使"，主要以《泰比》中的土著少女和《玛迪》中的伊拉为代表。梅尔维尔通过对她们的身体展开详尽描写，将她们美丽天真、自然纯朴的形象展现在读者眼前。总体而言，"纯洁天使"形象拥有自由和对身体的控制权，具有身体之美和不受约束的自由之美。此外，梅尔维尔还将泰比女性和白人女性分别比作"维纳斯"和"洋娃娃"，凸显泰比女性具有白人女性所不具有的灵魂之美。通过梅尔维尔对泰比少女法雅薇的身体书写，可以看到作家心中的完美女性形象，即同时拥有身体之美、自由之美和灵魂之美的女性，她们能与男性达到精神上的和谐统一。然而，无论这些女性在作家笔下多么完美，她们始终是白人男性中心视角下的产物，白人叙述者和泰比少女之间凝视与被凝视的关系反映了梅尔维尔眼中女性之美的局限与狭隘。第二类女性形象是"邪恶潘多拉"，以《玛迪》中的阿纳托为代表。在描写阿纳托时，梅尔维尔对其身体的反感和对其举止的厌恶之情不加掩饰，对阿纳托展开的身体书写是梅尔维尔对19世纪上半叶普遍流行的"真女性"的一种反向书写。通过这种特殊的女性身体书写，梅尔维尔表达了对女性既排斥又憧憬的双重情感。此外，梅尔维尔小说中的女性身体书写整体经历的从多到少、从有到无的现象，这与19世纪50年代美国文学市场和出版业环境有着密切联系。梅尔维尔把对当时的女性作家"绑架"出版业和小说销售市场的现状的不满情绪移植到"波利尼西亚三部曲"之后创作的小说中，刻意忽略对女性的书写，拒绝参与女性作家和女性读者共同建构的文学市场。总体而言，梅尔维尔小说中的女性身体书写参与了19世纪上半叶美国对女性"真女性"身份的建构，从而形成一种性别建构的共谋策略，而在其后期小说中，女性身体呈现缺席状态，这一方面受梅尔维尔婚姻关系的影响，另一方面是梅尔维尔对女性逐渐觉醒的自我意识采取的一种抵抗策略，这一策略与19世纪男性作家群体在美国文学市场受女性作家和女性读者群体共同裹挟的现状密不可分。通过女性身体书写，梅尔维尔展露其对女性在家庭之外的职场中与男性竞争的不满情绪，侧面反映了他希冀女性回归"真女性"身份的愿景，其目的在于保证两性关系的和谐及社会的稳定。

第四章

阶级视域下的身体书写

特殊的航海经历使梅尔维尔能够在文学作品中创造别具特色的人物形象，反映的特殊文学主题，这些都使他能够与同时代的其他作家形成鲜明对比，他甚至被公认为"生活在食人族中的冒险小说作家"①。然而，梅尔维尔并未只在其小说中聚焦远离美国本土的南太平洋群岛，关心土著人的生活，他还在小说中刻画了那些生活在美国本土的人，关注他们的身体经验和生命体验。梅尔维尔笔下的这些人可被称作"孤岛人"（Isolatoes），指那些在人类社会中非自愿被遗弃的弃儿，他们经常自我封闭，无法被大多数人理解。梅尔维尔笔下的"孤岛人"可被分为两大类，一类以船员的身份出现，如以实玛利、亚哈、比利·巴德；另一类以都市中的小人物身份出现，如巴特尔比。

第一类"孤岛人"的特征是身体上的流浪。《白鲸》的叙述者一开始就称自己为以实玛利②，不久后他发现魁魁格是个在异国他乡的流浪者，是和他"一样的人"③，都是"孤岛人"。此外，在"波利尼西亚三部曲"中，梅

---

① PARINI J.The Oxford Encyclopedia of American Literature（Volume 3）［M］.Oxford：Oxford University Press,2004:74.

② 以实玛利是《圣经》中的人物，出自《创世记》第 16 章 11、12 节。后世通常以此名比喻那些与社会为敌或与同伙为敌的人。

③ MELVILLE H.Moby Dick；Or, The Whale［M］// HUTCHINS R M.Great Books of the Western World.Chicago：Encyclopedia Britannica,Incorporated,1952:18.

尔维尔也提到了这些"孤岛人"。① 由于出生、成长、环境或性情的原因，这一群体都发现自己缺乏与同伴进行熟悉社会交往的必要条件。他们中的一些人最终逃到了一个适合他们生存的社会环境中，另一些人则无法找到合适的环境。总而言之，他们中没有一个人能成功地使自己适应那个与他们断绝关系的社会群体。第二类"孤岛人"特征是被困在资本主义国家都市生活中无法挣脱。他们的身体永远受制于若干个狭小固定的空间，他们的精神世界令人捉摸不透。这两类"孤岛人"都容易产生焦虑不安、适应不良或是冷漠无情的状态，无法很好地对自己进行定位，不可避免地陷入生存困境。

不过，梅尔维尔笔下的两类"孤岛人"并非生活在真空之中，他们还受到其所处社会环境的影响。无论是《白鲸》中捕鲸船上的人员构成和职能划分，还是《水手比利·巴德》中的船员，都"被严格划分为统治阶级和被统治阶级，前者由船长及其手下军官组成，后者则包括为数众多的战士、水手和勤杂人员，自上而下形成一条完整的指令链"②。与之相似，《抄写员巴特尔比》中律师事务所的工作人员也分为律师和职员两大类，职员地位比律师低。无论是在海洋上，还是在陆地上，一个团队中的人员都是严格按照等级

---

① 在《泰比》中，叙述者托莫被疏远了，因为他已经进入了一个不同的生活领域，与主要由船员组成的"卑微胆小的可怜虫"（Melville, 1968a: 21）不同。后来，在泰比山谷里和当地人在一起时，他又成了一个与邻居的普通生活格格不入的人。在《奥穆》中，叙述者保罗也被孤立，因为他是"一个受过教育的人"（Melville, 1968b: 10）。《玛迪》中的叙述者塔吉同样被排除在外，有一段话对此做出了解释，这段话很可能具有自传性质："……因此，在我所乘坐过的所有船只上，我总是因具备上流社会的某些气质而为人所知……因为我内心有一种无法隐藏的东西，偶尔我会从嘴里冒出几个复杂的词语，用餐时我表现得从容不迫，或许是在很久以前我曾无意中提到一些纯文学的东西，以及是其他不必要的琐事。"（Melville, 1970: 14）《玛迪》中的塔吉在船员中除了加尔外找不到"能与之产生共鸣的人"（Melville, 1970: 14），加尔自己也在经历"心灵上的孤独，这是大多数水手随着年龄的增长都会经历的"。（Melville, 1970: 14）可见，梅尔维尔笔下的水手们都属于"孤岛人"的范畴。首先，他们的身体长时间处于流浪状态；其次，他们的生存地点并不在固定的陆地上，而是在漂泊不定的海洋中有自己独立的空间，相对陆地人而言，他们属于与世隔绝者。

② 陈雷.《比利·巴德》中关于恶的两种话语：兼谈与蒙田的契合 [J]. 外国文学评论, 2014（4）: 167.

进行划分。梅尔维尔笔下的"孤岛人"除了具备上述特征外，还通常带有某种明显的身体缺陷，且在小说中均以死亡结局。福斯特（Thomas C. Foster）曾指出："如果作者写到身体方面的问题、残疾或缺陷，他很可能是想要表达些什么。"① 那么，梅尔维尔将这些"孤岛人"塑造成带有身体缺陷的形象，其目的是什么呢？本章将围绕这一问题，对《抄写员巴特尔比》（以下简称《巴特尔比》）和《水手比利·巴德》（以下简称《比利·巴德》）中的两个主要人物——即巴特尔比和比利——的身体特征展开分析，集中关注他们的身体境况，聚焦小说中的身体书写对小说叙事进程的影响，剖析梅尔维尔笔下 19 世纪美国"孤岛人"的特征，考察他们在阶级视域中的生活史、成长史和最终诉求，探究梅尔维尔对 19 世纪下半叶由阶级问题所引发的美国社会问题的态度以及作家对生存困境问题的思考。

第一节　巴特尔比的身体压抑与妥协

1853 年 11 月和 12 月，《巴特尔比》分为两期被发表在《帕特南月刊杂志》（*Putnam's Monthly Magazine*）上。国外学界对《巴特尔比》展开的研究成果较多，这些研究主要从法律、政治、文学等学科专业出发，对小说中的律师角色、政府职能、文学含混性等问题展开探讨。例如，理查德·约翰（Richard R. John）在《巴特尔比，一个前公务员的失落世界：一种古老文学形式的变体》② 一文中，通过调查小说中的死信办公室在真实历史中的重要性及价值，深入剖析了巴特尔比被免职的时代背景与根源，以及党派政治干

---

① FOSTER T C. How to Read Literature Like a Professor：A Lively and Entertaining Guide to Reading Between the Lines[M].New York：HarperCollins Publishers Incorporated，2003：93.

② JOHN R R.The Lost World of Bartleby，the Ex-Officeholder：Variations on a Venerable Literary Form[J].The New England Quarterly，1997，70（4）：631-641.

扰私有财产的神圣性等议题。阿尔文·艾科克（Alvan A. Ikoku）在《〈抄写员巴特尔比〉中的拒绝：叙事伦理与良知抗议》① 一文中，通过叙事伦理的视角，对梅尔维尔在小说中对反对方式——一种文学反对方式的设计展开论述，为他那个时代的读者和后代的读者提供了一个理解拒绝本质的机会，并在正式的叙事背景中考察拒绝的道德维度。阿尔敏·贝费龙根（Armin Beverungen）和斯蒂芬·邓恩（Stephen Dunne）在《"我宁愿不这样做"。〈巴特尔比〉与过度阐释》② 一文中指出，巴特尔比在工作中都极少言语，因此读者不应履行别人强加给他的无数期望和义务。贝费龙根和邓恩据此认为，现有对《巴特尔比》的研究都试图从各种角度来阐明文本的"真相"，因此存在过度阐释的问题。丹尼尔·斯坦普尔（Daniel Stempel）和布鲁斯·斯蒂利昂斯（Bruce M. Stillians）在《书记员巴特尔比：悲观主义的寓言》③ 一文中指出，巴特尔比对雇主所使用的平静的否定句是一种消极抵抗的象征，这是由其神秘的性格所决定的，而这种神秘性格正是叔本华式圣人的体现。与国外研究相比，国内对《巴特尔比》展开的研究较少。吴加（1986）在《试论麦尔维尔的〈巴特尔比〉》④ 一文中对小说的故事情节、人物形象、艺术手法等进行分析，该文是国内对该小说最早做出介绍的论文。钱满素（1991）在《含混：形式兼主题——〈文书巴特尔比〉与〈绝食艺人〉的联想》⑤ 一文中指出，《巴特尔比》和卡夫卡的《绝食艺人》因其意义的不确定性，都具有含混的特征，并对两部小说从形式到主题等层面的含混性进行了互文解读。杨金才（2001）在《从〈书记员巴特尔比〉看麦

---

① IKOKU A A. Refusal in "Bartleby, the Scrivener": Narrative Ethics and Conscientious Objection[J].American Medical Association Journal of Ethics,2013,15(3):249-256.

② BEVERUNGEN A, DUNNE S. "I'd Prefer Not To". Bartleby and the Excesses of Interpretation[J].Culture and Organization,2007,13(2):171-183.

③ STEMPEL D, STILLIANS B M. Bartleby the Scrivener: A Parable of Pessimism [J]. Nineteenth-Century Fiction,1972,27(3):268-282.

④ 吴加. 试论麦尔维尔的《巴特尔比》[J]. 外国文学, 1986 (7): 84-87.

⑤ 钱满素. 含混: 形式兼主题:《文书巴特尔比》与《绝食艺人》的联想 [J]. 外国文学评论, 1991 (3): 103-108.

尔维尔与狄更斯的近缘关系》① 一文中，通过对《巴特尔比》和狄更斯的《荒凉山庄》两部小说进行细读与比较，探讨了梅尔维尔和狄更斯在小说的主题意蕴及人物描写等方面的近缘关系。正如米勒所说，巴特尔比的故事是一个典型的谜一般的故事，我们不能对它做出简单的评价。②

一、巴特尔比入狱：难以逾越的阶级关系

《巴特尔比》讲述的是一个十分简单，甚至有些枯燥乏味的故事。故事的地点位于美国纽约华尔街③某条街道上一栋办公楼里的一间办公室，故事的核心人物是一位律师（即叙述者"我"）和他的一位抄写员④巴特尔比，其他主要人物是叙述者的另外两位抄写员火鸡（Turkey）、钳子（Nippers），以及一位打杂员姜饼（Ginger Nut）。叙述者在开头便交代了故事背景。由于叙述者的工作受到纽约州衡平法院主事官的器重，后者将一间老牌律师事务所转让给自己，因此业务量相较之前而言大幅度增加，现有的两位抄写员已无法满足所有的抄写任务，叙述者必须雇用更多的抄写员来完成这些工作任务，于是对外发出雇佣广告。主人公之一的巴特尔比就是在这个背景下进入叙述者的办公室，并最终成为其中一位抄写员的。接下来的整个故事都围绕巴特尔比拒绝叙述者为他安排的抄写工作展开，其中穿插了叙述者对巴特尔

① 杨金才. 从《书记员巴特尔比》看麦尔维尔与狄更斯的近缘关系［J］. 南京社会科学，2001（8）：84-88.

② BEVERUNGEN A, DUNNE S. " I'd Prefer Not To ". Bartleby and the Excesses of Interpretation［J］.Culture and Organization,2007,13（2）:172.

③ 华尔街（Wall Street），纽约市曼哈顿区南部从百老汇路延伸到东河的一条大街道。欧洲罗斯柴尔德财团开设的银行、保险、航运、铁路等公司的经理处集中于此。著名的纽约证券交易所也在这里，至今仍是几个主要交易所的总部，如纳斯达克、美国证券交易所、纽约期货交易所等。"华尔街"一词现已超越这条街道本身，成为附近区域的代称，亦可指对整个世界经济具有影响力的金融市场和金融机构。（华尔街［EB/OL］. 百度百科，2024-11-30. https：//baike. baidu. com/item/%E5%8D%8E%E5%B0%94%E8%A1%97/165？fr=aladdin.）

④ 顾名思义，抄写员是靠抄写文件来获得收入的人员。抄写员通常需要非常细致认真，对每份文稿都要先进行仔细的检查然后才进行抄写，遇到错字病句都要改正过来。

比反馈的态度，小说最终以巴特尔比入狱后的死亡结尾。

　　如果从故事情节上看，《巴特尔比》显得过于简单，因为它只讲述了一个雇主和一个雇员之间的故事，甚至在小说中都很难明显找到情节中的高潮部分，但若从故事的主题上来看，《巴特尔比》又比较复杂。① 《巴特尔比》中的众多元素都提醒着读者，作为律师的叙述者和以巴特尔比为代表的抄写员分属两个非常不同的阶层。作为抄写员和打杂员，钳子、火鸡、姜饼和巴特尔比的社会地位显然比叙述者低。因此，叙述者对巴特尔比言行的反应无疑体现出上层阶级对下层阶级的评价和态度。而故事背景处在纽约的中心华尔街，也呼应了该小说的副标题"华尔街的故事"。即使在 1853 年，华尔街仍是美国金融和商业生活的中心，叙述者"在富人的债券、抵押贷款和地契中"的工作性质强化了这一点。因此，关于巴特尔比的故事离不开华尔街这个大背景。从华尔街、富人、债券、抵押、贷款、地契、文件、抄写等词语可以看出，《巴特尔比》探讨了劳动阶级与中上层阶级之间的关系，而这一关系是直接导致巴特尔比后来入狱的原因。

　　作为小说主人公之一的巴特尔比是个争议很大的人物，他在小说中所说的话一共不超过 30 句，且多数为重复性言说，行为更是如同机器一般。具体而言，他在入职初期基本保持一种勤奋而又机械的抄写状态。叙述者初见巴特尔比时是在一个夏天的早上，当时的巴特尔比是个"动作迟缓呆滞的年轻人"，他"面色苍白但衣着整洁"②，给人一种带着"无药可救的可怜凄凉"③ 之感。在接下来与巴特尔比的相处中，叙述者发现，"他日夜不停地抄写，白天在阳光下抄写，晚上则就着烛光抄写。如果他能愉快勤奋地工

---

①　因为小说至少涉及资本主义、雇佣关系、阶级关系、权力斗争、商业、感知能力、死亡等主题。

②　MELVILLE H.Billy Budd and Other Tales［M］.New York：Penguin Group Incorporated, 2009：131.本书中所有《抄写员巴特尔比》的中译文均为笔者自己所译，后文不再另做说明。

③　Ibid.

作,那么我对他的勤奋会感到很高兴。但他还是安静地、淡漠地、机械地抄写着"①。叙述者先后一共得到了巴特尔比 18 次拒绝的答复,每次的回答基本都是"我宁愿不这样做"②。但如果巴特尔比只是一直这样工作,故事的情节就会止步于此,无法推进。小说情节的推进依靠的是巴特尔比的重复言说及每次重复言说后叙述者心路历程的变化,梅尔维尔花了大量笔墨来描述叙述者的内心活动和心理状态,而叙述者的每一次内心活动和心理状态的变化都成为了直接推动故事发展的重要因素。无论是梅尔维尔还是叙述者自己都希望读者把注意力集中在律师和抄写员二人以及他们之间的互动关系上。事实上,故事主线正集中在这两个人物之间的关系上,或者更准确地说,故事关注的是巴特尔比对叙述者的影响。因此,对巴特尔比身体书写的阐释离不开对叙述者心理状态的阐释,更离不开对叙述者和巴特尔比之间关系的阐释。对叙述者的研究必须考虑他与巴特尔比的互动和他对巴特尔比言行的回应。鉴于小说的第一人称有限叙事视角,读者只能看到叙述者看到的巴特尔比,也只看到叙述者选择分享给读者的巴特尔比。因此,对《巴特尔比》的理解应当将梅尔维尔对巴特尔比的特殊身体书写与梅尔维尔在小说中采用的独特叙述方式进行结合,由此形成对该小说较为全面的认识。因此,考察巴特尔比的重复言说、巴特尔比与叙述者之间的互动关系,以及叙述者每次的心理变化对于理解这部小说格外重要。

叙述者第一次发现巴特尔比拒绝自己所提要求是在他和巴特尔比都很忙的时候:

> 在忙得不可开交的时候,我习惯自己去帮忙处理一些比较简短的文

---

① MELVILLE H. Billy Budd and Other Tales[M]. New York: Penguin Group Incorporated, 2009:133.

② 原文中巴特尔比对叙述者提出的要求表示拒绝时,分别使用了 "I would prefer not to."(共 9 次), "I prefer not to."(共 3 次), "I would prefer not."(共 1 次), "I prefer not."(共 1 次), "At present I prefer to give no answer."(共 1 次), "At present I would prefer not to be a little reasonable."(共 1 次), "I would prefer to be left alone here."(共 1 次), "I would prefer not to quit you."(共 1 次)。

件，同时，我还会把火鸡和钳子叫上，一起处理。我之所以把巴特尔比安排在屏风后面，目的之一是让他在这种琐碎的场合中能随时帮我的忙。我记得，那是他和我在一起工作的第三天了。当时他没有需要检查的文件，而我又因为手头有一件小事急于处理，忙得不可开交。于是，我开始招呼巴特尔比。我当时很忙，又希望他立刻回应，于是，我坐在椅子上，低下头，弯下腰，右手向旁边伸出，有些急切地把抄件递给他，以便他能从屏风后面走出来接过抄件，然后立刻开始工作。

当我叫他的时候，我就是这样坐着的，我迅速地告诉他我需要他做什么——和我一起校对一份简短的文件。想象一下我的惊讶，哦不，是惊愕，巴特尔比并没有离开他的私人空间，而是用异常温和而坚定的声音回答道："我宁愿不这样做。"

我沉默地坐了一会儿，极力恢复因震惊而失常的情绪。我立刻意识到是我的耳朵听错了，或者说是巴特尔比完全误解了我的意思。于是，我尽量用最清楚的语气重复了一遍我的请求。但得到的是和先前一样清晰的回答："我宁愿不这样做。"①

可见，巴特尔比的第一次拒绝令叙述者感到"震惊"和"惊愕"，他甚至怀疑是自己耳朵出了问题，听错了回答，于是重复问了一遍，结果得到的还是巴特尔比"我宁愿不这样做"这样一个回答。叙述者第一次听到拒绝答复的反应是可以理解的，因为叙述者是律师，巴特尔比是抄写员，下级违抗上级提出的工作指令显然是不合常理的。因此，叙述者直接说道："你什么意思？你疯了吗？"② 但这一反问并未得到巴特尔比的回应。第二次被拒绝后，叙述者感到更加激动，并将抄写材料直接塞给巴特尔比。紧接着，巴特尔比第三次重复道："我宁愿不这样做。"这次在巴特尔比说"我宁愿不这样做"的同时，叙述者并没有感到如同之前那么情绪激动，他仔细观察了巴特

---

① MELVILLE H. Billy Budd and Other Tales [M]. New York: Penguin Group Incorporated, 2009: 132-133.

② Ibid, p. 133.

尔比的状态，发现"他的脸色很平静，灰色的眼睛也透露出平静的神态，丝毫没有激动的表情。他的态度有丝毫的不安、气愤、急躁或无礼吗?"① 叙述者坦言："如果他身上还有一点人性，比如展现出丝毫的不安、气愤、急躁或无礼，那么毫无疑问，我一定会粗暴地把他撵出去的。可是当时的情况并非如此，我想扔出去的是那尊苍白的西塞罗②石膏像。我站着瞪了他好一阵子，他仍然没有停止手中的抄写。"③ 这里需要说明的是，巴特尔比在拒绝叙述者提出的合理要求时，并不是直截了当地说"不"（如 No）或"我不想"（如 I don't want to do that 或 I would not do that），而是委婉地说："我宁愿（prefer）不这样做。"巴特尔比的拒绝中没有表现出丝毫不安、愤怒、烦躁或鲁莽的情绪，而是平静如一潭死水。对此，律师的情绪与其说是愤怒，不如说是沮丧。为了不耽误手头的工作，叙述者只好先找其他抄写员完成眼前的任务。

几天后，叙述者需要完成一份大法院证词的校对工作，他决定让钳子、火鸡、小姜饼和巴特尔比一起加入，以确保校对任务准确无误。结果，巴特尔比仍然以"我宁愿不这样做"作为答复，并且拒绝回答叙述者的任何其他问题。巴特尔比这次的回答让叙述者感到十分窝火，他暴躁的反应与他在小说第三段中对自己的评价相去甚远。叙述者起初承认，从他年轻时起，他就"深信最简单的生活方式是最好的"④，当其他律师"众所周知地精力充沛、精神紧张，甚至躁动不安"时，他声称自己是"从不在陪审团上发言的那种毫无抱负的律师之一……只是在舒适的静修中，在富人的债券、抵押贷款和地契中做着舒适的生意。"因此，尽管他从事的职业是人尽皆知的"消耗体

---

① MELVILLE H. Billy Budd and Other Tales[M].New York：Penguin Group Incorporated，2009：133.

② 马尔库斯·图利乌斯·西塞罗（Marcus Tullius Cicero，前 106 年 1 月 3 日——前 43 年 12 月 7 日），古罗马著名政治家、哲人、演说家和法学家。出身于古罗马阿尔皮努姆（Arpinum）的骑士家庭，以善于雄辩而成为罗马政治舞台的显要人物。

③ MELVILLE H. Billy Budd and Other Tales[M].New York：Penguin Group Incorporated，2009：133.

④ Ibid，p. 124.

力、紧张、有时甚至很动荡"①，他也从来没有让自己的职业影响对清静安宁、轻松淡泊的生活的追求。可是遇到巴特尔比之后，叙述者成了一个只要与他对话后情绪就会轻易受到波动的人，这与他在遇到巴特尔比之前的状态截然不同。叙述者坦言，要是跟别的人在一起，他就会勃然大怒，不再理会对方的任何言语，把他从自己面前撵走。但是巴特尔比身上的某种东西，不仅奇怪地解除了叙述者的戒心，而且还以一种奇妙的方式使他既感动又不安。

接下来，巴特尔比再次拒绝叙述者，此时，叙述者对巴特尔比的态度由起初的愤怒转变为同情，他认为，也许巴特尔比并不是存心要捣乱，也许他并不想粗鲁无礼，也许他的怪异行为完全是身不由己。因此，叙述者感觉自己开始能够包容巴特尔比。他甚至感觉，如果自己把巴特尔比赶走，"没准儿他会落到不那么宽宏大量的雇主手里，他就会受到粗暴的对待，甚至还可能落到饿死街头的地步"②。在叙述者看来，自己对巴特尔比的包容体现了一种博大的胸怀和宽容友善之心。因此，叙述者开始不太在意巴特尔比的拒绝，并逐渐开始适应巴特尔比与自己的相处模式。此时，巴特尔比拒绝地位比自己高的叙述者所提要求，这看上去是叙述者对巴特尔比的妥协，是二者阶级关系的颠倒。但不久后发生的一件事情彻底改变了叙述者对巴特尔比的态度。

在一个周日的早上，叙述者凑巧到三一教堂去听一位神父布道，但到那里后觉得时间还早，于是决定还是到事务所去待一会儿。但当他把钥匙插入事务所钥匙孔的时候，发觉里面插有什么东西抵住了，钥匙插不进去。他"吃惊地喊叫起来，然后惊慌地发现，一把钥匙从里面转动了，巴特尔比鬼影一样地出现了，瘦削的脸露了出来，扶着微微张开的门，只穿着衬衫，也

---

① MELVILLE H. Billy Budd and Other Tales [M]. New York: Penguin Group Incorporated, 2009:124.

② Ibid, p. 124.

可说是衣衫不整，一副邋里邋遢的样子"①。巴特尔比轻声说着对不起，但他很忙，此时不愿放叙述者进去。他甚至还加上一两句话，大概是说让叙述者最好围着街区再转个两三圈，到那时大概他的事情也就做好了，可以让叙述者进去了。这时叙述者对巴特尔比的无礼态度还是"既想反抗又力不从心"，他承认，"一个人如果一声不吭地允许自己的雇员对自己发号施令，要自己从自己的房子走开，这就是一种没有男子汉气概的表现"②。但出于怜悯，他还是听从了巴特尔比的"安排"，暂时离开了事务所。过了一阵子，叙述者回到事务所后发现巴特尔比已经不在里面了，但事务所里的场景令叙述者感到不可思议："没有镜子，也没有床。角落里一张摇摇晃晃的旧沙发垫子上隐隐有个瘦小的人躺过的印记。在他的写字桌下……一张卷起的毯子；空空的壁炉格栅下，有一个黑乎乎的箱子和一把刷子；椅子上，有一个铁皮盆子、一块肥皂和破烂的毛巾；一张报纸上，有一些姜饼渣，还有一块奶酪。"③ 显然，巴特尔比已经把事务所当成了自己家，在里面过起了单身汉般孤苦伶仃的生活。此时，叙述者感到生平第一次陷入了一种难以遏止的、痛心的悲哀之情。叙述者想到：

> 因为我和巴特尔比都是亚当的子孙。我想起了那天看到的光彩夺目的丝绸衣服和容光焕发的面孔，人们穿着华丽的衣服，像天鹅一样沿着百老汇的密西西比河顺流而去。我把他们和苍白的抄写员（巴特尔比）做了一番对比，心里想：啊，幸福是光明的源泉，所以我们认为世界是欢乐的。但是苦难是隐藏在远处的，所以我们认为没有苦难。毫无疑问，一个病态愚蠢的头脑所做的这些可悲的幻想，又引起了关于巴特尔比怪癖的其他更特别的想法。我有一种不祥的预感。我看到了那位抄写

---

① MELVILLE H. Billy Budd and Other Tales[M]. New York：Penguin Group Incorporated，2009：144.
② Ibid.
③ Ibid, p. 141.

员苍白的身影，躺在漠不关心的陌生人中间，身上裹着瑟瑟发抖的裹尸布。①

这番冥想加上巴特尔比之前对自己的一系列毫不犹豫的拒绝，以及巴特尔比将事务所当成自己的家这一事实，再联想起巴特尔比身上表现出的某种病态，叙述者心里悄然产生一种谨慎的感觉。他对巴特尔比最初的感觉是愤怒和不可理解，后来变成纯粹的哀伤和真挚的怜悯之情，但随着巴特尔比的凄凉感在叙述者心中的分量越来越重，他的哀伤开始转变为恐惧，他的怜悯开始转变为厌恶。在与巴特尔比沟通几次无效后，叙述者终于再也无法忍受，决定让巴特尔比离开自己的事务所。在巴特尔比离开时，叙述者还给他留了一些钱以备不时之需，甚至还告诉巴特尔比，如果以后有困难需要帮助，可以随时给他写信。叙述者自以为将巴特尔比赶走后，内心感到十分得意：

> 我一边往回走，一边沉思着，我的虚荣心胜过了怜悯之心。我把巴特尔比打发走的巧妙手法使我感到十分得意。我称之为高明，任何一个不带偏见的思考者也一定会这样认为。我的这一手法的美妙之处在于不动声色。没有粗俗的欺凌，没有任何形式的虚张声势，没有怒气冲冲的威吓，没有气急败坏地在房间里大步走来走去，也没有气势汹汹地命令巴特尔比带着他那些乞丐似的东西滚蛋。我并没有这样做。我没有大声命令巴特尔比离开——一个低能的天才可能会这样做的——我预设了他必须离开的理由，并在这个预设之上完成了我的说辞。我越思考这一手法，就越沉醉其中。②

①　MELVILLE H. Billy Budd and Other Tales [M]. New York: Penguin Group Incorporated, 2009: 141.
②　Ibid, p. 148.

尽管巴特尔比这次并没有离开，但叙述者居高临下的态度在这里展露无遗。无论他曾经对巴特尔比的拒绝是多么气愤，多么怒不可遏，无论他中途对巴特尔比感到多么怜悯，最终，他还是坚持让巴特尔比离开，并找了个自己必须换办公室的理由。在更换办公室后，巴特尔比再也没有出现，叙述者终于"一劳永逸地摆脱了这个不堪忍受的噩梦"①。叙述者之所以可以这样做，是因为他的律师身份凌驾于巴特尔比抄写员的身份。巴特尔比可以拒绝自己的上级，但他的上级有权力将他辞退，有权通过各种手段让他离开。二者之间的阶级关系是不可逾越的，也正因这种无法逾越的阶级关系，最终导致巴特尔比被作为流浪汉关进了纽约市托姆斯监狱，间接造成了巴特尔比最终的死亡。

可以说，无论是描述巴特尔比的行为还是言语，都不是梅尔维尔的最终目的，而是手段，通过这种手段，梅尔维尔的目的是引出叙述者对这些行为及言语的反应，而叙述者每次的心态变化都促使他对巴特尔比做出不同的反应，当反应累积到一定程度，便发生质变，最终忍无可忍的叙述者才将巴特尔比"推入"监狱。因此，巴特尔比的入狱是由于他的重复言说和叙述者的心理反应互动后，在阶级冲突的影响下共同造成的结果。

二、巴特尔比之死：食欲缺失及身体异化

如果说不可逾越的阶级关系对巴特尔比之死造成了间接影响，那么，食欲缺失则直接导致了巴特尔比的死亡。在《巴特尔比》的后半段，叙述者意识到巴特尔比似乎从未离开过事务所。叙述者还指出，巴特尔比似乎除了姜仁以外什么都不吃。在故事的结尾，巴特尔比在监狱中甚至任何东西也不吃。尽管小说中并未提及巴特尔比的死因，但通过小说对巴特尔比入狱后不再进食这一点可以推测，巴特尔比最终只可能是死于饥饿。进食是人的一项基本生理活动，它或多或少是我们做的第一件事，也是我们最早接受教育和

---

① MELVILLE H. Billy Budd and Other Tales[M].New York：Penguin Group Incorporated，2009：153.

文化熏陶的方式。而食物是人类生存所必需的，具有生物功能，同时又与社会功能密不可分。人们吃什么，怎么吃，和谁一起吃，对食物的感觉是什么样的，这些问题对理解人类的生存问题至关重要。因此，饮食同时兼具生物意义和象征意义。"形成性进食经验是铭刻在心理上的，食物和饮食对自我认同至关重要。"① 如果我们把身体作为一个进食、消化、排泄的有机体来关注，就会引起对生存的本质和赋权等基本伦理问题的关注。尽管巴特尔比在事务所工作时只吃姜仁，但当时他的身体上不受饥饿的影响，精神上也没有完全与世隔绝，还会给人答复。这意味着在事务所时的巴特尔比还未完全将自己从食物的生物意义和象征意义中剥离开，因此，当时的巴特尔比还没有失去生存下去的希望。但被作为流浪汉关进监狱后，巴特尔比彻底断绝进食，将食物排除在身体之外。此时的巴特尔比已经把自己从食物的生物意义和象征意义中同时抽离出来，他的身体无法获得食物给予的养分，无法产生维系生命的功能，他的精神也无法保持正常状态，而是完全和外界斩断联络，拒绝任何社会关系。

如果说食欲是一种人体的本能欲望，因生存而存在，那么，在巴特尔比对食物丧失兴趣甚至拒绝进食的那一刻起，就意味着他对生存已经失去信念。巴特尔比在监狱中的那段日子正体现了这种状态。然而，与巴特尔比食欲缺失相对的却是他对于工作的疯狂"食欲"。叙述者在描述巴特尔比的工作习惯时，并未使用正常情况下描写一个人的工作习惯时会使用的词语，他从刚接触巴特尔比开始便使用与饮食有关的词来形容巴特尔比的工作习惯，如"饥饿（famishing）""狼吞虎咽（gorge）"和"消化（digestion）"② 等。

---

① SCEAT S. Food, Consumption and the Body in Contemporary Women's Fiction [M]. Cambridge：Cambridge University Press，2000：I.

② MELVILLE H.Billy Budd and Other Tales [M].New York：Penguin Group Incorporated，2009：132.小说中的原文为：At first Bartleby did an extraordinary quantity of writing. As if long famishing for something to copy，he seemed to gorge himself on my documents. There was no pause for digestion. （译文：起初，巴特尔比抄写了大量的文件。他好像饿得要命似的，狼吞虎咽地吞进去，都没有时间停下来消化。）

巴特尔比对待工作的疯狂状态与他在饮食上的毫无欲望形成了鲜明对比。为什么一个对食物没有欲望的人却在工作时表现得如饥似渴呢？事实上，这是一种身体的异化。这种身体异化的现象在梅尔维尔的另一部小说《单身汉的天堂和未婚女的地狱》中也有相同的反映。① 在这部小说中，叙述者在苦苦寻找的一家造纸厂里发现：

> 在一个角落里立着一个笨重的大铁架，上面有一个垂直的东西，如活塞一般在一块沉重的木块上周而复始地上升下降。在那温顺的侍臣面前，站着一个身材高大的姑娘，她正在用半镑玫瑰色的信纸喂那只铁兽，那活塞似的机器每向下轻轻碰一下，它的角落里就会出现一个玫瑰花环的印痕。我看看那玫瑰色的纸张，又看看姑娘那苍白的脸颊，什么也没说。另一个姑娘坐在一架长长的机器前面，机器上的弦又长又细，就像竖琴一样。她把一张大页信纸放进机器里，纸片在绳子上移动，另一个姑娘就从机器的另一头把纸片抽出来。纸张在第一个女孩手里还是空白的，它们到第二个女孩手里时就有了道道横线。②

---

① 《单身汉的天堂和未婚女的地狱》与《巴特尔比》有许多共同之处，这些共同之处主要体现在以下四点。首先，两部小说都使用律师作为上层阶级的代表；其次，《巴特尔比》中的劳动阶级代表是男性角色巴特尔比，《单身汉的天堂和未婚女的地狱》中的劳动阶级代表是单身女性；两部小说的结尾处也惊人地一致，《巴特尔比》以感叹句"啊，巴特尔比！啊，人道！"结尾，《单身汉的天堂和未婚女的地狱》则以感叹句"噢，单身汉的天堂！噢，未婚女的地狱！"结尾；更重要的是，梅尔维尔对造纸厂女工这一群体的身体特征、行为举止和工作状态都进行了特殊的刻画，而这些刻画与梅尔维尔对巴特尔比的描写十分相似，如巴特尔比从事机械般的抄写工作，造纸厂女仆则每日与机器为伴。因此，将这两部小说结合在一起加以分析，可以更好地理解梅尔维尔对巴特尔比展开的身体书写，以及由此引发的对于生存困境问题的思考。

② MELVILLE H.The Paradise of Bachelors and The Tartarus of Maids[M]∥HAYFORD H, MELVILLE H, PARKER H, et al.The Piazza Tales and Other Prose Pieces Writings of Herman Melville.Evanston：Northwestern University Press,1987：328.

在《单身汉的天堂和未婚女的地狱》中，叙述者眼中的造纸厂女工们面对造纸的机器，如同人类面对巨型铁兽，将原始未经加工的纸张放入机器时，就如同人类给动物"喂食（feed）"①，甚至是"服侍"（serve）②。如果将描写巴特尔比工作状态时的词语和梅尔维尔在《单身汉的天堂和未婚女的地狱》中描述造纸机的词语进行对比会发现，巴特尔比就如同机器一般，机械地重复着安排给自己的工作。但巴特尔比又并非和机器完全一样。《单身汉的天堂和未婚女的地狱》中的"喂食"和"服侍"都隐隐透露出机器凌驾于人类之上的内涵，正如小说中所言，"机器——那个被吹嘘为人类奴隶的机器——站在这里，接受人类卑躬屈膝的服务。他们默默不语、卑躬屈膝，就像奴隶服侍苏丹③一样。"④ 而《巴特尔比》中的巴特尔比只是单纯地如同机器一般重复地、机械地工作着⑤，无人为他"喂食"，也无人"服侍"

---

① MELVILLE H.The Paradise of Bachelors and The Tartarus of Maids［M］//HAYFORD H，MELVILLE H，PARKER H，et al.The Piazza Tales and Other Prose Pieces Writings of Herman Melville.Evanston：Northwestern University Press，1987：328.

② Ibid.

③ 苏丹（Sultan），指一个在伊斯兰教历史上一个类似总督的官职，它也有很多其他的译法，在古文翻译为"素檀""速檀""速鲁檀""锁鲁檀"，民间也又叫"素里檀""唆里檀""算端""层檀"等等。他是阿拉伯语中的一个尊称，历史上有好几种含义。这词最初是阿拉伯语中的抽象名词"力量""治权""裁决权"，后来变为权力和统治的象征。（苏丹［EB/OL］.百度百科，2024-11-30.https：//baike.baidu.com/item/%E8%8B%8F%E4%B8%B9/5481144.）

④ MELVILLE H.The Paradise of Bachelors and The Tartarus of Maids［M］//HAYFORD H，MELVILLE H，PARKER H，et al.The Piazza Tales and Other Prose Pieces Writings of Herman Melville.Evanston：Northwestern University Press，1987：328.

⑤ 《玛迪》中的加尔也属于和巴特尔比相似的人物。加尔是小说中叙述者塔吉的同伴，他之于塔吉就如同《泰比》中的托比之于托莫，是塔吉逃离船只阿克特隆号，共同前往玛迪群岛展开冒险活动的同伴。但与"活泼、好动、有责任心、勇气十足，并生性豪爽而且心直口快"（麦尔维尔，2011：29）的托比相反，加尔是个沉默之人，他"不苟言笑，像一个被逐出教会的教长"，"任凭天崩地陷"，他"总是这副神情"，"就好似机器上的齿轮，不管别人注意与否，总是一刻不停地运转"。他"正是以这样的方式，默默而清醒地活着"。（麦尔维尔，2006：25）对此，塔吉直言："如果一切可以重新再来，我会在乘小艇离开阿克特隆号时挑选一个精力充沛、头脑简单，却充满活力的同伴。"（麦尔维尔，2006：25）

他。巴特尔比甚至过的还不如造纸厂那些冷冰冰的机器。

　　此外，在《单身汉的天堂和未婚女的地狱》中，巴特尔比将单身男律师和未婚女工人并置，形成天堂般生活方式和地狱般工作状态的强烈对比。叙述者首先交代了故事的背景，即自己寻找造纸厂的原因。由于叙述者的种子销售业务量剧增，而销售种子至美国的东部和北部各州需要邮寄，邮寄种子离不开信封，因此叙述者需要大量的纸张用来制作信封。在这一巨大的需求下，同时为了尽可能节约成本，叙述者找到了这家偏远深山里被称为"魔鬼地牢"的造纸厂，准备与负责人洽谈生意。这里到处是陡峭的悬崖、黑暗的峭壁、低矮的松林、湍急的溪水，造纸厂就位于其中。这是"一幢被粉刷成白色的高大建筑"，"就像一座白色的大坟墓"①。叙述者前往这家造纸厂时正是最寒冷的一月底，弥漫的霜气、猛烈的大风、刺骨的寒气，形成了造纸厂独特的背景。这种条件恶劣，甚至有些令人恐惧的工作环境为叙述者随后深入造纸厂的一系列观察做了铺垫。叙述者在造纸厂门口看到的第一个人是一个少女，她"那张脸因劳累而苍白，因寒冷而发紫。一双超自然的眼睛，带着与之毫不相干的痛苦"②。接着，叙述者看到"另一个苍白的蓝色女孩"，"她在门口瑟瑟发抖，为了防止冷风进入，她小心翼翼地把门半开着"③。接下来的场景令叙述者感到不可思议："在一排排沉闷单调的工作台前坐了一排排面无表情的姑娘，她们木然的双手茫然地操作着白色的折叠器，正机械地折叠着空白的纸张。"④ 叙述者连续使用了 3 个 blank（面无表情的、木然的、机械地）来描写女工们在工作时的状态。面对机器的女工自己就如同机器，眼神呆滞、身体机械。除此以外，流水线上的女工们每人面前还放着一把直立的弯刀，刀刃朝外。这些刀刃本来是用于切割纸张，但却

---

① MELVILLE H.The Paradise of Bachelors and The Tartarus of Maids[M]//HAYFORD H, MELVILLE H,PARKER H,et al.The Piazza Tales and Other Prose Pieces Writings of Herman Melville.Evanston:Northwestern University Press,1987:324.

② Ibid,p. 327.

③ Ibid.

④ Ibid,p. 328.

让叙述者想到，"古时候那些被判死刑的犯人从审判厅被押往法场时，会有一个军官手持一把剑，剑刃向外，表明即将执行死刑"①。在叙述者眼中，像在流水线上造纸这种纯粹消耗人的空洞而惨淡的倒霉生涯，正在把那群苍白的姑娘们推向死亡。无论是造纸厂的女工，还是巴特尔比，他们都是自己的刽子手，最终让自己在工作中死去。

无论是巴特尔比，还是造纸厂女工，他们都被马克思（Karl Marx，1818-1883）在《1844年经济学—哲学手稿》（*Economic and Philosophic Manuscripts of* 1844）中阐述的异化劳动（alienated labor）所禁锢。马克思认为，劳动本身是人的正常生命活动，也是人的类本质。但在资本主义社会中，劳动工具和劳动者之间的关系却使劳动的本质发生改变。异化劳动概念的基本含义是由人创造出来的物不受人支配，反而转过来成为支配人、奴役人的力量。在《单身汉的天堂和未婚女的地狱》中，造纸厂的机器本身是人类发明生产出，为人类服务的工具，但它最终却成了人类的主人，被人类"喂养"，受人类"服侍"。由于机器对时间的要求精确到秒，造纸厂女工必须定时定点定人，随时随地地配合机器来完成生产纸张的任务。这样一来，本来是为帮助人类更好地进行生产工作而诞生的机器转过来却限制了人的行动，奴役人、压迫人，使人产生异化。于是，劳动者在生产中感受不到幸福，只有不幸；感受不到自由，只有奴役与牵制。劳动对他们来说不再是自觉自愿的了，劳动产品被他人占有，人与人的关系也异化了。同样的，在这种异化关系中，巴特尔比把自己的食欲封锁，让自己慢慢变成一个如行尸走肉般的抄写工作者，重复地说着同样的话，重复地干着同一件事，断绝与他人的联系，最终走向死亡。

---

① MELVILLE H.The Paradise of Bachelors and The Tartarus of Maids[M]//HAYFORD H, MELVILLE H, PARKER H, et al. The Piazza Tales and Other Prose Pieces Writings of Herman Melville.Evanston：Northwestern University Press,1987:330.

三、对生存困境的反思

　　叙述者第一次在托姆斯监狱里探望巴特尔比时,巴特尔比不愿意进食,
而是整日面对着监狱的高墙,一言不发。几天后,当叙述者再次前往监狱里
看望巴特尔比时,他发现巴特尔比不见了。监狱的看守领着叙述者来到院子
里时,告诉叙述者那个躺着休息的人就是巴特尔比。叙述者走过去,发现巴
特尔比正"蜷缩在墙根下,姿态很奇怪,膝盖向上蜷曲,侧着身子,头抵着
冰冷的石头。没有一丝声音"①。叙述者停下脚步,又走到他身边,俯身看见
巴特尔比迷茫的眼睛像是睁开着,又像是沉沉地睡着了。叙述者摸了摸巴特
尔比的手,一阵寒战流进他的胳膊,穿过背脊,传到脚下。显然,巴特尔比
安静地离世了。梅尔维尔对巴特尔比死亡的书写与狄更斯对尼莫②的书写十
分相似,后者被发现死在自己冰冷的房间里时,人们也并没有马上意识到他
已经死了,因为他活着时的样子和他已经变成尸体的样子几乎无法区分,巴
特尔比也是如此。巴特尔比在监狱时,总是一动不动地靠在高大的狱墙旁,
如果没有人和他说话,他绝不会主动发出声音。无论是巴特尔比还是尼莫,
活着时都如同行尸走肉,死时也无人问津,令人唏嘘不已。在《巴特尔比》
结尾处,叙述者在巴特尔比去世后的几个月听闻他曾经的职业是华盛顿死信

---

① MELVILLE H. Billy Budd and Other Tales[M].New York:Penguin Group Incorporated,
2009:161.

② 尼莫(Nemo)是狄更斯《荒凉山庄》中的角色,是一名法律抄写员,也是小说早
期就死亡的一个神秘人物。他的真正身份是一名退伍军官。

办公室①的小职员，由于行政部门的变动，他突然被撤职。叙述者由此引发了一系列的思考：

> 这些死信每年都会被一车一车地烧掉。那位面色苍白的职员有时候会从折叠的纸上取下一枚戒指——这枚戒指的主人也许已经在墓中腐朽；有时候会发现一张救济用的钞票——要救的人可能已经感受不到饥饿了；有时是一份赦免书，而被宽恕之人此时已绝望地死去；有时候会发现一份希望，也许收件人已经在绝望中死去；有时候会发现一个好消息，而收件人早已死于求助无门。②

叙述者的这段思考早已超越了对巴特尔比这个单一个体的评价和感悟，上升到对人类整体的思考。"人们希望通过信件传达的每一点信息，以及人们购买、赠送、退货和通过邮件发送的无数物品，都有一个共同的目标——被送达。如果做不到这一点，这些物品将被退还给发件人。如果做不到这一

---

① 从神秘的地址、欠资的邮资到无人认领的物品，无法投递的邮件都落在了死信办公室的照料和处理上。在19世纪和20世纪的大部分时间里，死信办公室的职能是确保采取所有措施来维护邮资支付保证投递的协议。无人认领的邮件、邮资不足、字迹难以辨认的包裹、信息匮乏、地址不正确或丢失，这些都是死信办公室要处理的未解之谜。店员首先收集包装上的信息。然而，发现收件人或透露信息以归还寄件人有时需要打开邮件。只有死信办的职员才被允许打开信件和包裹。规定只允许他们阅读最低限度的信息，以发现发件人或预期收件人的姓名和地址。除了道德和推理技能，这项工作还需要语言和地理知识。多种参考资料，如列出美国城市常见街道名称的书籍，有助于书记员进行搜索。对于从未认领或无法投递的邮件，邮政工作人员负责监督处理，其中包括信件和包装纸上的纸张的销毁或回收。办事员还仔细清点了所付资金的总数，并将这些资金交给了财政部。包裹里的东西被保存一段时间，然后在公开拍卖会上出售。残存的物品要么被销毁，要么被遗信办公室作为古董收藏在博物馆里。这些文物在1911年被转移到史密森尼学会。有些物品被分配给了整个机构（包括国家邮政博物馆）的特定收藏，其他物品则在一个世纪后被分离。（以上关于死信办公室的介绍参见史密森学会国家邮政博物馆官网中对死信办公室的官方介绍，Dead Letter Office [EB/OL]. Smithsonian National Postal Museum，2024-11-30. https://postalmuseum. si. edu/exhibition/about-postal-operations-administration/dead-letter-office.）

② MELVILLE H. Billy Budd and Other Tales[M]. New York：Penguin Group Incorporated，2009：162.

点，它们就会留在邮政系统中。"① 信件本身的目的是用来交流，但由于各种原因，这些信件并没有顺利传递到目的地，没有顺利交到对方手里，于是成为死信，丧失了信件的交流意义。② 死信意味着交流失败，也意味着人类生活所面临的种种悲剧。正如小说结尾处所言，"这些信件本来是生命的信使，却奔向死亡"③。也许《巴特尔比》的起源是 1853 年 2 月发行的《纽约时报》上的一篇关于一个奇怪的职员的文章——《律师的故事》（"The Lawyer's Story"），或者是 1852 年 9 月发表在《奥尔巴尼纪事报》（Albany Register）上的一篇关于死信办公室的文章。在死信办公室的大厅里堆满了锁好封好的大麻袋，里面装着那些还没来得及投递的情书、一束束头发、银版画像、彩票、火车或轮船船票、家用钥匙、钻石饰品等，这些都是人类梦想受挫的象征。也许巴特尔比也曾遇到过生命死胡同的遭遇，因此，用我们今天的话说，他已经被逼疯了，再也无法从他的手指中整理出那些数不清的被毁灭的生活的纸迹。

就像梅尔维尔曾经描写过的捕鲸船一样，《巴特尔比》中的律师事务所也是一个工作场所，许多读者只了解从律师事务所中产出的物品（如契约、

① Dead Letter Office[EB/OL]. Smithsonian National Postal Museum,2024-11-30.https://postalmuseum.si.edu/exhibition/about-postal-operations-administration/dead-letter-office.

② 《单身汉的天堂和未婚女的地狱》中造纸厂生产的纸张都将用于文件书写，不久的将来，"布道书、律师的辩护书、医生的处方、情书、结婚证、离婚证、出生证、死刑通知单等等"的文字内容都会出现在这些纸张上。梅尔维尔以第一人称叙述者的视角展现自己作为作家的人文关怀。他看到的并不只是造纸厂的那些辛苦劳累、疲于奔命的女工，还有她们日复一日重复工作下隐藏的更为深邃的社会问题。生产于造纸厂的纸张最终流向人类生活的方方面面，被各行各业的人拿来使用，在纸张上铭刻不同的内容。人生也是如此，每个人的出生都一样，但最终的发展、走向和终点却大不相同。与《单身汉的天堂和未婚女的地狱》中起点相同、终点不同的纸张相对的是《巴特尔比》中的死信（dead letters）。如果说《单身汉的天堂和未婚女的地狱》中的纸张起点相同，终点不同，那么死信的起点虽不同，但终点却是相同的。

③ MELVILLE H. Billy Budd and Other Tales[M].New York:Penguin Group Incorporated,2009:162.

合同、遗嘱等），但他们几乎不知道事务所的内部运作情况。从这个意义上说，《巴特尔比》和《白鲸》一样，揭示了一个人们通常看不到的世界。因此，对于相信美国梦的人来说，阅读《巴特尔比》很可能会感到不舒服。《巴特尔比》出版几年后，美国总统亚伯拉罕·林肯（Abraham Lincoln，1809-1865）宣称美国是这样一个国家："世界上那些谨慎的、身无分文的初学者，为了一段时间的工资而劳动……接着他又为自己干了一段时间，最后又雇了一个新手来帮他。"当时的曼哈顿劳动力供应过剩正在摧毁旧的学徒制度，商人们从自己的社会阶层招收学徒，这些学徒随后在等级制度中上升，加入或接替他们的主人。到了19世纪50年代，律师事务所的学徒生涯更有可能是一份没有前途的工作，而非通往法律生涯的跳板，所以，《巴特尔比》中的律师事务所就像一个地牢，从窗户望出去，"一堵高大的砖墙一览无余，因为年代久远而呈黑色，永远阴沉着"①。事务所的内部则被不透明的玻璃门分隔成若干个单独的空间，供雇主和雇员使用。在这里，身心疲惫的人失去希望。慢慢变老，不停地扭动着身体，直到生命的最后一抹火花熄灭。

值得一提的是，梅尔维尔在《巴特尔比》和《单身汉的天堂和未婚女的地狱》中都使用了同一个意象——白墙来烘托巴特尔比和造纸厂女工的生存困境。例如，在《单身汉的天堂和未婚女的地狱》中，叙述者眼中的造纸厂是一栋白色的建筑，外墙被刷成白色，如同白色的坟墓，造纸厂的劳工宿舍就像白雪村庄。白色建筑、白墙、白色坟墓、白色村庄、白纸、苍白的脸等反复出现的意象构成了小说的色彩背景。而在《巴特尔比》中，叙述者所在的律师事务所"办公室的一头对着一面宽敞的、从底楼通到顶楼的天井的白墙"②，这面白墙距离律师事务所只有3米的距离，触手可及。由于律师事务所位于二楼，对面的白墙又高大无比，因此若从律师事务所看出去，视野就

---

① MELVILLE H. Billy Budd and Other Tales[M]. New York: Penguin Group Incorporated, 2009: 125.

② MELVILLE H. Billy Budd and Other Tales[M]. New York: Penguin Group Incorporated, 2009: 125.

全被这面白墙挡住了。可以设想，无论是在冬天冰天雪地的山里看到一栋雪白的建筑，还是站在一个房间里望向触手可及的一栋白色高墙，都会给人苍白、空虚，甚至压抑难忍的感觉。事实上，梅尔维尔十分热衷于书写白色，在《巴特尔比》中，梅尔维尔一共使用了 11 次 pale① 和 3 次 white②，在《单身汉的天堂和未婚女的地狱》中，梅尔维尔一共使用了 4 次 pale③、18 次 white④ 和 18 次 blank⑤，甚至在一句话中就连续使用 6 个 blank 和 1 个 white，如 "At rows of blank-looking counters sat rows of blank-looking girls, with blank, white folders in their blank hands, all blankly folding blank paper."⑥ 此外，仅在《白鲸》第 42 章 "白鲸的白" 中，white 一词就出现了多达 74 次⑦，更不用提在整部小说中该词共出现了 300 余次。梅尔维尔大量使用白色这一意象来烘托被异化的人类以及他们所面临的生存困境。无论是女工们工作的造纸厂，还是巴特尔比工作的律师事务所，都给他们，甚至读者带来这种苍白乏味而又徒劳绝望的感受。

在《巴特尔比》中，叙述者对巴特尔比行为的困惑还反映出梅尔维尔对美国内战前社会争论中的一个重大生存问题的思考。19 世纪中期，随着工业

---

① Melville, Herman. "Bartleby," *Billy Budd And Other Tales*. Intro. Julian Markels, Afterword. Joyce Carol Oates. New York：Penguin Group Incorporated，2009，p. 132，p. 133，p. 138，p. 141，p. 142，p. 153，p. 158，p. 160，p. 162.

② Ibid，p. 125，p. 144，p. 145.

③ MELVILLE H.The Paradise of Bachelors and The Tartarus of Maids［M］// HAYFORD H, MELVILLE H, PARKER H, et al.The Piazza Tales and Other Prose Pieces Writings of Herman Melville.Evanston：Northwestern University Press，1987：327，329，334.

④ Ibid，p. 320，p. 321，p. 324，p. 325，p. 326，p. 328，p. 329，p. 330，p. 331.

⑤ Ibid，p. 326，p. 327，p. 328，p. 329，p. 330，p. 333，p. 334.

⑥ MELVILLE H.The Paradise of Bachelors and The Tartarus of Maids［M］// HAYFORD H, MELVILLE H, PARKER H, et al.The Piazza Tales and Other Prose Pieces Writings of Herman Melville.Evanston：Northwestern University Press，1987：328. 为了区别句中的几个 blank，可将句子译为：在一排排沉闷单调的操作台前坐着一排排面无表情的姑娘，她们木然的双手操作着白色的折叠器，都在茫然、机械地折叠着空白的纸张。

⑦ MELVILLE H.Moby Dick；Or, The Whale［M］// HUTCHINS R M. Great Books of the Western World.Chicago：Encyclopedia Britannica，Incorporated，1952：162-169.

经济的兴衰循环，越来越多的工人和家庭陷入贫困，旧的教堂和慈善机构的特别福利体系已无法应对越来越严峻的社会问题，在这种情况下，如何界定集体责任成为了重要议题。随着伤亡人数的增加，在法庭上，企业责任的范围正在缩小，因为亲企业的法官经常在工伤和财产损失案件中做出不利于原告的裁决。① 彼时的美国迅速成为一个自由主义社会，没有明确的制度来保护个人免受非个人权力的侵害。在这方面，巴特尔比，这样一个无家可归、没有亲人、没有朋友的人，与其说是一个怪异的特殊个体，不如说是一个具有鲜明时代特征的代表性人物。梅尔维尔将人类身体的重复劳动、重复言说和与人类生活息息相关的物件结合在一起，通过独特的叙述方法以及互文的关联方式，展现了对人类生存和生活问题的关注。梅尔维尔关注的从来都不只是被重复机械劳动剥夺了生命活力的单个个体，而是通过描写以这些个体为代表的社会群体，触及更为庞大的人类社群，探索存在于人类社会中的种种问题。无论是《单身汉的天堂和未婚女的地狱》中的造纸厂女工，还是《巴特尔比》中的巴特尔比都象征着资本主义急速发展背景下无奈面对生活的人。女工们机器般的重复劳动，以及巴特尔比的重复劳动和重复言说，都影射了那些生活在工业发展的大时代背景下，每日做着同样的工作的人们。他们面对机械单调又枯燥乏味的生活，逐渐丧失生活的乐趣和信心，最终沦为与机器一样，毫无生命力地运转，再运转，直到死亡。梅尔维尔通过对巴特尔比进行特殊的身体书写，将其对社会弊病之人的异化这一生存困境隐藏其中。"身体的生理性是身体研究多种分支的客观基础，身体首先是可感的肉身性存在"，但与此同时，"身体不仅是一种生理生成，更是一种文化建构，社会赋予身体的各种特征及意义，如不同人群身体表现出的差异和界限，并不是社会分层的基础，而是社会分层的产物。身体既是个人隐秘的生存空间，也是社会公共生活的展示场所，不同社会阶层的文化深刻地烙印在

---

① 例如，1842 年，波士顿与伍斯特铁路公司（Boston & Worcester Railroad）的一桩诉讼案中，一名雇员因另一名雇员的疏忽导致脱轨而受伤，但该案最终被梅尔维尔的岳父莱缪尔·肖法官驳回，这是一个开创先例的案例。

身体上，直接参与身体的建构和管理。身体是文化的载体、历史的印记，也是整个社会的具身化隐喻"①。梅尔维尔看似关注社会中被异化的那些"孤岛人"，实则是通过这些个体，高度凝练出千千万万个这样的个体，从而对社会问题展开全面深刻的反思。

第二节　比利·巴德的身体反抗与失败

1856 年夏天起，梅尔维尔就先后遭到背痛、慢性病、眼疾、风湿性痛风，甚至精神疾病的折磨，加上后期创作的小说对自己的文学声誉和小说的市场销售产生负面影响，梅尔维尔暂停文学创作，开始转向公共演讲活动。他先后在曼哈顿、布法罗、辛辛那提、威斯康辛、芝加哥等地开展讲学。19世纪 60 年代，梅尔维尔在结束讲学和演讲活动后，将注意力转向诗歌创作，并先后创作了诗集《战争诗篇及其他》、长篇叙事诗《克拉瑞尔》和诗集《提莫里昂》。19 世纪 80 年代末，年近七旬的他饱受反复发作的皮肤病和肺部感染的折磨，重新开始小说创作，这也是他最后一次进行持续的文学创作。小说的雏形是一首名为《戴着手铐的比利》（Billy in the Darbies）的民谣，但梅尔维尔发现自己不断地将其进行扩展，形成了一个完整的散文式结尾，最终这部作品以小说成型，名为《水手比利·巴德：一个内在叙事》。1889 年，梅尔维尔感染了一种皮肤细菌丹毒，同年 12 月，梅尔维尔在给朋友的回信中写道："我的精力明显衰退了。"② 两年后的 9 月，梅尔维尔因心脏肿大医治无效逝世。

梅尔维尔死后大约 30 年，雷蒙德·韦弗（Raymond Weaver，1888–

---

① 邱慧婷. 身体·历史·都市·民族：新时期女作家群论［M］. 北京：社会科学文献出版社，2019：2-3.

② DELBANCO A.Melville：His World and Work［M］.New York：Vintage Books，2005：330.

1948）从梅尔维尔的孙女埃莉诺（Eleanor）那里得到了《比利·巴德》的手稿，并应一位英国编辑的要求将其进行转录，这位编辑安排梅尔维尔的作品以统一版本出版。就这样，在1924年，梅尔维尔的最后一部作品在一个锡盒里存放了数年，终于在他死后面世了，此时的梅尔维尔已是一位因《白鲸》而声名鹊起的作家。在此后的80年里，《比利·巴德》被公认为具有一种极其复杂的临终风格（an end-of-life style）①，但又充斥着极其简单的富有诗意的段落。正如爱德华·摩根·福斯特（Edward Morgan Foster, 1879-1970）所言，《比利·巴德》"直接回到宇宙，回到超越我们自己的黑暗和悲伤，它们与荣耀无法区分"②。《比利·巴德》是"梅尔维尔晚年最珍爱的作品，他将悲伤和宁静空灵地结合在一起，并将他最深切的爱和失去的感情带给了它。年轻时，他（梅尔维尔）的写作是一阵一阵的，很少回去修改；现在，他慢慢地写着，一丝不苟地修改着他写过的东西，好像他舍不得把它放下似的"③。

　　整体来看，《比利·巴德》秉承了梅尔维尔小说的一贯风格，也呈现了未解之谜。尽管国内对梅尔维尔小说的研究非常庞大，但对《比利·巴德》展开研究的成果却十分少见，这些研究主要围绕小说中的权力机制、邪恶话语和空间叙事等展开。④ 相比之下，国外对《比利·巴德》的研究更多更全面，这些研究主要围绕小说中的权力、秩序、领导、正义等问题展开讨论。R. 埃文·戴维斯（R. Evan Davis）在《梅尔维尔〈比利·巴德〉中的美国寓言》（An Allegory of America in Melville's "Billy Budd"）一文中分别对小

---

① 这是由于这部小说创作于作家生命的临终时期，因此具有作家毕生思想集大成的风格。

② DELBANCO A.Melville：His World and Work［M］.New York：Vintage Books,2005：352.

③ DELBANCO A.Melville：His World and Work［M］.New York：Vintage Books,2005：356.

④ 详见黄永亮（2019）在《从水手〈比利·巴德〉的审判看权力机制的运作》和杨金才、杨怡（2005）在《权力的控制与实施——论麦尔维尔小说〈比利·巴德〉中的"原形监狱意象"》中对权力机制的讨论；陈雷（2014）在《〈比利·巴德〉中关于恶的两种话语》一文中对邪恶话语的阐释；郭海霞（2018）在《异托邦的多维呈现——〈比利·巴德〉的空间叙事研究》一文中对小说中空间叙事主题的探索。

说中的三个主要人物比利、威尔和克拉加特的遗传与社会背景、思想态度、动机个性以及他们之间相互理解和亲近的程度展开分析，探讨小说中折射的美国式寓言。戴维斯认为，"比利·巴德可以被视为是新成立的美国的代表。就像出生在 1776 年的年轻水手一样，美国在历史上的运行很像梅尔维尔小说中描述的英俊水手。它以保障人权为基础的民主政府的激进实验使这个年轻的国家成为世界上其他国家的焦点"①。雷蒙德·M. 韦弗（Raymond M. Weaver）认为，梅尔维尔在《比利·巴德》中"试图描绘出未堕落之人与生俱来的纯洁和高贵"。韦弗指出，"梅尔维尔煞费苦心地分析'罪孽的奥秘'，并通过对比来赞美他的英雄的神一般的身体和精神之美。比利·巴德，由于他的英勇和诚实，就像一个复仇的天使，突然犯下了杀人罪，因他的公义被挂起来。《比利·巴德》在梅尔维尔生命结束前几个月完成，它似乎在教导人们，尽管罪恶的代价是死亡，但罪人和圣人一样都在为一份普通的工作而辛苦工作。在《比利·巴德》中，俄狄浦斯式的格言消失了，这是真的。但是，敏捷的清醒、闪耀和神韵也一去不复返了。只有幻想的破灭伴随他到最后"②。韦弗在 1928 年撰写的一篇论文中又指出，"正如一些神学家将人类的堕落作为上帝无上荣耀的证据一样，梅尔维尔也以同样的方式研究了克拉加特的邪恶，以证明比利·巴德的清白。梅尔维尔之所以写下《比利·巴德》，主要是为了见证他的终极信念：邪恶即失败，自然的善良在人类的感情中是不可战胜的"③。约翰·米德尔顿·默里（John Middleton Murry）将《比利·巴德》和《皮埃尔》进行对比分析，指出这两部小说具有高度的一致性。默里认为，在《比利·巴德》中，"梅尔维尔又一次讲述了一个不可避免的、彻底的善的灾难的故事……他在努力，就像用他的最后一口气一样，

---

① EVAN D R.An Allegory of America in Melville's "Billy Budd"[J].The Journal of Narrative Technique,1984,14(3):179.

② WEAVER R M. Herman Melville, Mariner and Mystic [M]. New York:Pageant Books Incorporated,1960:381.

③ WEAVER R M. Herman Melville, Mariner and Mystic [M]. New York:Pageant Books Incorporated,1960:II.

揭示一直萦绕在他心头的知识"①。约翰·弗里曼（John Freeman）将《比利·巴德》放置于作者在人生最后几十年的生活之中，认为小说"展现了梅尔维尔在近四十年的安逸生活之后仍然具有稳定而强大的想象力……并以他简短而吸引人的悲剧来见证邪恶是失败的，而自然善良在人类的情感中是可以战胜的"②。刘易斯·芒福德认为，《比利·巴德》"讲述的是三个英国海军士兵的故事，它也是关于世界、精神和魔鬼的故事……善与恶存在于事物的本质中，彼此永远存在，彼此注定要自相残杀"③。

　　以上述专著或文章为代表的研究或是关注小说中的善恶主题，或是关注作家的临终精神世界，对小说主人公比利以表达障碍为特征的身体缺陷的关注则较少。需要指出的是，由于梅尔维尔在把《比利·巴德》的手稿准备好交给印刷商之前就去世了，关于文本的许多语言和解释上的不确定性依然存在。这部作品于 1924 年作为韦弗出版的《赫尔曼·梅尔维尔作品集》（*The Works of Herman Melville*，1922–1924）的增刊首次出版，但那本名为《比利·巴德，前桅哨》（*Billy Budd, Foretopman*）的印刷版小说并没有将手稿的所有部分逐字呈现出来，因此，小说中的有些问题可能最终是无法阐释的，因为对一篇最终不是由作者本人定稿的小说的猜测，无论多么有说服力和合理，最终都只能是猜测。但即便是猜测，也应当是基于合理的材料和分析之上。本节将关注梅尔维尔在小说中对主人公比利的身体书写，结合叙述者在小说中经常明确把注意力放在某些言语行为上，评论人物的措辞和说话方式的特点，探讨作家对生存困境的思考。

一、比利与克拉加特的身体对比

18 世纪 90 年代，比利还是一名前桅楼水手，但随后他从一艘归国途中

---

① MURRY J M. Herman Melville's Silence [J]. Times Literary Supplement, 1924, 11 (73): 433.

② FREEMAN J. Herman Melville [M]. New York: The Macmillan Co., 1926: 135.

③ MUMFORD L. Herman Melville [M]. Orlando: Harcourt, Brace and Company, Incorporated, 1929: 356.

的英国商船上被强行征募，进入了一艘名为"人权号"的炮舰，随后被迫跟随大部队扬帆出海。不久后，比利又因其耀眼的外貌被登船检验的军官莱特克里夫上尉看中，加入"战力号"舰艇，成为一名普通水手。在小说中，"每一个人物都被耐心地加以描写，这是故事主题的复杂意图所要求的——包括眼睛的颜色、服装、概貌、肤色、皮肤下流淌的血液等等……"①而小说中对比利和约翰·克拉加特的刻画是最详尽、最全面的。

比利是一个外形堪称完美的人，这一点在小说的不同章节中都有提及。梅尔维尔在小说开篇就对比利的身体特征进行了细致描绘。叙述者"我"初见比利时，发现：

> 他的身材匀称，身高适宜。一块鲜艳的丝巾松松垮垮地系在脖子上，丝巾两端在他那乌黑袒露的胸膛上跳动。他的耳朵上戴着金色的大耳环，一顶镶着格子花呢饰带的苏格兰高地帽，衬托着他那俊美匀称的头颅。那是七月一个炎热的正午，他的脸因出汗而闪着光泽，露出一副野蛮却愉快的神情。他左顾右盼，露出洁白的牙齿，欢快地走着，俨然是一群水手同伴们的中心人物。②

梅尔维尔还在小说的其他部分不遗余力地赞美比利的外形。例如，比利拥有"蓝色眼睛"，"至少从外表来看是众人瞩目的焦点"，是个"英俊水手"③，"撒克逊血统在那些英国人身上似乎一点也不像诺曼人或其他混血儿，而他则是那些体格最好的英国人所特有的一种模子里铸出来的"④。比利"很年轻，尽管体格已充分发育，外表看起来比实际年龄还年轻些"⑤，哪怕

---

① WATSON E L G.Melville's Testament of Acceptance[J].The New England Quarterly,1933, 6:319.
② MELVILLE H.Billy Budd and Other Tales[M].New York:Penguin Group Incorporated, 2009:5.本书中的《水手比利·巴德》的中译文均为笔者翻译，后文不再另做说明。
③ Ibid,p. 12.
④ Ibid,pp. 12-13.
⑤ Ibid,p. 12.

是重新来到一个新环境，他也能"应付自如"，表露自己"亲切友好无忧无虑的神态"①。因此，说比利是"英俊水手"甚至"漂亮水手"都是毫不夸张的。

尽管比利身边的许多水手，尤其是绅士们都很喜欢他，也能与他相处和谐，但比利完美的外形中却有着不完美之处。这首先体现在他"女性化的"② 身体特征上。首先，比利拥有一张"光滑的"脸，"肤色天然而纯净"③。正是这张脸与"战力号"上其他的水手们格格不入，使比利看上去有点像"一个从外省来的，与宫廷里出身高贵的贵妇们竞争的乡村美人"④。其次，比利的耳朵"形状小巧漂亮"，"那足部的弓形，那嘴巴和鼻孔的弧线"等无一不彰显着比利女性化的身体特征，这一身体特征在"战力号"上给他带来了麻烦。船上一些面相凶悍的水手一看到比利就会"勾起暧昧的微笑"⑤。比利身上具有的双重性和矛盾性还有对其出身的猜测上。比利的皮肤那么黑，"一定是纯正的含族⑥血统的非洲人"。梅尔维尔虽未直言比利的种族身份，但通过侧面使用"含族"一词点出其身份为黑人。此外，小说中又说道，比利是个"弃婴"，"很可能是个私生子，而且显然并非那种不光彩的人"。尽管对比利的血统、出身和种族身份都是猜测，并无实际依据，但这些描写已将比利身上的双重性和矛盾性展露出来。此外，具有完美身体的比利还具有致命的缺陷：

---

① MELVILLE H.Billy Budd and Other Tales［M］.New York：Penguin Group Incorporated，2009：17.

② Ibid，p. 18.

③ Ibid.

④ Ibid，p. 12.

⑤ MELVILLE H.Billy Budd and Other Tales［M］.New York：Penguin Group Incorporated，2009：12.

⑥ "含是挪亚的三个儿子之一。"（创5：32，6：10，7：13，9：18，9：22，10：1，20）他有四子和二十四孙，及两个曾孙，共计有三十个宗族和邦国。他们最初的领土，大多数是在非洲，也有些分散在阿拉伯半岛和示拿地，这些地除用各族的名字之外，都可以统称为含族之地。

就像霍桑某个短篇故事里的美丽女子一样，他身上只有一点不对劲。事实上，也并不像那位女子那样具有明显的缺陷，不是这样的，只是偶尔会有发声方面的缺陷。尽管在自然力的狂暴喧嚣或险情危急的时刻，他作为一名水手已经表现得很好，然而，在内心强烈感情的突然激发下，他那原本极具音乐美感的声音，仿佛是内心和谐的表达，此时却容易产生一种天生的迟疑，实际上就是口吃，甚至比口吃更糟。①

事实上，比利平时与人交流时十分正常，既不十分善于表达，也不故意冷漠疏远，他尤其擅长唱歌，用歌声抒发自己的情感。可一旦遭遇某种突发的情况，他的嗓子就无法正常发出声音，甚至说话开始结巴，无法正常地和人交流。可见，在小说中，比利身上充满着双重性和矛盾性。他既是一个外形完美的人，又是一个身体兼具女性化特征的人；既是具有高贵血统的人，又是出身不光彩的人；既是能够正常交流的人，又是偶尔无法正常与人交流的人。比利的外形有多么完美，他的缺陷就有多么明显和致命。梅尔维尔对比利身体外形的描述为其身体缺陷提供了参照，侧面烘托了比利身体缺陷的致命性。梅尔维尔将比利身上的矛盾性加以呈现，目的是突出比利"正直的野蛮人"②这一特征，即由于处在文明的统一体之外，身上具有那种"淳朴而未掺假的德性"③。在梅尔维尔眼中，这样的人比那些所谓"彻底文明化了的人"④更加真实纯粹。

更重要的一点是，叙述者特别指出，比利在遇到突发状况时的口吃并非是比利自身罪恶的体现，而是受到外在罪恶的影响。比利的口吃"让人看到那位傲慢自大的干扰者，那位伊甸园的嫉妒而又好管闲事的破坏分子⑤，他

---

① MELVILLE H.Billy Budd and Other Tales[M].New York：Penguin Group Incorporated，2009：15.

② Ibid，p.14.

③ Ibid.

④ Ibid，p.15.

⑤ 指撒旦（Satan）。

和被发落到这个行星地球上的每一个人或多或少都有关。"① 因此，叙述者对比利身上的双重性和矛盾性加以呈现的目的并不是暗示比利口吃时也体现了罪恶的本性，而是强调比利的口吃是对罪恶的一种本能反映。

如果说比利是"正直的野蛮人"，那么，克拉加特就是梅尔维尔笔下那种"彻底文明化了的人"，也是使比利受到刺激的罪恶之源。克拉加特在小说中是各方面都与比利截然不同的人。他曾经作为一个新手加入海军，被分配到战舰船员最不体面的部门，干着侍应生②的工作。但由于"持重冷静"，对待上级又"讨好恭顺"，因此被突然提拔到"战力号"纠察长③的位置上。与梅尔维尔对比利身体的书写相反，克拉加特的身体在梅尔维尔笔下无不充斥着令人反感的特点：

> 那张脸引人注目，除了下巴以外，五官都修剪得像希腊原型浮雕上的脸孔那样。然而，他的下巴像特库姆塞④那样没有留胡须，却有一种奇怪的、粗大的突起，使人想起牧师泰特斯·欧茨⑤的画像，那个在查理二世时期具有历史意义的证词者，他用牧师的拖腔拖调说话，涉嫌"教皇阴谋"的骗局。从颅相学的角度看，他的额头属于那种智力高于一般人的额头，丝质的喷射式卷发覆盖在上面，衬托出脸色的苍白，苍白之中还略带一点琥珀色阴影，类似于年代久远的大理石色泽。他的肤色，同水手们那红红的或晒得黝黑的脸形成了一种特别鲜明的对比，一

---

① MELVILLE H.Billy Budd and Other Tales[M].New York：Penguin Group Incorporated，2009：29.

② 按照梅尔维尔在《白外套》第三章中的解释，船上的侍应生们负责在甲板底下处理污水和秽物。

③ 原文为 master-at-arms，字面意思为"兵器教官"，是船长任命的下级官佐。

④ 特库姆塞（1768？-1813），美国印第安肖尼族酋长，他试图联合佛罗里达的印第安部族，并在 1812 年的战争中站在英国人一边。他在蒂珀卡努之战中被威廉·亨利·哈里森击败。

⑤ 泰特斯·欧茨（1649-1705），英国牧师，曾捏造谎言，说天主教会要于 1867 年阴谋刺杀英王查理二世，焚烧伦敦，屠杀英国清教徒。这个所谓的"天主教阴谋案"造成的结果是，在欧茨捏造的谎言败露之前，许多天主教徒遭受迫害和屠戮。

方面是由于他不让阳光照射到自己，虽然并不会令人感到不快，但却似乎暗示着他的体质和血液中有什么缺陷或不正常的地方。①

关于克拉加特的过去无人知晓，但船上悄悄地流传着关于他的谣言，说他是个"诈骗犯"，他自愿加入皇家海军只是为曾经的一桩神秘的欺诈案赎罪。如果说比利是生活在阳光下的少年，那么克拉加特更像是生活在黑暗下的中年人。他身上具有某种"邪恶的本性"②，这种本性在他身上具有一种"狂热"的特点，这并不是后天环境下培养成的恶劣品行，也不是由于被自己所处背景中的伤风败俗的书籍或是淫乱放荡的生活所影响，克拉加特身上的邪恶本性是他与生俱来、内在固有的，是"遵照本性的一种堕落"③。如果说比利是被邪恶撒旦引诱犯错并被迫害的亚当，那么克拉加特就是邪恶撒旦本尊。这也预示了比利与克拉加特相遇后造成的不可避免的厄运。

二、比利的口吃：对阶级意识形态的反抗

小说情节的高潮之处是比利在失手打死克拉加特后变得结巴。而要了解比利与克拉加特之间的恩怨就必须先了解比利与克拉加特矛盾产生的源头，即一次意外事件。当天，"战力号"由于受到大风影响，在航线上颠簸摇摆起来。此时，比利正在下舱用餐，和同组的船员们相谈甚欢。船身陡然一个侧倾，比利不小心把汤盆里的东西泼到了刚刚才擦洗干净的甲板上。而克拉加特此时正好手持执行公事的藤杖，沿着炮廊一路走来，经过比利所在之处，刚刚倾泻出来的汤汁刚好从他路过的地方流过。克拉加特正准备抬脚跨过去，但当他看到是比利把汤汁泼出来后，他的面部表情猛地一变。他停下脚步，"拿藤杖开玩笑地在他（比利）身后轻轻拍打一下，用偶尔只是对他（比利）才会有的低沉悦耳的嗓音说道：'干得漂亮，小伙子！也真是善行胜

---

① MELVILLE H.Billy Budd and Other Tales[M].New York：Penguin Group Incorporated，2009：29.
② Ibid，p.41.
③ Ibid.

于美貌呢！'说完便往前走了"①。毫无疑问，克拉加特的这句话听起来像是讽刺，又像是表达了某种模棱两可的态度。再加上克拉加特说这话时的表情——不情愿的微笑，"确切地说，是怪相"②，比利感到难以忍受。事实上，小说第一章就提到比利欠缺那种"阴险灵巧的功夫"③，此外，任何种类的"双重含义和影射暗示"都与比利的纯真天性格格不入。因此，不难理解比利在听到克拉加特那句听起来不明所以、模棱两可的话语时的反应了。这次事件已经为比利和克拉加特之间的冲突埋下了导火索。

　　不久后，克拉加特找到威尔船长，向他阐明自己对"战力号"上可能发生暴动的怀疑。克拉加特认为，炮台上似乎在偷偷地进行着某种活动，是由一名水手煽动的，只不过目前看来还没有明显的理由和证据，因此他并未声张。但根据他在那天下午对那名水手的观察来看，船上可能将要发生暴动这件事是铁板钉钉的。这里必须提到小说设置的背景，才能更好地理解克拉加特所述内容的重要性。小说的故事背景是1797年的夏天，正是拿破仑战争期间，当时的英国和法国处在交战状态。当年，在北海巡逻的英国舰队随时保持警惕，准备与法国海军及其西班牙和荷兰盟军开战。当时的形势十分紧张，英国海军中先后出现了两次被称为"大哗变"的事件。第一次哗变发生在4月15日的英吉利海峡的朴茨茅斯和威地岛之间的海上锚地斯皮特角。由于水手感到伙食差，经常不能得到应有的报酬，同时还会被军官施以粗暴的惩罚等，他们发动了这次哗变。这次哗变以水手获得高报酬和赦免结束。发生在5月12日的第二次哗变更严重，这次哗变在北海舰队中爆发。参与哗变的水手夺取了舰船并驶回名为诺尔的泰晤士河口的一处沙岸。这次哗变持续

---

① MELVILLE H.Billy Budd and Other Tales［M］.New York：Penguin Group Incorporated，2009：37.

② Ibid.

③ MELVILLE H.Billy Budd and Other Tales［M］.New York：Penguin Group Incorporated，2009：11.小说中虽未说明"阴险灵巧的功夫"是什么，但结合后文中比利与克拉加特之间的矛盾，以及比利身上所欠缺的东西，可以猜测"阴险灵巧的功夫"指的是克拉加特身上的那种虚伪、阴险，以及带有双重含义的话语和行为。

了一个月，等水手们回归各自的岗位后，哗变的首领及其他 18 个人就被绞死。需要指出的是，这些人中有许多人都是通过强行招募被迫加入海军的。① 因此，事实证明，这些人发动哗变的可能性非常大。

由此可以看出，克拉加特向威尔船长汇报"战力号"上很可能发生哗变一事为威尔船长带来的恐慌有多么大。而克拉加特在向威尔船长报告这件事时，还特意补充道，他感到自己"所负有的那种责任，要将可能产生的这些后果，向主要关心的那个人做出汇报，除此之外并没有想要去扩大那种自然而然的焦虑"②。可事实是，前面两起哗变已经严重影响了英国海军中的风气，一旦听到可能会有哗变发生，船长一定会十分紧张焦虑，一定会想在哗变爆发前尽快解决这件事。克拉加特的阴险和虚伪在这里得到了淋漓尽致的体现。而当威尔船长问克拉加特到底谁是他怀疑的那个人时，克拉加特直接提到比利，威尔船长对此感到无比诧异，因为他认为，比利是个让大家都很喜欢的小伙子。对此，克拉加特解释道："正是此人，阁下；不过虽说他年轻而且模样好看，却是个心机很深的人。他暗中巧妙钻营，博得船员伙伴的好感，那么做不是没有目的的，因为必要时他们会——全体船员都会——替

---

① 19 世纪的美国航海历史上也发生了类似的一些船上叛乱。1857 年 7 月 21 日，一艘名为"小号"的船驶离新贝德福德，驶向日本附近的鄂霍次克海的北极露脊鲸捕鲸场。这次航行一开始就很糟糕，因为水手们的食物很难吃。有三桶发霉的面包和大量腐烂的肉，里面还装满了上次航行留下的蛆虫。最后，当情况变得非常糟糕以至于水手们相继病倒时，24 岁的塞勒斯·普卢默（Cyrus Plummer）和他的其他值班人员直接去找阿奇博尔德·梅伦（Archibald Mellen）船长抱怨。普卢默是一个船夫兼鱼叉手，他先用鱼叉叉住鲸鱼，然后坐在捕鲸小艇的后面掌舵。他不怕鲸，也不怕人。他犯的错误是越过了他的上级长官——大副威廉·纳尔逊，这激怒了纳尔逊。有一天，当普卢默站在驾驶座上值班时，大副得到了一个报复的机会。看着信天翁——一种巨大的海鸟——的飞行，普卢默变得着迷了。他的幻想使他稍稍偏离了航向，纳尔逊就在那里见证了这一切。他走过来，猛击普卢默的下巴。普卢默对此进行了反击，他们在甲板上打了起来。当普卢默摔倒撞到他的头部时，尼尔森利用了这一情况，无情地踢了他一脚。普卢默最后因违抗命令、顶撞或殴打警官而受到惩罚。他的拇指被吊在帆索上，大副尼尔森用九尾鞭抽打了他 20 下。（参见 Petrillo，2003：11）

② MELVILLE H.Billy Budd and Other Tales [M].New York：Penguin Group Incorporated，2009：97.

他说句好话，而且会不顾一切……心底里他是憎恨被强行招募的，而这一点甚至被那种叫人愉快的神态给掩盖了起来。"① 克拉加特的每句话都有明显目的，先顺着威尔船长的话说比利的确十分年轻英俊，但马上加上一句心机深沉，让威尔船长有台阶可下。接着，克拉加特细致解释了比利为什么伪装自己，让人对他感到亲近和喜爱，并指出威尔船长和所有人一样，都只注意到比利漂亮的脸蛋，却忘了"红颜尤物也许是包藏祸心"②。"双重含义和影射暗示"在克拉加特身上被展现得十分明显。

克拉加特这段对比利的指控给威尔船长带来了当头一击。威尔船长回想起当时莱特克里夫上尉从"人权号"上选中比利并将其带回"战力号"后，他还向上尉表示了祝贺，因为他发现了一个"人种的绝佳标本"。随后，他又想起比利在"战力号"上的种种行为，并未觉得有什么不妥之处。于是，威尔船长质问克拉加特对比利的指控，并要求对方提供真实的证据，但克拉加特暂时无法提供。尽管如此，克拉加特还是表现出自己的品行非常端正，绝不会作伪证。威尔船长决定，先对原告克拉加特做出实事求是的检验，确定他是否作伪证。为了不将此事扩大，威尔船长选择将谈判的地点放在位于船尾的船长室里的一间密室内，并让人传话给比利，让他也到此处去。于是，威尔船长、克拉加特和比利三人的谈判正式开始。此处需要指出的是，在这次谈判中，威尔船长和克拉加特都是知情者，前者虽不确定事情的真相，但已被克拉加特的话语所影响，已有一定的先入为主的观念，后者则认为自己胸有成竹地完全掌控着局势，认为比利必会死于自己的指控。因此，只有比利一人是毫无预警地来到密室，参与谈判。比利甚至以为船长让他去船长室是想要提拔他做舵手，而克拉加特出现在此是因为威尔船长想向他询问自己的情况。因此，当克拉加特盯着比利，并直截了当地将自己对他的指控一字不落地说出来后，比利惊呆了。他先是没有明白，等明白过来后，

---

① MELVILLE H.Billy Budd and Other Tales [M].New York：Penguin Group Incorporated，2009：97.

② Ibid.

"他脸颊上那种嫣红的棕褐色，看起来就像是爆发了白色的麻风病。他站在那里，像那种身体被刺穿而且嘴巴被堵塞的人"①。比利本就是一个做事小心谨慎的人，他曾"下定决定，决不能出现疏忽懈怠而让自己招来这样的灾祸或惩罚，或是弄出什么纰漏而遭到哪怕是口头上的申诉"②，因为他明白，当自己遭到这些口头上的申诉时，他会变得口吃，从而无法保证自己能够顺利避免这些无妄之灾。对于比利的反应，威尔船长并不吃惊，但当他要求比利为自己辩护时，比利的行为让威尔船长震惊。眨眼间，比利的右手"迅如夜晚的大炮出膛的火焰"③，接着，克拉加特就倒在了甲板上。经过检查，克拉加特已经死了。这一突如其来的事件让威尔船长思索许久，最终他"不由分说的惊呼道，'是让上帝的天使给打死的！可是天使必须绞死！'"④ 最终，比利由于杀死克拉加特并无法为自己辩护而被迅速判处绞刑，一场比利由假被告变为真被告的故事告一段落。

三、比利之死：反抗失败与悲观主义思想

比利之死有多重原因，从个体上来看，原因之一是克拉加特对比利的嫉妒。比利拥有完美的身体，这本身没有错，许多人也因此十分欣赏和喜爱他。但如克拉加特之类的邪恶之人在面对完美时爆发出的嫉妒可以轻而易举地摧毁一切，他们不允许一切美好的事物存在。《圣经》中就曾以大卫和扫罗之间的故事为例讲述了嫉妒之心。

"大卫打死了那非利士人，同众人回来的时候，妇女们从以色列各城里出来，欢欢喜喜，打鼓奏乐，唱歌跳舞，迎接扫罗王。众妇女欢乐唱和，说：'扫罗杀死千千，大卫杀死万万。'扫罗非常愤怒，不喜欢这

---

① MELVILLE H.Billy Budd and Other Tales［M］.New York：Penguin Group Incorporated，2009：108.
② Ibid，p. 54.
③ Ibid，p. 110.
④ Ibid，p. 108.

话。他说：'将万万归给大卫，千千归给我，只剩下王国没有给他！'从这日起，扫罗就敌视大卫。次日，从上帝来的邪灵紧抓住扫罗，他就在家中胡言乱语。大卫照常弹琴，扫罗手里拿着枪。扫罗把枪一掷，心里说：'我要将大卫刺透，钉在墙上。'大卫闪避了他两次。"（撒上，18：6-11）

大卫本身没有犯错，他的英勇无比反而成为扫罗嫉妒并想除掉他的原因。"扫罗心里说：'我不好亲手害他，要藉非利士人的手害他。'"（撒上，18：17）可见，欲加之罪，何患无辞。克拉加特对比利的迫害与扫罗对大卫的迫害十分相似，都是源于嫉妒，采用借他人之手害人的方式。梅尔维尔的作品中大量涉及对《圣经》典故的援引，即便在《比利·巴德》中他并未将克拉加特和比利分别比作扫罗和大卫，但二人之间的关系确有参照和对比性。比利之死源于他将克拉加特打死，比利打死克拉加特的原因则是后者对其进行无端的指控，克拉加特之所以对比利做出无端指控正是由克拉加特的嫉妒之心使然。正如《圣经》中所言："平静的心使肉体有生气；嫉妒使骨头朽烂。"（箴，14：30）梅尔维尔在《比利·巴德》中通过比利之死，对人类七宗罪之一的嫉妒进行了批判。

如果说，比利打死克拉加特这一事实是比利之死的导火索，克拉加特的嫉妒之心是导致比利之死的源头，那么，威尔船长对比利的快速判决则是比利之死的直接原因。出于对当时两次大哗变的恐慌，担心比利的行为在"战力号"上传开后可能会"唤醒'诺尔的哗变'在全体船员当中沉睡的余烬"①，因此，威尔船长看到比利将克拉加特击倒，并确认克拉加特死亡后，第一时间做出反应——迅速处理这件事。首先，他命令军医将克拉加特的尸体搬到船长室隔壁的隔间里去，接着，他草草召集了一个战地临时军事法庭，把发生的事情告诉了舰务官、海军陆战队上尉和军舰领航员三人。在这

---

① MELVILLE H.Billy Budd and Other Tales[M].New York：Penguin Group Incorporated，2009：123.

个临时召集的4人军事法庭上，威尔船长先发制人，简明扼要地讲述了整个事件的经过，包括克拉加特对比利可能领导哗变的指控、比利将克拉加特杀死的事实。然而，这种陈述事件的方式只会令在场的人，甚至读者，都认为比利之所以杀死克拉加特，是因为他的确有领导一场哗变的打算，否则，他为何要突然将指控自己的人杀死，而非为自己进行辩护呢？对此，海军陆战队的军官质问比利是否与克拉加特有仇怨，比利的回答是否定的。军官又反问道："你告诉我们说，纠察长指控你的那些话全都是谎言。那他为什么要这样来撒谎，这样恶毒地来撒谎，既然你是宣布说你们之间并没有怨恨？"① 这样一个问题就如同克拉加特看到比利不小心把汤汁泼出来时所说的那句"干得漂亮，小伙子！也真是善行胜于美貌呢！"这对于无法理解人类话语和精神层面具有双重含义和影射暗示的比利而言，根本无法回答。他根本不知道克拉加特心中所想，因为在他看来，他与任何人都没有仇怨，他做的每件事都问心无愧，因此，他无法理解克拉加特对自己做出指控的原因。对于比利的沉默，参与军事法庭的三位军官开始对比利的事件进行激烈的讨论。这段讨论涉及哲学、道德、宗教、法律的范畴，甚至还涉及感性与理性之间的矛盾，充分体现了军官们对比利事件处理结论的纠结态度。最终，其中一位军官说了一句话："为了让我们稍微冷静一点，让我们再想想那个事实证据。——在战时的海上有一位兵舰水手殴打上级，而那一拳把人给打死了。且不说它的后果，根据《军律》，那一拳本身就构成了死罪。"② 根据《军律》第XXII条："海军中任何军官、水兵、战士或其他人员，殴打其上级，或是拔出或伸手去拔或拨动武器忤逆其正在尽职的上级，不管出于何种理由，每个被裁定为犯有此种冒犯行为的人，均由军事法庭判决死刑。"按照这条律法，比利的确应当被直接判处死刑。但问题是，《军律》中并未说明，像威尔船长这样身份的人是否有权组织战地临时军事法庭，也并未指

---

① MELVILLE H.Billy Budd and Other Tales [M] . New York : Penguin Group Incorporated, 2009 : 108.

② Ibid , p. 130.

出，战地临时军事法庭是否具有和军事法庭相同的判处死刑的权力。因此，即便比利最终可能还是会死于《军律》中的相关规定，但至少他不应死于"战力号"上，更不应死于由威尔船长草草召集起来的所谓战地临时军事法庭对他做出的判决之下。

在小说所设立的背景——拿破仑战争的鼎盛时期，当时的人们仍能感受到法国大革命的余波，英国被一些人视为反抗无政府状态的最后堡垒，而另一些人则认为是反动的堡垒。好战者是大英帝国的一个漂浮的前哨，是一种用来捍卫旧秩序的武器。尽管《比利·巴德》的故事发生在遥远的过去，但它同时也是一部关于梅尔维尔在创作这部小说时所生活的时间和地点的小说。19 世纪 80 年代，美国也处于与自己开战的边缘——正如一位当代观察家所言，在这个国家，工人被剥夺了组织自我保护的权利，当他们试图组织起来时，一支雇佣军队击落他们。这不是一个耸人听闻的说法。1877 年联邦军队从前南方联盟各州撤出后，士兵们被重新部署——有时作为州民兵，有时作为雇佣兵——以维持北方躁动不安的工人之间的秩序。私人安全部队在美国的铁路车站和工厂巡逻，而纽约一家报纸的社论指出，我们需要的是一个新世界的拿破仑——一个知道"对付暴民的唯一办法就是消灭它"的人。由于控制国家商品（如石油、谷物、钢铁）和服务（如铁路、航运、城市交通）的托拉斯压低了工资，抬高了价格，绝大多数农业和工业劳动者根本没有任何权利。业主和工人之间的紧张关系不时演变成暴力事件。在 1877 年的一次反对巴尔的摩和俄亥俄铁路（Baltimore & Ohio Railroad）的自发罢工中，有 12 人被马里兰民兵杀害。此后不久，由于反对宾夕法尼亚铁路的罢工者在匹兹堡遭到雇佣暴徒的袭击，近 60 人死亡。1886 年 3 月，在离梅尔维尔家不远的地方发生了一场暴力罢工，成千上万的曼哈顿有轨电车工人要求从 17 小时工作制中解放出来，他们得到了堵塞轨道的人群的支持，运输公司试图通过使用劳工来维持轨道的畅通。同年 5 月，芝加哥一场抗议麦考密克（McCormick）收割机工人被杀事件的集会以几名警察死于炸弹而告终，人群中更多的人被警察射杀。18 个月后，4 名无政府主义者被处以绞刑，但他们与爆炸案的关联从未被证实。

尽管梅尔维尔没有书信、日记或报告的评论让我们可以直接知道他对这些事件的反应。但是，在把比利比作"一匹年轻的马儿，刚从牧场跑出来，突然吸进了从某家化工厂飘来的一股讨厌的气味，而且不断地喷着响鼻"① 时，他留下了一些线索。在创作《比利·巴德》的 40 年前，梅尔维尔就曾在《白夹克》中写道：

> 过去已死，没有复活；而未来却拥有如此的生命力，以至于它在我们的期待中就已经活了过来。在许多方面，过去是人类的敌人；而未来则是我们在所有事情上的朋友。过去没有希望；未来既是希望也是成果。过去是暴君的教科书；未来是自由者的圣经。那些完全受制于过去的人就像罗得的妻子一样，在回首的瞬间变成了化石，永远失去了向前看的能力。②

在"人权号"上时，比利过着愉快的生活，似是影射了在梅尔维尔想象中的旧美国——民主、自由、人权的美国中生活的人。当时的比利就像一匹年轻自由的骏马，可以肆意驰骋。而一旦登上了"好战者"号，他面临的世界就像梅尔维尔晚年所处的美国，充斥着战争、混乱、荒诞，此时的比利就像被刺鼻难闻的化工厂气味所影响。在梅尔维尔开始创作《比利·巴德》的时候，他就已经看到他的国家从一个他曾经称之为"神圣平等"的先锋国家变成了一个贫富严重分化、社会矛盾突出的国家。他看到废奴党变成了大企业党，他目睹了不可剥夺权利的原则被扭曲成一种冰冷的法律原理，通过这种法律原理，大公司可以为自己争取不可侵犯的权利，而小企业和个体只能屈服，他也目睹了众多无法确定是否有罪的人最终直接被判处罪刑。看似继

---

① MELVILLE H.Billy Budd and Other Tales［M］.New York：Penguin Group Incorporated，2009：82-83.

② MELVILLE H.White-jacket：Or，The World in a Man-of-War［M］∥HAYFORD H，TANSELLE G.Thomas and Hershel Parker.Evanston：Northwestern University Press，1970：150.本书中的《白夹克》的中译文为笔者翻译。

续迈向文明进程的美国却饱受文明带来的负面影响，梅尔维尔对此是悲观的。梅尔维尔笔下的比利只有一个，但当时美国社会中的"比利"却有千千万万个。作为梅尔维尔最后的杰作，《比利·巴德》涉及的不只是对"孤岛人"比利这一个体的生存困境的描绘，还有对以比利为代表的 19 世纪美国人群体面临的生存困境，折射出阶级矛盾的激烈分化和社会矛盾的日益突出，体现了梅尔维尔对时局混乱、权力丧失、民主失落、前途昏暗等社会弊病的强烈反思。

本章小结

通过上述分析可以看出，梅尔维尔同样关注美国社会中存在的阶级矛盾，并通过身体书写加以呈现。在《巴特尔比》中，梅尔维尔通过描写被重复机械劳动剥夺了生命活力的单个个体，以此触及更为庞大的人类社群，探索存在于人类社会中的种种问题。无论是造纸厂女工，还是巴特尔比，他们都象征着资本主义急速发展背景下无奈面对生活的人。女工们机器般的重复劳动，以及巴特尔比的重复劳动和重复言说，都影射了那些生活在工业发展的大时代背景下，每日做着同样工作的人们。他们面对机械单调又枯燥乏味的生活，逐渐丧失生活的乐趣和信心，最终沦为与机器一样，毫无生命力地运转，再运转，直到死亡。梅尔维尔通过对巴特尔比进行特殊的身体书写，将其对人的异化和生存困境的担忧隐藏其中。正如有学者指出的："启蒙把身体从道德的压抑中解放了出来，但马上又掉进了机械工业时代的贫乏深渊里去了。所以，人们的身体只好又服从主体想象的要求。每个人的身体冲动不是由他最本能的渴望引起的，而是由自己在一个高度科层化了的社会中的位置做出的相应要求支配。所以，现代性在一定程度上就是身体的被政治化。"[①] 巴

---

① 萧武. 身体政治的乌托邦 [J]. 读书，2004（3）：156.

特尔比的身体在一定程度上反映了现代社会里身体的被政治化特征。与之类似，在《比利·巴德》中，梅尔维尔通过以比利为代表，对其身体的完美与缺陷之间的极致矛盾进行刻画，烘托其"正直的野蛮人"的特征，并将其与以克拉加特为代表的"彻底文明化了的人"加以对比，强调文明进程对人类带来的毁灭性打击。

梅尔维尔笔下的人物身体缺陷如重复言说、机械行为与口吃都是对阶级冲突下的底层人民痛苦生存状态的反映。梅尔维尔关注到了 19 世纪美国资本主义急速发展下千千万万个微缩的小人物原型，对他们的生存困境表示同情，但他十分清楚，自己无法为那些被剥夺言说权力的沉默者们声援。因此，尽管梅尔维尔已经看到了 19 世纪美国阶级问题爆发的社会冲突，但他无力改变现状，最终走向悲观主义。无论是"孤岛人"巴特尔比还是比利，他们的重复言说或口吃等身体缺陷都属于身体异化的结果，意味着他们属于那些在知识-权力话语场域被褫夺了言说权利的"他者"，及那些在资本主义历史进程和现实语境中遭受伤害的沉默者。但在小说中，这一群体对权力场发起的反抗和挑战都以失败告终。可见，在社会改良问题上，梅尔维尔是悲观的。

结　论

综上所述，本书以身体书写为切入点，探讨了梅尔维尔如何通过身体书写这一手段对 19 世纪美国社会中的种族矛盾、殖民冲突、性别建构和阶级矛盾等热点问题予以回应和建构。本书首先将梅尔维尔小说中的身体置于种族语境，对小说中的刺青和肤色描写展开分析，论述了刺青对种族身份认同与种族交往困境的隐喻，以及肤色转换书写对梅尔维尔建构主义种族观念的隐喻（第一章）；接下来将梅尔维尔小说中的身体置于殖民语境，分析了梅尔维尔对疾病展开的描写，挖掘在梅尔维尔笔下通过疾病所呈现出的南太平洋殖民地与被殖民者的真实境况，指出梅尔维尔对 19 世纪美国大规模海外殖民扩张持质疑态度（第二章）；接着将梅尔维尔小说中的身体置于性别语境，根据梅尔维尔小说中的女性身体书写特点，提炼梅尔维尔笔下两类女性形象，指出女性身体书写是梅尔维尔对 19 世纪美国"真女性"形象的建构策略，体现了梅尔维尔性别观念中的保守性（第三章）；最后将梅尔维尔小说中的身体置于阶级语境，分析了梅尔维尔笔下的人物身体缺陷与 19 世纪美国阶级困境之间的关联，指出知识-权力话语场域被褫夺了言说权力的"他者"，以及那些在资本主义历史进程和现实语境中遭受伤害的沉默者对社会发出的无声控诉，体现了梅尔维尔对社会改良问题的悲观和保守态度（第四章）。本书对梅尔维尔小说中的身体书写展开了较为系统的研究，具体而言，研究发现主要有以下四点：

一、梅尔维尔在《泰比》中关注美国白人与南太平洋土著人之间的种族身份差异问题，在《玛迪》中关注肤色转变象征的种族身份建构性特征，在《贝尼托·切里诺》中关注美国种族问题中最突出的奴隶制和人类社会中普遍存在的奴役关系。通过研究可以看出，梅尔维尔对种族问题的关注越来越聚焦，对种族问题的认识整体上发展出了一条"种族身份不可逾越——种族身份具有可建构性——种族压迫应受反思"的完整脉络，这一脉络体现了梅尔维尔作为主流白人作家对种族问题认识的深刻性，展现了梅尔维尔种族观念的进步性。与此同时，梅尔维尔的确否认黑人比白人低劣，承认奴役与被奴役关系不合理，但他并非对"有色人种"持同情态度，目的也并非颠覆奴隶制，而是试图通过缓和的方式来调解美国社会中日益激化的种族矛盾，以此保障美国社会的和谐稳定。

二、19世纪20年代起，美国进入海外扩张阶段，并逐渐成为一个充满雄心壮志的扩张主义国家。美国海外殖民扩张进程中除了造成殖民地恶性疾病蔓延、人口数量锐减等问题，还伴随着殖民者在殖民地遭受传教阻力，以及殖民地人民暴力反抗等现象。对此，梅尔维尔在小说中一方面不断强化疾病给殖民者带来的恶果，以展现其对殖民扩张的批判，但另一方面，梅尔维尔在露骨地批驳英法殖民者在南太平洋犯下的种种罪行的同时，却只字不提美国殖民者在殖民地的遭遇。由此可见，梅尔维尔对殖民扩张的态度并非绝对的否定或彻底的驳斥，而是试图让读者通过其小说看到殖民扩张进程中客观存在的弊病，以促使读者对美国的殖民行径进行反思，避免因殖民扩张导致各类社会动荡。

三、在梅尔维尔所处时代，女性作家和读者群体的日益庞大成为文学市场的一个独特景观，哪怕是男性作家创作的作品，其读者群也主要为女性。因此，梅尔维尔小说中的女性书写带有潜在目的性，即让女性读者在小说中看到"真女性"形象，从而使女性读者本就被社会所建构的"真女性"意识得到强化，从这一点上看，梅尔维尔小说中的女性身体书写是其对19世纪美国社会女性形象建构的一种共谋策略。梅尔维尔通过身体书写，展露其对女性在家庭之外的职场中与男性竞争的不满情绪，侧面反映了他希冀女性回归"真女性"身份的愿景，其目的在于保证两性关系的和谐及社会的稳定。

四、梅尔维尔同样关注美国社会中存在的阶级矛盾，并通过身体书写加以呈现。梅尔维尔笔下的人物身体缺陷如重复言说、机械行为与口吃都是对阶级冲突下的底层人民痛苦生存状态的反映。梅尔维尔关注到了19世纪美国资本主义急速发展下千千万万个微缩的小人物原型，对他们的生存困境表示同情，但他十分清楚，自己无法为那些被剥夺言说权力的沉默者们声援。因此，尽管梅尔维尔已经看到了19世纪美国阶级问题爆发的社会冲突，但他无力改变现状，最终走向悲观主义。

通过以上四个发现，笔者认为，对于美国当时备受争议的种族、殖民、性别和阶级问题，尽管梅尔维尔表现出对传统意义上"他者"的同情和对强权者的批判，但这种同情和批判并非以彻底的否定和颠覆为目的，相反，梅尔维尔尝试缓和19世纪美国社会中存在的各类矛盾与冲突，希冀维持美国社会的稳定与发展，呈现出一种保守主义倾向。通过梅尔维尔笔下的身体书写，能够认识梅尔维尔对待国内外不同社会问题时贯穿始终的保守态度，从而加深对其作品的理解。

19世纪是美国国家独立、民族自立和民族文学建构的关键时期，这一时期的美国作家普遍积极参与当时的国家形象、民族身份和文学身份的建构。梅尔维尔也积极入世，广泛关注19世纪处于转型上升期的美国在海内外生存发展中遇到的各类问题，并通过身体书写的方式来表达自己对时代问题的见解。本书通过分析指出，梅尔维尔的确通过书写身体，参与了对种族差异、太平洋殖民扩张及资源掠夺、女性权力、经济发展、民主政治和城市阶级分化等当时在美国受到广泛关注和激烈争论的议题，但他对这些议题的态度既非纯粹的抨击或赞扬，也非纯粹的同情或反抗，更非纯粹的质疑和颠覆，而是掩盖在这些矛盾之中贯穿始终的保守主义观念。无论对于美国当时备受争议的种族问题、殖民问题、性别问题还是阶级问题，尽管梅尔维尔的确表现出对传统意义上"他者"的同情，尽管梅尔维尔的小说中清晰可见对强权者的露骨批判，但在其批判之中并未呈现出彻底否定和颠覆的倾向。简而言之，同情和批判本身并非目的，而是手段。通过同情和批判的手段，梅尔维尔意在尝试解决社会矛盾和争端。因此，与其说梅尔维尔在小说中"以质疑、反驳和批判为基本思想态度"①，不如说他是通过质疑、反驳和批判的手段来展现其对社会问题的反思；与其说"在文化批评领域，他（梅尔维尔）采取人道主义立场，追求社会正义，反对人性压迫，抨击匮乏人性温暖的社会，对普通人失落和挫败的体验表达真切的理解，对弱者充满勇气的斗争怀有深刻的同情"②，不如说梅尔维尔的根本目的是站在美国立场，以美国社会的和谐稳定为宗旨，尝试缓和在美国社会中存在的各类危机。"世界的问题，可以从身体的问题开始"，通过梅尔维尔笔下的身体书写，我们可以看到梅尔维尔眼中 19 世纪的美国面貌，能够较为系统地评价梅尔维尔的文学创作，了解其价值观。这为我们反观当下的美国和美国作家的文学创作也具有重要的参考价值。

与以往的梅尔维尔小说研究相比，本书对梅尔维尔小说展开的研究在选题、视角、材料和观点上都有一定的创新之处，主要体现在以下四个方面：

一、选题创新。笔者发现，与其他同时期的美国经典作家如霍桑和爱伦·坡等更擅长在小说中通过象征手法探索并挖掘人物的内在心灵明显不同，梅尔维尔更注重刻画不同地域、不同文化背景、不同族裔、不同阶级中的人物形象，这些对人物形象的刻画又常常通过人物身体描写得以展现。因此，以身体书写作为切入点，可对梅尔维尔形成新的认识。

二、视角创新。本书以身体书写作为切入点，界定了"身体"和"身体书写"的概念，将梅尔维尔的小说视为一个整体，纵览梅尔维尔对 19 世纪美国社会中的种族、殖民、性别和阶级议题的态度，挖掘梅尔维尔一以贯之的创作思想和目的。以往的国内外梅尔维尔小说研究通常围绕梅尔维尔对世界关注的某一个侧面展开，比如，目前梅尔维尔的国内研究主要集中在对其

---

① 李维屏，张琳，等. 美国文学思想史：上卷［M］. 上海：上海外语教育出版社，2018：226.

② 同上。

小说中的生态思想和殖民议题等的阐释上，忽略了其小说中的种族身份和性别建构等重要内容。此外，作为一名经典作家，梅尔维尔对于世界的宏大认识和理解无法通过某种单一的理论加以解释。针对这些情况，不同于目前学界普遍使用单一理论工具对梅尔维尔的小说进行阐释的现状，本书的研究立足于小说文本的阐释和相关史料的分析，并根据需要，在不同章节中使用了后殖民主义、文化研究和新历史主义的部分观点，以不同的理论工具辅助同一切入点，尽量保证阐释的针对性和有效性。

三、材料创新。综合考虑身体书写的典型性、小说创作的时代性，以及学术研究的创新性三个方面，本书选取梅尔维尔的 7 部小说，即《泰比》《奥穆》《玛迪》《白鲸》《抄写员巴特尔比》《贝尼托·切里诺》和《水手比利·巴德》作为文本对象。首先，上述 7 部小说中大量涉及身体书写的相关内容；其次，《泰比》《奥穆》《玛迪》属于梅尔维尔的早期（1850 年以前）小说，《白鲸》和《贝尼托·切里诺》属于中期（1851 年-1856 年）小说，《抄写员巴特尔比》和《水手比利·巴德》属于后期（1856 年以后）小说，覆盖了梅尔维尔的小说创作生涯，为系统认识梅尔维尔提供了较为详实的文本参照；此外，国内的研究热点集中在《白鲸》上，本书将此前研究相对较少的《泰比》《奥穆》《玛迪》《贝尼托·切里诺》等小说也纳入考察范围，使研究覆盖面更广。

四、观点创新。由于以往的国内外梅尔维尔小说研究通常围绕梅尔维尔对世界关注的某一个侧面展开，故而研究所得结论常聚焦某一侧面，如梅尔维尔的种族观念或性别观念。本书聚焦梅尔维尔小说中的身体书写，通过分析后指出，无论是在种族、殖民、性别还是阶级问题上，梅尔维尔对传统意义上"他者"的同情和对强权者的批判并非以彻底的否定和颠覆为目的，而是以维持美国社会的稳定与发展为宗旨。梅尔维尔尝试缓和 19 世纪美国社会中的各类矛盾与冲突。可以说，梅尔维尔并非彻底的激进派改革者，他对社会问题的讨论始终带有保守主义倾向。

不过，鉴于笔者目前知识结构的局限、研究资料的缺乏、书籍篇幅的限制等主客观原因，本书还存在一些未解决的问题，期待在以后的研究中予以完善。首先，本书并未对梅尔维尔所有长篇小说如《皮埃尔》《白夹克》《骗子》等展开细致分析，也未全面覆盖其所有小说。其次，由于本书以身体作为切入点，集中分析小说中的身体、身体书写以及由此反映出的作家思想，虽有与哲学和社会文化层面的结合，但还不够深入。这些都有待今后继续展开研究。

参考文献

一、梅尔维尔的小说

[1]MELVILLE H.Pierre:or The Ambiguities[M].New York:W. W. Norton & Company,2017.

[2]MELVILLE H.Omoo:A Narrative of Adventures in the South Seas[M]. Evanston:Northwestern University Press,1968.

[3] MELVILLE H. Typee:A Peep at Polynesian Life [M]. Evanston: Northwestern University Press,1968.

[4]MELVILLE H.Mardi and A Voyage Thither[M].Evanston:Northwestern University Press,1970.

[5]MELVILLE H. White–jacket:Or, The World in a Man–of–War[M]. Evanston:Northwestern University Press,1970.

[6] MELVILLE H. The Confidence–Man:His Masquerade [M]. Evanston: Northwestern University Press,1984.

[7]MELVILLE H.Moby Dick;Or, The Whale[M] // HUTCHINS R M.Great Books of the Western World.Chicago:Encyclopedia Britannica,Incorporated,1952.

[8]MELVILLE H.The Paradise of Bachelors and The Tartarus of Maids[M] // HAYFORD H,MELVILLE H,PARKER H,et al.The Piazza Tales and Other Prose Pieces Writings of Herman Melville.Evanston:Northwestern University Press,1987.

[9]MELVILLE H.I and My Chimney[M] // HAYFORD H, MELVILLE H,

PARKER H, et al. The Piazza Tales and Other Prose Pieces Writings of Herman Melville. Evanston: Northwestern University Press, 1987.

[10] MELVILLE H. Billy Budd and Other Tales [M]. New York: Penguin Group Incorporated, 2009.

二、中文参考文献

（一）专著

[1] [英] 博埃默. 殖民与后殖民文学 [M]. 盛宁, 韩敏中, 译. 沈阳: 辽宁教育出版社, 1998.

[2] [美] 萨义德. 文化与帝国主义 [M]. 北京: 生活·读书·新知三联书店, 2016.

[3] [古希腊] 柏拉图. 柏拉图全集: 第二卷 [M]. 王晓朝, 译. 北京: 人民出版社, 2003.

[4] [法] 笛卡尔. 第一哲学沉思集 [M]. 庞景仁, 译. 北京: 商务印书馆, 1986.

[5] 黄子平. "灰阑" 中的叙述 [M]. 上海: 上海文艺出版社, 2001.

[6] [英] 吉登斯. 社会学 [M]. 赵旭东, 等译. 北京: 北京大学出版社, 2003.

[7] [英] 卡瓦拉罗. 文化理论关键词 [M]. 张卫东, 张生, 赵顺宏, 译, 南京: 江苏人民出版社, 2006.

[8] [英] 希林. 身体与社会理论: 第二版 [M]. 李康, 译. 北京: 北京大学出版社, 2010.

[9] 李维屏, 张琳, 等. 美国文学思想史: 上卷 [M]. 上海: 上海外语教育出版社, 2018.

[10] [美] 克拉曼. 平等之路: 美国走向种族平等的曲折历程 [M]. 石雨晴, 译. 北京: 中信出版集团, 2019.

[11] [法] 塔吉耶夫. 种族主义源流 [M]. 高凌瀚, 译. 北京: 生

活·读书·新知三联书店，2005.

［12］邱慧婷.身体·历史·都市·民族：新时期女作家群论［M］.北京：社会科学文献出版社，2019.

［13］［美］伯科维奇.剑桥美国文学史［M］.史志康，等译.北京：中央编译出版社，2008.

［14］［美］肖尔茨.波伏娃［M］.龚晓京，译.北京：中华书局，2002.

［15］［美］桑塔格.疾病的隐喻［M］.程巍，译.上海：上海译文出版社，2003.

［16］［英］特纳.身体与社会［M］.马海良，等译.沈阳：春风文艺出版社，2000.

［17］［古希腊］亚里士多德.灵魂论及其他［M］.吴寿彭，译.北京：商务印书馆，1999.

［18］叶英.美国重要历史文献选读［M］.成都：四川大学出版社，2013.

［19］易中天.艺术人类学［M］.上海：上海文艺出版社，1992.

［20］张金凤.身体［M］.北京：外语教学与研究出版社，2019.

（二）期刊论文

［1］陈雷.《比利·巴德》中关于恶的两种话语：兼谈与蒙田的契合［J］.外国文学评论，2014（4）：167.

［2］段波.《白鲸》与麦尔维尔的"太平洋帝国"想象［J］.外国文学研究，2020，42（1）：135.

［3］段波.马克·吐温太平洋书写中的帝国主义话语［J］.外国文学评论，2021（3）：143.

［4］段波，张景添.杰克·伦敦海洋小说中的疾病书写与"太平洋迷思"［J］.山东外语教学，2021，42（2）：102.

［5］段德智.宗教殖民主义及其哲学基础［J］.世界宗教研究，2014

（2）：9-18.

[6] 甘美华. 一位曾被埋没的作家梅尔维尔 [J]. 文化译丛, 1984 (3)：12-13.

[7] 韩敏中. 黑奴暴动和"黑修士"：在后殖民语境中读麦尔维尔的《贝尼托·塞莱诺》[J]. 外国文学评论, 2005 (4)：83.

[8] 胡鑫, 周启强. 《白鲸》中的种族平等意识探析 [J]. 长春理工大学学报（社会科学版）, 2014 (9)：148.

[9] 胡亚敏. 麦尔维尔《贝尼托·塞莱诺》中的"恶" [J]. 外国语言文学, 2014, 31 (2)：124-131.

[10] 姜彩燕. 《古炉》中的疾病叙事与伦理诉求 [J]. 西北大学学报（哲学社会科学版）, 2013, 43 (1)：104.

[11] 黎明, 曾利红. 创伤叙事中的身体书写——《宠儿》的诗学伦理解读 [J]. 外国语文, 2016, 32 (1)：24.

[12] 林元富. 德拉诺船长和"他者"：评麦尔维尔的中篇小说《贝尼托·切雷诺》[J]. 外国文学, 2004 (2)：80.

[13] 刘咸. 林奈和人类学 [J]. 自然杂志, 1978 (8)：520-522.

[14] 梅祖蓉. 美国种族主义"正当性"的来源与建立 [J]. 世界民族, 2015 (4)：7.

[15] 彭建辉, 王璞. 《贝尼托·切雷诺》中的"黑与白" [J]. 外国文学研究, 2008 (4)：107-111.

[16] 钱满素. 含混：形式兼主题：《文书巴特尔比》与《绝食艺人》的联想 [J]. 外国文学评论, 1991 (3)：103-108.

[17] 申丹. 视角 [J]. 外国文学, 2004 (3)：60.

[18] 唐建南. 身体书写的四维空间：后殖民主义视阈中的《毒木圣经》[J]. 外国文学研究, 2014, 36 (1)：63.

[19] 王晓兰. 利己主义道德原则与殖民伦理行为：康拉德"马来三部曲"中林格殖民行为的伦理阐释 [J]. 外国文学研究, 2009, 31 (6)：69.

[20] 王万盈. 论唐宋时期的刺青习俗 [J]. 西北师大学报（社会科学版），2003（5）：64-69.

[21] 吴加. 试论麦尔维尔的《巴特尔比》[J]. 外国文学，1986（7）：84-87.

[22] 吴新智. 人类起源与进化简说 [J]. 自然杂志，2010，32（2）：60，63-66.

[23] 萧武. 身体政治的乌托邦 [J]. 读书，2004（3）：150-158.

[24] 徐彬，汪海洪. 论《亚历山大四重奏》中殖民伦理的后殖民重写 [J]. 山东外语教学，2015，36（5）：71.

[25] 杨金才. 异域想象与帝国主义：论赫尔曼·麦尔维尔的"波里尼西亚三部曲"[J]. 国外文学，2000（3）：67-72.

[26] 杨金才. 从《书记员巴特尔比》看麦尔维尔与狄更斯的近缘关系 [J]. 南京社会科学，2001（8）：84-88.

[27] 杨金才.《奥穆》的文化属性与种族意识 [J]. 外国文学评论，2007（3）：109.

[28] 叶英. 是废奴主义者，也是白人至上者：探析爱默生种族观的双重性 [J]. 西南民族大学学报（人文社会科学版），2012，33（10）：193.

[29] 于建华，杨金才.《玛迪》之"奇"形：一次关于小说的冒险 [J]. 外国文学研究，2005（5）：121-127.

[30] 张云雷. 黑人的平等人性和政治智慧：《切雷诺》中的革命 [J]. 沈阳大学学报（社会科学版），2017，19（4）：496.

[31] 朱喜奎.《泰比》中的殖民主义文化意识 [J]. 青海社会科学，2016（5）：186.

[32] 邹渝刚.《白鲸》的生态解读 [J]. 山东大学学报（哲学社会科学版），2006（1）：98-102.

三、英文参考文献

(一) 专著

[1] ACHERAIOU A. Rethinking Postcolonialism Colonialist Discourse in Modern Literatures and the Legacy of Classical Writers [M]. New York：Palgrave Macmillan,2008：70.

[2] ALCOTT L. Little Women：Webster's Thesaurus Edition [M]. Brisbane：ICON Group International,Incorporated,2005.

[3] ANDERSON C R. Melville in the South Seas [M]. New York：Columbia University Press,1939.

[4] ARENS W. The Man‐Eating Myth：Anthropology and Anthropophagy [M]. Oxford：Oxford University Press,1979.

[5] ASHCROFT B,GRIFFITHS G,TIFFIN H.The Empire Writes Back：Theory and Practice in Post Colonial Literatures [M]. New York：Routledge,1989.

[6] ASHCROFT B. The Post Colonial Studies Reader. London：Routledge, 1995.

[7] BARNES J. Early Greek Philosophy [M]. London：Penguin Books,2002.

[8] BAYM N. Woman's Fiction：A Guide to Novels by and about Women in America 1820−1870 [M]. Ithaca and London：Cornell University Press,1978.

[9] BEAGLEHOLE J C. The Journals of Captain James Cook on His Voyages of Discovery [M] // The Voyage of the Resolution and Discovery 1776 − 1780. Cambridge：Hakluyt Society,1967.

[10] BENNETT F D. Narrative of a Whaling Voyage Round the Globe from the Year 1833 to 1836 [M]. London：Richard Bentley,1840.

[11] BENNETT G. The Practice of Medicine,Surgery,etc [M] // The New Zealanders and Natives of Some of the Polynesian Islands. London：Med. Caz.,1831.

[12] BERCOVITCH S. The Cambridge History of American Literature,Volume 1820−1865 [M]. Cambridge：Cambridge University Press,1995.

[13] BLOOM H. The Western Canon: The Books and School of the Ages [M].New York:Harcourt Brace & Company,1994.

[14] BLUMER H. Symbolic Interactionism: Perspective and Method [M]. Berkeley:University of California Press,1986.

[15]BROOKS C. American Literature:The Makers and the Making (Vol.1) [M].New York:St.Martin's Press,1973.

[16] BURCHETT G, LEIGHTON P. Memoirs of a Tattooist [M]. London: Oldbourne,1958.

[17]CONN P.Literature in America:An Illustrated History[M].Cambridge: Cambridge University Press,1989.

[18]DASH M.In Search of the Lost Body:Redefining the Subject in Caribbean Literature[M]//The Post-Colonial Studies Reader.London:Routledge,1995.

[19] DELANO A. A Narrative of Voyages and Travels in the Northern and Southern Hemispheres[M].Boston:E.G.,1817.

[20] DELBANCO A.Melville:His World and Work[M].New York:Vintage Books,2005.

[21]DEMAITRE L.Leprosy in Premodern Medicine:A Malady of the Whole Body[M].Baltimore:Johns Hopkins University Press,2007.

[22] DEMELLO M.Bodies of Inscription:A Cultural History of the Modern Tattoo Community[M].Durham,NC:Duke University Press,2000.

[23] EAGLETON T. The Ideology of the Aesthetic [M]. Oxford: Blackwell Publishing,1990.

[24] EBENSTEN H. Pierced Hearts and True Love [M]. London: Derek Verschoyle,1954.

[25]FLUGEL J C.The Psychology of Clothes[M].London:Hogarth Press, 1930.

[26] FOSTER T C.How to Read Literature Like a Professor:A Lively and

Entertaining Guide to Reading Between the Lines [M]. New York：HarperCollins Publishers Incorporated，2003.

[27]FOUCAULT M.Dits et écrits (Vol II)[M].Paris：Gallimard，1994.

[28]FRANK J.Pathologies of Freedom in Melville's America[M]//COLES R, REINHERDT M, SHULMAN G.Radical Future Pasts：Untimely Political Theory. Lexington：University Press of Kentucky，2014.

[29]FREEMAN J.Herman Melville[M].New York：The Macmillan Co.，1926.

[30]GILBERT S M, GUBAR S.The Madwoman in the Attic：The Women Writer and the Nineteenth-Century Literary Imagination [M]. New Haven：Yale University Press，1979.

[31]Goetz P W.The New Encyclopeadia Britannica (volume 2)[M].Chicago：Encyclopeadia Britannica，Incorporated，1989.

[32]GUNN G.A Historical Guide to Herman Melville [M].Oxford：Oxford University Press，Incorporated，2005.

[33]HABEGGER A.Gender, Fantasy, and Realism in American Literature [M].New York：Columbia University Press，1982.

[34]HAMBLY W D.The History of Tattooing and Its Significance，with Some Account of Other Forms of Corporal Marking[M].Detroit：Gale Research，1974.

[35]HAYES K J.The Cambridge Introduction to Herman Melville [M]. Cambridge：Cambridge University Press，2007.

[36]HAYES K J.Herman Melville in Context [M].Cambridge：Cambridge University Press，2018.

[37]HIGGINS B, PARKER H.Herman Melville：The Contemporary Reviews [M].Cambridge：Cambridge University Press，1995.

[38]JONES W H S.Hippocrates[M].Cambridge：Harvard University Press，1953.

[39]HOARE M E.They seem subject to few diseases.I saw some with the

Elephants' leg [M] // The Resolution Journal of Johann Reinhold Forster 1772 –
1775.London: Hakluyt Society, 1982.

[40] KIENIEWICZ T.Men, Women, and the Novelist: Fact and Fiction in the
American Novel of the 1870s–1880s [M].Washington: University Press of America,
1982.

[41] KLAGES M.Key Terms in Literary Theory [M].Beijing: Foreign Language
Teaching and Research Press, 2016.

[42] KRUPAT A, LEVINE R S.The Norton Anthology of American Literature
(Seven Edition, Volume B) [M].New York: W.W.Norton & Company, 2007.

[43] LIVEING R.Elephantiasis Graecorum: Or True Leprosy [M].London:
Longmans, 1873.

[44] LONDON J.South Sea Tales [M].New York: The Macmillan Company,
1911.

[45] LONDON J.The House of Pride and Other Tales of Hawaii [M].New
York: The Macmillan Company, 1912.

[46] LURIE A.The Language of Clothes [M].New York: Vintage Books, 1983.

[47] MCCALL D.Melville's Short Novels [M].New York: W.W.Norton &
Company, 2002.

[48] MUMFORD L.Herman Melville [M].Orlando: Harcourt, Brace and
Company, Incorporated, 1929.

[49] NANDINI D.Keywords of Identity, Race, and Human Mobility in Early
Modern England [M].Amsterdam: Amsterdam University Press, 2021.

[50] OETTERMANN S.An Art as Old as Humanity [M] // RICHTER S.
Introduction to Tattoo.London: Quartet, 1985.

[51] PAGLIA C.Sexual Personae: Art and Decadence from Nefertiti to Emily
Dickinson [M].New York: Vintage Books, 1991.

[52] PARINI J.The Oxford Encyclopedia of American Literature (Volume 3)

[M].Oxford:Oxford University Press,2004.

[53]PARKER H.Herman Melville:A Biography (Volume 1, 1819 – 1951) [M].Baltimore:The Johns Hopkins University Press,1996.

[54]PARRY A.Tattoo:Secrets of a Strange Art as Practiced by the Natives of the United States[M].New York:Collier,1971.

[55]POPS M.The Melville Archetype[M].State of Ohio:Kent State University Press,1970.

[56] ROGIN M P.Subversive Genealogy:The Politics and Art of Herman Melville[M].New York:Knopf,1983.

[57] ROLLYSON C.Critical Companion to Herman Melville A Literary Reference to His Life and Work.New York:Facts On File Inc.,2007.

[58]SANDERS C,VAIL D A.Customizing the Body:The Art and Culture of Tattooing (Revised and Expanded Edition) [M].Philadelphia:Temple University Press,2008.

[59]SCEAT S.Food,Consumption and the Body in Contemporary Women's Fiction[M].Cambridge:Cambridge University Press,2000.

[60]SEEMANN B.Viti:An Account of a Government Mission to the Vitian or Fijian Islands in the Years 1860–61[M].Cambridge:Macmillan,1862.

[61]TALBERT B W.How to Make a Quilt:Learn Basic Sewing Techniques for Creating Patchwork Quilts and Projects[M].Northampton:Storey Publishing,2014.

[62]THEVOZ M.The Painted Body[M].New York:Rizzoli,1984.

[63]TOLCHIN N L.Mourning,Gender,and Creativity in the Art of Herman Melville[M].New Haven:Yale University Press,1988.

[64]VANCOUVER G.A Voyage of Discovery to the North Pacific Ocean and Round the World 1790–1795[M].London:Hakluyt Society,1984.

[65] WAITZ T.Introduction to Anthropology [M].Whitefish: Kessinger Publishing,1863.

[66] WEAVER R M. Introduction [M] // The Shorter Novels of Herman Melville.New York:Liveright Publishing Corp.,1928.

[67] WEAVER R M.Herman Melville, Mariner and Mystic [M].New York: Pageant Books Incorporated,1960.

[68] WILLIAMS J.A Narrative of Missionary Enterprises in the South Seas Islands[M].London:J.Snow,1838.

[69] WOODARD R D.The Cambridge Companion to Greek Mythology[M]. Cambridge:Cambridge University Press,2007.

[70] WOOLF V.On Being Ill[M] // BRADSHAW D.Virginia Woolf:Selected Essays[M].Oxford:Oxford University Press,2008.

(二) 期刊论文

[1]ADLER J.Melville's Benito Cereno:Slavery and Violence in the Americas [J].Science and Society,1974,38(1):19.

[2] ANDERSON W. Immunities of Empire: Race, Disease, and the New Tropical Medicine,1900－1920[J].Bulletin of the History of Medicine,1996,70 (1):118.

[3]ARMENGOL J M.Race Relations in Black and White:Visual Impairment as a Racialized and Gendered Metaphor in Ralph Ellison's Invisible Man and Herman Melville's"Benito Cereno"[J].Atlantis:Journal of the Spanish Association of Anglo-American Studies,2017,39(2):29-46.

[4]BANERJEE M.Civilizational Critique in Herman Melville's "Typee,Omoo, and Mardi"[J].American Studies,2003,48(2):207-225.

[5] BEVERUNGEN A, DUNNE S. "I'd Prefer Not To". Bartleby and the Excesses of Interpretation[J].Culture and Organization,2007,13(2):171-183.

[6] BLUMER H. Fashion: From Class Differentiation to Collective Selection [J].Sociological Quarterly,1969(10):275-291.

[7] CRAIN C. Lovers of Human Flesh: Homosexuality and Cannibalism in Melville's Novels[J]. American Literature, 1994, 66(1) 25-53.

[8] EMERY A M. "Benito Cereno" and Manifest Destiny[J]. Nineteenth-Century Fiction, 1984, 39(1) 48-68.

[9] EVAN D R. An Allegory of America in Melville's "Billy Budd"[J]. The Journal of Narrative Technique, 1984, 14(3):179.

[10] GLICKSBERG C I. Melville and the Negro Problem[J]. Phylon (1940-1956), 1950, 11(3):207-215.

[11] HERRMANN S B. Melville's Portrait of Same-Sex Marriage in Moby-Dick[J]. Jung Journal: Culture & Psyche, 2010, 4(3):65-82.

[12] IKOKU A A. Refusal in "Bartleby, the Scrivener": Narrative Ethics and Conscientious Objection[J]. American Medical Association Journal of Ethics, 2013, 15(3):249-256.

[13] JOHN R R. The Lost World of Bartleby, the Ex-Officeholder: Variations on a Venerable Literary Form[J]. The New England Quarterly, 1997, 70(4):631-641.

[14] JOHNSON P D. American Innocence and Guilt: Black-White Destiny in Benito Cereno[J]. Phylon, 1975, 36(4):426-434.

[15] JUNG Y. The Immunity of Empire: Tropical Medicine, Medical Nativism, and Biopolitics in Sinclair Lewis's Arrowsmith[J]. Literature and Medicine, 2016, 34(1):186.

[16] KAPLAN S M. Herman Melville and the American National Sin: The Meaning of Benito Cereno[J]. The Journal of Negro History, 1956, 41(4):311-338.

[17] LAURENCE B R. Elephantiasis in Early Polynesia[J]. The Journal of the History of Medicine and Allied Sciences, 1991, 46(3):280.

[18] LESLIE J, STUCKEY S. The Death of Benito Cereno: A Reading of

Herman Melville on Slavery: The Revolt on Board the Tryal [J]. The Journal of Negro History,1982,67(4):287−301.

[19]LIQUETE M,FELISA L.The Presence−Absence of Women in the Work of Herman Melville[J].Atlantis,1995,17(1):116−125.

[20]MARSOINÉ.The Belly Philosophical:Melville,Nietzsche,and the Ascetic Ideal[J].Textual Practice,2019,33(10):1705−1721.

[21]MILLER J E J.The Many Masks of "Mardi"[J].The Journal of English and Germanic Philology,1959(3):400−413.

[22] Morton S G. Observations on Egyptian Ethnography, Derived from Anatomy, History and the Monuments [J]. Transactions of the American Philosophical Society ,1846,9(1):93−158.

[23]MUKATTASH E.The Democratic Vistas of the Body:Re−Reading the Body in Herman Melville's Typee[J].Journal of Language,Literature and Culture, 2015,62(3):159.

[24]MURRY J M.Herman Melville's Silence[J].Times Literary Supplement, 1924,11(73):433.

[25]NICOLA N.Men and Coats;Or,The Politics of the Dandiacal Body in Melville's "Benito Cereno"[J].PMLA,1999,114(3):359−372.

[26]PAINE J.Skin Deep:A Brief History of Tattooing[J].Mankinkind,1979, 6:42.

[27]POLLIN B R.Additional Unrecorded Reviews of Melville's Books[J]. Journal of American Studies,1975,9(1):55−68.

[28] ROSIN L. Observations on the Epidemiology of Human Filariasis in French Oceania[J].American Journal of Epidemiology,1955,61(2):219−248.

[29]SEARS J M.Melville's Mardi:One Book or Three? [J].Studies in the Novel,1978,4:411−419.

[30]SIBARA J B.Disease,Disability,and the Alien Body in the Literature of

Sui Sin Far[J].Melus,2014,39(1):56.

[31]SIMPSON E E.Melville and the Negro:From Typee to "Benito Cereno"
[J].American Literature,1969,41(1):19-38.

[32] STAUFFER J. Slavery and the American Dilemma [J]. English and
American Literary Studies,2017(2):84-111.

[33] STEMPEL D, STILLIANS B M. Bartleby the Scrivener: A Parable of
Pessimism[J].Nineteenth-Century Fiction,1972,27(3):268-282.

[34] SYMES C B. Observations on the Epidemiology of Filariasis in Fiji
[J].The Journal of Tropical Medicine And Hygiene,1960,63:1-14.

[35] THOMAS B.The Legal Fictions of Herman Melville and Lemuel Shaw
[J].Critical Inquiry, 1984,11(1):24-51.

[36]LUDOTVALASAK R.Bodies in Agony:Classical Sculpture and Violence
in Herman Melville's Works[J].Sillages Critiques, 2017,22:102.

[37] WATSON E L G. Melville's Testament of Acceptance [J]. The New
England Quarterly,1933,6:319.

[38] WEINSTEIN C. The Calm Before the Storm: Laboring Through Mardi
[J].American Literature,1993,65(2):239-253.

[39] WELSH H. The Politics of Race in "Benito Ceren" [J]. American
Literature,1975,46(4):556.

[40]WELTER B.The Cult of True Womanhood:1820-1860[J].American
Quarterly,1966,18(2):151.

[41]WENKE J.Melville's Mardi:Narrative Self-Fashioning and the Play of
Possibility[J].Texas Studies in Literature and Language,1989,31(3):406-425.

[42] WIEGMAN R. Melville's Geography of Gender [J]. American Literary
History,1989,1(4):735-753.

[43]ZUCKERT C.Leadership-Natural and Conventional-in Melville's "Benito
Cereno"[J].Interpretation,1999,26(2):239-255.

（三）学位论文

［1］ALTSCHULER S. National Physiology：Literature，Medicine，and the Invention of the American Body，1789-1860［D］.New York：City University of New York，2012.

［2］LIU L Y.Comparative Study of Herman Melville's "Moby-Dick" "Benito Cereno" and "Bartleby，the Scrivener"——Examining the Main Characters' Bodies ［D］.Hanover：Dartmouth College，2015.